거울은
소녀를
용서하지
않는다

이우연 소설

거울은
소녀를
용서하지
않는다

초판1쇄 발행 2023년 5월 20일

지은이 이우연
발행인 서영훈
펴낸곳 출판하우스 짓다
주 소 서울시 종로구 삼일대로 32길 36
　　　　(익선동 30-6 운현신화타워) 305호
전 화 (02) 3675-3885 (063) 275-4000 · 0484
팩 스 (063) 274-3131
이메일 shianpub@daum.net
출판등록 제2020-000010호
인쇄 · 제본 신아문예사

저작권자 ⓒ 2023, 이우연
이 책의 저작권은 저자에게 있습니다. 서면에 의한 저자의 허락없이 내용의 일부를
인용하거나 발췌하는 것을 금합니다.
COPYRIGHT ⓒ 2023, by Lee Uyeon
All right reserved including the rights of reproduction in whole or in part in any form.
저자와 협의, 인지는 생략합니다.
잘못된 책은 바꿔 드립니다

ISBN 979-11-981829-3-7　　03810

값 15,000원

Printed in KOREA

거울은 소녀를 용서하지 않는다

이우연 소설

출판하우스 짓다

들어가며

  이 글들은 용서에 관한 이야기들이다. 용서해서는 안 될 것. 용서받아서는 안 될 것. 우리가 너무 쉽게 용서함으로써 진창에 처박아버리는 것들. 그리하여 진창에 처박혀 버린 것들. 우리는 용서를 갈구하기도 하고, 용서로 목을 조르기도 한다. 전화 부스 속의 여자가 용서를 애원하며 차라리 죽여달라고 하는 동안 유령과 같은 욕조에 담긴 소년은 용서로부터의 자유를 이야기하고 감옥을 학교처럼 드나드는 여자는 용서가 그녀의 얼굴에 침을 뱉고 육체를 짓이긴 것을 이야기한다. 그 모든 용서는 너무 쉬워서 잔인하고 너무 어려워서 끔찍하다. 용서를 마시고 죽어가는 것들, 죽어버린 것들이 우리에게 말한다. 우리는 그것을 듣고 그것을 용서하고 그것을 다시 죽여버릴 수도 있고, 삶의 역겨운 욕조 속에 처박을 수도 있다. 혹은 그것을 듣고 잊어버릴 수도 있으며, 그것을 듣지 않을 수도 있다. 적어도 내가 확언할 수 있는 것은 그 모든 일들이 견딜 수 없을 만큼 잔인하다는 것뿐이다.

차례

들어가며

감옥 여자	09
부활자	46
죽음의 교실	63
맹아원	73
부활자(목격자)	113
죽음의 교실	131
돼지목장	137
거울과 소녀	162
죽음의 교실	222
맹아원	224
목격자	245
용서	285
서커스 사자	323

나가며

감옥 여자

 그녀의 생은 안과 바깥에 속해 있었다. 그녀는 감옥의 주민이었고 거리의 시민이었다. 일 년의 절반, 여자는 감옥 바깥에 살았고 나머지 절반은 감옥 안에서 살았다. 그녀는 수인이었고 또 시민이었다. 수인들은 그녀와 함께 밤을 보낸 적이 없었다. 그러나 그들이 잠들지 않은 순간, 그녀는 그들과 함께 감옥을 견뎌내야 했다. 그들의 감옥에는 그녀가 있었다. 또, 그녀가 없었다. 그녀는 감옥으로 출근했고 감옥에서 퇴근했다. 그녀는 오 평의 작은 원룸으로 퇴근했고 그곳에서 출근했다. 어쩌면 반대였을지도 모른다. 원룸보다 감옥에서 더 오랜 시간 그녀는 깨어 있었으므로 그녀는 원룸보다 감옥을 더 잘 기억하고 있었다. 군데군데 뜯어진 누런빛의 장판과 조악한 변기,

보랏빛으로 피어오른 곰팡이 아래에서 그녀는 수인들과 함께 생활했다. 하루의 반을 수인으로서 사는 것, 언제든 도망칠 수 있는 바깥에서 끊임없이 안으로 밀려오는 것, 오로지 돌아오기 위하여 나가는 것, 그것이 그녀의 직무였다. 그녀의 역할이 어째서 필요한 것인지 아무도 그녀에게 말해주지 않았다.

그녀는 감옥에서 태어났고 어머니가 사형되었을 때, 그녀는 바깥으로 내쫓겼다. 그녀는 다시 감옥으로 돌아왔고 감옥의 사람들은 그녀를 교도관으로 받아주었다. 그러나 그녀에게는 교도관으로서 반드시 가져야 할 어떠한 자격요건도, 서류도 없었으므로 그녀는 다른 교도관과 함께 생활할 수 없었다. 그녀는 어린 시절에 그러했듯 수인들과 함께 지냈다. 그녀는 변색된 장미처럼 푸른 옷을 입은 여자들 사이에서 생활하였다. 그녀들은 살인자, 도둑, 방화범, 사기꾼, 아동 강간범이었다. 여자들은 그녀를 동정했다. 그녀는 바깥에도 감옥에도 완전히 속할 수 없었으므로. 온전한 감옥을 경험하고 또 언젠가는 온전한 바깥으로 밀려나게 될 그들과는 달리 여자는 늘 극단의 공간 주변을 떠돌았으므로.

그녀는 감옥에서 잠을 잘 수 없었다. 그녀는 수인이 아니었기 때문이었다. 하지만 그녀는 감옥으로 돌아올 수밖에 없었다. 감옥에 그녀의 어린 시절이 있었기 때문이었다. 그녀는 아직 어린아이였기 때문이었다. 그녀는 다른 수인들과 함께 식사를 하고 예배를 올리고 운동을 하고 잠시간 햇볕을 쬐고 기술교육을 받았다. 일주일에 한 번은 그림을 그리거나 글을 쓸 수도 있었다. 바깥에서도 그녀는 그와 같은 일을 하는 것이 허락되어 있었지만, 바깥에서 그녀는 한 번도 햇볕을 쬐고 식사를 하고 예배를 올리고 운동을 하고 햇볕을 쬐고 기술교육을 받고 그림을 그리고 글을 쓰지 않았다. 그녀의 삶은 감옥 안에 있었으므로.

그녀는 어머니의 사형 장면을 보지 못했다. 아무도 어머니가 어떻게 죽었는지 말해주지 않았다. 아마 어머니는 목매달려 죽었을 것이다. 한 팔로 공중에 매달려 백조처럼 부유하는 서커스의 아름다운 배우들처럼 어머니는 이 층 높이의 건물 아래 구멍에 희고 부드러운 발을 언뜻 내비치며 사라져갔을 것이다. 어머니는 시체조차 남기지 않고 사라졌을 것이다. 사형수였던 어머니, 끊임없이 유예되던 사형을 언도받은 어머니는 그 순간 더 이상 이전과 같은 의미의 사형수일 수 없었으므로, 어머니에게는 무덤조차 없었다. 하지만 어머니의 사형에는 비밀스러운 구석이 많았고 여자는 정확한 사실을 목격하지 못했기 때문에 어머니의 죽음에는 여러 버전의 이미지들이 있었다.

어머니는 모든 죽음이었다. 급식판에 올라온 형체를 알 수 없는 검붉은 고기와 눅눅한 벽 구석 자리에서 가련하게 떨고 있는 짐승의 무감한 눈, 여자들의 손바닥 아래에서 으스러지는 몸체. 어머니는 모든 죽음이었다. 닭 뼈를 넣고 끓인 국물을 숟가락으로 휘저으며 그녀는 닭처럼 목이 잘려 흰 우유 같은 피를 출혈하는 어머니, 잘려 나간 목 아래 붉은 살코기로 싱긋 웃는 어머니를 떠올렸다. 그녀가 닭 뼈에 어머니라는 이름을 붙였을 때 여자들은 깔깔거리며 웃었다. 그녀는 여자들과 함께 웃지는 못하였다. 여자들은 그녀가 미쳤다고 말했다. 그녀가 곧 정말 수인이 될 것이라고 말했다. 여자가 탑처럼 높고 무덤처럼 깊은 곳에 갇혀 평생을 죽어가야 할 것이라고.

그들은 여자가 이미 감옥에 깊이 연루되어 있음을 모르고 있었다. 감방 안에 들끓는 알들, 모기와 파리와 바퀴벌레와 구더기와 나방과 지네의 알들은 모두 여자가 낳은 것이었다. 여자가 어머니로부터 배운 유일한 것은 알을 낳는 기술이었다. 여자는 신음도 비명도 없이 알을 낳는 방법을 알고 있었다. 아무도 알아차리지 못하도록 은밀하게, 그러나 확고하게 반짝거리는 생의 진한 물기를 배설하는 방법을 여자는 아주 어린 시절부터 배워왔다. 이처럼 들끓는 알들, 여자는 천 개의 알을 낳았다. 잔혹한 학살자들의 가느다랗고 포악한 손이 그녀의 아이들을 살해하는 동안에도 여자는 눈 깜짝하지 않고 울었다. 여자는 아무에게도 들키지 않고 우는 방법을 알고 있었다. 그것 역시 어머니에게 배운 것이었다.

사형이 한없이 미뤄지는 동안에도 어머니는 한 번도 울지 않고 버텼다. 다른 수인들이 어머니에게 독한 년이라고 비웃을 때도 어머니는 흐느끼지 않았다. 그러나 가느다랗고 축축하며 은밀한 눈물들은 언제나 어머니의 흰 알과 같이 매끄러운 얼굴 주변을 떠다니고 있었다. 여자는 어머니가 울지 않고 울고 있다는 것을 느낄 수 있었다. 여자는 그녀에게 울지 않고 우는 법을, 대기를 비밀스러운 흐느낌으로 적시는 법을, 심지어 바싹 메마른 눈으로 눈물 흘리는 법까지도 배웠다. 어머니는 아무에게도 네가 울고 있음을 들키면 안 된다고 했다. 그들은 너를 동정하고 말 거라고. 돌이킬 수 없을 정도로 너를 연민하고 사랑하여 너를 살해하고 말 것이라고.

 어머니의 변호사는 사형이 집행되지 않을 것이라고 했다. 이미 십 년 동안 사형은 집행되지 않았으며 심지어 곧 감형이 이루어질 수도 있다는 것이었다. 그렇다면 어머니는 부기성역수가 되는 것이었다. 무기징역수는 사형수가 될 수 없다. 심지어 무기징역수는 또다시 감형되어 바깥으로 쫓겨날 수도 있었다. 아주 늙은 노인, 제 등을 긁을 여력도 없는 노인, 코끝에 내려앉는 거대한 모기의 퉁퉁한 배를 멀거니 바라보며 치욕에 죽어갈 수밖에 없는 노인, 그런 노인이 되어버린 어머니는 새로운 범죄를 개발해야 할 것이었다. 모기나 파리, 나방이나 개구리, 새나 고양이를 죽이는 것으로는 안 된다. 어머니는 그들보다 훨씬 크고 무거우며 단단한 동물, 사람을 죽여야 했다. 그녀를 닮은 동물, 오로지 그녀를 닮은 동물만을. 그토록 오랜 세월 뒤에, 나날이 작아지던 어머니, 나날이 구부러지던 어머니, 그토록 힘이 약한 어머니에게 어떠한 살해가 허락될 수 있었을까. 어머니는 바퀴벌레의 알을 으깨는 것조차 힘들어했다. 이미 죽은 식물의 모서리에 짓찧어 발갛게 멍든 무릎으로 어머니는 죽어가고 있었다. 목에 걸린 달걀껍질 때문에 피를 흘리며 죽을 듯 고통스러워하던 어머니, 그녀는 더 이상 살인할 수 없을 것 같았다. 불면하는 그녀의 얼굴 위로 기어오르던 천 개의 다리를 가진 지네를 그녀는 냉혹한 흐느낌으로 견뎌낼 수밖에 없었다. 여자가 비명을 지르는 동안에도 어머니는 가만히 누워서 가느다랗고 연약한 생의 움직임을 감당하고 있었다.

  사형은 유예되고 유예되고 또 유예되었다. 어머니는 비참하고 자유롭게 평생을 살았다. 사형 없이 어머니는 죽을 수 없을 것 같았다. 수인들은 어머니가 운이 좋다고, 그럴 줄 알았으면 그들도 더 강도 높고 비열하며 치명적인 범죄를 저질렀을 것이라고 말했지만 어머니가 원하는 것이 사형밖에 없다는 사실을 여자는 알고 있었다. 여자가 그녀의 배 속에 있을 때, 그녀의 몸속으로 파고드는 어휘를, 여자가 끝내 배우지 못할 모어를 여자는 들었던 것이다. 그녀는 울고 있었다. 상처도 눈물도 흐느낌도 신음도 없이. 그녀는 울고 있었다.

여자는 그녀를 위해 조개의 젖은 입속에서 썩어가는 우윳빛의 진주처럼 아름답고 징그러운 알들을 낳았다. 창가에, 거미줄에, 천장 구석 자리에, 식판 위에, 변기 안에, 잠든 여자들의 입속에, 아이들은 미세한 먼지로 위장하였고 꾸역꾸역 태어났다. 여자는 그 애들을 어떻게 해야 좋을지 알 수 없었기 때문에, 어머니는 여자에게 알을 낳는 법만 가르쳐주었을 뿐 그것들을 길러내고 살게 하고 죽이는 방법은 알려주지 않았기 때문에 아무에게도 그것들이 모두 여자가 낳은 것임을 알려주지 않았다.

감방 안은 벌레들로 들끓었고 수인들은 공포와 경멸로 미쳐갔다. 그러나 죽일 수 있는 것, 깨끗하게 만들 수 있는 것, 박제할 수 있는 것이 아무것도 없었더라면 그녀들은 미치지 못해 더 빨리 미쳐버렸을 것이다. 그렇다고 해서 여자가 수인들을 위해 알을 낳은 것은 아니었다. 여자는 배설하듯 자연스럽게, 어쩔 수 없이 알들을 낳았다. 생의 희고 둥근 알, 오로지 죽기 위해 만들어진 것만 같은 경멸스러운 조각들을 배설하는 것은 여자가 유년에 배운 가장 강력한 기억이었기 때문이다. 낳는 것, 잉태하고 배설하고 버리는 것은 여자의 오랜 습관이었다. 여자는 아무것도 낳지 않고 살아갈 수 없었다.

대부분의 알들은 감옥 안에 내버려졌다. 거리의 집으로 돌아갔을 때 여자는 끔찍하게 지쳐서 아무것도 낳을 여력이 없었다. 알을 낳는 일은 글을 쓰는 일만큼이나 자연스러웠지만 그렇다고 해서 결코 쉬운 것은 아니었다. 알을 낳는 동안 여자는 어머니의 몸 곳곳에 잔혹하게 흩어져 있던 무자비한 흰빛을, 붉고 푸른 빛으로 위장되어 있었던 순결한 흰빛을 떠올려야 했고 그것은 여자를 병들게 했다. 여자는 피부 안쪽을 조각조각 부수어내는 독을 느꼈다. 바스러진 파편 하나를 담고 흰빛의 알이 태어났다. 그 하나의 조각은 여자의 전부였다. 여자는 매번 그녀의 모든 것을 낳았다. 한 조각의 먼지 한 조각의 물기 한 조각의 흰빛은 그녀의 전부였다.

 수인들은 아무런 거리낌 없이 그녀를 치고 으깨고 뭉개고 밟고 찢어서 죽였다. 그녀는 죽어가면서 죽은 그녀들을 바라보았다. 그녀는 한 번도 수인들을 말린 적이 없었다. 그녀는 그녀가 배설한 생들의 살아감을 한 번도 도와준 적이 없었다. 마치 그것들이 더 이상 그녀가 아닌 것처럼. 그것들의 죽음은 그녀의 죽음이었음에도, 그것들의 생은 그녀의 생이었음에도, 그것들이 그녀를 두고 떠나가는 것을 막을 수 없는 것처럼. 그녀가 낳은 것들은 가장 더러운 것이었다. 여자는 그 가련한 불결함을 알고 있었기 때문에 그들이 그녀를 죽이는 것을 막을 수 없었던 것일까?

 여자는 으깨지고 찢어지고 뭉개지고 으스러지면서 무자비한 청결함을, 투명한 곤충의 피로 젖은 손바닥들을 바라보았다. 아무도 그녀가 그들을 바라보고 있다는 것을, 그녀가 죽어 가고 있다는 것을 알아차리지 못하였다. 그녀는 살아 있었으므로, 벌레들은 마치 죽은 기억을 잊었다는 듯 또다시 즐겁게 웅웅거리며 날아다녔고 기꺼이 발각되었고 기꺼이 죽어갔으며 또 살아서 붕붕 대며 날아가고 있었으므로, 그녀는 계속해서 호흡했다. 마치 한 번도 죽은 적이 없었던 것처럼. 비밀스럽게 그녀는 죽었고 무수히 죽었고 그녀의 죽음은 결코 들킨 적이 없었다. 수인들이 그녀의 메마른 가슴을 어루만지면서 잔혹한 시를 읊을 때도 그녀는 그녀가 이미 시체임을 이미 오래전에 죽었음을, 오직 죽음으로 살아남았음을 밝히지 않았다. 그녀가 시체라는 사실을 안다면 수인들은 더 이상 그녀를 만지고 그녀에게 입 맞추지 않을 것이다. 그들이 원하는 것은 바깥의 바람으로 잉태되고 자라난 자유로운 삶의 향기였으므로.

그러나 그녀는 그들과 다를 바 없이, 아니, 그들보다도 더욱 깊숙하게 감옥에 연루되어 있었다. 그녀는 감옥 없이 살아갈 수 없었고 죽을 수도 없었다. 그녀는 삶과 죽음을 모두 감옥 안에 두고 다녔다. 누구라도 무방비한 그녀를 죽일 수 있었다. 그녀를 강탈하고 그녀를 훼손하고 그녀를 짓밟을 수 있었다. 실제로 그녀는 그러한 방식으로 여러 번 죽었다. 그럼에도 살해자들은 그녀가 죽었다는 사실을 알지 못하고 있었다. 하룻밤이 지나면 모기들은 또다시 복잡한 행복감에 경련하며 날아오르고 파리들은 오로지 순수한 환희만으로 빚어진 것처럼 솟아오르므로, 아무도 여자가 마모되어간다는 사실을 알지 못하였다. 여자의 살갗이 소진되어가는 것을, 그녀의 거친 피부 안에 잠들어 있던 촌충의 희고 부드러운 알이 부드러운 납빛으로 번들거리는 것을.

여자는 하루도 버티지 못하고 죽어버릴 알들을 집요하게 낳았다. 암초에서 홀로 익어가는 세이렌이 끈질기게 선원들을 매혹하는 것처럼, 죽어버린 선원들은 바다가 아닌 배 위로 돌아가 그녀를 두고 영원한 바다를 항해할 것임에도, 괴물들이 영웅들을 살해하는 것처럼, 오로지 영웅의 복수를 받아들이기 위해 그들의 이야기 속에 자리를 얻기 위해 영웅을 찢어내고 저 자신을 찢겨내는 것처럼, 여자는 역겨운 알들을 낳았다.

점심을 먹고 나면 여자는 다른 수인들과 함께 기술교육을 받았다. 그녀는 죽은 나무를 토막내어 만든 의자 위에 앉아서 바느질을 했다. 무엇을 봉합하는지도 모르면서 그녀는 한 땀 한 땀 얽어가는 일에 몰입하였다. 그녀가 어릴 때부터 그녀를 보아온 교도관들은 그녀에게 쉬어도 좋다고 했지만, 그녀는 끈질기게 봉합해갔다. 상처도 없는, 한 번도 찢긴 적 없이 벌어져 있는 두 개의 천을 그녀는 이어내었다.

아무도 그녀가 무엇을 만들고 있는지 가르쳐주지 않았다.

그러나 작업에 몰입하거나 철저히 작업을 무시하고 있는 다른 수인들은 그녀들이 무엇을 만드는지 알고 있는 것이 분명하였다. 그들은 자신이 만든 작업물을 소유하고 싶어 하였으며 심지어 자신이 만든 것, 그러나 그녀들에게 할당되지는 않은 것을 몰래 훔쳐 가는 일도 있었다. 여자는 그녀들이 아이를 만들어내는 것인지도 모른다고 생각했다. 여러 개의 피부를 덕지덕지 이어 붙여서 발긋하게 살아 있는 진짜 아이를 만들었기에 그녀들이 그토록 작업물에 집착하는 것이라고.

감옥의 여자들은 누구나 자신의 아이를 가지고 있었다. 여자들은 천성처럼 낳았다. 붉은 육질을 가지고 있는 사람 아이나 가공의 천 아이, 괴물 아이, 애완 쥐 아이, 닭 뼈들을 이어 붙여 만든 뼈 아이, 그림 속에서 살고 있는 집 아이, 탑 속에 갇혀 있는 공주 아이, 심장 대신 흰 솜뭉치로 채워진 인형 아이, 푸른 보석 같은 눈과 금발의 매끄러운 머리, 오뚝한 코와 새처럼 아름다운 목소리를 가진 딸에 대해 이야기하는 수인 곁에서 여자는 그녀에게도 아이가 있다고 문득 말했다.

수인은 그녀가 거짓말을 하고 있다고 말했다. 아이를 갖기에 그녀는 너무 어리다는 것이었다. 아이는 아이를 가질 수 없으므로, 여자가 낳았다는 아이들은 수인의 아이와는 달리 모두 가짜고 거짓이며 망상이라는 것이었다.

그러나 여자는 정말 수천 개의 알들을 낳았다. 감옥에 있는 수인들 대부분 그녀가 낳은 아이를 한 번쯤은 죽여본 적 있음을 여자는 알고 있었다.

하지만 수인은 그녀의 아이가 진짜 출생기록과 진짜 사진과 진짜 추억과 진짜 혈액형과 진짜 몸을 가진 진짜 아이라고 말했다.

수인이 여자의 뺨을 때리는 동안에도 여자는 그녀의 아이가 수인의 아이만큼이나 진짜라고, 출생기록이나 사진이나 추억이나 혈액형은 없지만 진짜 몸과 삶과 죽음을 가진 진짜라고 소리 질렀다.

수인들은 여자가 미쳐버렸다고 생각했다. 여자를 때린 수인은 미친 듯이 흐느끼면서 그녀의 아이가 진짜라고 비명 했다.

공주처럼 매끄러운 금발과 보석 같은 눈을 가진 아름다운 딸이 수인의 아이일 수는 없었다. 수인은 공주를 낳을 수 없는 여자였다. 딸은 엄마를 닮으므로, 공주와 조금도 닮지 않은 수인은 공주의 어머니일 수 없었다. 거짓말을 하는 것은 그녀가 아니라 수인이었다. 그러나 여자는 수인의 아이를 가짜라고 고발하기 위해서 그녀의 아이가 수인의 아이만큼이나 진짜라고 말한 것이 아니었다. 오히려 그녀는 알들이 살아 있음을, 그것이 모두 그녀가 낳은 것임을 고백하기 위해서 그렇게 말한 것이었다. 하지만 수인들은 믿지 않았다. 수인들은 그녀가 비열하다고 말했다. 그녀가 미친 여자라고 말했다.

그녀들은 그녀들의 아이가 환상이라는 것을 알고 있었다. 하지만 여자의 아이는 진짜였다. 여자는 정말 알들을 낳았다. 국그릇 속에서, 식기 속에서, 변기 속에서 하수구에서, 문틈에서 드글거리는 흰 울음들, 여자는 그것이 모두 자신의 아이라는 사실을 알고 있었다. 거미줄 위에, 수인들의 귓속과 입술 틈에 그녀를 조심스럽게 쏟아부으면서 어머니는 느슨하게 웃었다. 아무도 세지 않은 알들을 여자는 어머니의 곁에서 작고 마른 손가락으로 세어 나갔다. 만사천오십육 개의 알들, 그것은 어머니와 여자의 아이였다. 여자는 그때 낳았던 알들을 홀로 수태하고 홀로 다시 낳아야 했다. 여자는 언젠가 어머니가 그랬던 것처럼 고심하며 알들을 은닉할 수는 없었다. 그녀는 낳는 일만으로도 너무 지쳐 있었기에 바닥 어디에나, 소변을 보면서, 국물을 떠먹으면서, 침을 흘리면서 구토를 하면서 알들을 내팽개쳤다. 알들은 집요하게 자라났고 번져갔다. 알들은 여자의 눈물이었다. 어머니가 사형되던 날에도 여자는 알들을 낳았다. 그녀의 울음을 목격한 것은 그녀의 알들뿐이었다. 그녀의 울음만이 그녀의 울음을 지켜보았다.

수인들은 여자를 사랑하면서도 미워했다. 어릴 적부터 여자를 보아온 수인들은 여자를 제 아이처럼 귀여워했지만, 감옥에 들어온 뒤 아무렇지 않게 감옥을 떠나가는 여자를 처음으로 본 수인들은 졸도할 듯 놀라면서 그녀가 탈옥한다고 고래고래 소리를 질러댔다. 그녀에게는 감옥 문을 열고 닫을 수 있는 열쇠가 있었다. 여자가 그 사실을 고백했을 때, 그리고 그들의 눈앞에서 그녀의 말이 사실임을 보여주었을 때, 그들은 마치 그들을 가두어 둔 것이 여자인 것처럼 여자를 경멸했다. 광폭한 적개심으로 녹아내리는 검은 눈들. 그러나 그들은 여자에게서 열쇠를 훔치지 않았다. 여자에게 그들을 꺼내달라고 요구하지도 않았다. 대신 여자를 저주하고 여자를 비웃었다. 그들은 여자가 병신이라고 했다. 여자는 바깥에도 감옥에도 온전히 거주할 수 없는 영원한 이방인, 거지, 집시, 방랑자, 난민이라는 것이었다. 그들은 여자가 배신자라고 했다. 그녀들의 은밀한 범죄를 악착같이 찾아내 그녀들의 형량을 늘리기 위해 그녀가 그녀들 사이에 비열하게 숨어들었다는 것이었다.

하지만 여자를 혐오하면서도 그녀들은 여자를 쫓아낼 수 없었다. 여자의 신경 깊은 곳이 감옥과 연결되어 있었기 때문에, 여자를 감옥에서 완전히 쫓아내기 위해서는 그녀를 살해할 수밖에 없었기 때문에, 그녀는 여자를 살게 내버려 둘 수밖에, 그녀가 속수무책으로 감옥으로 되돌아오는 모습을 비웃을 수밖에 없었던 것이다.

어떤 수인들은 여자가 스파이라고 생각하여 여자에게 한 마디도 걸지 않았지만 또 다른 수인들은 여자를 아직 감옥에 아직 완전히 진입하지 못한 예비 훈련생으로 여기고 그녀에게 효과적인 범죄를 저지르기 위한 여러 가지 조언을 건네기까지 했다. 그녀들은 여자가 감옥보다도 감옥 바깥을 더 고통스러워한다는 사실을, 그녀의 유년과 그녀의 생, 그녀의 흐느낌과 그녀의 죽음이 모두 감옥에 있다는 것을 모두 알고 있었다. 그녀들은 미숙한, 감옥에 완전히 갇히지 못한, 아직 수감될 만큼 경멸스러운 범죄를 저지르지 않은 여자의 존재로 말미암아 선생이 될 수 있었다. 그녀들은 엄하고 다정하게, 삶을 예술로 만드는 범죄에 대해 여자에게 알려주었다. 그녀들은 그녀들이 어떻게 사산된 아이를 살해당한 아이로 만들었는지, 그녀들이 저지르지 않은 범죄를 어떻게 그녀들의 것으로 전유하였는지 설명했다. 그녀들은 그녀들이 얼마나 유명해졌는지, 기발한 착상과 비정한 위장으로 얼마나 거대한 죄와 구원을 안게 되었는지 자랑스럽게 이야기했다.

넌 아직 충분히 감옥을 경험하지 못했어. 감옥에서의 낮과 밤은 완전히 달라. 넌 감옥에서 낮을 보냈다는 이유 때문에 네가 감옥을 전부 알고 있다고, 적어도 감옥에서 일어나는 사건들, 식사와 배변, 청소나 교육을 경험했다고 착각하고 있지만 진정한 감옥은 밤에 열리는 거야. 우리는 잠든 채로 가장 깊고 강렬한 감옥을 느껴. 네가 한 번도 감각해본 적이 없는 깊은 울음들, 감옥에서 죽어가는 사람들의 신음과 불면, 몽유병으로 떠돌아다니며 벽에 이마를 부딪치는 여자들.

 넌 어디 가서 결코 감옥에 대해 이야기해서는 안 돼. 넌 한 번도 감옥에 온 적이 없는 사람들만큼이나 감옥을 모르고 있으니까. 넌 감옥을 치명적으로 왜곡하고 축소하고 변형시키고 말 거야. 네가 아는 감옥은 감옥이 아니니까. 넌 감옥의 수인도 교도관도 아니고 감옥의 사람도 아니지. 네가 감옥에 매일같이 드나드는 건 네가 감옥을 결핍했기 때문이야. 넌 우리만큼 감옥을 경험하지 못했고 우리만큼 감옥이지도 않아. 우리는 출소한 뒤에도 감옥에 대해 생각하고 감옥을 느낄 수 있을 거야. 감옥은 우리 몸이니까. 우리는 결코 감옥을 벗어날 수 없었기 때문에 언젠가는 완전히 감옥으로부터 분리될 수 있을 거야. 아무런 거리낌 없이 감옥을 떠날 수 있겠지. 감옥은 우리의 살이니까, 베어낼 수 없는 깊은 곳에 자리한 살, 썩어가면서도 강렬하고 아름다운 악취를 풍기는 상처, 그 상처 속에 욱여넣은 감옥을 우리는 봉합했으니까.

 그녀들의 말처럼 여자는 정말 감옥을 결핍하고 있었던 것일까? 충분히 감옥이지 못했기 때문에 매일 감옥을 떠나면서도 다시 감옥에 돌아올 수밖에 없었던 것일까? 감옥 바깥에서는 알을 낳지도 삶과 죽음의 자리를 마련하지도 못했던 것일까? 수인들은 여자가 너무 비겁하고 위악적이어서 범죄를 저지를 수 없다고 말했지만, 여자는 매일 범죄를 저질렀다. 그녀는 가장 불결한 벌레들을 낳았고 내버렸고 그들이 죽도록 놔두었다. 그러나 여자의 위반은 처벌받지 않는 범죄였다. 벌레를 낳고 벌레가 죽는 것을 방치하는 것은 감옥에 갈 수 있는 범죄가 아니었다. 생을 낳는 것, 울컥거리면서 새어 나오는 젖은 생, 집요한 호흡들을 낳는 것은 범죄가 아니었다.

 여자는 그녀의 죄에 걸맞은 새로운 감옥을 건축해야 했다. 그러나 여자가 상상할 수 있는 감옥, 그녀의 아이들과 생들과 죽음과 어머니와 유년이 있는 감옥은 그녀가 진입할 수 없는 감옥뿐이었다. 그녀를 감금하지 않을 감옥, 그녀의 범죄를 인정하지 않는 감옥, 그녀가 밤을 보낼 수 없는 감옥, 그녀는 감옥의 얕은 내부에서 서성였다. 알을 낳는 것, 더럽고 역겨운 흰빛들로 감옥을 더럽히는 것, 그것보다 더한 범죄가 어디에 있단 말인가? 그녀의 알들은 여느 사람 아기보다 더 살아 있었다. 그들의 죽음은 진짜였으며 그들의 삶 역시. 그들의 생은 죽음만큼이나 고통스러웠다. 그럼에도 그녀의 범죄를 인정해주는 자는 아무도 없었다. 그녀가 낳은 알들조차 그녀를 어미로 여기지 않았다. 끔찍한 벌레들의 생이 그녀에게서 나왔다는 것을, 벌레들의 더듬이와 다리와 희멀건 내장과 오물이 모두 그녀의 살로 이루어져 있다는 것을 아는 이는 여자뿐이었다.

 모든 아이들이 어머니를 아는 것은 아니다. 여자가 낳은 무한한 아이들은 여자를 인정하지 않았다. 그들은 그들과 같이 더럽고 그들과 같이 불결하며 다리가 많은, 그들처럼 연약하고 서툰 종류의 조악한 벌레를 원했을 것이다. 자식은 어머니를 닮기 마련이므로. 그들은 그들과 조금도 닮아 보이지 않는 여자를 알아보지 못했을 것이다. 그러나 여자는 다른 어머니들이 그렇듯, 그녀의 자식들과, 수천 수만 개의 다리들 곤충의 날카로운 아가리 줄무늬 혐오스러운 배설구 바스락거리는 소음과 깊이 닮아 있었다. 심오하고 집요한 유사성으로 여자는 여자들을 낳았다. 어쩌면 여자들이 여자를 오해하는 것은 여자가 감당해야 할 죄악인지도 몰랐다. 여자는 여자들의 틈바귀에, 부드럽고 연약하며 순결한 자리들, 겨드랑이 안쪽과 무릎 사이, 질구와 배꼽, 입술과 안와에 더러운 알들을 얹어놓았으므로. 그녀의 알들이 그녀들을 먹고 자라날 수 있도록. 그녀는 가장 비열하고 역겨운 잘못을 저질렀으므로.

수인들의 덥수룩한 머리칼은 이로 들끓었고 그들의 몸속에서는 이름 없는 작은 벌레들이 기어 다녔다.

그러나 여자들은 여자에게 허락도 받지 않고 그녀의 아이들을 죽였다. 여자는 아이들을 빼앗기고 강탈당한 어미였다. 그녀는 죽은 아이들의 어머니였다. 그녀는 죽음의 어머니였다. 어째서 그녀들은 그녀가 배설한 생들을 눌러 터뜨리는가? 그녀의 무한히 깊은 곳을, 예민하고 취약한 흰빛을 으깨고 바스러뜨리며 웃는 것인가? 그녀들은 아이들의 어미가 누구인지 알아볼 생각도 하지 않았다. 아이들을 그녀에게 양도하지 않았다. 아이들의 이름을, 출생을 묻지 않았다. 여자는 그들에게 그것들이 여자라고, 그것들 모두가 여자라고 소리치지 않았다. 여자는 여자들의 희고 거친 손에서 여자가 죽어가는 것을 아무 말 없이 바라보았다. 내장이 튀어나오고 알집에서 끈적한 알들이 흘러내리는 모습을, 날개가 찢겨지고 추락하여 산산조각 나는 모습을. 여자는 여자들의 공범이었다.

누군가 그녀의 뺨을 때릴 때 여자는 그녀의 엷은 막을 관통하는 흐느낌을 경청한다. 여자는 그녀를 향한 폭력에 귀를 기울이고 헐떡이는 숨소리, 희미한 울음과 갈증까지도 알아차린다. 그녀들의 범죄를 모방하기 위해서였을까? 아니, 수인들의 범죄는 그녀의 범죄가 될 수 없었다. 그녀는 결국 아무것도 훔칠 수 없었다. 늙은 살인자들은 그녀가 너무 무르다고 했다. 네 어머니는 다섯 명의 남자를 죽였다고 한 살인범은 말했다. 네 어머니는 열 명의 여자를 죽였다고 한 도둑은 말했다. 네 어머니는 아무도 죽이지 않았다고 한 강간범이 말했다. 네 어머니가 죽이기 전에 그들은 모두 죽어 있었어, 혹은 네 어머니는 누군가를 죽이기 전에 이미 죽어 있었어. 모든 죽음은 살인의 행위 이전에 발생했지.

여자는 어머니가 누군가를 죽였다는 사실을 알고 있었다. 어머니는 한 번도 여자에게 당신의 죽음을 보여주지 않았으므로 여자는 언제나 살아 있는 어머니만을 보았다. 살아 있는 것이 아무것도 죽이지 않고 살아가는 것은 불가능하다. 어머니도 언젠가는 알을 낳았을 것이다. 젖어 축축하거나 말라비틀어진 알들, 살아남지 못한 알들은 죽었을 것이다. 알들의 삶은 어머니의 삶으로, 어머니의 삶은 알들의 죽음으로 이루어졌을 것이다.

밤의 쇼윈도에서 여자는 어머니를 보았다. 어머니는 표정도 없이 여자를 응시하고 있었다. 그녀들은 언제까지 서로 닮아가는 것일까, 시간이 흐를수록 한없이 근접해가는 형태의 유사성. 여자는 곧 감옥에 들어가게 될까. 여자는 사형수가 될까. 여자는 여자를 낳게 될까. 여자가 낳은 어머니에게 여자는 어떤 말을 할 수 있을까. 내가 유년을 감옥에 두고 온 건, 감옥에서 벗어나지 못한 건 당신 탓이에요, 하지만 아니었다. 여자는 이미 자신이 무한한 감옥임을 알고 있었다. 탄생의 한순간을 유리시킴으로써 벗어날 수 있는 것이 아니었다 감옥은 여자였다. 여자는 감옥으로부터 조류처럼 밀려나고 다시 밀려들어 가면서 더욱 감옥이 되어갔다. 해변의 맨발들, 분홍빛 발뒤꿈치가 찍힌 흰 모래사장의 얼룩들이 감옥 내부로 밀려들어가면서 여자를 쌓아갔다.

얼마 전까지만 해도 여자는 학교에 다녔다. 학교에서 공부

한 기간은 일 년도 채 되지 않았지만 여자는 처음으로 읽고 쓰는 법, 숫자들을 계산하는 방법을 배웠다. 여자는 놀랍도록 빨리 배웠지만 다른 아이들을 따라잡기에는 역부족이었다. 여자는 고등학교에 진학하는 대신 감옥으로 돌아갔다. 사형수의 딸이라는 사실을 발설한 것은 여자였다. 여자에게 자랑할 수 있는 특별함, 소녀의 얼굴을 더욱 아름답고 은밀한 빛으로 물들이는 비밀은 감옥뿐이었으므로. 사형제도의 찬반 토론을 하던 날 아이들은 즉흥적인 인상과 선택에 따라 편을 나누어 이야기했다. 죽을 생명의 존엄. 죽은 생명의 존엄. 고통의 총량. 사형 선고를 받을 만큼 악독한 범죄를 저지른 사람은 죽어야 해요. 그 사람 때문에 더 고통스럽게 죽어간 희생자들을 생각해요. 하지만 아무도 복수를 대신할 수는 없어요. 사법 기관은 복수의 주체가 될 수 없어요. 잘못 잡혀들어가는 경우를 떠올려 봐요. 억울하게 죽어버리는 경우를.

  여자는 불현듯 말을 꺼냈다. 엄마는 사형을 원했어요. 사형수들은 사형을 원해요. 수인이 감옥을 원하는 것처럼 사형수들은 사형을 원하는 거예요. 왜냐하면 사형수들은 온전한 수인이 아니니까. 설령 감옥에서 평생을 살고 죽는다고 해도 사형수는 죽음에 속해 있으니까. 감옥은 죽음이 아니라 생의 장소니까. 아무도 엄마를 받아주지 않았어요. 엄마는 붉은 명찰을 달고 있었어요. 엄마는 감옥의 주민일 수 없었어요. 엄마는 도래할 죽음에 속해 있다고 믿었어요. 하지만 사형 집행은 계속해서 미뤄졌죠. 교도관들은 아마 사형 집행은 끝까지 이루어지지 않을 거라고 했어요. 지난 십 년 동안 그랬으니까 앞으로도 그럴 거라고. 엄마는 여러 번 탄원서를 제출했어요. 사형을 선고받았으므로 엄마는 죽어야 한다고. 사형 판결이 감형되어 무기 징역이 되어도 무기 징역이 감형되어 이십 년 형이 되어도 엄마가 사형수라는 건 변하지 않아요. 엄마는 처음부터 사형수였으니까. 엄마는 그녀의 별자리에, 토성과 목성의 운행에 그 비밀스러운 운명이 만연해 있다고 했어요. 비밀이 더 이상 비밀이 아니게 되었을 때 엄마는 곧장 죽어야 했어요. 비밀 없이 살아갈 수 있는 사람은 없으니까. 엄마는 사형되어서 불행했지만 사형되지 않았다면 더 불행했을 거예요.

엄마는, 여자는 입을 다물었다. 아이들은 놀란 눈으로 여자를 올려다보고 있었다. 교사는 어떻게 그런 끔찍한 말을 할 수 있느냐며 울고 있었다.

하지만 모든 죽음은 끔찍해요, 하고 여자는 소리쳤다. 삶처럼, 생처럼, 탄생처럼, 유년처럼, 벌레처럼 끔찍해요. 엄마는 더 이상 겉돌고 싶지 않았을 뿐이에요. 모두가 엄마는 사형되어야 한다고 생각했지만 사형되지 않을 거라고 믿었죠.

교사는 납빛으로 질린 얼굴로 물었다. 그럼 네 엄마에겐 죄가 없다는 말이니? 사형수들을 위해서 사형해야 한다는 말이니?

 여자는 고개를 저었다. 엄마에게 어떤 죄가 있는지 모르겠어요. 아무도 정확하게 알지 못해요. 아마 엄마조차도 몰랐을 거예요. 엄마는 너무 많은 것을 죽게 만들었고 너무 많은 죽음 위에 살아왔고 손끝을 움직일 때마다 고개를 젖힐 때마다 깨물린 입술 사이로 한숨을 터뜨릴 때마다 무수한 위반들을 저질렀으니까. 엄마는 언젠가 그녀가 사형 판결을 받게 되리라는 것을 알면서 살아갔다고 했어요. 자살에는 아무런 의미가 없었죠. 엄마는 사형되리라는 걸 알고 있었으니까. 실제로 많은 사람들이 많은 생물들이 자살하지 않고 타자들의 죽음을 감당하면서 살아요. 무수한 죽음들, 셀 수 없이 많은 죽음들, 잊어야 살 수 있는 죽음들, 애도해야 견딜 수 있는 죽음들, 엄마는 엄마가 죽인 것들을 한 번도 애도해본 적이 없어요. 엄마는 사형수의 운명을 받아들였고 그뿐이었어요. 엄마는 한 번도 반성하지 않았어요. 엄마에게 중요한 것은 사형수의 삶뿐이었어요. 사형수의 미래는 마지막 순간까지도 언제나 미래였어요.

 아이들은 비명을 지르고 휘파람을 불고 침묵하고 울면서 여자를 응시했다. 그러나 여자를 경청하는 누구도 여자가 사형 제도를 찬성하는 것인지 반대하는 것인지 알지 못했다.

 그래서 너희 어머니는 사형을 즐겼니? 하고 교사가 물었다.

여자는 터질 듯 부풀어 오르는 가슴을 내리누르며 말했다. 침묵, 그리고, 여자는 가쁜 숨을 몰아쉬며, 감옥에는 거울이 없어요. 그러니까 엄마는 마지막 순간에 자신이 어떤 모습을 하고 있는지 무엇을 생각하고 있는지 볼 수 없었을 거예요.

그래도 너는 봤을 거 아니니.

여자는 고개를 저었다. 그녀는 아무것도 보지 못했다. 그녀는 어머니의 죽음을 경험하지 못했다. 그녀가 겪은 것은 어머니의 삶뿐이었다. 사그라들지 않는 삶, 어머니의 가슴에서는 붉은 머리들이 돋아나고 있었다. 여자는 그 머리들을 깨물고 입을 맞추는 여자들을 보았다. 머리들은 검붉고 말간 입을 뻐끔거리며 숨을 쉬고 있었다. 어머니의 범죄를 고발할 입들. 너희 엄마는 살인자야 넌 살인자의 딸이야 하고 그녀를 꾸짖을 입들.

아이들은 입을 벌렸다. 넌 정말 뻔뻔하구나, 너희 엄마는 사람들을 죽였어. 죽을 만큼 악독한 범죄를 저질렀어.

하지만, 하고 여자는 소리쳤다. 아무도 엄마가 무슨 짓을 저질렀는지 몰라요. 엄마를 고발하던 검사조차도 엄마가 죽인 게 정확히 누구인지 그들의 죽음과 엄마가 어떻게 연관되어 있는지 알려주지 않았어요. 다만 엄마가 많은 사람들의 죽음과 밀접하게 관련되어 있다는 사실만이 확인되었을 뿐이에요. 죽은 사람들의 신원을 아무도 밝혀내지 못했어요.

그래서, 하고 교사가 물었다. 너희 엄마는 본인이 죄를 지었다는 것도 모르고 있었니?

여자는 죽을 것처럼 괴로웠다. 구토가 치밀어 올랐다. 그녀는 모든 것을 알고 있었으나 아무것도 제대로 설명할 수 없었다. 교사와 아이들이 원하는 것은 여자가 알고 있는 어머니가 아니었기에, 그들은 어머니의 죽음, 어머니로 인해 유발된 죽음들과 어머니가 강제된 죽음만을 원하고 있었다. 그러나 여자가 아는 모든 것은 어머니의 삶이었지 죽음은 아니었다. 여자는 어머니의 범죄에 대한 몇 가지 버전의 이야기를 가지고 있었으나 그것은 모두 사실이 아니었다.

여자는 사랑하는 소녀들의 가슴을 찔러 죽였다. 소녀들 안에서 여자를 바라보고 소녀들 안에서 죽어가기 위해, 소녀들은 여자를 사랑하며 여자는 여자를 사랑하며 죽어갔다.

혹은, 여자는 아무도 죽이지 않았다. 여자도 죽은 사람들도 여자의 살해에 대해 모르고 있었다. 그러나 여자는 은밀하고 필연적인 연쇄에 의해 그들의 죽음을 초래하였고 인과의 고리들을 차근차근 되짚어 따라가던 과학자들에 의해 여자의 살해가 발각되었다.

혹은, 여자는 스무 명의 아이를 낳고 죽였다. 아직 어머니가 되고 싶지 않았기 때문에, 죽은 피를 변기에 흘려보내듯 죽어가는 아이들을 변기에 넣고 물을 내렸다. 태아의 뼈와 살로 하수도가 막혔고 여자는 고발되었다. 감옥에서 아이를 낳았을 때 여자는 아이를 쓰레기통에 버렸고 교도관들이 그녀를 발견했다.

이 중 어느 것도 사실이 아닐 것이다. 이 모두가 진실일 것이다.

아이들과 교사는 죽음과 무관하다는 듯 오로지 사형수를 저주하기 위해 살아간다는 듯 여자를 혐오스럽게 노려보았다. 그러나 이 교실에도 무수한 죽음들이 떠다니고 있지 않은가? 그녀가 쉬는 시간에, 수업 중간에 비밀스럽게 낳아놓은 흰 알들이 부화하여 날아다니고 있었다는 사실을, 그들이 그녀의 자식들을 주먹으로 쳐서, 손톱으로 찔러서 책 등으로 눌러서 죽였다는 사실을 알게 되면 그들은 무엇을 말할 수 있을까? 그들이 그녀의 자식들을 죽였다는 사실을, 그녀가 은밀하게 그들 모두를 그녀의 살해자로 만들었다는 사실을, 그들이 이미 그녀의 죽음에 돌이킬 수 없이 연루되었다는 사실을 알게 되면?

여자에게는 그들 모두를 산산조각 낼 수 있는 비밀이 있었다. 여자는 그들 모두가 살해자임을, 그것도 여자를 죽인 가해자임을, 아직도 여자를 눌러서 터뜨려서 으깨서 죽이고 있는 잔혹한 살해자임을 알고 있었다. 그러나 어쩌면 그들은 알고 있을지도 몰랐다. 그들은 죽여도 괜찮은 것을 죽였다는 사실을, 죽은 벌레들이 여자의 아이들이라는 사실을 아무도 믿어주지 않을 것이다. 그들은 그들이 너무도 손쉽고 잔혹하게 여자를 죽였다는 사실을 이해할 수 없을 것이다. 여자가 알들을 낳았다는 사실을, 알들이 벌레가 되었다는 사실을 아무도, 아무도. 여자의 자식들은 여자와 너무도 닮지 않았으므로, 경찰서에서 다리를 벌리고 알들을 낳아도 그들은 보지 못할 것이다. 그것은 불가능한 일이므로. 불가능한 일을 볼 수 있는 사람들은 끔찍하게 드물므로.

아이들은 가만히 서 있는 여자를 내버려 두고 토론을 이어 나갔다. 어찌 되었든, 무테안경을 쓴 남자아이는 여자를 흘깃 바라보며 말했다. 사람을 죽이는 건 끔찍한 짓이야. 그 때문에 고통받는 건 피해자들뿐만이 아니야. 피해자들의 가족들, 그리고 가해자의 가족들도 돌이킬 수 없이 훼손되고 말지. 우린 저 애를 비난해서는 안 돼.

교사는 고개를 끄덕이면서 그녀가 감옥에서 태어나 자랐다는 사실을 고백했다. 어쩔 수 없는 일이에요. 살인범들 도둑들 사기꾼들 강간범들과 함께 자라나 살인과 절도와 사기와 강간에 대한 이야기들에 둘러싸여 자라난 아이가 무엇을 생각할 수 있겠어요.

길고 곧은 검은 머리를 단정하게 묶은 여자아이가 여자를 용서하자고 말했다. 저 애에게는 잘못이 없어요. 저 애도 피해자예요. 저 가여운 애를 낳은 건, 저 애를 저렇게 만든 건 감옥이고 저 애의 엄마예요. 우리가 배운 것, 우리가 갖고 자란 것들에 저 애는 닿을 수 없었던 거예요. 우리는 저 애를 관대하게 용서해야 해요. 그리고 사형수는 될 수 있는 한 빨리 사형해야 해요. 그리고 아이를 낳지 못 하게 해야 해요. 저렇게 가엾고 끔찍하게 자라나는 걸 저 애도 원치 않았을 거예요.

여자의 옆에 앉아 있던 여자아이는 교과서로 그녀의 아이를 조심스럽게 밀어내며 말했다. 여자는 반으로 찢겨져나간 어린 파리의 살갗을 보았다. 이 애는 엄마를 변호하려 한 것뿐이에요. 모든 아이들이 엄마를 보고 엄마를 모방하고 엄마를 향해 자라나듯이 이 애는 엄마를 믿은 것뿐이에요. 이 애는 살인이 나쁘다는 도덕보다 이미 살인을 내포하고 있는 그녀의 엄마를 먼저 배웠겠죠. 아무런 의심 없이 맹목적으로 엄마를 흡수하고 엄마를 믿고 엄마를 따라 자라난 거예요. 이 애가 살인을 배웠다고 해서 비난할 수는 없어요. 다들 말했듯 우린 이 애를 용서해야 해요.

어느새 토론의 주제는 여자로 전향되어 있었다. 여자는 아이들과 교사들이 그녀를 용서하는 것을 믿을 수 없이 고통스럽게 받아들일 수밖에 없었다. 그들이 여자를 용서했기 때문에 여자는 더 이상 아무 말도 할 수 없었다. 그들이 찢어서 태워서 눌러서 죽인 그녀의 자식들에 대해 말할 수도 없었다. 그들이 그녀를 용서했기 때문에 그녀는 용서받을 수밖에 없었다. 그들이 그녀를 용서했으므로 그녀는 더 이상 그들을 원망할 수 없었다. 그녀는 얼떨결에 고개를 끄덕였고 한순간 멍청하게도 그들의 용서를 받아들였고 그녀의 얼굴을 비련하고 아름답게 만들던 고통을 빼앗겼다.

중학교를 졸업할 때까지 아이들은 여자에게 의식적으로 친절하게 굴었다. 여자가 풀지 못한 문제들을 친절하게 알려주었고 여자가 급식을 먹을 때면 항상 여자의 곁에 몰려와서 함께 밥을 먹었다. 그러나 낮의 시간, 학교의 시간이 끝나고 나면 그들은 순식간에 사라졌다.

여자는 한 번도 학교를 감옥과 같다고 느낀 적이 없었다. 여자에게 있어 학교와 감옥은 모두 낮이었으며 나가고 다시 들어오는 곳, 그녀와 같지 않은 사람들 사이에서 은밀한 범죄를 퍼뜨리는 곳이었으나 학교의 사람들, 학생들과 교사들은 그들의 범죄를 믿지 않았다. 그들이 살해자이며 도둑이고 기만자이며 학살자, 사기꾼이라는 사실을, 그들이 범죄자라는 사실을 믿지 않았다.

학교에서 여자는 유일한 범죄자였다. 살인범의 옹호자, 그리고 살인범의 피해자. 여자는 가혹하고 일방적인 애정을 받아들여야 했다. 아이들은 여자를 폭력적인 연민으로 돌보았고 여자는 어린 부모의 거칠고 애틋한 어루만짐 속에서 부대끼며 죽어가는 작은 병아리처럼 고통스러웠으나 그들이 여자를 멋

대로 입양하고 사랑하는 것을 견딜 수밖에 없었다. 여자에게 있어서 학교는 감옥보다 고통스러운 공간이었다. 감옥에서는 누구도 여자에게 범죄를 강요하지 않았다. 그러나 학교에서 여자는 유일한 범죄일 것을, 그들이 상상하고 여자에게 부여하는 모든 범죄일 것을 강요받았다.

여자는 저지른 적도 없는 범죄들을 용서받았다. 부반장이 잃어버린 돈 봉투, 깨진 화분들, 찢겨나간 꽃들, 산산조각 난 유리창과 뒤뜰의 방화는 모두 여자의 범죄였다. 여자는 그녀가 저지른 적 없는 모든 범죄들을 용서받았다. 그녀의 어머니가 범죄자였기에 그녀의 범죄는 모두 어머니의 범죄가 되었다. 이 돈 네가 훔친 거 맞지? 선생님께 이르지 않을게. 우린 널 용서할 거야. 우린 널 용서할 거야. 널 용서할 거야. 왜냐하면 네게는 잘못이 없으니까. 넌 피해자니까. 잘못된 건 너희 엄마니까. 너희 엄마는 이미 죽었고 살아남은 네게는 아무런 잘못이 없으니까.

그러나 그들은 잘못 생각하고 있었다. 잘못된 것, 위협적인 것, 범죄적인 것은 죽음이 아니라 삶이었다! 모든 범죄는 여자의 어머니가 아닌 여자의 것이었다. 여자가 살아 있었기 때문에 그 모든 죽음과 위반, 폭력과 찢김은 여자에게 속한 것이었다. 여자는 그녀가 저지른 적 없는 범죄들이 이미 그녀의 것임을 알고 있었다. 그건 여자의 어머니가 범죄자이기 때문도 여자의 어머니가 사형되었기 때문도 아니었다. 그건 여자가 살아있기 때문이었다. 여자가 살아있기 때문에 범죄들은 여자에게 예속된 것이었다. 여자가 살아있기 때문에, 오직 그녀가 용서받을 수 있기 때문에 그녀는 범죄적인 것이었다. 여자가 건네받은 용서는 여자를 관통하였고 그녀의 내부에 침잠하여 파열하였다. 여자는 용서받기 위해 태어난 것처럼 느껴졌다. 그녀에게 어떠한 잘못도 없었더라면 그녀는 용서받을 수 있었을까? 그녀의 출생, 감옥에서의 출생은 어디에도 기록되지 않은 무참한 범죄였고 그랬기 때문에 여자는 끝없이 용서받고 있는 것이 아닐까?

여자는 용서가 너무도 괴로웠다. 용서로 인해 여자는 범죄자가 되었고 범죄는 그녀를 경유하여 그녀의 살 깊이 침잠하였기에. 여자는 돈을 훔친 것이, 창문을 깨뜨리고 병아리를 터뜨리고 풀을 뽑고 꽃의 목을 뽑아낸 것이 그녀가 아니라고 변명할 수도 없었다. 그녀가 부인하기도 전에 그녀는 이미 용서받았으므로. 깨끗하게 씻겨 곱게 개켜진 범죄의 수의들을 아이들은 여자에게 선물하였고 여자는 그것을 가슴 깊은 곳에 차곡차곡 쌓아놓을 수밖에 없었다. 부풀어 오르는 상처를 가리고 채우며 그녀를 희게 덮어나가는 붕대와도 같은.

졸업할 무렵 여자는 그녀의 가슴을 두둑이 채운 흰 용서 때문에 찢겨서 터져버릴 것 같았다. 그녀는 끔찍하게 부풀어 올랐다. 아이들은 여자를 사랑한다고 여자를 용서하였다고 부드럽게 속닥거렸다. 진물이 흐를 틈조차 없이 여자의 절단은 꽁꽁 묶여 있었다. 흰 범죄 위에는 또 다른 흰 용서가, 거의 무한할 정도의 용서들이 감겨져 있었다. 용서 역시 범죄였다는 사실을, 여자는 끝내 고발하지 못했다. 아이들이 그녀에게 감아놓은 희고 깨끗한 천들이 모두 범죄라는 사실을, 그녀를 용서한 것만큼 치명적이고 증오스러운 범죄는 없었다는 사실을 여자는 말하지 못했다. 그녀는 용서 때문에 죽어갔다는 사실을, 그녀를 아프게 한 것은 어머니의 범죄가 아니라 아이들의 용서였다는 사실을. 그들이 의자에서 일어나 멀거니 서 있는 여자 옆에서 그녀를 용서할 때 그녀를 사랑해야 한다고 말할 때 그녀는 비틀려 터져나가고 있었다고, 억지로 봉합된 덩어리에서 육중한 꽃들이 죽어갔다고, 그녀는 용서받고 싶지 않았다고, 그녀는 말하지 못했다.

　아이들은 여자를 용서했으나 여자는 아이들을 용서할 수 없었다. 교실에서의 모든 범죄는 여자의 전유물이었기 때문에, 아이들은 용서받지 않았다. 아이들은 용서로부터 면제되었다. 그들이 여자를 용서했기 때문에 그들은 용서받지 않아도 되었다. 여자가 그들에게 돌려보낸 용서는 모두 여자에게로 되돌아왔다. 여자는 가슴에서, 사타구니 사이에서, 겨드랑이에서, 뱃속에서, 등 위에서 돋아나오는 새하얀 죄의 종양들을, 백합처럼 희고 부드러운 붕대들을 풀어낼 수 없었다. 여자는 부풀었고 이해할 수 없을 정도로 살이 쪘고 그 살은 끔찍하게 희었고 그래서 여자는 그녀의 살이 모두 용서로, 치명적인 흰빛의 용서로 이루어졌다는 것을 알고 있었는데도 더 이상 용서하지 말아 달라고 빌 수도 없었다. 그녀는 용서가 두려웠고 용서가 고통스러웠다.

그녀는 더 이상 용서를 견뎌낼 수 없었기 때문에 고등학교에 진학하지 않았다. 대신 그녀는 감옥으로 돌아갔다. 그녀의 어린 시절을 함께한 교도관은 여자에게 그녀가 그렇게 살 필요가 없다고 말했다.

너는 바깥을 살아도 괜찮아. 네 엄마는 이미 죽었고 어머니의 죄는 네 죄가 아니란다.

하지만 제 어린 시절은 아직 감옥에 있어요. 전 그걸 두고 바깥에서 살아갈 수는 없어요.

어린 시절을 두고 어린 시절을 잊고 살아도 괜찮아. 어린 시절을 잃어버린 어른들이 어린 시절을 극복한 어른들보다 훨씬 많단다.

여자는 교도관의 흰 입술을, 흰 이에 깨물려 더욱 희게 질린 과일의 속살과도 같은 입술을 바라보았다. 교도관이 허락하리라는 것을 여자는 알고 있었다. 아무도 여자가 감옥으로 돌아가는 것을, 감옥에서 살아가는 것을 막을 수 없었다. 그녀는 감옥에서 태어났으므로. 감옥은 그녀의 유일한 고향이었으므로. 그녀가 처음으로 배운 언어는 감옥의 언어였고 그녀가 처음으로 마신 공기는 감옥의 공기였으므로. 여자는 그녀를 용서할 수 없는 사람들 곁으로 돌아갔다. 교도관들은, 수인들은 그녀를 용서하지 않았다. 그녀를 사랑하는 사람도 그녀를 사랑하지 않는 사람도 그녀를 용서하지 않았다. 그들은 그녀가 용서받을 수 없는 죄로 태어났다는 사실을 알고 있었다. 용서는 상처를 아물게 할 수 없음을 알고 있었다.

   그녀는 순식간에 살이 빠졌고 심지어 앙상해지기까지 했다. 희게 입을 벌린 상처만이 남았다. 벌어진 속살을 비집고 알들이 태어났다. 그녀는 그녀를 찢어내는 출산을 증오하지 않았다. 그러나 용서하지도 않았다. 여자는 여자로부터 빠져나가 치명적인 불연속성으로 웅웅대며 날아가는, 여자의 바깥에서 죽어가는 여자들을 방관했다. 여자는 투명하고 아름다운 날개들을 바라보며 생각했다. 아이들은 그녀를 견뎌낼 수 없었기 때문에 그녀를 용서한 것일까? 그녀에게 굴욕을 주기 위해 그녀를 사랑한 것일까? 용서는 아이들이 저지를 수 있는 가장 효과적이고 비열한 범죄였다. 여자는 그들이 여자를 용서하는 것을, 여자를 사랑하는 것을 막을 수 없었다. 그녀가 낳은 벌레들은 그녀를 용서했을까? 그들을 더러운 벌레로, 곧 죽을 불결함으로 낳은 것을? 그러나 정말, 여자는 고통스럽게 생각했다. 그들은 정말 내 알들일까? 그들은 여자와 너무도 닮지 않았는데, 그들은, 여자가 낳은 알들을 찢어내고 나온 그들은 더 이상 여자가 아닌 것이 아닐까? 그렇지만 여자는 믿을 수밖에 없었다. 그녀의 아이들이 그녀였다는 것을, 그녀가 그들 모두를 낳았다는 것을, 왜냐하면 그녀는 그만큼 아팠으니까. 더 이상 느낄 수 없는 죽음은 그녀의 내부에 있지 않은 만큼, 그녀에게서 멀리 떨어져 있는 만큼 고통스러웠으니까.

머리 높이에 있는 작은 틈 사이로, 철창살이 놓인 구멍으로 자유로이 헤엄치는 날벌레들. 수인들은 오직 벌레들을 죽이는 것만이 그들 삶의 목적인 것처럼 집요하게 죽였다. 그들은 바깥의 복도와 유일하게 연결되어 있는 구멍마저 신문으로 막고 좁은 감실 안에 들어찬 벌레들을 눌러서 터뜨려서 짓이겨서 찢어서 죽였다. 그녀는 확고하게 겨냥되어 발산되는 힘의 움직임을 경악스럽게 바라보았다. 살해는 가차 없이 자연스러웠다. 신중하고 혹독한 대담함으로 여자들은 여자들을 죽였다. 흰빛의 가로등을 횡단하여 밤으로 밀려 나온 여자는 어둠 속에서 벌레들을 잡아 죽이고 있는 수인들의 환영을 보았다.

여자는 어머니의 시체를 거울 속에 눕혔다. 천사처럼 시커멓고 가녀린 파리들이 여자의 창백한 살갗에 몰려들었다. 여자는 갈라진 상처를 벌려 구더기들을 낳았다. 흰 벌레들은 날개를 달고 날아올랐다. 수인들은 집요하게 그들을 눌러 죽였다. 날카로운 손톱에 관통당한 파리들은 비명도 없이 죽었다. 거울 속에 잠든 어머니는 또다시 파리들을 낳고 있었다. 아무도 그들의 생을 용서할 수 없었다. 아무도 그녀가 낳은 것들을 그녀가 죽인 것들을 용서할 수 없었다. 그들은 용서받기 전에 죽었으니까. 죽기 전에 태어났으니까.

하지만 그들은 그녀를 용서했다! 그녀가 용서할 수 없었던 그들은 그녀를 끈질기고 잔혹하게 용서했다. 책상에 고개를 묻고 흰 살을 감춘 그녀를 집요하게 추적하여 그녀의 날개를 벌리고 벌어진 살에 흰 붕대를 감아주었다. 우리는 너를 용서할 거야 널 용서할 거야 용서할 거야 너를. 그들은 여자를 악착같이 용서했다. 그녀가 질식하여 죽어가는 것을, 짓무른 상처가 부패하는 것을 아랑곳하지 않고. 그녀의 어머니가 이미 죽었다는 사실조차도 무시한 채, 죽은 자에게 붕대를 감았다. 하지만 그녀는 살아 있었다. 그들이 붕대를 감은 것은 이미 죽어 무감한 살이 아닌 살아 있는 시체의 살이었다. 거울 속의 어머니가 부패해 가는 동안에도 여자는 붕대를 풀어낼 수 없었다. 덥고 끈적하며 갑갑한 흰 붕대들, 살과 밀착되어버린 붕대들. 붕대 속에서, 여자는 짓물러 썩어갈 줄만 알았다.

어머니의 환영을 시꺼멓게 덮은 붉은 겹눈들, 여자는 고통으로 질식할 것 같았다. 여자는 거울 속에 안치해 놓은 어머니가 진짜 어머니가 아니라는 사실을 알고 있었다. 처음부터 알고 있었다. 그녀의 어머니는 언제나 살아 있는 어머니였으므로, 붉은 머리들을 대롱대롱 달고 우윳빛의 젖을 흘리는 어머니, 죄수의 분홍빛 손가락이 어둠 속에서 어머니의 가슴을 어루만졌다. 여자는 어둠 속에서 은밀하게 빛나는 흰빛을 보았다. 그러나 어머니가 죽는 것은 보지 못했다. 거울 속의 어머니는 여자였다. 죽은 채로 살아 있는 어머니는, 용서받지 못한 불결한 호흡들로, 용서로 칭칭 감겨 깊이 남은 상처로, 용서 아래에서 질식하여 죽어가는 용서받지 못한 숨들로 시꺼멓게 뒤덮인 어머니는 여자였다. 여자는 홀로 남겨졌다. 지독한 용서와 함께, 언제나 그녀를 두고 떠나버리는 그녀의 자식들과 함께. 자식들의 사라짐과 함께, 모든 사라짐, 그녀에게 남은 것은 그녀의 것이 아닌 사라짐들뿐이었다.

사형집행일에 어머니는 열린 감옥 문으로 다급하게 달려갔다. 자유를 쫓아 간 것이 아니었다. 죽음의 기회가 그녀로부터 멀어질까 두려워 그토록 서둘러 달려 나갈 수밖에 없었던 것이다.

부활자

어슴푸레한 수증기와 격자무늬 타일. 붉은 얼룩으로 어지러운 거울과 음울한 밤의 노래. 바닥과 벽면은 희뿌연 안개로 온통 젖어 있었고 소년은 안개에 가만히 고개를 기대었다. 이곳을 나갈 수 있을까? 소년은 자신에겐 잘못이 없다고 생각했다. 잘못이 없는 자는 죽지 않는다. 그러나 여자는 잘못이 없기 때문에 소년이 죽을 것이라고 했다. 소년은 꿈처럼 흔들리는 욕조를 멍하니 바라보았다.

그녀는 눈부신 검은 몸을 거울과도 같은 수면에 담그고 있었다. 소년은 거울 바깥으로 삐져나온 그녀의 입체적인 두상을 마주 보았다. 그녀는 입술을 고집스레 다문 채로 속삭였다. 아직 나가면 안 돼. 아직이요? 언제까지? 하고 소년이 대꾸했을 때, 여자는 내가 죽을 때까지, 하고 대답했다.

하지만 당신은 이미 죽지 않았나요?

영사막처럼 흘러내린 수증기 아래에서 여자의 육체는 잔혹한 빛으로 흩어지고 있었다. 당장이라도 사라질 듯. 소년은 그녀의 죽음을 오래전부터 기다리고 있었으나 이런 식일 것이라고 생각한 적은 없었다. 유리창을 사이에 두고 처음 그녀와 마주쳤을 때, 그녀는 창백하게 반짝이는 검은 얼굴을 일그러뜨리면서 환하게 웃었다. 웃기 전에 그녀는 겁에 질린 얼굴로 당장이라도 비명을 지를 듯 입을 크게 벌렸다. 그러나 비명은 나오지 않았다. 소년은 그녀 대신 비명을 질렀다. 그녀는 소년의 비명을 듣고 정신을 차린 듯 입술 위에 집게손가락을 얹으며 소년을 진정시켰다. 괜찮아, 하고 여자가 말했을 때 소년은 그녀의 미소가 아름답다고 생각했다. 당신은 날 해치지 않을 건가요? 엄마는, 소년은 갑작스레 입을 다물었다. 여자가 고집스레 캐묻고 나서야 소년은 수줍게 말을 이었다. 엄마는 검은 사람들이 모두 괴물이라고 했어요. 낮에는 몰라도 밤에는 절대 문을 열어주면 안 된다고요. 여자는 웃으며, 그럼 문을 열어주지 않으면 되잖아, 하고 말했고 소년은 여자와 마주 웃으며 고개를 끄덕였다.

그런 식의 만남이 몇 번이고 계속되었다. 악몽처럼 달콤한 대화가 이어졌다. 언젠가 여자가 유리창 안쪽으로 갑작스럽게 머리를 불쑥 들이밀 때까지만 해도 소년은 여자를 거의 신뢰하고 있었다. 소년은 깜짝 놀라 무슨 일이냐고 비명을 질렀다. 여자는 끔찍한 무표정으로 소년을 마주 보며 그녀를 구해달라고 했다. 그녀는 미래의 실종자이며 과거로, 그녀가 출발한 과거로 하염없이 여행하는 중이라고. 소년은 이해할 수 없다고 대답했다.

리바에는 유령들이 많아, 애야, 하고 여자가 대답했다. 처음 만났을 때는 내가 아니라 네가 유령이라고 생각했지. 물론 우리 둘 다 유령일 수도 있겠지만 가장 합리적인 가능성은 가장 나중에 떠오르기 마련이니까. 이전에는 유령을 본 적이 없니? 하고 여자가 물었을 때, 소년은 울먹거리면서 고개를 끄덕였다. 물론 소년은 유령들에 대해 알고 있었지만 여자가 이야기하는 것은 소년이 알고 있는 유령과는 다른 무언가라는 것, 무척이나 현실적이고 실제적인 현상일 것이라고 짐작했다.

여자는 배에서 떨어졌다고 했다. 검은 물 위에 떠 오른 판자들을 찾아 헤맸지만 모든 판자에서 밀려나 가라앉고 말았다고, 검은 물 깊은 곳으로 하염없이 떨어져 내려 마침내 소년의 방 창문까지 떠밀려 온 것이라고. 난 과거로 가라앉고 있어. 내 죽음과 한없이 근접하는 과거. 끝없이 내려가다 보면 언젠가 죽음의 순간과 맞닿을지도 모르지만 한없이 가까워질 뿐 결코 도달할 수 없는 것이 죽음일지도 몰라. 그런 생각을 하면 소름이 끼쳐.

 소년은 여자의 얼굴이 이상하게 느껴졌던 까닭을 알아차렸다. 그녀는 한 번도 눈을 깜빡거리지 않고 소년을 응시하고 있었다. 어쩌면 소년과 여자가 정확하게 같은 순간에 눈을 깜빡거렸기 때문에 그렇게 보일지도 모르지만. 그러나 소년이 눈을 감고 그녀를 바라보는 동안에도 여자는 눈을 깜빡이지 않았다.

 그래서 당신은 어디까지 가고 싶은데요? 하고 소년이 물었을 때 여자는 고개를 저었다. 난 죽었다고 생각했어. 마침내 죽었다고. 죽음은 끝이라고 믿었으니 그 이후에 대해 고민할 필요는 없었지. 하지만 그걸로 끝이 아니었던 거야. 죽음으로 가는 길이 그토록 험난하고 불안하다는 걸 누군가 말해주었더라면 마음의 준비라도 할 수 있었을 텐데. 난 끔찍하게 무방비한 상태로 죽음의 강에서 떠올랐고 죽음에 미친 망자들이 날 밀어내는 동안 내 몸을 방어할 수 있는 칼자루 하나 없이 순순히 떨어질 수밖에 없었어.

 엄마는, 소년은 어리둥절해 하며 말했다. 죽은 사람들이 천국에 간다고 말했어요. 아빠는 죽은 사람들이 영원히 사라진다고 말했고. 간혹 실종된 사람들이 죽기도 하지만 죽은 사람들이 실종된다는 이야기는 한 번도 들어본 적이 없어요.

여자는 웃으며 대답했다. 나도 그런 말은 들어본 적이 없어.

날카로운 초승달처럼 휘어진 여자의 입술과 그 사이로 드러난 흰 이들. 소년은 불현듯 중얼거리기 시작했다. 아냐도 당신처럼 예뻤어요. 신부님도 선생님도 그랬어요. 내 여동생이 우리 마을에서 제일 예쁘다고. 물론 당신은 밤처럼 검고 그 애는 달처럼 하얗지만 달은 밤에 뜨고 밤은 달을 피워내니까 그렇게 큰 차이는 없는지도 몰라요. 당신도 그 애를 본 적이 있나요?

여자는 고개를 저었다.

어른들은 동생의 몸을 도려냈어요. 날카로운 초승달로 조각내고 도려내는 걸 난 꿈속에서 봤어요. 아냐는 나한테 도와달라고 하지 않았어요. 내가 바로 옆에 있었는데도 그 애는 날 모른 척했어요. 난 울면서 매달렸는데, 초승달에서는 계속 검은 피가 흘러내렸고 동생은 당장이라도 녹아 없어질 것 같았는데, 흘러넘치면서도 동생은 날 부르지 않았어요. 관 속에 담긴 그 애는 한 번도 찢겨진 적이 없는 것처럼 고요했고 마치 한 번도 죽어본 적이 없는 것처럼 부드러웠어요. 눈을 감고 있었는데 눈꺼풀이 너무 희어서 눈을 뜨고 있는 것처럼 보이기도 했어요. 아빠가 그 애의 가슴에 검을 찔러넣을 때도 그 애는 미동조차 없었어요. 난 동생을 죽이지 말아 달라고 애원했지만 아빠는 칼을 그대로 내리꽂았어요. 아빠가 동생의 가슴을 찌르는 모습을 모두가 보고 있었죠. 동생은 이미 죽었는데도, 모두가 알고 있는데도, 아빠는 그 애의 심장에 검을 꽂았고 난 그 애를 죽이지 말아 달라고 소리쳤어요.

 장례식에는 사람들이 많았죠. 대부분은 처음 보는 어른들이었어요. 그들은 엄마 아빠를 노려보면서 악마라고 수군거렸어요. 엄마 아빠는 흐느꼈지만 비명을 지르지는 않았어요. 동생은 당장이라도 살아날 것처럼 부드럽고 희었는데 검은 옷을 입은 남자가 관 뚜껑을 닫았고 깊은 구덩이 속에 동생을 떨어뜨렸어요. 난 안된다고 비명을 질렀죠. 그 애는 하늘로 올라가기로 약속했다고요. 땅 밑이 아니라 하늘 위로.

 검은 옷을 입은 여자와 남자들이 갑자기 끔찍하게 새까만 눈으로 날 돌아봤어요. 마치 내가 용서할 수 없는 거짓말을 했다는 듯이. 하지만 거짓말이 아니었어요. 우린 약속했는걸요. 동생은 하늘로 올라가서 우리를 돌봐주겠다고, 오직 우리만을 바라보고 지켜주는 천사가 되겠다고 약속했어요. 엄마 아빠는 당장이라도 졸도할 것처럼 창백해 보였지만 정작 기절한 건 나였어요. 사람들은 아빠가 아니 엄마가 아니 아빠가 아니 엄마 아빠 둘 다 범인이라고 했어요. 하지만 아무도 엄마 아빠를 체포해갈 수는 없었죠. 당연한 일이에요. 아냐는 자살했으니까! 그 애는 목을 매지도 않았고 쥐약을 먹지도 않았지만, 그 애의 손을 조른 건 내 손이었지만 그 애는 자살했어요.

부활자 · 51

만약 당신이 날 심판하러 온 거라면, 소년은 시뻘건 눈으로 소리쳤다. 내 손을 잘라내도 좋아요. 하지만 내게는 다른 잘못이 없어요. 그 애는 천사가 되고 싶다고 했고 언제나와 같이 날 이용했죠. 그 애를 아름답게 치장시키고 깨끗하게 씻기고 부드럽게 돌보았던 내 손으로 그 애는 목을 졸라달라고 했어요. 내가 목을 조를 때 그 애는 웃었고 아마 나도 웃었을 거예요. 우린 조금도 아프지 않았어요. 난 천사가 되고 싶었지만, 그 애를 천사로 만드는 대신 내가 천사가 되고 싶었지만 한 마디도 불평하지 않고 그 애의 목을 졸라 주었어요. 그 애를 씻기고 꾸미고 돌봐주었듯이.

여자는 어느덧 상반 전체를 유리창 안쪽으로 들이민 상태였다. 부드럽고 축축한 안개 같은 품이 소년을 감싸 안았다.

아냐는 그 애에게 가능한 방식으로 살기를 원치 않았기 때문에 죽었던 거예요. 하지만 그런 건 모두 마찬가지 아닌가요. 원치 않는 삶을 견뎌낼 수 있는 사람들은 불가해하게 휘어진 상태로 끝까지 넘어지고 꺾여 죽은 사람을 잊지 않기 위해 애도하고 용서하지만, 살아남은 사람들은 누구에게 용서받을 수 있나요. 아냐는 끝까지 예뻤어요. 그 애의 죽음을 보기 위해 전국 각지에서 끔찍하게 많은 사람들이 모여들었죠. 난 그 애의 죽음을 만들어낸 손이 바로 내 것이라고, 그 애의 죽음은 그토록 아름다운 죽음은 내 것이라고 고래고래 소리치고 싶었지만 그럴 수 없었죠. 아냐는 자살했으니까.

잔가지의 그림자가 소년의 얼굴을 부드럽게 어루만졌다. 가벼운 현기증으로 비틀거리면서 소년은 어느새 작지만 두툼한 발까지 전부 들어온 여자를 올려다보았다. 여자는 꿈처럼 검었다.

사람들은 모두 아냐를 기억하지만, 아름답지 않은 아냐, 희지도 어리지도 않은 아냐를 기억하는 이는 아무도 없어요. 나도 마찬가지예요. 눈부시게 하얗고 깨끗한 얼굴에 주근깨가 뒤덮인 아냐, 연녹빛 곰팡이와 얼룩에 훼손된 아냐, 뼈가 드러나고 붉은 살이 검게 썩어가는 아냐, 등이 굽은 아냐, 머리가 희게 센 아냐, 나날이 자라나고 마침내 늙어가는 아냐를 떠올릴 수 없어요. 그 애가 살아있었다면 점점 흉하게 변해갔을지도 모를 일이죠. 어린 시절에 끔찍하게 아름다운 애들이 자라날수록 기묘한 축에 뒤틀린 듯 변해가는 것처럼.

밤은 사물들의 고유한 선을 무너뜨렸지만 경계선을 잃어버린 사물들은 어디로도 사라지지 않았다. 소년은 검은빛 속에서 무너지지 않는 세계를 묵묵히 견뎌내었다.

우리는 그 애를 가장 저열한 방식으로 악용하고 있어요. 죽음이 예정된 자살자의 사진에 코를 박고 흐느끼는 쥐새끼들처럼. 난 마치 그 애가 아직 죽지 않았다는 듯이 그 애의 꿈을 꾸며 잠들어요. 그곳에는 그 애가 있고 나는 없어요. 그 애는 나

없이 자살하지 못하죠. 그 애는 눈부시게 아름답고 깨끗한 두 개의 길고 축축한 날개를 달고 있어요. 사람들은 그 애의 날개를 만져보고 돈을 내요. 유리창을 닦는 하인들은 따로 있어요. 유리창 바깥에는 당신이 아니라 군중들이 있죠. 안개처럼 희멀건 얼굴의 사람들이 오직 그 애의 날개를 훔쳐보기 위해 서성거려요.

 엄마는 더 이상 시를 쓰지 않고 아빠는 베트남 인민들을 총살하지 않고 아냐는 석고상처럼 가만히 앉아 있어요. 나비의 날개처럼 생긴 날개, 깃털 하나 없이 거대하고 축축하며 끔찍하게 연약한 겹으로 펼쳐진 날개는 땅바닥에 반쯤 내려뜨려져 있어요. 돈을 내고 그 애의 날개를 만지는 여자들은 치명적인 연약함을 참지 못하고 울음을 터뜨려요. 난 모든 것을 모든 구석에서 모든 시선으로 지켜보고 있지만 아무도 나를 알아차리지 못해요. 수천 곳에서 시작하며 파고드는 내 시선을, 난 단지 바라보는 것만으로 그들을 훼손하고 있다고 느끼지만 사실은 아무것도 바뀌지 않았던 건지도 모르죠. 그곳엔 내가 없어요. 난 나라는 오염의 기재 없이, 불가피하게 훼손시키는 치명적인 표상 없이 한없이 투명하게 그 애를 바라봐요. 난 내가 없는 세계에 절망적으로 매료되지만 그곳에서 죽을 수는 없다는 사실을 알고 있어요.

 아냐는 자살했죠. 내가 아니라 아냐가 자살했어요. 그 애는 원하는 일은 모두 하고야 말았으니까. 그 애는 언제나 성공하는 아이였고 난 언제나 실패하는 아이였죠. 그 애의 목을 조르는 순간에도 난 내가 실패할 것이라고 믿고 있었어요. 그 애는 천사가 될 수 없을 거고 그 애는 끔찍하게 늙어갈 거고 머지않아 흉측해지고 말 거라고. 얼굴이 길어지거나 코가 너무 높아지거나 눈이 너무 커지거나 얼굴을 이루던 아슬아슬하고 가녀린 균형이 순식간에 붕괴되어서 돌이킬 수 없는 깊은 균열로 파괴되고 말 거라고. 그 애의 얼굴은 너무나 아름다웠으니까, 그 애를 지탱하는, 그 애가 지탱하는 선이 조금이라도 흔들린다면 일순 망가져 버릴 것처럼 보였으니까, 그 애가 못생겨지는 건 정말 자연스러운 일이라고 여겨질 정도였어요. 하지만 그 애는 여태까지 그랬듯 성공했죠. 내가 실패한 게 아니라 그 애가 성공했던 거예요. 죽음이 그토록 간단할 수 있다고는 감히 상상해본 적도 없었죠. 죽지 못한 채 저속하고 천박한 고행을 수십 년간 견디고 있는 사람들, 말라빠진 껍질에서 검고 누런 진물을 질질 흘리며 기어 다니는 사람들은 아직까지도 파괴된 인간 너머의 공백으로 넘어가지 못했죠. 그 애의 이마는 거울처럼 고요했어요.

소년은 안개와도 같은 수증기가 얼굴을 투명하고 희멀건 분처럼 뒤덮고 있다고 느꼈다.

언제 나갈 수 있나요?

여자는 대답하지 않았다.

당신 꿈을 꾼 적은 한 번도 없었어요. 당신도 아마 내 꿈을 꾼 적은 없었겠죠. 난 동생이 남기고 간 하얀 원피스를 입고 미인대회에 나갔지만 접수원들은 당황한 얼굴로 날 내쫓았죠. 동생의 곱슬거리는 머리칼을 빗겨주던 빗으로 내 머리를 빗고 동생의 입술을 꼬집어 붉게 만들었던 손으로 내 입술을 꼬집고 동생에게 입혀주던 눈처럼 흰 원피스를 입고 동생을 내보내려던 미인대회에 접수하러 갔지만 그들은 받아주지 않았어요. 엄마는 내가 미쳤다고 생각했던 것 같아요. 상담 선생님은 동생이 되고 싶냐고 물었어요. 내게 어떤 비밀이 있는지도 물었지만 아무 말도 할 수 없었어요. 모르겠어요. 정말 아무것도 몰랐기 때문에 모른다고 대답했죠.

욕실에서도 목을 맬 수 있나요? 젖은 천장에 매달려 죽을 수도 있나요? 꿈의 끈으로도 목을 맬 수 있다면 난 벌써 수천 번은 죽었을 거예요. 유리창 너머에서 당신은 내게 노래를 불러주었고 난 아무것도 듣지 못하면서도 당신의 입술에 매료되어 텅 빈 유리창 너머를 바라보았죠. 그사이에 아냐는 죽었고 엄마는 죽지 못했고 아빠 역시. 몇 개의 그림자가 들락거렸지만 변한 것은 없었어요. 난 내가 없는 악몽을 살듯이 동생이 없는 밤을 살아가는데 모든 것이 끔찍하게 악용되었다는 생각, 돌이킬 수 없이 뒤틀렸다는 생각이 사라지질 않아요. 살았던 거죠. 누군가 살아서 우리를 악용하고 있는 거죠.

어째서 그 전에 나타나지 않았어요? 당신을 기다렸는데. 당신은 너무 늦게 왔고 아냐의 이마는 거울처럼 고요했어요. 삶에 연루되지 않으려는 투쟁은 아무런 소용도 없었죠. 꿈의 절단면이 이루는 도형들에, 거울의 기하학에 예속되지 않으려는 몸부림은. 아냐는 비명을 지르지 않았고 당신은 웃고 있었죠. 어쩌면 당신이 아니라 내가 늦었던 건지도 몰라요. 당신을 너무 늦게 기다렸던 건지도.

불완전한 밀실 내부로 꿈처럼 파괴적인 리듬이 밀려들고 있었다. 소년은 축축한 안개에 머리를 기댄 채로 죽어가는 여자를 쳐다보았다.

여자는 창문 너머에서의 기억이 없다고 속삭였다. 리바에는 귀신들이 많단다, 애야. 어쩌면 그녀는 내가 아니었을지도 몰라.

그럼 그녀는 어디로 사라진 거죠? 하고 소년이 물었을 때, 여자는 불현듯 침묵했다.

그들은 알고 있었다. 아무도, 아무것도 사라진 적 없다는 것을. 오직 문을 두드렸기 때문에 파문당한 아이들, 초대에 응하지 않았기 때문에 내쫓긴 아이들과 초대받지 않았기 때문에 고발당한 아이들. 여자는 소년에 대해 아는 것이 없었으며 소년 역시 마찬가지였다.

그녀는 유령학자였다고 말했다.

소년은 여자가 창문 밖에 있는지 욕실의 수증기에 서려 있는지, 그 자신이 창문 안쪽에 서 있는지 욕실 안쪽에 주저앉아 있는지 알 수 없는 상태로 여자의 말을 들었다. 끔찍한 현기증이 그를 뒤흔들었으나 소년은 비틀거리면서도 그가 한 발자국도 움직이지 못했다는 사실을, 그는 여전히 욕실 안에 혹은 창문 안에 있다는 사실을 알고 있었다.

비열하고 치졸한 연구로 빠지지 않기 위해, 동시에 사변적인 연구로 변질되지 않기 위해 연구자는 연구 대상자가 되어야 해. 카프카 연구자는 카프카여야 하고 오직 카프카만이 카프카를 연구할 수 있지. 자살자들에 대해 연구하는 자들은 자살자가 되어야 하고 창녀 연구가들은 창녀가 되어야 하고 음악 연구가들은 음악이 되어야 하고 사진 연구가들은 사진 이미지가 되어야 해. 연구를 하면서 연구자들은 자신이 무엇인지 발견하고 또 그가 연구하는 무언가가 되어가는 거지. 인간의 이후를 연구하는 자들은 인간이기를 그만두고 인간 이후가 되어가고 인간을 연구하는 자들은 인간 이전이거나 인간 이후이기를 그만두고 인간이 되어가고.

리바의 유령을 연구한 자들은 모두 실패했거나 실종되었지. 그러나 실종된 자들이 실패한 건 아니었어. 리바의 유령에 대한 연구는 모두 실패했다고 알려져 있지만 그건 사실이 아니야. 실종자들은 분명히 누구보다도 적확하고 경험적이며 동시에 지나친 감상에 매혹되지 않은 냉정한 시선으로 유령들에 대해 묘사할 수 있었어. 그들이 영원히 실종되지만 않았더라면 그들의 논문은 학계에 발표되어 상찬받았을 거야. 그러나 저술자가 미상인 논문을 책임질 수 있는 자는 아무도 없었고 그들의 수려하고 적확하며 심지어 아름답기까지 한 냉혹한 논문은 어느 학술지에도 게재될 수 없었어. 이름이 밝혀지지 않은 어느 실종자의 주장에 따르면 리바의 유령들은 토착 유령과 방랑자 유령으로 구분되지. 그러나 리바 태생이든 리바를 경유하는 유령이든 간에 그들은 본질적으로 과거로 여행하는 미래의 실종자들이며 어디에도 실명이 등재되지 않은 불법적인 유랑민일 수밖에 없다는 거야. 그들의 신원을 밝히는 것이 영원히 불가능하므로 그들에 대해 추적하려는 시도는 필연적인 실패로 돌아갈 수밖에 없지.

그러나 리바의 유령들은 무관심하게 망각해버릴 수 없는 도저한 현상이야. 리바의 시민 대부분이 리바의 유령에 대해 알고 있어. 대놓고 리바의 유령에 대해 논하는 사람들은 없지만 사실 리바의 언어 대부분이 유령들에 대한 희극적인 암시지. 리바의 시민들은 리바의 유령들의 언어를 모방하는 데에 그치지 않고 그 비극적인 언어를 빌려 쓰고 있으니까. 리바의 언어가 다른 어떤 도시, 국가에서도 찾아볼 수 없을 정도로 독특한 까닭은 그것이 산 자들의 언어가 아닌 망자들의 언어이기 때문이야. 리바 언어의 고유하고 모호한 음울성을 조금이라도 유심히 관조해본 자라면 누구나 쉽게 알아차릴 수 있는 특징이지. 리바 여행객들은 리바 사람들이 귀신처럼 흐느낀다고 불길한 저주를 중얼거린다고, 이방인들을 끔찍하게 적대한다고 호소해. 리바 시민들은 그들의 주장이 터무니없다고 반론하지만 사실 절망적으로 정확한 묘사지. 삶과 이방을 찬미하는 유령은 어디에도 없으니까. 우리는 무의식적으로 유령들의 저주를 삶과 이방에 대한 끔찍한 비방을 그대로 되뇌고 있는 셈일 거야.

얼마 전에 리바의 시장이 유령의 증언을 바탕으로 리바의 유령 생태와 언어, 기후에 대한 상관관계를 발표했어. 그는 익명으로 논문을 게재하려 했지만 그의 비서들이 언론에 고발한 탓에 그 천박한 논문을 작성한 자가 다름 아닌 리바의 시장이라는 사실이 밝혀졌어. 그는 오직 밤에만 개인적인 연구에 집중했다고, 그를 위해 십 년 동안이나 한숨도 자지 않고 연구를 해왔다고 항변했지만, 그런 노력을 기울여왔다고 보기에 그의 논문은 어처구니없을 정도로 형편없어. 리바의 시장은 결코 실종될 수 없었기에 가장 천박하고 조악한 연구밖에는 할 수 없었던 거야. 그는 리바의 유령들에 대한 연구가 현존하는 실종자들을 가시화하고 포착하고 드러내는 일이라는 사실을 외면했어. 대신 누구나 알고 있기에, 너무도 당연해서 부연할 필요도 없기에 구태여 학술지에 발표한 적도 없었던 리바의 기후와 언어, 유령 사이의 연관관계에 대한 사변적인 연구에나 집착했어.

그는 놀랍게도 리바의 기후와 언어, 유령이 불가분의 연관관계를 지니고 있는 것 같다는 모호한 결론으로 논문을 끝맺었어. 그건 정말이지 무책임하고 끔찍하게 유치한 결론이야. 리바의 기후와 리바의 언어와 리바의 유령들은 모두 서로의 효과이므로 상호연관 관계에 있을 수밖에 없는 거지. 중요한 건 그 애처로운 망명객들이 어느 시간에서 어느 시간으로 떠오르는지, 혹은 가라앉는지, 그 유령들이 한때 무엇이었고 어떤 현실을 파기하였으며 어떠한 가상을, 어떠한 금지된 시간을 현실화하고 있는지 하는 거지.

시장은, 여자의 소곤거림, 귓속으로 밀려드는 축축하고 미지근한 물기, 소년은 욕조의 흰빛이 폭발하며 흘러내리는 것을, 마치 흐느끼듯이 무너지는 것을 꿈꾸듯 멍하게 바라보았다.

밤에도 리바의 시장이었던 거야. 그는 한 번도 익명인 적이 없었고 한 번도 실종된 적이 없었고 그래서 유령 연구에 처참하게 실패했던 거지. 난 리바의 유령을 연구하기 위해 실종되어야 한다는 사실을 알고 있었어. 실종되지 않고는, 리바의 시민인 채로는 시장처럼 어처구니없는 연구, 실은 연구조차 아닌 연구만을 내놓을 수밖에 없다는 걸 알고 있었어.

 소년은 절망적으로 느릿하게 눈꺼풀을 깜빡거렸다. 여자의 목소리는 짙고 무거운 빛처럼 그의 주위를 떠돌았다. 끔찍하게 습한 공기가 거북스러웠으나 소년은 계속해서 숨을 쉬고 있었다. 지금도 여기도 아닌 어딘가가 있을까 하고 소년은 홀로 생각했다. 여자의 무거운 안개는 소년의 바깥에서, 그리고 소년의 내부에서 날카롭고 둔중하게 호흡하고 있었다.

 아냐는 눈을 감았고 더 이상 숨을 쉬지 않았다. 하지만 소년과 여자는 숨을 쉬고 있었다. 소년은 밀실을 불쾌하게 뒤덮은 숨에 고개를 기댄 채 눈을 깜빡거렸다. 은근하게 휘어지는 타일의 격자. 보이지 않는 현실을 훼손하듯 서서히 내려오는 흰 영사막.

 여자는 짐승처럼 낮고 깊은 소리로 중얼거리고 있었고 창문 밖에는 아무도 남아 있지 않았다. 오로지 신경질적으로 가로막힌 아득한 바깥과 안개, 숨이 막힐 정도로 지독한 깊은 안개뿐이었다.

죽음의 교실

소년은 물지 않는 개였다.

6반 아이들 모두 소년이 이를 드러내지 않는다는 사실을 알고 있었다. 쓰레기를 쏟아부어도, 볼을 꼬집고 가슴을 할퀴어도, 바지를 벗기고 성기를 주물러도, 자지를 빨라고 강요해도, 오줌을 입속에 쏟아부어도 소년은 물지 않는다. 소년은 온순하고 손쉬운 죄악이었다. 현존의 기만적인 전회와 조작에 서툰 아이들도 얼마든지 짊어질 수 있을 정도로.

6반 아이들은 소년을 중심으로 짜인 정교한 태피스트리처럼 서로에게 화합하고 섞여들었다. 개인주의 시대의 철저한 단자들답게 서로에게 어떠한 인력도 느끼지 못하고 그저 같은 장소를 공유하며 선결된 시간만을 함께 보낸 뒤 떨어져 나가는 다른 반 아이들과는 달리, 6반 아이들은 혈연을 신봉하는 가족주의 최후의 유산인양, 서로 피를 나눈 형제들인 양 끔찍하게 서로를 아꼈다. 그들은 주말이면 선생과 함께 캠핑을 갔고 수업이 모두 끝난 뒤에도 교실에 남아 화단을 가꾸거나 축제 준비를 하고 교실 뒤편의 알림판을 꾸미는 일을 하였다. 물론 소년도 그들과 함께였다.

소년은 고체처럼 응결된 그들로부터 떨어져 나갈 명분이 없었다. 6반 아이들은 특별한 이유 없이 결속으로부터 도망치는 일을 허락하지 않았다. 그들은 스스럼없이 소년을 매질하였으며 침을 뱉고 썩은 우유를 먹였다. 소년이 울부짖고 애걸할 때까지도 화장실에 보내주지 않는 일도 있었다.

하나의 생, 연약하지만 짙은 냄새를 풍기고 활동하며 성장하는 진짜 생명을 중심으로 형성된 공동체는 형식적인 계약을 기반으로 이루어진 엉성한 집단과는 비교도 되지 않을 정도로 충성적이고 견고하였다.

교사들은 입을 모아 6반 아이들을 칭찬했다. 새로 편성된 보건교육 시간마다 특별수업을 진행하는 보건 선생도, 원어민 교사와 그를 보조하여 영어를 가르치고 음악 수업도 따로 진행하는 젊은 여교사도 6반 아이들이 믿을 수 없을 정도로 온순하고 협력적이라는 데에 동의했다.

　물론 그들이 소년의 존재, 소년의 죄악, 소년의 불행에 대하여 완전히 무지한 것은 아니었다. 소년에 대한 학대는 교실 바깥에서도 이루어졌기에, 예컨대 화장실에서 걸레 빤 물을 소년에게 붓는다거나 바닥에 떨어진 오줌 방울을 핥도록 종용하거나, 소년의 더러워진 머리를 쥐어뜯고 실내화로 짓밟으며 엄숙한 표정으로 키득거리는 아이들을 한 번도 보지 못하는 일은 불가능했기에, 입을 모아 6반 아이들을 칭찬하는 보건교사도 원어민 교사도 음악 교사도 모두 그들의 악행에 대하여 알고 있는 것이었다. 그러나 그들은 각자의 주기마다―원어민 교사는 일주일에 한 번, 음악 교사는 이틀에 한 번, 보건교사는 이주에 한 번―정기적으로 이루어지는 짧은 훈계와 매질로 그들의 죄를 완전하게 용서하기에 이르렀기에 그들은 죗값을 치른 아이들, 심지어는 신음도 비명도 반항도 없이 묵묵하고 숭고한 태도로 벌을 감내한 아이들을 아무런 거리낌 없이 사랑할 수 있었던 것이다.

　기묘한 것은 소년의 학대에 대한 훈육이 가해자인 6반 아이들뿐 아니라 소년에게도 이루어졌다는 데에 있었다. 그러나 엄밀한 의미에서 이러한 처벌의 보편성은 부조리할지언정 불가해한 일은 아니었는데, 왜냐하면 소년 역시 6반에 소속된 확고 불변의 결속체였기 때문이었다. 6반은 마치 하나의 생물이라도 되는 양 정교하고 치밀하게 결합하여 있었기에 학교의 사람들은 6반 아이들을 개별체 하나하나의 합이 아닌 하나의 유기체로 대했다. 누구나 그렇게 할 수밖에 없을 정도로 6반 아이들은 참으로 6반 아이들다웠다. 그들은 식성과 성격, 말버릇과 습관마저도 빼다 박은 듯 똑같았던 것이다. 마치 수십 쌍의 쌍둥이라도 되는 양, 유성생식이 필연적으로 내포하는 특이성과 차이를 모두 제거해 정규화된 유전자 암호로 번역해낸, 이전과는 전혀 다른 새로운 형질의 생물이라도 되는 양, 하나의 군집 단위로 생존하는 종이라도 되는 양 그들은 생활을, 잠과 악몽을 함께했다.

이처럼 기묘한 유기물의 핵에 소년이 있다는 것은 확고 불변한 사실이었기에 소년을 배제하고 다른 아이들만을 혼내는 것은 도저히 상상할 수 없는 일이었던 것이다. 벌을 받고 뉘우친 아이들은 죄의 무게로부터 홀가분해진 상태로, 새로운 정신과 이성을 마음껏 발휘하여 소년을 학대했다.

그들의 괴롭힘은 갈수록 독특한 기지를 발휘했다. 소년의 목과 성기에 분홍색 리본을 묶어놓고 소년의 짧은 머리칼에 방울을 달아놓은 것을 보고 깜짝 놀란 담임선생이 순간적으로 발작적인 웃음이 터져 나오는 것을 참지 못하는 일도 있었다. 소년의 입술에서 피가 섞인 침이 흘러나오자 누군가가 무척이나 불온한 성적 농담을 내뱉었고 아이들은 그것을 맞받아 점점 더 수위가 높고 천박하며 상스럽기까지 한 이야기들을—모두 소년을 대상으로 하며 소년을 향한, 소년과 연관된—퍼붓기 시작하자 도저히 막을 수 없을 정도로 흥분이 치달아 담임선생이 엄습해오는 두려움을 이기지 못하고 슬그머니 교실 바깥으로 나가는 일도 있었다.

소요는 소년의 얼굴에 오줌을 쏴갈기고 나서야 진정되었다. 여자아이들은 비명을 지르며 깔깔거렸고 남자아이들은 좋아하는 소녀가 볼 수 없도록 흉기로 사용된 성기를 조심스럽게 갈무리하며 수줍게 깔깔거렸지만 그들의 표정과 제스처는 남녀를 구분할 수 없을 정도로 닮아 있었기에 소년은 누가 제 얼굴에 오물을 퍼부었는지, 누가 저를 관망하며 비웃었는지 도저히 구분할 수 없었다. 아이들의 오줌에서는 달콤하면서도 짭조름한 비린내가 풍겼다. 오줌의 맛과 냄새 자체는 그리 역하지 않았으나 소년은 그들의 웃음소리를, 끔찍하게 번져가는 화음을 견디는 것이 더 어렵게 느껴졌다. 인접한 음계에서 동시에 발발하는 일 없이, 두 음 혹은 세 음 이상 떨어진 적합한 수열의 위치만을 건드리며 발발하는, 행복을 표현하는 음악가들의 레토릭으로 울려 퍼지는 완전 화음들, 한 치의 오차도 불협도 없는 완벽히 둥글고 매끄러운 유리공과도 같은 웃음소리. 소년은 그들의 맑고 순수한 행복에 도저히 감응할 수 없었다.

 소년의 몸은 젖지 않을 때보다 젖어 있는 때가 더 많았고 피부 깊숙이 배어드는 오물의 얼룩과 냄새는 쉽게 가시지 않았다. 소년은 더 이상 자신이 기억나지 않는 유년, 그가 아직 찾아내지 못한 본질, 어미의 배 속에서부터 가지고 태어난 보석과도 같은 의미를 살아간다고 믿을 수 없었다. 그의 내부에 황홀한 울림이 존재했더라도 그것은 이미 썩은 우유와 오줌, 걸레 빤 물에 부식되어 녹아 없어져 버렸을 것이었다. 이제 소년은 타인의 행복한 웃음소리로 오염된, 경계들의 겹침에 불과하였다. 서사와 서사의 마주침, 서사와 서사의 중첩과 겹침으로 이루어진 사랑의 마법과도 같은 발생은 어디에도 없었다. 소년에게는 6반 이외에 다른 어떤 서사도 없었으며 어쩌면 그것은 다른 아이들 모두 마찬가지일 것이었다.

 하지만 머지않아 아이들은 졸업할 것이었다. 서로 다른 학교에 진학하고 서로 다른 일상을 살아가며 소년을 잊어갈 것이었다. 그들이 물러난 이후, 소년을 빽빽이 둘러싸고 있던 화성의 울타리가 온데간데없이 사라진 이후 무엇을 살게 될 것인지 소년은 알 수 없었다.

 끝없는 검은 밤과 잠의 표면에서의 무한한 표류, 그리고 그는 6반에 돌아올 것이다, 돌아오고서 한 번도 떠난 적 없이 이곳에서 살아왔다는 사실을 깨달을 것이다. 6반이었던 아이들이 뿔뿔이 흩어져 6반을 반영하며 살아가는 동안에도 그는 이 교실에서 벗어날 수 없을 것이다. 그는 이미 6반의 담론들로 구성된 효과에 불과하였으므로 6반이 아니라면 다른 어디에서도 표류할 수 없을 것 같았다. 오줌을 마시지 않고 더러운 실내화 바닥에 입을 맞추지 않고 가혹한 학대자들을 사랑하지 않고, 무엇을 마시고 무엇을 먹고 무엇을 입 맞추고 무엇을 사랑하며 살아간단 말인가. 교실 바깥의 누구도 소년을 쓰다듬어주거나 학대하거나 밀치고 넘어뜨리고 조롱해주지 않았다. 학대받는 소년은 누구도 부정할 수 없는 결속의 중심체였으므로, 소년은 6반의 아이들이 언제나 소년에 대하여, 물지 않고 반항하지 않고 묵묵하게 그들의 죄를 감내하는 개에 대하여만 생각한다는 사실을 알고 있었다.

  소년을 학교에 보낸 이후로 그의 부모는 더 이상 소년을 찾지 않았다. 그가 소리소문없이 아이들과 함께 캠프에 가도, 학교에서 밤을 지새우고 돌아가도 찾는 이는 없었다. 그의 부모는 선천적인 방랑자들이었다. 역병과도 같은 치명적인 유행병이 도는 동안에도 그들은 아랑곳하지 않고 맨몸으로 여행을 다녔다. 소년이 학교에 가기 전에는 매일 식사를 챙겨주고 씻겨주며 옷을 갈아 입혀주는 성의를 보였으나 소년이 스스로

등교하고 책가방을 챙기고 이를 닦을 줄 알게 되면서부터 그들은 천성과도 같은 방랑에 몰두하기 시작하였다.

화분 아래쪽에 숨겨져 있는 현관문 열쇠를 열고 집에 들어가기 전부터, 어둑한 창문을 보고 소년은 집이 텅 비어 있음을, 그를 기다리는 이는 아무도 없음을 직감할 수 있었다. 그렇기에 그는 차라리 6반의 유기체 한가운데에서 호흡하고 먹고 마시고 잠드는 일을 택하였다.

소년을 학대하기 위하여 무엇보다 중요한 것은 소년의 생을 유지하는 일이었기에 아이들은 소년을 오래도록 굶기지 않았다. 그들은 싹이 핀 감자와 흙탕물, 하다못해 개미가 우글거리는 사탕이나 먹다 남긴 과자 같은 것이라도 소년에게 억지로 먹였다. 소년은 대부분의 오물을 토해내었지만 배곯은 위장에 침잠한 얼룩은 소년의 생명을 연장했다.

아이들은 소년이 죽는 것을 바라지 않았고 허락하지도 않았다. 그들은 소년의 죽음을 위시한 농담조차 꺼내지 않았다. 창문에 소년을 밀어 넣고 떨어뜨릴 듯 위협한다는 발상은 곧장 기각되었다. 그들은 다른 무엇보다도 소년의 죽음을 두려워했기 때문이었다. 심장 없이는 살아갈 수 없는 유기체가 심장을 간질거리며, 심장을 어루만지며, 심장을 할퀴며 고통스러운 권태를 소진하려 하지 않듯, 그들은 소년의 생을 철저하게 관리했다. 학대는 오로지 삶의 무참하고 더러운 진창 위, 죽음의 위협으로부터 안전한 지반 위에서 이루어졌다. 소년은 4층 건물 바깥의 창가 자리로부터 가장 멀리 떨어진 자리, 복도 창가 자리에 배치되었다. 책상 위에 낙서하던 커터칼로 소년의 여린 턱 끝과 손가락, 팔등과 성기를 할퀴는 장난 역시 파상풍의 위험성에 대한 끔찍한 영상을 본 아이 한 명이 그 충격적이며 불길한 내용을 친구들에게 공유한 이후로 금지되었다.

그들은 말 잘 듣는 개를 기르듯 소년을 사육했다. 타자를 배척하여 몰아내는 방식으로, 완전무결한 단자의 환상을 가꾸는 방식으로 공동의 텃밭을 가꾸어나가려 한 것이 아니었다. 그들은 오히려 면역의 메커니즘과 같이 가장 불결하고 가장 가엾으며 가장 끔찍한 소년을 그들 결속의 심부에 몰아넣었으며 그를 중심으로 모세혈관과도 같이 뻗어 나온 유기체를 이루었다.

그들은 물지 않는 개인 소년이 그들이 원한다면 언제라도 독을 먹을 수 있다는 사실을 알고 있었다. 참치 캔을 주어 길들인 길고양이가 쥐약을 섞어놓은 음식을 의심 없이 받아먹고 죽어가는 것처럼 소년 역시 그들 최후의 가학적인 기벽에 순순히 응하리라는 사실을, 그리고 그들 역시 소년과 함께 죽어가리라는 사실을. 그러나 아이들은 죽음에 대한 갈망과 충동에 지쳐 무력해진 어른들과는 달리 한없이 펼쳐진 검은 늪을 우주라고 믿고 눈을 반짝이는 시간을 살고 있었기에, 그들이 원하기만 한다면 수억 개의 별과 은하, 우주를 모두 눈 안에 담는 것도 가능하리라고 믿었기에, 완전 화음과 순정률, 천국과 지옥의 극단적인 양분법을, 죄의 사함과 고해성사의 신비로운 메커니즘을 믿고 있었기에 죽음에 대한 체념적인 욕망은 아직 그들의 한없이 찬란한 내부에서 발발하지 않은 미지의 사건이었다.

그들은 귀엽고 사랑스러운 개가 오래, 가능하면 평생토록 연명하기를 바랐으며 그를 위해 나름대로 열과 성을 다하였다. 6반 아이들은 현상의 외부는 알지 못하는 불치의 유기체를 계속해서 살아나가고 있었다. 그들은 자신들이 발명해낸 조악한 죄악이 영원히 이어지기를 바랐다. 소년은 아이들과 자신을 잇고 있는 수차례 찢어지고 봉합된 환부를 느낄 수 있었다. 아이들이 목줄을 걸어주는 순간에도 소년은 몸부림치지 않았다.

맹아원

 소녀와 부모는 긴 복도를 따라 걸었다. 베이지색 벽지에는 분홍빛의 꽃무늬들이 반점처럼 퍼져 있었다. 소녀는 꽃무늬들을 따라 걸었다. 부모는 소녀가 자신의 세계에 몰두할 수 있도록 도와주었으나 희미한 웃음소리가 소녀의 내부로 번져와 종종 간신히 붙잡고 있던 숫자를 놓칠 수밖에 없었다.

 내부는 습했다. 부모는 소녀를 놓치지 않기 위해, 소녀는 꽃들을 놓치지 않기 위해 안간힘을 썼다. 소녀의 무릎이 느슨해졌다. 몸들이 서로 밀착되었다. 소녀는 벽 밖으로 쏟아져 내리는 꽃잎들을 보았다. 그들은 몇 개의 닫힌 문을 지나쳤다. 그들은 어느 문으로 향해야 하는지 모르고 있었다. 초대받지 않은 불청객처럼 그들은 허둥거렸다. 그들은 오해당하는 것을 피하기 위해 최대한 자연스럽게 행동하려 노력했다.

그러나 활짝 열린 문 안쪽에서 남자의 작은 머리를 보았을 때 그들은 웃을 수밖에 없었다. 그들은 사진을 통해 그의 얼굴을 본 적이 있었다. 그는 교장이었다. 얼굴이 클로즈업 되어있었던 사진과는 달리 사내의 실물은 놀랄 정도로 괴이한 비율이었다. 얼굴은 새처럼 작았으며 몸은 돼지처럼 부풀어 있었다. 부모는 소녀를 데리고 사내의 책상 앞 바닥에 앉았으나 교장은 새 부리처럼 자그마한 입을 벌리며 키득거렸다. 그는 곧 교사에게 의자들을 가져오게 할 것이라고 말했다.

그나저나 생각보다 일찍 오셨군요. 교장은 그들을 책망하듯 말했다.

부모는 교장에게 용서를 빌어야 할지, 일찍 온 것은 얼마나 큰 잘못인지 골몰하느라 멈칫거렸다.

교장은 휴대폰을 들어 전화를 걸었고 곧 소녀 또래로 보이는 남자아이가 열린 문 바깥에서 들어왔다. 그는 양팔로 의자를 들고 머리 위에 다른 의자의 좌석 부분을 올려놓고 있었다.

저분이 교사인가요? 부모는 교사의 어린 외모에 깜짝 놀라 물었다. 마치 학생처럼 보이는군요. 그들은 이 말이 농담으로 받아들여질지 판별해보겠다는 듯 신중하게 말을 던졌다.

교장은 소년이 학생이며 동시에 교사라고 말했다. 그는 대학생입니다. 하고 교장은 덧붙였다. 이곳의 교사들은 대부분

대학생입니다. 그들은 아직 배워야 할 것이 남아 있으므로 학생이고 또 가르칠 수 있는 역량이 있으므로 교사입니다. 교사와 학생은 그리 동떨어진 것이 아닙니다. 부모님. 학생이 어느 날 갑자기 교사가 되어버리는 건 아니죠.

하지만, 하고 소녀의 아버지가 중얼거렸다. 학생은 언젠가 교사가 되고 더 이상은 학생이 아니게 되지 않나요. 난 한 번도 학생에게 배워본 적이 없어요. 교사는 언제나 교사였죠. 처음부터 교사로 태어난 것처럼. 아마 그들은 학교에 다닐 때도 교사였을 겁니다.

교장은 서글프게 웃으며 대답했다. 그런 경우도 있죠. 하지만 반대의 경우도 있을 겁니다. 교사가 어느 날 갑자기 학생이 되어버리는 경우 말입니다. 실제로 이곳에서 근무하고 있는 몇몇 교사는 처음에는 그저 교사로 채용되었을 뿐이었죠. 그들은 이전에도 교사였고 이곳에서도 마찬가지로 교사였습니다. 그런데 그들은 갑자기 학생이 되어버린 거죠. 처음 그들이 아직 배워야 할 것이 많다고 말할 때만 해도 난 고개를 끄덕였어요. 그런 말은 누구나 할 수 있으니까요. 우린 배울 수 있는 것이 더 남아 있지 않다는 것을 알면서도 그런 말을 하죠. 더 배울 수 있다고 생각하지 않으면 견딜 수가 없으니까. 하지만 그들은 그 말을 치명적인 암시로 만들어버렸어요. 어느 날 갑자기 학생이 되어버린 겁니다. 교사직을 그만두지도 않고요.

그러니까 그들은 교사이고 또 학생이 된 거죠.

소녀의 아버지는 어떤 조치가 취해져야 하지 않겠냐고 물었다.

그러나 교장은 교사의 둥근 머리를 부드럽게 쓰다듬으며 오히려 잘 된 것이라고 대답했다. 교사가 학생들에게 가르쳐야 할 것이 무엇이라고 생각하십니까?

교장은 그들이 대답하기를 기다리지도 않고 바로 말을 이었다. 배워야 할 것이 있다는 사실, 배워야 한다는 사실입니다. 교사는 학생들에게 배워야 함을 가르칩니다. 누구보다도 절실히 배워야 하는 것이 학생의 직분이죠, 그런 의미에서 교사가 학생인 것은 그리 나쁜 일이 아닙니다. 아니, 학생보다 더 좋은 교사는 없다고 볼 수도 있겠죠.

그렇지만, 소녀의 어머니는 숨을 들이켜고 다시 내뱉으며, 저분은 너무 어리지 않나요 설마 다른 교사들이 전부 저분처럼 어린가요? 하고 물었다.

교장은 그럴 수도 있고 그렇지 않을 수도 있습니다. 하고 대답했다. 우리는 교사를 채용할 때 그들의 나이를 보지 않습니다. 물론 이력서에는 나이를 기재하도록 되어 있지만 나이에 신경을 기울이는 채용관은 아무도 없죠. 우리는 나이를 신경쓰지 않습니다. 교사가 갑자기 학생이 되어버릴 수 있고 학생이 교사가 될 수 있다면 나이가 무슨 소용이 있겠습니까? 어떤 아이는 아주 늙고 어떤 어른은 아주 어린 법이죠. 하지만 장담하건대, 교사는 부모의 눈치를 보며 소년이 듣지 못하도록 속삭였다. 따님보다 더 나이가 어린 교사는 없을 겁니다.

교사가 갑자기 학생이 되는 경우도 있다면, 소녀의 아버지는 기대하는 어투로 말했다. 이곳에서 학생이 교사가 된 경우도 있습니까? 우리 딸도 이곳의 교사가 될 수 있을까요?

아니요. 그건 완전히 다른 경우는 아니지만 절차상의 어려움이 따른다고 말씀드릴 수밖에 없군요. 가령 교사가 학생이 된 경우, 그는 전혀 다른 기관-대학교-에 입학시험을 보아서 합격하여 대학교에 다니고 또 교사로 근무하고 있다고 할 수 있습니다. 그러나 학생이 교사가 되는 경우에는 별도의 채용 절차가 필요하죠. 부모님도 이해하시겠지만 학생을 선발하는 절차와 교사를 채용하는 절차는 전혀 다르니까요. 솔직히 말씀드리자면 우리 학교에서 모교 출신 학생이 채용된 사례는 한 번도 없습니다. 저희는 어쩔 수 없이 눈멀지 않은 교사만을 채용하고 눈먼 학생만을 선발하니까요. 하지만 응시 자체가 금지되어 있는 것은 아닙니다. 우리 학교를 다니는 중에 언제든 교사 채용 시험에 응시할 수는 있습니다. 채용 가능성만을 제쳐놓고 생각하시면 다른 학교와 정확히 같습니다.

물론 현실적으로 불가능하다고 하더라도 따님이 교사 채용 시험에서 합격했다고 가정해 보자면 일반 학교의 학생들이 그렇듯이, 따님은 학생이었다가 교사가 되는 것이겠죠. 물론 원한다면 학교를 졸업하고 교사 채용 시험에 응시하는 일도 가능합니다. 그럼 따님은 가장 어린 교사가 될 수는 없겠지만 오랫동안 학생으로만 남는 것도 충분히 가치 있는 일이니까요. 물론 불가능한 일이지만 우리 학교에 입학한다면 그러한 경우에 대해 생각해보는 것은 자유입니다. 터무니없는 꿈을 가능한 한 구체적으로 상상하는 것이 학생들의 직분이기도 하니까요.

하지만, 교장은 엄숙한 어투로 말을 이었다. 우선은 입학 면접에 통과해야겠죠. 저희는 따님의 입학을 매우 긍정적으로 검토하고 있다는 말씀부터 드려야겠군요. 다만 한 가지 확인해보고 싶은 것이 있어서요. 제출하신 서류에 거짓이 있다고 판별되는 경우 따님의 입학은 언제든지 취소될 수 있습니다.

부모는 깜짝 놀라 고개를 저었다. 서류에 거짓은 없었어요. 모두 국가에서 발급받은 거예요.

소녀는 교장의 작은 머리에 덥수룩하게 돋아난 머리칼을 세고 있었다. 머리칼들은 엉망으로 뒤얽혀 있었고 또 보이지 않는 곳에 파고들어 있었기에 머리칼을 세는 일에는 상당한 정도의 상상력이 요구되었다. 교사 소년이 소녀의 곱슬머리를 건드리며 장난을 치는 탓에 소녀는 벌써 스무 번째 머리칼을 다시 세어야 했다. 소년은 소녀의 머리칼 위에 조심스럽게 손가락을 얹은 채 킬킬거렸다.

소녀는 돌아보지 않고 교장의 머리칼만을 응시하였다. 꽃잎 하나와 다섯, 열둘과 서른셋. 소녀는 교장의 이마로 흘러내리는 머리칼을 보았다. 소녀는 머리칼의 끝이 파고드는 교장의 검은 눈을 보았다. 느슨하게 휘어지며 응시하는 두 눈. 소녀는 일그러진 소녀들을 보았다.

이게 마지막 기회입니다. 서류와 다른 부분이 있다면 지금 밝히시는 게 좋을 겁니다.

소녀의 아버지는 입술을 달싹거렸으나 소녀의 어머니는 그의 손등을 꼬집으며 먼저 소리쳤다. 우리는 거짓말을 하지 않았어요! 그 서류들은 진짜예요. 다만,

교장은 다만? 하고 말을 받았다.

다만, 기적이 일어난 거예요. 선생님, 기적이요. 맹세컨대 그 서류들은 한 치의 거짓도 없는 진실이지만 그 진실이 항상 현재와 상응할 수는 없는 거예요.

우리 애는 어제 눈을 떴답니다. 밤새 얼굴이 눈물로 다 젖어서는 아프다고 비명을 지르는 걸 보고서 가슴이 찢어지는 것 같았어요. 전 이 애 눈이 완전히 망가지려나보다고 생각했죠. 하지만 정반대였어요. 선생님, 믿어지시나요?

어제 아침에 이 애는 방 안에서 비틀거리면서 제게 다가오더군요. 전 그때 문 앞에서 이 애가 나를 향해 다가오는 걸 멍

하니 바라보고 있었어요. 이전에는 한 번도 그런 적이 없었거든요. 언제나 이 애를 발견하고 이 애에게 다가가는 건 저였지 이 애가 아니었어요.

 딸은 내 품에 끌어안겨서 울더니 곧 식탁으로 가서 물을 마시더군요. 이 애가 혼자 물컵에 손을 뻗고 컵을 잡아서 물을 마시는 걸 보고 이 이는 죽을 듯이 놀랐어요. 하지만 이 애는 마치 평생 멀쩡한 눈으로 살아온 사람처럼 자연스럽게 행동했죠. 그래서 우리도 이 애가 우리를 바라보고 있다는 사실을, 이 애의 눈에 우리가 고스란히 비치고 있다는 사실을 받아들일 수밖에 없었어요. 물론 쉬운 일은 아니었죠. 우리는 이 애 앞에서 아무렇지 않게 이 애를 응시하다가 갑작스럽게 이 애와 눈을 마주치고 깜짝 놀라곤 했어요. 하루에 거의 수백 번은 눈이 마주쳤을 거예요. 우리가 이 애를 들여다보았듯이 이 애가 우리를 바라본다는 생각을 하면 참을 수가 없었어요.

 여자는 교장에게 말하지 못한 말들에 대해 생각했다. 딸의 눈은 놀랍도록 투명하고 검었으며 그곳에서 여자는 웃고 있었다고. 여자는 웃고 있지 않았음에도 부드러운 곡률에 되비친 여자는 물결처럼 미소짓고 있었는데 그것이 소스라치게 두려웠다고.

 소녀는 어디에서나 여자를 보고 있었다. 여자는 소녀를 감당해내지 못했다. 여자는 버릇처럼 소녀를 응시했으며 그때마다 소녀는 곧고 투명한 응시를 되돌려 주었다. 여자는 더 이상 소녀의 여린 눈꺼풀과 부드러운 입술, 연한 분홍빛이 도는 볼과 목선에 대해 생각할 수 없었다. 여자는 소녀를 관찰하기 위해 소녀의 응시를 감당해야 했다. 그것은 하루만의 일은 아니었다. 여자는 아주 오랜 시간 동안 소녀의 불가해한 응시에 갇혀 있었다. 여자는 소녀가 눈멀었을 때보다 더 오랫동안 소녀에 대해 생각했으며 소녀의 곁을 맴돌아야 했다. 소녀는 여자를, 여자의 응시를 집요하게 요구하고 있었다. 여자는 소녀가 그녀의 내부를, 아직 여자에게도 알려지지 않은 붉은 살과 점막을 뚫어지게 응시했으리라는 생각을 지울 수 없었다. 분명 그때 소녀는 눈멀었음에도. 그러나 그것이 사실일까? 소녀는 정말 눈멀었었나?

소녀는 경악스러울 정도로 자연스럽게 그들을 응시하고 있었다. 서툰 것은 그녀와 그녀의 남편이었지 소녀는 아니었다. 소녀는 그들의 서툰 관찰을 비웃듯이 자연스럽고 부드러운 시선을 그들에게 쏘아 보내고 있었다. 마치 소녀의 응시는 정확하며 그들의 응시는 틀렸다는 듯.

그들은 소녀의 곧은 응시와 마주칠 때마다 수치심을 느껴야 했다. 소녀의 볼과 눈꺼풀, 입술과 목 언저리를 떠도는 시선, 멀미처럼 흔들리는 눈을 소녀는 곧게 응시하고 있었다. 소녀의 말은, 소녀의 행동, 소녀의 표정과 소녀의 얼굴은 이제 모두 여자의 눈, 여자의 응시를 향하는 것이었다. 여자는 소녀가 반영하는 여자의 웃음을 헐벗은 눈으로 보아야만 했다.

그녀는 끔찍하게 벗겨진 채, 그녀를 바라보았다.

소녀는 그녀를 응시하고 있었다. 응시, 대체 언제부터?

안과 의사는 소녀가 눈멀었다고 말했다. 그는 소녀의 눈멀었음을 증명하는 여러 증서들도 작성해 주었다. 이해할 수 없는 구부러진 글자들이 가로놓인 진단서를 그들은 상장처럼 보관해 두고 있었다. 그들은 오래도록 눈먼 소녀의 부모였고 그것만으로 행복하였다. 그들은 여자도 남자도 아내도 남편도 소녀도 어른도 실패한 배우도 실패한 작가도 한량도 아니었다. 그들은 눈먼 소녀의 부모였다. 그러나 소녀는 오래전부터 그들을 지켜보고 있었던 것처럼 그렇게 자연스러운 시선으로 그들을 바라보았다.

어쩌면, 소녀는 그들의 안심한 미소를 보았을 것이다.

어쩌면, 소녀는 그녀의 안심한 시선을 보았을 것이다.

어쩌면, 소녀는 죽을 듯 행복한 그들을 보았을 것이다.

눈먼 소녀 앞에서 그들은 서로의 어깨에 이마를 기대고 소녀의 불구보다 오래 살아남자고 다짐하였다. 그들은 소녀의 눈멂을 소녀보다 더 사랑하기에 이르렀다. 그런 그들 앞에서 소녀는 순식간에 눈멂을 벗어내었다. 마치 더러운 허물을 벗어내듯이 소녀는 그들이 사랑하던, 그들의 신이었던 눈멂을 구겨버렸고 그들은 아무런 예고도 없이 소녀의 눈멂을 강탈당했다.

의사는 소녀가 죽을 때까지 눈먼 채 살 것이라고 말했다. 그들의 소녀는 눈먼 소녀였다. 아무도 그들에게 소녀가 회복될 수 있음을 경고하지 않았다. 그들이 영원토록 사랑하겠다고 맹세한 눈멂이 순식간에 사라져버릴 수 있음을 아무도.

소녀는 침을 내뱉듯 여자의 얼굴에 독처럼 치명적인 응시를 내던졌다. 여자의 피부는 산성과도 같은 시선에 얽어 주름졌고 여자는 자신이 돌이킬 수 없이 늙어버렸음을 깨달아야 했다. 그들은 소녀의 눈멀음을 잃었다. 소녀의 눈멂을 애도할 새도 없이 소녀는 그들을 바라보며 눈 맞춤을 요구하였다. 여자는 소녀가 절망적으로 낯설었으나 누구에게도 그것을 이야기할 수 없었다.

여자는 눈물이 차 구부정한 시선으로 교장을 향해 말했다. 그러나 아무것도 바라보지 않으면서.

생각해보니 우리는 안과로 가야 했어요. 선생님, 학교가 아니라 안과로요. 하지만 그럴 정신이 없었죠. 우린 오늘이 면접일이라는 걸 알고 있었고 우리가 해야 할 일이 있다는 생각밖에는 없었어요. 선생님을 만나기 전에 애가 무슨 말을 했는지 아세요? 난 꽃잎을 세고 있어, 엄마, 라고 하더군요. 꽃잎을 세고 있다고요.

소년의 손가락이 소녀의 귀 끝을 스쳤다. 소녀는 소스라치며 소년을 돌아보았다. 소년은 주머니에 있던 사탕을 소녀에게 건네었다. 소녀는 레몬 맛 사탕을 입에 물고 형광으로 반짝이는 사탕 껍질을 주머니에 넣었다.

글쎄요. 이런 경우는 전례가 없어서 말입니다. 하고 교장은 웅얼거렸다. 따님이 일반 학교로 가지 않고 여기서 교육을 받아도 괜찮을까요?

소녀의 아버지는, 우리는 아주 오래 기다렸어요 선생님, 하고 애원하였다.

교장은, 그래요, 벌써 삼 년 동안 대기하셨더군요. 하지만 우리 학교는 아주 특수하고 유일한 기관이니 대부분의 학생들은 삼 년 이상 대기하여 들어온답니다. 하고 대답했다.

하지만, 하고 소녀의 아버지는 침울한 목소리로 호소하듯 말했다. 삼 년이 아니라 삼 년 육 개월이었습니다. 선생님, 만약 삼 년째에 자리가 났다면, 그래서 삼 년째에 이 자리에서 면접을 보고 있었다면, 선생님 그랬다면 우리 아이는 영락없이 눈먼 아이였을 것이고 선생님은 우리 아이가 정말 눈먼 아이라는 사실을, 차도도 없이 눈멀어버린 아이라는 사실을 인정할 수밖에 없었을 겁니다. 그랬다면 당신은 삼 년 육 개월이 되던 날, 그러니까 오늘 말이에요, 선생님. 아이를 쫓아내셨을 겁니까? 갑작스럽게 눈멀지 않게 되어버렸다고 해서 이 애를 눈먼 아이들의 천국에서 쫓아내실 겁니까?

잠시간의 침묵이 감돌았다. 소녀는 계속해서 치근덕대는 소년이 빨리 교장실에서 나가기를 바랐으나 아무도 소년을 쫓아내지 않았다. 부모에게는 교사를 쫓아낼 권한이 없었으며 교장은 소년에게 아무런 관심이 없는 듯했다.

교장은 말하면서도 계속해서 숙고하고 있는 듯 끔찍하게 느릿한 어조로 대답하였다. 그―렇―다―면, 그토록 원하―신―다―면, 그러니까 당신들은 아무것도 속인 것이 없다는 말이죠. 따님은 정말 눈먼 아이였고 안과 의사도 그것을 확증했으며 국가도 그것을 승인했다면 그렇다면 아주 예외적으로 따님을.

교장은 홀로 중얼거리다가 갑작스럽게 소리쳤다. 알겠습니다. 아주 예외적인 조항으로 따님을 받아들일 수도 있을 것입니다. 다만 따님은 다른 눈먼 아이들과 똑같은 교육을 받게 될 것입니다. 따님은 점자를 배우고 눈먼 아이들과 함께 생활하고 눈먼 아이들을 위한 부축과 간호를 받을 것입니다. 그래도 괜찮겠습니까?

부모는 눈물을 흘리며 고개를 끄덕였다.

교장은 소녀의 예외 조항과 관련된 여러 서류들을 즉석에서 작성하여 프린트하였고 부모는 인감도장을 찍었다. 서류엔 소녀가 다른 맹아들과 같은 교육을 받게 될 것이며 다만 소녀가 원한다면 재학 중 언제라도 교사 채용 시험에 응시할 기회가 제공된다고 명시되어 있었다.

  부모는 소녀를 끌어안고 주말에 찾아오겠다며 애정이 담긴 목소리로 소녀에게 속삭였다. 소녀는 울지 않았다. 부모가 사라진 뒤에도 소녀는 버려진 개처럼 부모의 빈자리를 응시하지 않았다.

  소녀에게 장난을 치며 키득거리던 소년은 갑작스럽게 소리치며 소녀에게 집중할 것을 요구했다. 교장은 검은 가죽 의자에 앉아 그들을 묵묵히 내려다보고 있었다. 소년은 이제 자신이 소녀의 교사이며 소녀는 건강과 안전을 위해서 소년의 말에 따라야 한다고 소리쳤다. 소녀는 귀를 막지도 눈을 감지도 않고 소년을 조용히 바라보았다.

  소년은 소녀를 이끌고 교장실 밖으로 나갔다. 복도 어디에도 부모의 흔적은 보이지 않았다. 소녀는 뒤돌아보지 않았으므로 교장이 책들 사이로 서서히 파묻히는 모습을, 마치 날카롭고 탐욕스러운 이빨을 내보인 페이지에 잡아먹히듯 엎드려 감추어지는 광경을 보지 못하였다. 소녀는 벽지에 새겨진 꽃잎들을 세느라 걸음을 멈추었다. 앞서서 가던 소년은 한없이 멀어진 소녀를 신경질적으로 부르며 빨리 오라고 재촉하였으나 소녀는 꽃잎을 세는 일과 걸어가는 일을 한 번에 해낼 수 없었다. 결국 소년은 소녀에게 되돌아올 수밖에 없었다. 소년은 이곳의 학생들은 아무도 꽃잎들을 세지 않는다고, 설령 꽃잎들을 세더라도 그것은 가상의 꽃잎이지 벽지에 있는 실제적인 꽃잎들은 아니라고 소리쳤다.

네가 원하든 원하지 않든 넌 이곳의 학생처럼 굴어야 해, 왜냐하면 넌 이곳의 학생이니까. 적어도 교사 채용 시험에 합격해서 교사가 되기 전까지는 넌 맹아로 살 수밖에 없어.

소년은 소녀에게 여러 방들을 둘러볼 기회를 주었다. 소년은 여러 열쇠들이 주렁주렁 매달린 꾸러미를 꺼내어 서툴게 문을 열었다. 땀에 젖은 손가락이 몇 번이고 미끄러졌다. 소년은 만능열쇠는 교장만 가지고 있다고 우물쭈물 변명했다.

소녀는 아무것도 물은 적이 없었지만 소년의 이야기를 묵묵히 들어넘겼다.

첫 번째 방에는 네 명의 소녀들이 있었다. 소녀들은 바닥에 엎드린 채 책을 읽고 있었다. 소녀들의 흰 손가락이 페이지를 애무하듯 부드럽게 움직였다. 그러나 가까이 다가가 살펴본 소녀는 점자책을 읽는 소녀가 두 명뿐임을 발견했다.

소년은 맹아원에서는 언제나 일대일 수업이 이루어진다고

말했다. 너에게 내가 있듯 눈먼 아이 둘에 눈멀지 않은 교사 둘이 함께 있는 거야.

소녀는 눈먼 아이가 더 이상 눈멀지 않게 될 때, 눈멀지 않은 교사가 눈멀게 될 때 그들을 어떻게 구분할 수 있느냐고 물었다. 소녀들은 쌍둥이처럼 닮았으므로, 소녀들은 모두 희고 작고 가녀렸으므로.

소년은 지금까지는 한 번도 그런 일이 없었다고 대답했다. 눈먼 아이는 영원히 눈먼 아이이고 눈멀지 않은 아이는 영원히 눈멀지 않은 아이라고.

소녀는 소년이 그녀보다 약간 키가 작다는 사실을 깨달았다. 소년은 소녀에게 두 번째 사탕을 주며 곧 소녀도 점자를 배울 수 있을 것이라고 속삭였다.

소녀는 사탕을 그대로 호주머니에 넣고서는 소년을 따라 두 번째 방으로 건너갔다. 꽃잎은 백아흔세 개였다.

두 번째 방은 모래와 작은 공들로 뒤덮여 있었다. 소년은 그곳이 놀이방이라고 말했다. 구석 자리에서 맨발을 쪼그리고 앉아 모래성을 만들던 소년 두 명이 그들을 건너다보았다. 소년은 반갑게 인사를 나누며 그들에게 소녀를 소개했다. 소년은 그들이 모두 교사라며 소녀에게 고개를 숙여 인사할 것을 요구했다. 소녀는 소년을 따라 허리를 구부려 인사를 했다. 소년들은 꺄르륵 웃으며 모래성을 헤집어 놓았다. 그들은 소녀의 옆에 서 있는 소년보다도 더 작아 보였다.

소년은 소녀의 귀에 입술을 붙이고 저들은 임시로 채용된 교사라고 속삭였다. 그래서 정규직 교사들이 눈먼 아이들 곁을 항상 따라다니면서 지키는 반면 저들은 자신들이 고용된 시간 외에는 결코 아이들 곁에 머무르지 않으면서 최대한 자신들의 직업과는 무관한 방식으로 시간을 낭비한다고 덧붙였다.

소녀는 소년이 놀이방의 교사들을 경멸한다고 느꼈으나 그 까닭은 알 수 없었다. 소녀가 눈먼 소녀들 곁에서 책을 읽던 소녀들에 대해 묻자 소년은 그들의 경우는 전혀 다르다고, 거의 적대적일 정도로 격양된 목소리로 외쳤다. 구석 자리에서 허물어진 모래성을 다시 쌓고 있던 소년들이 소년을 물끄러미 올려다보는 것도 알아차리지 못하고 소년은 교사 소녀들이 읽는 책의 문장들은 학생 소녀들이 읽는 점자의 문자와 정확하게 대응되는 부분이라고 외쳤다. 진정한 교사들은 학생들과 언제나 연결되어 있으며 교사들은 학생들이 보지 못한 것을, 그러나 학생이 보기를 갈망하는 것을 보고 그것을 학생에게 전한다고 했다. 의도하든 의도하지 않았든 진정한 교사는 학생과 감응하며 그들의 모든 행위는 학생들과 긴밀하게 연관되어 있다는 것이었다. 그러므로 교사 소녀들은 특별한 언질 없이도 학생 소녀들과 정확하게 같은 문장을 읽을 수 있고 그러한 독서방식은 학생들에게 반드시 좋은 영향을 미친다고 말했다.

소녀는 교사와 학생이 정확하게 같은 문장을 읽는다는 것이 어떠한 의미를 가지는지, 어떻게 소년은 그들이 읽는 문장을 들여다보지도 않고 그것을 확신할 수 있는지 알 수 없었으나 소년은 광적일 정도로 자신의 말을 맹신하는 것처럼 보였다.

소년은 교사들은 학생들과 치명적으로 연결되어 있다고, 눈먼 아이들이 교사의 도움 없이 살아갈 수 없듯 교사 역시 눈먼 아이들을 벗어나서 살아갈 수 없다고 소리쳤다.

소년이 울먹거리는 동안 소녀는 소년을 위로해도 좋을지, 학생이 교사의 눈물을 닦아주어도 괜찮은 것인지, 이곳의 다른 아이들, 눈먼 아이들은 교사의 눈물을 어떻게 견디는지 고민하다가 곧 눈먼 아이들은 교사의 눈물을 볼 수 없을 것이라는 데에 생각이 미쳐 소년이 우는 모습을 고요히 바라보기만 했다.

소년은 능숙하게 눈물을 갈무리하고 소녀를 다른 방으로 데려갔다. 그곳은 텅 비어 있었다. 서늘하고 눅눅한 방의 어둠은 너무 짙어서 오히려 바깥까지 검은빛이 새어 나가는 것 같았다. 소년은 코끝과 입술만 검게 물든 얼굴로 이곳은 체벌 방이라고 속삭였다. 이곳에서 벌을 받는 것은 오직 눈먼 아이들과 진짜 교사들뿐이라고, 맹아원에서 눈먼 아이와 교사는 한 쌍으로 움직여야 하므로 체벌 방에 누군가 갇혀야 할 일이 생길 경우 그들은 반드시 같이 벌을 받아야 하지만 체벌 방에 언제 들어가고 나올지 결정하는 것은 그들이 아니라고 했다.

소년은 체벌 방에 들어가고 싶지 않으면 조심하라고 충고했지만 정확히 어떠한 방식으로 어떠한 행위를 조심해야 하는지는 알려주지 않았다. 소년 역시 체벌 방에 들어가고 나오게 되는 구체적인 조건은 알지 못하는 것처럼 보였다. 그러나 체벌 방에는 실제로 몇몇 교사들과 학생들이 들어갔으며 또 나온다고 했다. 소년은 한 번도 체벌 방에 들어가 본 적은 없지만 그곳에 들어가면 어둠 속에 꽁꽁 묶인 채 문 아래 작은 구멍으로 들이밀어지는 음식만을 먹고 방안 한쪽 구석에 있는 대야에 변을 보아야 한다고 했다.

언제 체벌 방에 들어가게 될지 정확히 예측할 수 있는 교사나 학생은 없지만 적어도 체벌 방에 들어간 자들은 반드시 무언가 잘못을 저지른 적이 있다고, 체벌 방이 부당하다고 항의하는 교사나 학생은 한 명도 없었다고 소년은 설명했다.

제시간에 이불을 개지 않고 청소를 하지 않은 교사나 놀이 방에 숨어서 놀다가 학생을 방치한 교사, 교사에게 인사를 하지 않은 학생이나 교사의 지시를 무시하고 자해를 한 학생 모두 체벌 방에 갇혔지. 그들은 모두 죄를 고백했어. 그들의 죄가 사실이라는 것을 확인하기 위해 체벌 방에 들어가지 않은 교사들은 CCTV로 그들의 범죄를 모두 확증하고 기록해야 했어. 그동안 학생들은 교사들의 옆에서 식사를 하고 잠을 자고 결국 아무것도 배우지 못한 채 시간을 허비할 수밖에 없었지. 체벌 방에 들어가기 전에는 아무런 죄도 없다고 항의하던 교사나 학생도 체벌 방에서 나올 무렵에는 반드시 죄를 고백했지. 그들에게는 언제나 죄가 있었고 그들은 처음으로 어둠에서 쫓겨나왔을 때 양심에 따라 그들의 죄를 고백할 수밖에 없었어.

넌 학생과 교사가 함께 벌을 받는 게 부당하다고 생각할지도 모르지만 그건 오해야. 학생과 교사는 언제나 함께 생활하기 때문에 학생이 죄를 지었으나 교사는 무고한 경우나 교사가 죄를 지었으나 학생이 무고한 경우는 있을 수 없지. 교사와 학생은 언제나 서로의 공모자야. 만약 학생이 통제에서 벗어나는 행동을 할 경우 교사는 곧장 복도에 있는 벨을 눌러서 교장실에 보고해야 하지. 그럼 학생은 적절한 처분을 받고 뉘우치게 될 거야. 아무도 처벌 방에 갈 필요가 없어. 하지만 그들이 범행을 숨길 경우 모든 것이 달라지지. 음습하고 난폭한 의혹이 그들의 얼굴에 짙게 나타날 때 그들은 처벌 방으로 보내져. 그러니 교사는 적절한 순간에 그들의 잘못을 보고함으로써 처벌 방으로 가는 순간을 최대한 유예해야 하지. 게으른 교사는 거의 반드시 처벌받게 되어 있어. 만약 교사가 신고하는 것을 잊고 있다면 학생이 그에게 신고할 때가 되었음을 알려 주어야 해. 처벌 방으로 끌려가는 순간에 신고를 하는 건 너무 늦으니까 적어도 일주일에 한 번—조심성이 많은 교사는 사흘에 한 번 신고를 하기도 하지—은 고해성사를 해야 해.

교사는 학생과 자신의 잘못을 꼼꼼히 기록해 두어야 해. 그런 의미에서 반항적인 학생을 담당하는 교사는 운이 좋은 편이야. 학생의 잘못을 아주 쉽게 찾을 수 있으니까 신고하는 과정도 훨씬 간단하지. 하지만 얌전하고 순종적인 학생을 담당하는 교사는 학생의 은밀한 잘못, 겉으로는 쉽게 드러나지 않는 불순함을 찾아내기 위해 훨씬 커다란 노력을 기울여야 해.

소년은 소녀에게 시범을 보여주듯 문 옆, 복도 벽에 있는 벨을 누르는 시늉을 해 보였다. 복도에는 희미한 빛이 번져 있었다.

소년은 고백할 것이 있으면 얼른 말해 달라고 했지만 소녀는 하나의 잘못도 생각해낼 수 없었다.

소년은 소녀를 조용히 바라보고 있었다.

이런 식으로 굴면 곧 처벌 방에 갇히게 될 거야. 네가 맹아가 아니기 때문에 처벌 방은 더 견디기 어려울 거야. 우리는 지쳐가는 서로를 바라볼 수밖에 없겠지.

소녀는 눈멀지 않은 것이 잘못일지도 모른다고, 확신 없는 목소리로 이야기했다.

정말 그렇게 생각해? 하고 소년이 물었다. 아무런 죄나 지어

내서는 안 돼. 정말 잘못이라고 느끼는 것만 말해. 네가 눈멀지 않게 된 것이 잘못이라고 생각한다면 넌 예외적인 규정으로 이곳에 들어오지 않았을 거야. 정말 그게 잘못이라고 생각해?

 소녀는 고개를 저었다. 소녀는 잘못한 것을 생각해낼 수 없다고 말했다.

 소년은 식당과 주방, 공용 화장실과 샤워장을 보여주었다. 그곳에는 몇 명의 소년들과 소녀들이 더 있었다. 그들은 소녀와 눈을 마주치고 그녀가 새로운 교사라고 오해하였기에 소년은 그들에게 일일이 소녀가 눈멀지 않은 맹아임을 소개해야 했다. 소녀는 눈멀지 않았음에 수치심을 느꼈다. 그러나 어찌할 수 없는 일이었다. 눈멀지 않았던 사람이 갑작스럽게 눈이 멀 듯, 그렇게 소녀는 눈멀지 않게 되었을 뿐이었다. 소녀는 꿈으로부터 추방당한 사람처럼 접합된 세계, 조금은 부옇지만 대체로 선명한 세상을 보았다.

 소년과 교장이 장담한 대로 소녀는 맹아원에서 맹아들과 함께 수업을 받게 되었다. 그녀는 점자를 배웠고 구연동화를 들었다. 소리와 냄새, 촉감으로 세계를 구성하는 방법을 배웠다. 모래의 거칠고 부드러운 속삭임, 불빛의 희멀건 흐느낌, 점자

페이지 사이사이에서 새어 나오는, 부식되어가는 부드러움. 그러나 소녀는 뜬 눈으로 세계를 보았다. 그녀에게 가장 강렬한 감각은 다름 아닌 시각이었다. 이미지들은 향기처럼 깊고 날카로웠다.

소녀는 교사 소녀들의, 형상의 기호로 가득 찬 책을 훔치고 싶어 했으나 소녀의 담당 교사인 소년은 허락하지 않았다. 소녀는 다른 맹아들과 함께 점자를 배워야 했다. 소녀는 놀랍도록 빨리 배웠다. 그녀는 평생 글자였던 것처럼, 오로지 글자로만 사유하고 살아왔던 것처럼 글자를 느꼈다. 그녀는 점자를 손으로 더듬지도 않고 오로지 눈의 은밀한 어루만짐만으로 읽어내어 소년의 질책을 받고는 했다. 소년의 목소리는 듣기 싫을 정도로 거칠고 불안했으나 소녀는 소년의 오목한 안와와 부드러운 코끝, 젖은 과일처럼 붉은 입술을 좋아했다. 소녀는 쇠를 가는 것처럼 불쾌한 소리가 아닌, 가늘고 붉은 입술이 움직이는 모양에 집중하였다, 교사가 된다면 점자가 아닌 글자책을 읽을 수 있다고 말하는. 그러나 교사 채용 시험에 합격하기 위해서는 이미 점자가 아닌 글자를 읽을 수 있어야 했다.

소녀는 언제나 소년과 함께 생활하였지만 잠을 잘 때만은 맹아 소녀들의 방에서 다른 세 명의 맹아 소녀들과 함께 잠들었다. 그녀들은 소녀가 눈멀지 않았다는 사실을 모르고 있었다. 소녀와 눈을 마주친 교사들만이 소녀가 맹아가 아님을 알고 있었던 것이다. 그녀들은 잠들기 전에 서로의 부드러운 볼과 코, 이마를 쓰다듬으며 사라지지 않은 환영과도 같은 존재를 확인하였다. 소녀는 기꺼이 그녀들에게 얼굴을 내밀었다. 소녀들은 소녀들이 거울 속 그림자처럼 닮았다는 사실을 알고 있을까? 소녀는 손끝으로 그녀들의 섬세하고 연약한 얼굴을 쓰다듬었지만 소녀는 오직 그녀들의 아름답고 부드러운 이미지에만 집중하고 있었다. 그녀들은 어렴풋한 그림자처럼 번져가고 있었다. 하나에서 셋으로 셋에서 하나로. 소녀는 그들이 무엇을 꿈꿀지 궁금했다. 번져가는 부드러운 살결들, 촉각적인 세계에서 그녀가 어떠한 얼굴을 하고 있을지.

소녀들은 소녀를 자매처럼 반겼다. 그녀들은 소녀가 그들의 네 번째 쌍둥이인 양 소녀를 반겼다. 그러나 소녀는 소녀들이 서로를 짚고 끌어안으며 서로의 살에 밀착하는 동안 살로부터 떨어진 눈, 닿지 않기에 볼 수 있는 반짝이는 환영과도 같은 신비로운 기관으로 그녀들을 바라보았다.

소녀는 자신이 다른 소녀들과 같지 않다는 사실을 알고 있었다. 소녀는 교사가 되고 싶다고 생각했다. 그러면 눈멀지 않은 소녀들의 방에서, 눈멀지 않은 소녀들의 꿈 곁에서 잠들 수 있을 것이다. 어째서 소녀는 평범한 책이 아닌 점자책을 읽어야 하는가? 소녀는 눈멀지도 않았는데. 날걀처럼 번들거리는 아름다운 눈꺼풀들을 내려다보며 소녀는 난폭하고 치명적인 우월감을 느꼈다. 소녀는 더 이상 맹아이고 싶지 않았지만 맹아의 세계로부터 떨어져 나가고 싶지도 않았다. 이곳에서 그녀는 특별했고 그녀는 유일한 눈이었고 그녀는 빛을 그러모을 수 있는 유일하고 섬세한 렌즈였다.

바깥에서 그녀는 얼마나 잘 볼 수 있을까? 모든 것을 형상화하는 사람들 앞에서 그녀는 얼마나 대단한 이미지를 꿈꾸어낼 수 있을까? 소녀는 자신의 시력이 얼마나 좋은 편인지 확신할 수 없었다. 잠든 소녀들을 무자비한 연민으로 사랑하며, 소녀는 그녀들을 버리고 나가지 않겠다고, 교사가 되어 그녀들 곁에 남겠다고 맹세했다. 교사 채용 시험에 합격하는 일은 그리 어렵지 않을 것이었다. 소녀는 점자를 익혔듯 순식간에 어떠한 어려움도 없이 글자를 익힐 것이었다. 그녀에게 모든 언어는 외국어였으므로, 그녀는 모든 외국이었으므로 모든 외국어는 그녀에게 속할 것이었다.

소녀는 교사 소녀의 책을 훔쳤다. 글자를 익히는 일은 쉬웠다. 태어나는 순간부터 흐느낌의 언어를 발설하듯 소녀는 페이지에 닿는 순간 그녀가 읽어야 할 문장들을 이해할 수 있었다. 소녀는 페이지 속으로 스며들었고 글자 위를 자유로이 춤추며 횡단하였다. 마지막 페이지를 덮었을 때, 소녀는 그 책이 서커스단에 팔려 간 아이들에 대한 이야기임을 알 수 있었다. 아이들은 불을 뿜거나 외줄을 타거나 맹수들을 조련하는 훈련을 했다. 특이한 외모를 가진 아이들은 간단한 재주만으로도 무대에 설 수 있었다. 그러나 거리에 버려진 무수한 쥐들과 같이 특색이 없는 아이들은 축축하고 음침한 지하 감옥에 갇혀야 했다. 서커스 천막 아래쪽, 철문으로 가리어진 깊은 굴속에 숨겨진 채, 아이들은 빛 속으로 나아가기 위한 교묘하고 치밀한 걸음걸이를 연습하였다. 아이들은 꿈속에서도 비밀스러운 묘기를 연습했다. 하지만 아이의 몸짓, 일상적인 걸음걸이를 초월하는 것은 쉬운 일이 아니었다. 그들은 일상이 낳은 아이였고 아이들의 일상은 아이들이 개발한 것이었으므로 그들은 일상적인 아이가 아니기 위해 아이를 초월해야 했다. 작은 몸속에 어른에게도 버거울 법한 무수한 음식들을 욱여넣고 소화시키는 것을 보여주고 어른의 보폭으로, 가느다란 다리를 찢어질 듯 벌려 성큼성큼 걸어가야 했다. 어른의 키에도 까마득한 높이에 매달려 공중을 횡단하고 빙글빙글 돌아 보이기도 했다. 오래도록 지하에 갇혀 있던 아이들에게서는 씻을 수 없는 지린내가 풍겼기 때문에 그러한 아이는 영영 무대에 설 수 없었다.

 반년 안에 아이들은 훌륭한 배우로 성장해야 했다. 서커스 무대 위의 배우들은 모두 그러한 혹독한 방식으로 길러졌다.

그렇기에 지하 연습실의 빈곤하고 무참한 상태에 대해 지적하는 배우는 누구도 없었다. 아이들은 오직 빛 밖으로 올라서는 생각에 매달려 찢어질 듯 팽팽하게 긴장되어 있었기 때문에 자신들의 상황을 한탄할 여유조차 없었다.

어떤 아이가 그들이 있는 곳은 연습실이 아니라 감옥이라고 소리쳤을 때도 아이들은 무대로 올라서기 위한 준비에 여념이 없었다. 아이들은 모두 아주 유명해질 작정이었다. 지하에 남을 것이라고 생각하는 아이는 아무도 없었다. 아이들은 모두 성공한 배우였고 그들의 현재는 이미 비참하지만 자랑할만한 추억거리였다. 아이들은 발가락을 세워 가장 작은 부분만을 지상에 밀착한 채 날아오를 듯 위태롭게 걸어 다녔다. 지하 연습실의 아이들은 갈수록 불어났기 때문에 아이들은 서로 부딪혀 넘어지지 않기 위해 주의를 기울여야 했다.

비명을 지른 아이는 조금 전까지만 해도 가장 열심히, 신중한 걸음걸이로 방안 구석구석을 쏘다니던 아이 중 하나였다. 아이는 비명을 지르며 울었다. 아이는 바깥으로 나가고 싶다고 말했다. 더 이상 배우가 되고 싶지도 않고 서커스에 나가고 싶지도 않고 유명해지고 싶지도 않다고. 다만 끔찍한 지하 생활을 모면하는 것, 그것만이 그가 바라는 일이라고.

아이들은 어리둥절하게 쓰러진 아이를 내려다보았지만 곧 다시 고개를 들고 연습에 집중했다. 아이들은 모든 것을, 따뜻하고 비릿한 붉은 고기와 여자들의 부드럽고 황홀한 유방, 솜사탕처럼 달콤한 품과 관중들의 열성적인 환호성, 무대 가장 높은 곳의 날카로운 긴장 모두를 원하고 있었으므로, 다만 빛만을 원한다는 아이의 요구를 이해할 수 없었던 것이다. 이해할 수 없는 것을 아이들은 오래도록 기억하지 못했다. 그들은 곧 쓰러진 아이를 잊었다.

흐느끼던 아이는 지하의 천장이 생각보다 높다는 것을, 철문이 그들의 시야에서는 보이지 않을 정도로 까마득한 곳에 있다는 것을 처음으로 알아차렸다. 음식은 지하실 한쪽 벽 아래의 작은 구멍으로 들어오므로 아이는 한 번도 천장에 대해 관심을 가져본 적이 없었다. 언젠가 그들은 그곳으로 나갈 것을 꿈꿨음에도. 아이는 천장 위에 우주가 매달려있다는 생각을 했다. 그가 우주에 속해 있다는 생각, 우주 한복판, 종잡을 수 없는 비밀스러운 위치에 드러누워 있다는 생각. 그것은 모두 사실이었다. 아이는 환영을 꿈꾸는 것이 아니었다. 아이는 환영이 아니었다.

아이는 불현듯 벌떡 일어나 위를 향해 소리를 질렀다. 비명은 아득한 곳으로 올라가는 것처럼 보였다.

어쩌면, 하고 아이는 속삭였다. 어쩌면 나갈 수 있을지도 몰라.

다른 아이들은 아이가 새로운 연극을 계획하고 있다고 생각했다. 그러나 연기만으로 서커스 무대에 서는 것은 극히 드문 일이었다. 불과 추락, 비상과 죽음의 위협이 난무하는 서커스 무대에서 흐느낌만으로는 주목을 받을 수 없었다. 흐느낌은 도처에 있었으므로. 눈을 감고 입술을 다물면 귓속으로 흘러드는 물의 살, 죽은 채 전율하는 조각난 심장들의 노랫소리는 모두 그러한 흐느낌이었으므로.

아이는 지하 연습실의 벽 쪽으로 다가가 손을 짚고 연습실을 빙 둘러 걸었다. 한쪽 벽 가까이에 길게 내려온 밧줄이 있었다. 아이는 밧줄이 바깥과 연결되어 있다는 생각에 졸도할 듯 희게 질렸다. 아마 그네 연습을 하던 공중 곡예사들을 위한 장치일 것이었다. 아이들은 종종 이 장치에 매달려 연습을 하곤 했으나 끝까지 올라간 아이는 한 명도 없었다. 그들은 언제나 매달리기 위해, 매달려 공중을 향유하고 부유하는 연기를 하며 묘기 연습을 하기 위해 그 밧줄을 사용했을 뿐이었다. 아이는 밧줄을 독점하기 위해 황급히 밧줄에 매달렸다. 밧줄은 가시투성이였기 때문에 아이의 작고 여린 손바닥은 곧 피로 흥건해졌다. 아이는 고통에 흐느꼈지만 매달리는 일 자체는 그리 어렵지 않았다. 손바닥 사이로 파고든 가시들 덕분에 아이는 큰 힘을 들이지 않고도 밧줄에 매달려 있을 수 있었다. 아이는 천천히 손을 뻗어 밧줄 위로 올라갔다.

오래도록 밧줄의 존재를 잊고 있던 아이들은 발끝으로 선 채 그들의 머리 위까지 기어 올라간 아이의 붉은 맨발을 멍하니 올려다보았다. 아이들은 아이가 아름답고 황홀한 묘기를 보여줄 것을, 흰 새처럼 날아올라 무대로 향할 것을 기다리는 것 같았다. 그리고 아이가 곧 떨어지기를. 그들의 비극을 더 매혹적으로 장식하기 위해 처참하게 떨어져 죽어가기를. 그들이 아이를 기억해 줄 수 있도록. 아이를 위해 울어줄 수 있도록.

아이는 찢겨져나가는 손바닥의 고통을 잊은 채 하염없이 위로 올라갔다. 아이는 누구의 도움도 없이, 선발 절차조차 없이 바깥으로 나간 최초의 아이가 될 것이었다. 아이는 검고 아득한 위를 바라보았다. 그곳에는 우주와 별들과 무대가 있었다. 아이는 어디에도 속하지 않은 채 그것들을 일별하며 사라질 것이었다. 아이들의 검고 붉고 노란 머리통들이 흰 막과 같은 대기에 가리어 점차 흐려져 보였다. 그는 위를 발견한 최초의 아이였다. 그는 서커스 저녁 무대, 가장 관중이 많은 시간대의 메인 무대에서 주연을 맡을 것이었다. 아이는 여전히 땅에 몸의 일부분을 밀착시킨 채 걸어 다니는 아이들을 비웃으며 찢겨져나가는 손바닥을 가시에 박으며 위로 위로 올라갔다. 아이는 황홀한 연민으로 미칠 지경이었다. 그는 지하에 남아 죽어가는 아이들을 광폭하게 사랑하였으며 죽을 듯 가여워했다. 아이는 피가 홍건히 묻은 밧줄을 몸속으로 밀어 넣으며 위로 나아갔다. 아이는 결코 떨어지지 않을 것이다. 그들은 언제나 공중을, 바깥을 가지고 있었다. 고통스러운 희망으로 아이는 울렁거렸다. 아이들은 기울어지며 쓰러지며 밀려나며 구석에 엉망으로 개켜져 있었다. 아이들은 경악하여 아이를 올려다보고 있었다. 그들은 알고 있었을까? 밧줄이 어디로 향하는지. 아이가 어디에 도달하게 될지.

아이는 불길한 통증을 느꼈다. 아이는 피투성이였고 아이는 기절할 듯 피로하였다. 아이는 바깥에 근접해 있음을 느낄 수 있었다. 웅성거리는 소음과 박수 소리, 흐릿한 환호성 소리가 밧줄을 타고 아이의 손 안쪽, 아이가 알지 못하는 물길을 따라 흘러들어왔다. 아이는 이미 바깥에 있는 듯 평온하고 애틋했다. 유리잔들이 맞부딪히는 소리, 출렁거리는 소리, 흐느끼는 소리, 떨며 우는 소리, 웃는 소리, 소리 소리들이 아이의 안에서 경련했다. 아이는 무대 한가운데에 피투성이 메시아처럼 등장하여 그들을 공포에 빠뜨릴 것이다. 황홀한 두려움에 사로잡힌 관객들은 곧 비명처럼 광폭한 환호성을 지르며 아이를 반길 것이다. 아이는 서커스단의 천사로 살아갈 것이다. 날개도 없이 공중을 날아다니는 천사. 아이는 지하 연습실에 천 개의 가시 밧줄을 내려뜨릴 것이다. 아이들은 장미처럼 새초롬하고 달콤한 피를 흘리며 무대 위로 올라올 것이다. 아이들은 그 모든 아이들을 가질 것이다.

아이는 현기증에 흐려진 눈으로 검은 천장을 올려다보았다.

아이는 더는 올라가고 싶지 않다는 욕망에 사로잡혔다. 단 한순간, 한순간의 결정으로 아이는 모든 미래를 가질 수 있을 것이다. 그리고 모든 미래를 포기할 수 있을 것이다.

그리고 모든 미래를 포기할 수 있을 것이다.

아이는 죽을 것 같은 질투에 사로잡혔다. 한순간을 건너간 아이가 차지한 모든 찬란한 박수와 웃음, 끝없이 벌어진 공중의 절단과 그를 사랑한다고 외치는 어휘들에 대한 질투, 아이가 미리 엿본 미래에 대한 고통스러운 질투. 아이는 관객들이 그를 끌어안고 입 맞추며 사랑한다고 속삭이는 소리를 들을 수 있었다. 아이는 그 위에 무엇이 있는지 알고 있었다. 아이는 자신이 어디에 갇혀 있었는지, 어째서 아이들이 위로 올라가지 않았는지 기억해냈다. 아이는 가시에 갈기갈기 찢겨진 손바닥을 떼어내었다. 아이는 젖은 손을 양쪽으로 펼치고 날아올랐다.

교사 소녀는 책을 잃어버렸음을 신고했고 그녀는 또 다른 책을 지급받았다. 교사의 책이 교체됨에 따라 눈먼 소녀의 책도 바뀌었다. 그들은 완전히 다른 세계, 전혀 다른 어휘들과 언어를 처음부터 읽어나가야 했다.

소녀의 범행은 몇 차례 반복되었다. 소녀는 이야기를, 특히 훔쳐낸 이야기를 사랑하였고 도저히 도둑질을 멈출 수 없었다. 소녀는 가장 향기롭고 아름다운 도둑에 대한 이야기마저 훔쳐내었다.

도둑은 아이들의 묘비를 훔쳐 정원에 꽂아 두었다. 묘비 아래에는 훔쳐낸 꽃들을 묻었다. 색색의 꽃들이 만연한 정원에서 도둑은 체포되었다. 도둑은 자신이 꽃을 훔쳤음을 순순히 자백하였지만 도둑은 오직 아이들의 묘비를 훔쳤다는 죄목만으로 재판받았다. 도둑은 죽음이 소유할 수 있는 것은 아무것도 없으므로 그가 길가에 방치되어 있는 돌을 주워왔다고 해서 문제될 것은 없다고 주장하였지만, 그에게 죄가 있다면 오직 아직 생에 속해 있는 꽃들을 자르고 훔쳐 왔다는 것뿐이라고 외쳤지만 아무도 그의 이야기를 진지하게 들어주지 않았다.

소녀는 대담하게도 눈먼 소녀들의 곁에서 책을 읽었다. 소녀들 누구도 소녀만이 그들과 다른 책, 다른 세계, 다른 이야기에 파묻혀 있다는 사실을 알아차리지 못했다. 소녀는 이야기들 속에서 기꺼이 죽었다. 소녀는 페이지 곳곳에 덫처럼 숨겨진 파열과도 같은 죽음들을 두 눈의 어렴풋한 빛으로 조심스럽게 쓿어넘겼다. 불안정한, 그러나 완전한 몰입. 소녀는 페이지의 날카로운 날들에 기꺼이 베였고 기쁘게 출혈하였다. 그러나 아무도 소녀의 눈물을 보지 못했다. 소녀는 소리도 없이 울었으므로. 숨을 멈추고, 붉은 입속으로 스며들어온 대기 중의 먼지, 조각난 심장들의 헐떡거림으로 은밀하게 울었으므로.

눈먼 소녀들은 소녀의 울음을 공기의 따끈하고 습한 촉감으로 느낄 수밖에 없었다. 그러나 모든 소녀들은 그토록 가련하고 서글픈 눈물을 흘리고 있었으므로, 대기 중에는 언제나 눈먼 소녀들과 눈멀지 않은 소녀의 축축한 흐느낌이 떠다니고 있었으므로 아무도 소녀가 책에 찢겨 울고 있음을 알 수 없었다.

소녀는 행복한 고통으로 매일 밤잠도 없이 책을 읽었다. 저녁 취침 시간이 되면 소녀는 벗어 놓은 옷가지를 문틈 아래에 끼워 넣은 뒤 불을 켰다. 노랗고 부드러운 불빛이 눈먼 소녀들의 흰 잠옷과 붉은 피부를 흐릿하고 촘촘한 입김으로 감싸 안아도, 소녀가 아름다운 환영의 가슴에 고개를 처박고 흐느껴도 소녀들은 알아차리지 못했다. 소녀는 잠든 소녀들 옆에서 홀로 훔쳐 온 책들을 읽었다. 새벽 시간이 되면 소녀는 재빨리 일어나 문틈에 끼어둔 옷들을 빼내고 잠든 척했다.

소년의 곁에서 점자책을 읽는 동안에도 소녀는 밤 동안 읽었던 매혹적인 이야기들에 대해, 잘 벼려진 황홀한 죽음에 대해 생각했다. 그리고 그녀의 곁에서 아이처럼 색색거리는 순결한 숨을 내쉬며 잠든 소녀들의 황홀한 무지에 대해. 소녀에게 허락되지 않은 이야기들, 금지된 이야기들, 소녀는 풍요롭고 기이한 위반에 매혹되었다. 오직 그녀만이 읽을 수 있는 이야기, 그녀에게만 노출된 이야기, 그녀의 속에서 비밀스럽게 찢겨져나가는 날개들. 눈먼 소녀들 옆에서 글자들의 이미지를 전유하기 위해 이곳에 오게 되었다는 생각을 하게 될 정도였다. 소녀는 기꺼이 눈먼 소녀들의 순진한 눈꺼풀을 연민하였으며 가련하게 잠든 무구함을 아무런 거리낌 없이 폭력적으로 사랑하였다. 죄악감도 후회도 없이 소녀는 소녀들 위에서 오열하고 피 흘렸다. 오직 소녀만 전유할 수 있는 이야기로, 소녀에게만 허락된 이미지들로 소녀는.

눈먼 관객들, 악취 나는 금기의 이미지 앞에서도 깨어질 수 없는. 미쳐버릴 수도 파열할 수도 없이 가만히. 소녀들은 가만히. 그녀들의 아름다운 얼굴 위를 스쳐 가는 눈먼 그림자들을 보지 못하는 맹목적인 잠의 광경. 소녀는 잠든 소녀들의 위에서 밧줄을 타고 올랐으며 피투성이 손바닥을 벌리고 소녀들이 알지 못하는 소녀들의 위로 추락하였다. 소녀는 대담하게 죽음을 조율하고 장식하였으며 죽음의 잘 벼려진 등 위에 맨발을 내딛고 페이지 사이를 쏘다녔다. 눈멀지 않았다는 결핍에 소녀는 황홀하게 도취되었다. 어느 누가 소녀를 말릴 수 있겠는가? 소녀의 맑은 눈은 죽음의, 서커스의, 곡예의 스크린이었고 그 속에서 피투성이 날개로 추락하는 환영들은 모두 그녀에게 속해 있었다. 소년조차도 소녀에게서 비극적인 범죄의 아름다운 얼굴들을 도려낼 수 없었다.

언젠가 소녀가 교사 시험에 응시하고 싶다고 말했던 것을 기억한 소년이 모의 기출 문제집—물론 점자로 되어 있었다—을 선물했지만 소녀는 건성으로 문제를 풀어나갔다. 소년은 점자로 된 문제에 소녀의 손가락을 올려놓아 문제들을 읽어내도록 한 뒤, 시간을 주어 소녀가 답안을 결정하면 소년의 다섯 개의 손가락으로 답을 표현하는 방식으로 수업을 진행하였다. 소녀는 문제를 제대로 읽지도 않고 그때그때 원하는 만큼의 손가락을 펴내는 방식으로 수업 시간을 보냈다.

소년에게는 답안지가 없었기 때문에 소녀의 답을 채점하거나 정정해주지는 않았다. 소녀는 기계적으로 문제집을 더듬고 손가락들을 펴내면서 밤의 이야기들에 골몰했다. 소녀는 그 이야기들이 그녀의 이야기이기를 간절히 바랐다. 그녀가 서커스의, 도둑들의 이야기를 읽었듯 누군가 그녀를 읽고 출혈하고 젖어 들어 아파하기를, 그녀의 범죄가 그들의 범죄가 되기를 갈망했다. 소녀는 절박하고 비열한 연민으로 잠든 소녀들을 살해하고서도 여전히 끈질긴 허기에 시달렸다. 소녀는 낯모를 등장인물들의 범죄에 매혹되었고 피 흘렸지만 그것만으로 부족하다고 여겼다.

소녀는 소년에게 글을 쓰고 싶다고 말했다.

소년은 소녀에게 타자기를 구해다 주었고 소녀는 그녀가 기억하는 이야기들을 자신의 언어로 옮겨적었다.

가시 밧줄 위에 매달린 채 생활하는 사내는 무대 위를 벗어나지 않는다. 외줄 타는 여자들은 사내에게 입을 맞춘 뒤 반대편 벽으로 건너가고 공중그네를 타는 아이들은 사내에게 물과 사과를 건네준다. 등이 굽은 비서들이 벽 한쪽에 고정시켜놓은 사다리를 올라 사내에게 요강을 건넨다.

사내는 변으로 가득 채워진 요강의 뚜껑을 덮어 비서에게 돌려주고 비서는 비틀거리면서 지상으로 내려간다. 사내는 가혹한 폭군처럼 하늘을 영위한다. 사내는 잠도 공중에서 잔다. 사내가 낮잠을 자는 동안 외줄 타기 곡예사가 사내를 아슬아슬하게 스쳐 지나가다가 잠결에 발길질을 한 사내에게 치여 추락한다.

곡예사는 웃으면서 추락한다. 창문에 부딪혀 떨어진 새처럼 양팔과 목이 꺾인 곡예사의 유언을 아무도 알아듣지 못한다.

사내는 경찰서에 출석하는 것을 거부하고 변호사를 만나러 나갈 수도 없다고 주장하기 때문에 변호사는 사내를 설득하기 위해 비서가 건네준 사다리 위에 뒤뚱거리며 올라 사내에게 경찰서에 출석해서 심문을 받으라고 사정한다. 그러나 사내는 완고하다. 서커스 단장은 비정한 살인 용의자가 또 다른 악행을 저지르는 것을 막기 위해 사내의 손발을 결박해 놓는다. 그래도 사내는 내려오지 않는다. 새로운 공중 곡예사들은 사내의 앞에서 일부러 조롱하듯 춤을 추고 웃어 보이며 관객들의 호응과 사내의 분노를 유도하지만 관객들이 두려움에 파랗게 질리는 동안에도 사내는 꼼짝도 하지 않는다. 고함도 저주도 없다. 변호사는 사내가 당시 잠들어 있었다는 사실을 증언해줄 사람들이 있으므로 사내가 순순히 경찰에 협조하여 조사를 받기만 하면 불기소 처분이 주어질 것이라고 사내를 설득하지만 사내는 자신이 내려오는 것은 추락하여 죽는 때뿐이라고 완고하게 주장한다.

  소녀는 잠든 소녀들의 곁에서 이미지들을 써 내려갔다. 소녀들이 읽을 수 없는 이미지들, 소녀들에 대한 비밀스럽고 만연한 연민과 사랑의 집요한 기호들, 소녀들이 알게 된다면 찢어져 죽어버릴 범죄. 소녀는 자신이 그토록 뻔뻔스럽고 비열할 수 있다는 사실에 소스라치게 놀랐지만 보이지 않는 상처를 훼손하는 이 매혹적인 범죄를 도저히 그만둘 수 없었다. 소녀는 소녀들의 고요하고 순결한 눈꺼풀 위에서 달콤하고 음탕한 악취가 진동하는 심장을 짓이겨 맛보았다. 갈증은 깊었고 소녀는 끝없이 탐욕스러웠다.
  그녀는 소녀들을 사랑했다. 그녀들이 눈멀었기 때문에, 그녀들을 들키지 않고 마음껏 사랑할 수 있기 때문에 소녀는 소녀들을 사랑했다. 소녀들이 무참하게 구겨 넣어진 검고 아득한 세계, 소녀는 더 이상 속하지 않는 잔혹하고 축축한 세계. 풍요로운 결핍에서 빛을 내는 소녀들의 비밀스러운 고독을 소녀는 사랑했다. 소녀들의 눈꺼풀은 백아흔 개의 꽃잎처럼 무거웠고 그 속의 창백함은 짙었다.

소녀는 괴물처럼 웃으며 춤추는 천사들의 기예를 보았다. 외줄 위로 올라간 사내는 추락하기 전에 이미 죽었다. 외줄 위로 올라가면서 사내는 수천 번 죽어야 했다. 그러나 그러한 죽음은 거짓이다. 죽음은 단 한 번뿐이어야 하므로, 가시 밧줄에 매달린 사내는 밧줄 위를 바라보며 그곳에 손바닥을 박아넣기 전에 이미 죽었으므로 다시는 밧줄에서 내려오지 않았던 것이다. 오직 밧줄 위로 다시 올라가지 않기 위해, 그의 치명적이고 아름다운 죽음을 거짓으로 만들지 않기 위해.

소녀는 끊겨져 찢어질 매듭을 계속해서 짜내려 갔다. 소녀의 손가락은 투명한 피로 홍건했다. 소녀는 추락의 비밀스러운 가능성으로 글을 썼다. 타자기에서 튀어나온 글자들은 모두 소녀에게 허락되지 않은 형상들이었다. 소녀는 매일 글을 썼고 적절한 때 소년에게 그녀의 범죄를 고백할 수 있었다. 소녀에게는 불안으로 홍건한 범죄가 차고 넘쳤으므로 소년은 거의 매일 소녀의 범죄를 보고할 수 있었다. 소녀는 수많은 위반을 고백하였으나 그녀는 출혈로 충만하였기에 몇 개의 범죄는 완전한 비밀로 은닉할 수 있었다. 소녀가 발설한 비밀들 속에서 아무도 소녀가 고의적으로 누락한 비밀을 발견하지 못하였다. 소녀들의 투명하고 붉은 얼굴들. 소녀는 소녀들이 영원히 깨어나지 않기를 바란다. 깨어나더라도 눈 뜨지는 않기를 바란다. 소녀들의 눈꺼풀이 벗겨져 나가면 소녀는 울 것이다. 소녀는 비참할 것이다. 소녀는 다시는 글을 쓰지 못할 것이다. 소녀는 소녀들의 빈 자리를 견뎌내지 못할 것이다. 소녀의 이미지들. 서커스의 공중 곡예사들은 소녀들의 눈꺼풀에 의존하고 있다.

소녀들의 고요하고 아름다운 불구를 소녀는 사랑하고 있다.

부활자(목격자)

 그녀는 천천히 눈을 깜빡였다. 마치 훼손되지 않은 것처럼, 파괴되지도 와해되지도, 찢어발겨지지도 않은 것처럼 그녀는 천천히 눈을.

 그녀의 부활을 기뻐해 주는 신도들은 없었다. 그녀는 잊혀진 신처럼 시체안치소에서 홀로 눈을 떴다. 끔찍이 차가운 냉동 장치로도 완전히 사라지지 않는 희미한 부패의 냄새, 그것이 그녀가 처음 맡은 냄새였다. 그녀는 눈을 떴고 비좁은 냉동고 안에서 몸을 빼내었고 그녀와는 달리 죽음의 영속적인 원리에 순응하며 누워 있는 시체들에서 피어나오는 무거운 냉기가 그녀의 발목을 문지르며 애무하는 것을 느꼈고 그 차가움 때문에, 그리고 미미하게 치밀어오르는 역겨움 때문에 그녀는 살아 있다는 것을 깨달았다.

그녀는 살아 있었다.

살아 있었다. 부패의 향을 맡지 않고서는, 호흡하지 않고서는 존재할 수 없을 정도로, 그렇게 살아 있었다.

그녀는 침실을 빠져나가는 것처럼 자연스럽게 시체안치소를 벗어났다. 아무도 그녀를 붙잡지 않았다. 그녀는 살아 있었고 자유로웠다. 끝이 잘린 날개가 기적적으로 다시 돋아 열린 새장 문밖으로 날아가는 새를 붙잡을 수 있는 이는 아무도 없는 것이다. 여자는 목에 교살의 흔적을 그대로 매단 채로 어두운 계단을 내려갔다. 유달리 등이 굽은 검은빛의, 망자의 인상들이 여자를 말없이 흘겨보았다. 언어로는 담을 수 없는 격심한 고통의 흔적들.

여자는 안치소 건물의 입구에서 그녀의 유령을 보았다. 유령은 미친 듯이 떨면서 흐느끼고 있었다. 여자는 타인의 고통을 목도하듯 무감하게, 그러나 서글프게 그녀의 유령을 바라보았다. 유령은 여자처럼 헐벗었고 검은 눈은 눈물로 일그러져 있었다. 유령이 속삭이는 말을 여자는 알아들을 수 있었다. 언어를 입지 못한 말을. 왜냐하면 그건 그리 멀지 않은 일이었으니까. 그건 아직 여자의 몸에 남아 있는 일이었으니까. 여자는 천천히 고개를 저었지만 유령은, 여자에게서 떨어져 온 손톱이나 머리칼과 같이 이미 여자에게 속하지 않는 그것은 여자에게 합류하지 못하고 안치소의 유리에 붙어 바들바들 떨고 있을 뿐이었다. 여자는 긴 손톱을 목에 박고 긁어내렸다. 여자는 벌레처럼 헐벗은 채였다. 미지근한 물기가 허벅지 사이에서, 목 뒤와 팔 밑에서 흘러내리는 불쾌한 감각이 느껴졌다. 마치 그녀 자신이 녹아내리는 것처럼, 은근하고 불길한 땀이 흘러내렸다.

날카로운 캔 뚜껑과 유리 조각들, 폐지와 플라스틱 파편들이 벌거벗은 발을 파고들었지만 여자는 묵묵히 걸었다. 얼어붙은 세상의 골목에서 고양이들의 마지막 잔당들이 여자를 주시하고 있었다. 그들의 꼬리는 한결같이 하늘로 치솟았고 황금빛 눈은 기적처럼 밝게 빛났으나 여자는 무심하게 계속 걸었다. 비대하게 차오른 백색의 달에 비추어진 그녀의 흰 몸은 아름다웠다. 여자는 확신으로 가득 차 있었다. 쓰레기들을 짓뭉개며 요란스럽게 지나가는 버스들 보면서 여자는 밤이 영원히 계속되리라는 착각에 빠져들었다. 하지만 대체 언제까지 걸어야 하는 것일까? 무너져내린 건물들에는 더 이상 사람이 살지 않았는데. 그러나 드문드문 먼지처럼 남은 삶도 있었다. 입구가 파손된 교회에서 부랑자의 턱 밑에 면도날을 쑤셔 넣던 창녀가 그녀를 보며 웃었다. 밤처럼 새까만 노인은 죽은 짐승처럼 흐느적거리며 추락했다.

그가 가려던 곳에는 절대 도착할 수 없을 거야, 하고 창녀는 유달리 두툼한 입술을 은근히 벌려 속삭였다.

어쩌면 더 빨리 도착했을지도 모르지, 하고 여자가 대답하자 창녀는 입술을 당겨 시원스럽게 웃었다.

여자는 습한 안개에 감싸여 순식간에 부패해 가는 시신과 벌거벗은 창녀 옆에서 잠들었다. 창녀는 검고 헝클어진 머리칼에 길고 유려한 손가락을 집어넣고 머리를 더 헝클어 놓으며 여자를 바라보았다. 여자는 창녀의 젊고 대담한 눈길을 마주 보며 갑작스럽게, 그녀 자신도 믿을 수 없을 정도로 갑작스럽게 흐느끼기 시작했다. 어깨를, 가슴을, 배와 무릎을 미친 듯이 떨어대면서 여자는 소리 죽여 울었다. 창녀는 그녀와 함께 울어주지 않았지만 여자는 계속해서 울었다. 창녀가 듣지 않을지도 모른다는 것을, 창녀는 어쩌면 아무런 소리도 신음도 울음도 없이 우주처럼 적막한 밤을 보내고 싶을지 모른다는 것을 알면서도 여자는 참지 못하고 갈라진 목소리로 말했다.

그녀를 죽여 달라고. 힘을 잃고 쓰러진 저 부패해 가는 늙은이처럼 그녀를 죽여 달라고.

그러나 창녀는 고개를 저었다. 창녀는 창녀들을 죽이지 않는다고 말했다. 창녀들은 이미 죽은 존재나 다름없으므로, 창녀는 창녀들을 죽일 필요가 없다고.

여자는 창녀에게 더 애원할 수 없었다. 여자는 기이한 안도감에 숨을 헐떡거리면서 끔찍하게 차가운 바닥에 드러누웠다.

어둠 속에서 날고기의 달콤한 악취를 감지하고 날아든 파리들이 그녀의 몸에도 들러붙었다. 여자는 쉴새 없이 몸을 움직이는 것이 고통스러울 정도로 힘겨웠으나 파리가 그녀의 안에 낯선 생명을 심어놓기 전에 계속해서 손과 다리를 흔들어 그들을 쫓아낼 수밖에 없었다. 그들이 너무 깊이 파고들지 않도록.

창녀는 여자의 옆에 누운 채 그녀의 둥근 어깨를 위로하듯 감싸며 너무 걱정하지 말라고 속삭였다. 창녀들은, 벌거벗은 여자들은 어디서나 죽는다고. 벌거벗은 것만으로, 그녀들은 이미 범죄 속에서 살고 있는 것이라고.

그러나 여자는 아무도 그녀를 발견해주지 못할 것이라는 불길한 예감에 휩싸여 울음을 멈출 수 없었다. 왜냐하면 그녀는 이미 죽었으니까. 죽은 자들은 산 자들보다 훨씬 많아서 자세히 들여다보지 않으면 그 존재조차 알아차리지 못하고 지나치기 마련이니까. 다시 살아났더라도 그녀가 죽음을 그만둔 것은 아니었다. 죽음은 영원하고 항구적이었다. 설령 약간의 위반이나 변칙이 있다고 하더라도.

밤새도록 창녀는 노인의 잘려 나간 턱에 입을 맞추었다. 노인의 턱 밑 살은 깊이 벌어져 마치 또 하나의 입처럼 보였다. 끝맺을 수 없는 말을, 헐거운 구멍으로 하염없이 흘리고 있는. 창녀는 죽은 남자의 왜소한 몸 위에 올라타 그를 정성껏 주무르기 시작했다. 중병 환자를 간호하는 간병인처럼, 죽음을 위로하고 애무하듯, 여자는 단단한 바닥에 귀와 관자놀이를 댄 채 옆으로 누워 어둠 속에서, 그러나 지나치게 거대하고 희멀건한 달 때문에 훤히 누설되어버린 더럽혀진 어둠 속에서 움직이는 창녀를 바라보았다. 창녀는 달빛에 검게 반사된 혀를 꺼내어 노인의 몸을 정성껏 닦았다. 말라빠진 옆구리와 파리들이 들끓는 배꼽과 치골, 말라빠진 엉덩이골이 그대로 드러난 인체의 치부를, 창녀는 마치 죽은 노인을 사랑하는 것처럼, 그가 그녀의 더없이 사랑스러운 애인인 것처럼 애무했다. 탐욕에 눈먼 파리들이 그녀의 입속으로 흘러드는 것도 아랑곳하지 않고.

여자는 끔찍하게 서글픈 기분에 휩싸였으나 울지는 않았다. 어쩌면 여자가 잠든 사이 죽음의 규칙이 바뀌었는지도 모를 일이었다. 날이 밝으면 노인은 다시 살아날 것이고, 노인은 그를 죽인 창녀를 죽일 것이고, 창녀가 그의 턱 밑을 절단하고 후두에 쑤셔 넣었던 면도날로 창녀의 목을 자를 것이고, 그녀의 젖가슴을, 그녀의 귀와 가지런한 발가락을 전부 자를 것이고, 그녀의 배를 가를 것이고, 그녀를 갈기갈기 해체할 것이고, 다음 날이 되면 창녀는 다시 살아날 것이고, 마치 한 번도 찢겨본 적이 없는 것처럼, 한 번도 죽은 적이 없는 것처럼, 죽지 않고서는 버틸 수 없을 정도로 아프지 않은 것처럼 살아나 노인의 턱을 절개할 것이고, 노인의 몸 위에 짐승처럼 엎드려 두툼하고 탐스러운 혀로 그의 은밀하고 노쇠한 관절에 헐겁게 붙어 있는 살을 핥아낼 것이고, 어쩌면 이 모든 죽음은 일종의 연극에 불과할지도 몰랐는데, 왜냐하면 삶은 이처럼 도를 넘어서는 위험한 장난 없이는 견딜 수 없을 정도로 길었으니까.

여자는 같은 조직으로 짜인 늙은 살을 맛보며 절정에 치달아 헐떡이는 창녀를 음울한 시선으로 바라보았다. 창녀는 음탕하게, 그리고 절박하게 헐떡거리면서 흐느끼듯 신음했다. 수십 마리의 파리들이 그녀와 함께 윙윙거리면서 절정을 나누는 소리가 들렸다.

노인을 묻을 거냐고 여자가 물었지만 창녀는 절정에 취해 대답하지 않았다.

다음 날 새벽, 여자가 깨어났을 때 창녀는 노인의 앙상한 가슴에 이마를 대고 잠들어 있었다. 밤이 저물고 희미한 빛이 사라져버린 거대한 위성 대신 차오르자 여자는 창녀와 시신을 내버려 두고 일어섰다. 그녀가 걸어가는 동안 유달리 목이 길고 날개가 짧은 돌연변이 비둘기들과 몇 마리 고양이 이외에 그녀의 길을 막아서는 것은 없었다.

그곳은 그녀가 기억하고 있는 그대로였다. 붉은 벽돌로 감싸인, 흉측하게 벌어진 장미처럼 만개한 건물. 깨진 창문 안쪽에는 돼지처럼 벌거벗은 남자가 있었다. 얇고 붉은, 터무니없이 매끈하게 반짝이는 피부는 아이처럼 순수하고 돼지처럼 아름다워 보였다. 여자는 텅 빈 도축장 안쪽으로 들어갔다. 그는 여자를 보고도 놀라지 않았다. 여자는 두툼한 젖가슴과 같이 불그스름한 그의 머리에 입을 맞추었다. 그는 눈물을 흘리고 있었다. 필사적으로 여자를 피해 새의 깃털을 벗기고 있는, 마찬가지로 헐벗은 그의 붉은 손을 여자는 서글프게 감싸 쥐었다.

그는 눈부시게 흰 깃털을 하나씩 뽑아내면서 중얼거렸다. 내가 도축에는 재능이 없다는 걸 예전부터 알고 있었어. 차라리 구걸을 했다면 우린 더 부유하게 살았을 거야. 그렇지만 누군가는 무엇을 죽이고 말 거야. 내가 없는 곳에서 내 것이 아닌 다른 손에 절개되는 짐승들의 피부를 견딜 수가 없어. 난 날마다 그들이 내 몸을 뜯어먹고 내장에 코를 박는 꿈을 꿔. 난 그들이 포식하도록 내버려 두지만 그들은 결코 식사를 끝마치지 않지. 결국 그들 누구도 심장을 먹지 않아. 결국 난 심장과 함께, 목 아래로 선명하게 들여다보이는 벌거벗은 새빨간 심장과 함께 살아남지.

그는 여자에게 아무것도 묻지 않았다. 그녀가 죽은 이유도, 그녀가 죽은 뒤에도 살아 있는 이유도. 남자는 냉혹한 날이 드글거리는 겨울 안개에 팅팅 불어버린 붉은 몸 전체를 들썩거리며, 배와 가슴, 목의 두툼한 주름 전체로 헐떡거리며 흐느꼈다.

그건 네 잘못이 아니었어. 알아? 네가 떠났을 때 난 아무렇지도 않았어. 네가 훔쳐 간 것들이 무엇인지 알고 있다고 믿었으니까. 이제는 아무런 쓸모도 없는 지폐 몇 장과 빛을 잃은 보석들, 원래부터 네 것이었던 옷들. 난 감옥에 갈 거라고 믿었어. 네가 아니라 내가. 하지만 넌 내 범죄까지 훔쳐 달아났지. 그 애가 죽은 건 나 때문이었는데.

내가 그 애를 죽였어. 죽음 뒤에 천국이 있다고 한 것도, 죄 없는 어린아이와 짐승들은 천사가 되어 천국에서 영원히 거주할 수 있다고 말한 것도 나였는데. 넌 그 애를 본 적도 없잖아. 날개를 달아준 것도 나였어. 그 애가 죽지 않았다는 걸 알면서도, 죽음 없이는 날 수 없다는 걸, 죽어서도 날 수 없다는 걸 알면서도 난 그 애에게 죽은 짐승들의 뼈를 붙여 만든 역겨운 날개를 건네주었고 그 애는 믿지 않으면서도 그걸 받아들였어.

어쩌면 그 애는 우리 딸이었을지도 몰라. 네가 감옥에서 낳은 아이, 말도 안 된다는 걸 알면서도 난 그렇게 생각했어. 네가 감옥에 가리라는 것을, 내 범죄를 훔쳐 가리라는 것을 상상도 못 한 채로 그게 우리 아이일지도 모른다고. 난 가끔 감옥에서 아이를 낳는 꿈을 꿀 수 있었으니까. 감옥에서, 끔찍하게 습하고 끈적거리는 역겨운 감옥에서 나는 살인범, 절도범, 강간범, 사기꾼들이 보는 앞에서 다리를 벌리고 사람의 머리를 낳았고 머리는 소시지처럼 끝없이 이어져 있었어. 난 머리와 연결된 목을 목과 연결된 가슴을 가슴과 연결된 어깨를 어깨와 연결된 배와 다리를 다리와 연결된 발을 선명하게 볼 수 있었어. 그건 우리의 아이였어.

 그 애는 돼지고기처럼 붉고 향긋했어. 나는 뒤늦게 비명을 질렀고 잠에서 깨어나서 내 옆에 편히 잠들어 있는, 죽은 아이처럼 고요하게 잠든 네 얼굴을 보았어. 너는 터무니없이 희었어. 너를 내려다보면서 난 네가 내 아이를, 꿈속에서 낳은 내 아이를 닮았다고 생각했어. 감옥에서 아이를 낳던 게 너인지 나인지 알 수 없었어. 그건 너였고 그렇지만 내가 느끼고 감각하고 움직이고 비명하는 너였는데 그곳에서 너와 내가 낳은 게 괴물인지 고깃덩이인지 사람의 아이인지 확신할 수 없어서 난 두려운 마음으로 아이의 손가락과 발가락 개수를 천천히 세었어. 잘못 세었을까 무서워서 일곱 번이나 다시 세고 세고 또 세었지. 그때 너는 내 옆에 없었어. 너는 내 속에 있었지. 우리는 척추의 안쪽을 비밀스럽게 문지르고 있었어. 내 안에 네가 있는 걸, 네가 범죄처럼 조용하고 음험하게 숨 쉬고 있는 걸 느낄 수 있었어. 하지만 네 목소리를 들을 수는 없었지. 그 순간 내게 가장 필요했던 건 네 목소리였는데도.

 깃털이 뜯겨나간 닭이 애처로운 비명을 질렀다. 여자는 범죄적인 침묵 속에서 가만히 버티고 있었다. 그녀는 그에게 해줄 말이 없었다. 여자는 그가 그녀의 연인을 두려울 정도로 빼닮았지만 다른 사람이라는 것을, 그녀와 추상적인 보편의 추억 이외에는 아무것도 공유하지 않는 이방인이라는 것을 서서히 깨달았던 것이다.

남자는 계속해서 중얼거렸다. 네가 떠나고 나서 난 농장 울타리를 도끼로 전부 쳐부쉈어. 얌전하게 울타리 문을 열어놓을 수도 있었지만 그렇게 하지 않았어. 돼지들은 주춤거리면서 나를 올려다보았어. 그 많은 돼지들 서른 마리 아니 쉰 마리나 되는 돼지들이 전부 나를 올려다보면서 알아들을 수 없는 낮고 서글픈 소리로 울고 있었어. 결국 그녀들은 나를 떠났지. 마치 떠나지 않을 것처럼 나와 함께 남을 것처럼 오랫동안 주춤거렸던 것이 망설였던 것이 전부 거짓이었던 것처럼 망가진 울타리를 뛰어넘고 숲속으로 사라졌어. 결국 그녀들은 살고 싶었던 거야. 울타리 속으로 들어와서 도살의 토요일을 축하하던 일이 없었던 것처럼 그녀들은 뛰어나갔어. 숲속에서 그녀들은 조금 더 오래 살겠지. 어쩌면 더 빨리 죽어버릴지도 몰라.

남자는 아이처럼 훌쩍이면서 형편없이 떨리는 목소리로 애처롭게 속삭였다. 떨어진 건 너였어. 그렇지? 창문 밖으로 떨어진 건, 울타리 밖으로 나가버린 돼지들이 삶이 아니라 죽음으로 돌진한다는 것을 알면서도 난 막지 않았어. 망가진 울타리 안쪽에는 한 마리도 남지 않았어.

남자는 미친 것이 분명했다. 그는 자폐적으로 덜덜 떨면서,

간혹 비명을 지르면서 계속해서 그만이 이해할 수 있을 연결점으로 접합된 문장들을 읊고 있었다. 학대당한 닭은 경악하며 죽음에 맞서 힘없이 바르작거리고 있었다. 충동적인 손길에 뜯겨나간 깃털 안쪽에서 축축하고 역겨운 피가 흘러내렸다.

천국이 있다고 말했던 건, 하고 남자는 오열하며 속삭였다. 천국을 믿었기 때문이 아니었어. 삶을 더 잘 견디기 위해서, 다른 사람들이 종종 하던 거짓말을 했을 뿐이었어.

끔찍하게 찢겨나간 날갯죽지에서 출혈하는 검붉은 피, 사내는 죽어가면서도 계속해서 중얼거렸다. 난 너무 많은 꿈을 꿔. 그 꿈들이 전부 독립적으로 살아 있다는 생각이 지워지지 않아. 그건 내가 아니지만 가장 결정적인 순간, 가장 고통스러운 순간에 그곳에는 내가 있었지. 내가 존재하지 않는 순간에도 꿈들은 살아서 늙어가고 죽어가고 죽음 이후를 살아갈 거야. 꿈을 꾸기 전까지는 있으리라고 상상도 못 했던 그 모든 삶들이 죽음들이 짐승들이 고기들이 살갗들이 눈물들이 피들이 내 안에 있어. 아니. 나는 그 안에 있어. 죽고 나서 난 다시 깨어나. 난 아직 살아 있어. 그리고 머지않아 다시 꿈을 꾸리라는 것을 알아. 결말을 목격할 수 없는 꿈을 이제는 내 바깥에 있는 꿈 소재지를 찾을 수 없는 꿈 언제 일어났는지조차 확인할 수 없는 꿈 시간과 공간이라는 인식의 틀 너머에서 유동하고 있는 꿈 결코 다시 살 수 없는 꿈 어쩌면 그 꿈들은 보이지 않는 고리들로 이어져 있는지도 몰라. 하지만 그 고리들이 어떠한 방식으로 운동하고 경련하고 흐느낌을 꿈을 상상을 실어나르는지 난 절대 알 수 없겠지.

돼지들이, 하고 사내는 소리쳤다. 꿈속에 있었는지 꿈 바깥에 있었는지 모르겠어. 아니야. 둘 다겠지. 하지만 처음 보았던 건 꿈속에서야. 난 죽은 돼지밖에는 볼 일이 없으니까. 난 한 번도 돼지를 직접 죽여본 적이 없고 내가 돼지의 멱을 따고 머리를 자르고 뼈를 해체한 건 언제나 죽은 뒤였으니까.

사내는 헐떡이며 숨을 몰아쉬었다. 난 네가 그 애를 어떻게 낳는지 전부 봤어. 그 애가 어떻게 너를 찢고 나오는지, 네가 어떻게 죽어가는지 난 전부 느꼈어. 네가 죽은 뒤에, 청소부들은 아스팔트에 늘러붙은 네 시체들, 흘러내린 장기와 유골을 전부 긁어서 거대한 함에 넣고 사라졌지. 그들은 시체 운반용 버스에 너를 태웠어. 좌석마다 너처럼 주락사한, 농사한, 분신한, 목매단 시신들이 누워 있었지. 검녹빛의 캡 모자를 쓴 노인이 너를 시체안치소 가장 왼쪽 구석 자리에 집어넣었어. 넌 추위도 외로움도 답답함도 느낄 수 없었지. 넌 죽었으니까. 하지만 난 느낄 수 있었어. 네가 느낄 수 없는 추위와 외로움과 답답함을 난 느꼈어. 마치 냉동고에 갇힌 게, 비좁은 함 속에서 식어가는 게 나인 것처럼 그렇게 느꼈어.

사내는 미친 듯이 흐느끼면서 중얼거렸다. 그곳에는 나처럼 꿈을 꾸는 사람들이 있었어. 아직 죽지 않은, 그렇지만 죽은 자의 꿈을 꾸고 있는, 감옥과도 같은 비좁은 함 속에 갇혀서 얼어 가는 의식들이 있었어. 우리는 비명을 지르면서 서로에게 흐려져 가는, 아니 오히려 끔찍하게 선명해져 가는 고통스러운 존재를 알렸지. 우리는 언젠가 꿈에서 깨리라는 것을 알면서도 꿈이 삶처럼 계속되리라는 불길한 절망에 시달리면서 오열했어. 네 손과 발은 지독하게 뭉그러져서 조금도 움직이지 않았어. 너는 죽었으니까. 심장은 박동을 멈추었고 이제는 그리 붉지도 않은 피들, 응고해가는 검은 피가 네 몸속에서 창백하게 침잠하고 있었으니까.

시체의 냉동고 안에서 우리는 서로의 비열하고 도착적이며 강박적인 악몽을 알아보고 비명을 질렀어. 그건 자해와도 같이 파괴적인 꿈이었어. 그런데도 우리는 꿈을 꾸는 걸 그만둘 수 없었지. 어떤 이는 깨어서 꿈을 꾸고 있다고 말했어. 잠들지도 못한 채 가장 깊은 꿈을 꾸고 있다고. 그곳에는 시체의 꿈을 꾸는 자들, 미쳐버린 자들 밖에는 없었어. 우리는 우리가 미쳐버렸다는 사실을 견디지 못하고 울부짖었어. 하지만 울음은 삶에 대한 축소, 그것도 과장적인 축소에 불과하다는 걸 이미 알고 있었지. 우리의 비명은, 과잉의 비명은 절망과 결핍의 축소에 불과하다는 걸. 왜냐하면 실제로 시체안치소는 죽은 듯 고요했고, 우리가 지르는 비명은 물질도 증거도 없이 순식간에 사그라들었고, 우리가 영원처럼 느끼는 순간은 실제로는 육십 조각으로 나누어진 어떠한 단위로도 설명할 수 없는 조각이었고, 우리의 비명이 죽음처럼 적막하다는 것을 우리 자신도 느끼고 있었으니까. 깨질 듯 시끄러운, 폭력적인 침묵 속에서 난 네 얼굴을 떠올리려 했지만 그건 검었고, 한없이 검었고, 게다가 밤처럼 안전하고 부드러운 검음이 아니라 끔찍하고 역겨운, 부패한 고기의 검음이었고, 난 더 이상 네 얼굴을 생각하고 싶지 않았어. 대신 그보다는 덜 거북한, 그러나 침묵의 고통을 잊을 정도로 충분히 괴로운 삶의 단면에 골몰했지.

넌 너무나 갑작스럽게 돌아왔고 유리문 안쪽 문턱 가까이 서서 내가 죽은 새의 깃털을 뽑고 내장을 빼내는 모습을 멀거니 바라보고 있었지. 새들은 천국으로 돌아가야 해, 날개 달린 것들은 원래 천사니까, 하고 내가 말했을 때 너는 서글픈 얼굴을 하고 있었어. 그제야 난 네가 이미 죽었다는 걸, 그리고 네게는 날개가 없다는 걸 깨달았어.

난 무슨 일이 일어날지 알면서도 네게 날개를 만들어 주었지. 너는 네 팔보다도 길고 거대한 두 개의 구조물을 양손에 들고 사라졌어. 네가 다시는 돌아오지 않으리라는 것을 알고 있었으면서도 난 네가 돌아오기를, 그래서 네게 천국 이전의 삶을 가르쳐줄 수 있기를 기다렸어. 난 천국에 가지 못한 짐승들의 이름과 생애를 네게 알려주기 위해 내 기억을 뒤지고 있었어. 그러나 아무것도 생각나지 않았지. 아직 어린 소녀에 불과했던 네가 떠돌기에는 너무 깊고 너무 춥고 너무 긴 밤이 지나갔고 난 네가 영원히 떠나가 버렸다는 것을, 내가 날개를 주면서 너를 내쫓은 것이나 다름없다는 것을 깨달았어. 어쩌면 넌 천국에 가고 싶지 않았을 거야. 날개가 없었으니까. 넌 천국에 갈 필요가 없었을 거야. 그러면 우리는 창문도 비행도 추락도 없는 내부에서 함께 밤을 보낼 수 있었겠지. 하지만 난 멍청하게도 그리고 비열하게도 네게 날개를 주었고 네가 천국으로 가지 않고는 견딜 수 없게 만들었어. 너를 천국으로, 죽음으로 쫓아냈던 거야.

사내는 한숨을 쉬더니 다시 말을 이었다 시체안치소에는 새들이 한 마리도 없었어. 죽은 새들은 모두 불타거나 얼음 밑에 파묻히거나 뒤따라 죽을 짐승들의 내장 속에서 형체도 없이 짓물러 버렸지. 난 그곳에서 네 몸속에서 너를 찾지 못하고 헤맸어. 그리고 한참이 지난 뒤에야, 악몽에 끔찍한 균열이 일어나 조각조각 깨어지는 순간에야 난 내가 네 시체 속에서 떠돌고 있었다는 것을, 네가 나를 둘러싸고 있었다는 것을 깨달았어.

남자는 참지 못하고 새의 목을 졸라 죽여버렸다. 죽어버린 새는 더 이상 흐느끼지도, 신경질적으로 그리고 절망적으로 울부짖지도 않았다. 사내는 발작적으로 침묵했다. 여자는 불면에 시달리며 방랑하는 새처럼 가늘게 경련했다. 그녀는 독립적인, 그러나 치명적으로 연결되어 있는 수억의 꿈들에 대해 생각했다. 꿈들은, 삶과 분리할 수 없는, 그러나 삶과 동일시할 수 없는 다른 곳들과 다른 목소리와 다른 침묵과 다른 고통으로 들끓는 꿈들은, 완전히 벗어날 수도 함몰될 수도 없는 꿈들은, 그들의 삶과 가장 은밀하고 내밀한 방식으로만 닮은 꿈들은, 여자가 더 이상 기억할 수 없는 그러나 잊을 수도 없는 꿈들은, 기름투성이의 무겁고 검붉은, 귀먹고 말 못 한 그러나 한결같이 날카롭고 미쳐버린 비명을 내지르고 있는 꿈들은, 법정 옆에 붙어 있는 사형장에서 목이 매달려 교살당하는 꿈들은, 목이 꺾여버리고 난 뒤에도 남아 있는 시신과도 같은 꿈들은, 야릇하고 경악에 찬 꿈들, 죽은 채로 살고 있는 징그러운 소음과도 같은 꿈들, 부러진 날개로 서성거리는 서글픈 꿈들은, 초대받지 못한 채 들어선 이방인의 벌거벗은 봄과도 같이 역겹고 불결한 꿈들, 그러나 무질서와 위반의 치명적인 관능을 가지고 있는 꿈들, 멸균된 병실에 떨어지는 흰빛의 부드러운 모래처럼 반짝이는 심연과도 같은 꿈들은, 그들이 믿을 수 없는 거리 사이에 달빛처럼 쌓여 있었다.

여자는 남자와 함께 밤을 보낼 수 없었다. 죽음과도 같은 적막 속에서 여자는 날개도 없이 깨진 유리문 바깥으로 사라졌다. 달을 관통할 듯 위협적으로 치솟은 느티나무의 검은 그림자가 여자의 벌거벗은 등을 쓰다듬었다. 여자는 불멸하는 축축한 수액의 꿈속에서 잠든 나무 그림자를 조심스럽게 밟고 끔찍하게 흰 달을 향해 걸었다. 무력한 혼수상태를 헤매는 어둠을 인질로 잡고 있는 포악한 빛이 그녀를 잡아끌었다.

죽음의 교실

 네게는 슬픔을 부르는 흔적이 있어, 네 슬픔이 슬픔을 갈구하는 것이라고 아이들은 속삭였다.
 소년의 피부는 아이들이 숨겨 놓은 비밀로, 은밀한 상처들로, 증오의 표식들로 가늑했다. 소년은 아이들의 현존을 시시하는 가련하고 뚜렷한 붉은 흔적이었다. 아이들은 소년이 그들의 삶인 양 굴었다. 마치 자신의 몸을 대하듯 가혹하게, 고통스럽게, 집요하게 남기는 흔적들. 소년을 둘러싼 흐느낌과 상처들 피부가 되어버린 상처들.
 그러나 소년은 아이들이 느끼지 못하는 것을 느끼고 있었다. 그것은 서글픔을 닮은 고통의 환희였다. 소년의 몸을 빼곡히 둘러싼 고통, 소년을 짓누르고 파고드는 깊은 고통은 소년의 것이었다. 소년은 은밀하게 아이들의 폭력을 갈취하였다. 그들이 소년의 몸에 덕지덕지 붙여놓은 흔적들을 소년은 탐닉하였다. 아무도 훔쳐 갈 수 없는, 아무리 깊이 보아도 아무리 깊이 파고들어도 소년일 수 없는 상처들, 소년을 빠져나갈 수 없는 내밀한 고통들, 찢어진 살이 붙어나갈 때의 간질거리는 감각, 차라리 죽어버리고 싶은 깊은 가려움은 소년만이 느끼는 것이었다. 아무도 소년이 얼마나 황홀한지 그 황홀함이 얼마나 고통스럽고 비참하고 끔찍한 매혹인지 알지 못했다. 소년을 안다고 믿는 그 누구도.

여자아이들은 남자아이들이 소년의 머리칼에 붙인 껌을 조심스럽게 떼어내고 가위로 소년의 머리칼을 조각조각 오려내며 흐느꼈지만 소년은 그들 모두가 그 행위를 즐기고 있다는 것을 알고 있었다. 아이들이 소년의 몸을 갈취하기 위해 붙여놓은 그 많은 증오와 슬픔의 흔적들, 나날이 아무는 상처들을 견디지 못한 아이들은 상처의 현존을, 접촉과 마주침의 증거를 확인하기 위해 하루가 가기 전에 또다시 무언가를 소년의 몸에 남길 것이었다. 충족될 수 없는 갈망을, 그들이 결코 독차지할 수 없는 상처를. 접촉은 상처는 모두 소년의 몸이었으니까, 소년의 몸을 아파할 수 있는 것은 소년뿐이었으니까, 그들은 불감한 고통의 땅에 끊임없이 발자국을 남기고 허덕거리며 흙을 파헤칠 것이다.

그리고 그들이 아무것도 느낄 수 없다는 사실을 확인할 것이다. 누적된 기억들의 몸은 소년에게 속해 있었다. 아주 먼 미래에도 화해는 불가능할 것이었다. 증오스러운 용서도 없을 것이었다. 그들은 소년의 몸으로 접촉의 피부로 얼룩덜룩하게 봉합된 불감의 사막을 살고 있었으니까. 삶은 미래의 생존도 과거의 후회도 없이 무한한 현재, 피부, 고통뿐이니까. 영원히 가질 수 없는 아픔 앞에서 헐떡거리며 갈증을 호소하는 아이들에게 소년이 해줄 수 있는 것은 아무것도 없었다.

소년은 그들에게 아무것도 해주고 싶지 않았다.

소년은 탐욕스럽게 그 모든 접촉을, 폭력을, 아픔을 집어삼켰다. 껍데기 같은 벌어짐에 한 방울의 피도 남지 않을 때까지. 소년은 옷을 벗고 그들 앞에 서서 보여주고 싶었다. 그들이 아무것도 갖지 못했다는 것을, 상처는 모두 소년에게 속해 있다는 것을. 하지만 소년은 비밀스럽고 대범한 범죄를, 범죄와도 같은 환희를 고백하지 않았다. 아이들이 떠날 것이, 갑작스럽게 죄악감을 느끼게 된 아이들이 소년을 두고, 범죄의 흔적을 두고, 상처를 두고 멀어져갈 것이 끔찍하게 두려웠기 때문이었다. 이제 소년에게는 상처밖에 없었으니까. 상처 없이는 만남도, 접촉도, 피부도 없었으니까. 오직 상처만이 소년을 소년의 내부로 매혹하고 있었으니. 온몸을 짓누르는 벌어짐의 압박만이 소년이 만끽할 수 있는 생이었으니까. 죽음을 닮은, 그러나 죽음보다도 깊은 생. 소년은 고통보다도 고통의 부재가 더 두려웠다. 그래서 소년은 아무에게도 그의 내밀하고 끔찍한 환희를 고백하지 않았다. 그가 상처받으며 살아있다는 사실을, 오로지 상처로만 살아있다는 사실을 말하지 않았다.

 소년들이 커터칼로 소년의 배꼽을 찌르고 소녀들이 소년의 머리칼을 잘라내는 것을 가만히 내버려 두었다. 마치 그 모든 범죄가 그들에게 속해 있다는 듯 순종적으로. 소년은 반항할 수 없었다. 한 번의 깨어짐만으로 하나의 작디작은 상처만으로 그 미세한 고통만으로 그들은 아픔의 본질을 깨닫게 되어 버릴지도 몰랐으니까. 소년의 깨어짐이 그들에게 한 번도 가닿지 못했다는 사실을, 접촉의 흔적을 소년이 독점하고 있었다는 사실을, 그 치명적인 비밀을 체감하게 된다면, 그들은 이전처럼 소년을 괴롭히지 못할 테니까. 그들은 피부를 되찾아 갈 것이고, 남은 상처는 검 보랏빛의 죽은 멍으로 변할 것이고, 소년은 다시 홀로, 상처도 고통도 몸도 없이, 존재조차 없이.

 담임 교사가 소년을 불러 무슨 일이 있었느냐고 물었을 때 소년이 고개를 저었던 것은 살고 싶었기 때문이었다. 상처 없이, 고통 없이는 삶도 없었으므로. 소년은 그토록 깊숙이 상처에 연루되어 있었으므로. 소년의 부드러운 내장에 뿌리를 내린 고통의 흔적들이 떨어져 나가면 소년은 죽어버릴 수밖에 없었으므로.

그러나 담임 교사는 살기 위해서 용기를 내어야 한다고 말했다. 네가 그런 식이면 선생님도 도와줄 수 없어.

소년은 고개를 저었다. 교사는 소년을 도와줄 수 없었다. 상처는, 고통은 오롯이 소년의 것이었으니까. 그러나 그 상처는 소년 홀로 만들 수 있는 것이 아니었다. 상처는 접촉을, 마주침을, 서글픈 관계를, 범죄의 대상과 손과 날카로운 물체를 필요로 했다. 다른 피부를, 다른 몸을, 다른 물질을 필요로 했다. 소년의 것이 아닌, 소년에게 알려지지 않은, 단단하고 날카로운 낯선 몸들을. 홀로 피부를 뜯어내고 찢겨짐으로 피부를 만들어낼 수는 없었다.

소년은 고개를 저었다.

교사는 모욕받은 듯 화를 냈다. 그는 소년이 비겁하다고 윽박질렀다.

소년은 아무런 말도 하지 않았다. 진실로 소년은 상처를 사랑한다고, 그 역겹고 고통스러운 피부 없이는 살아갈 수 없다고 말하지 않았다. 고통의 환희에 대해, 비밀스러운 범죄에 대해 말하지도 않았다. 소년의 삶이, 고통의 황홀이 모두 거짓이고 착각이라는 말을 듣고 싶지 않았기 때문에. 소년은 거짓으로 살아갈 자신이 없었으니까. 소년은 살고 싶었으니까, 가장 깊고 증오스러운 고통을, 희고 슬픈 벌어짐을 아픈 마주침을 접촉을 폭력을 살고 싶었으니까.

　상처 없이 살아가는 방법을 소년은 알지 못했다. 상처로 빚어진 피부의 발생에 대해 설명할 방법 역시. 소년은 그저 살아 있을 뿐이었다. 살고 싶을 뿐이었다. 그 누구도 믿을 수 없을 정도로 간절히. 죽어서라도 살고 싶을 정도로 깊이, 소년은 삶을 갈망하고 있었다.

돼지목장

 소년은 돼지목장에서 태어났다. 그의 아버지도 아버지의 아버지도 돼지목장에서 태어났다. 그랬기에 아무도 소년이 돼지목장에서 태어났다는 사실을 특별하게 생각하지 않았다. 그러나 소년에게 있어 돼지목장에서의 탄생은 경이로울 정도로 우연적인, 유일한 사건이었다.

 분홍빛의 두툼하고 풍만한 살들에 파묻혀서 소년은 나날이 돼지처럼 부풀었다. 소년이 돼지들의 분뇨와 진흙으로 가득한 진창에서 돼지들의 매혹적인 살 속에 파묻혀 지내는 것을 그의 부모는 못마땅해했다. 돼지목장을 지나가던 사람들은 소년을 보고 혀를 차며, 혹은 낄낄거리며 저 애는 누가 뭐래도 돼지목장의 아이야, 하고 속삭였다.

　소년은 돼지처럼 분홍빛이었다. 그는 돼지처럼 뚱뚱했고 돼지처럼 많이 먹었다. 소년은 다른 소년 소녀들보다도 돼지들을 더 편하게 여겼다. 돼지들의 생활습성과 표정, 행동과 움직임을 소년은 주의 깊게 살펴보고 모방하였다. 돼지들은 오줌을 온몸에 바르고 햇빛에 말려내어 몸을 식히며 가려운 등을 서로에게 맞대며 애정을 나누는 방법을 알려주었다.

　돼지의 언어를 익히지 못했다는 사실만 제외한다면 소년은 어엿한 한 마리의 돼지처럼 능숙하게 돼지 무리에 섞여들 수 있었다. 간혹 소년의 부모조차도 수십 마리의 벌거벗은 분홍 등 사이에 파묻힌 소년의 분홍빛 퉁퉁한 등을 알아보지 못할 때도 있었다.

　소년은 어미 돼지의 젖을 먹고 잠들었고 돼지들의 등과 배를 긁어주기도 했다. 돼지들은 소년을 그들의 아이처럼, 형제처럼 사랑했다. 소년 역시 돼지들을 사랑했다. 그들이 도살되기 위해 팔려 갈 때면 눈물을 흘리며 배웅할 만큼, 남겨진 돼지들과 함께 사라진 돼지를 떠올리며 슬퍼할 만큼.

　더 이상 어린아이의 사랑스러운 기행으로 용서받을 수 없는 나이까지 소년은 돼지들 무리에 깊이 파묻혔고 사람들은 소년이 미쳐버렸다고 수군거리기 시작했다. 부모가 소년을 목장

밖으로 내쫓고 매질을 해도 소용없었다. 소년은 어느 틈엔가 돼지들 사이로 섞여들어 돼지들의 젖을 먹으며 위로받았다. 소년이 돼지들과 접 붙는 모습을 들켰을 때 소년의 아버지는 도살용 총으로 소년을 쏴 죽이려 했지만 어찌 된 일인지 총은 불발하였고 부모는 소년을 내버려 둘 수밖에 없었다.

 소년은 정말 돼지 같았다. 그가 돼지들과 함께 생활하는 것을 아무도 말릴 수 없을 정도로. 부부에게는 곧 소시지처럼 발긋하고 부드러운 살을 가진 여자아이가 태어났고 그들은 돼지들과 함께 꿀꿀거리며 살아가는 소년을 서서히 잊어갈 수 있었다.
 소녀가 처음 태어났을 때, 산파가 들어 올려 준 아이의 붉은 살을 보면서 돼지고기를 떠올린 사내는 끔찍하게 놀랐지만 다행히도 여자아이의 붉은 피부는 곧 눈처럼 희게 변해갔고 무부는 안심하며 그녀에게 사랑을 쏟아부을 수 있었다. 돼지들에게 빼앗겨 소년에게 차마 주지 못한 애정까지 그들은 소녀에게 모두 헌신하였다.
 소녀는 종달새처럼 사랑스러운 아이였다. 그녀는 돼지처럼 음침하고 기묘한 소년과는 달리 활발하였으며 사교적이었다. 소녀가 열댓 명의 소년 소녀들을 데려와 모래 장난을 하며 노는 것을 부모는 행복하게 바라보곤 했다. 소녀는 티 없이 행복하게 자랐다. 돼지 목장의 딸이 아니라 목사나 제과점의 딸이라도 되는 것처럼 소녀는 청결했고 아름다웠으며 달콤한 냄새를 풍겼다.

부모는 소녀가 소년처럼 돼지들에게 물들 것을 두려워하며 소녀가 돼지들에게 가까이 가지 못하도록 했다. 소녀가 태어날 무렵 소년은 돼지 사료를 먹고 축사에서 잠들기에 이르렀기에 소녀는 오빠의 존재조차 알지 못하고 있었다.

소녀에게 사랑을 고백한 뒤 거절당한 남자아이가 소녀를 저주하며, 네 오빠는 돼지라며, 돼지 동생이니까 너도 돼지인 거야, 하고 말할 때도 소녀는 그 애가 모욕적인 거짓말로 그녀를 음해한다고만 생각했다.

그러나 다른 아이들이 열에 들떠 남자아이와 함께 소녀의 오빠를 조롱할 때, 그녀가 돼지의 동생이라고 말할 때, 소녀는 그녀를 감싸고 있던 은근한 비밀의 존재를 깨닫고 말았다. 어째서 엄마는 돼지들 가까이 가지 못하도록 막는 걸까? 소녀는 지금껏 그녀의 내부에 틈입하지 못하고 소녀 주위를 안개처럼 떠돌고 있던, 소년에 관한 소문들을 불현듯 떠올렸다.

소녀는 수업이 끝나기도 전에 학교를 빠져나와 돼지목장으로 들어갔다. 그곳에서 소녀는 벌거벗은 채 돼지의 젖을 빨고 있는 더러운 금발을 발견했다.

그는 사람이었다. 돼지처럼 헐벗었고 돼지처럼 붉었지만 분명히 사람이었다. 소녀는 그가 그녀의 오빠라는 사실을 직감할 수 있었다. 소년은 이름 모를 소년을 어떻게 불러야 할지 몰라 가만히 서 있었다. 진흙과 오물, 짐승의 비린내가 진동하는 통에 소녀는 얼굴을 잔뜩 찡그리며 역겨움을 견디기 위해 코를 막았다.

돼지의 더러운 젖에서 머리를 떼어낸 소년이 뒤를 돌아보았을 때, 소녀는 소년의 붉게 부풀어 오른 입술이 그녀와 놀랄 만큼 닮았다는 사실을 깨달았다. 그러나 소년은 끔찍할 정도로 더러웠다. 그는 돼지처럼 뚱뚱했고 돼지처럼 붉었고 돼지처럼 불결했다. 처음 소년의 뒷모습을 보았을 때 소녀는 죽을 듯 놀랐지만, 백치처럼 희게 벌어진 눈이 멀뚱하게 그녀를 올려다보자 곧 깊은 수치가 소녀를 덮쳐왔다. 소녀와 쏙 닮은 붉은 입술은 돼지의 끔찍한 체액으로 젖어 있었다.

소년이 돼지처럼 킁킁거리면서 소녀에게 다가오자 소녀는 미칠 지경이 되었다. 그녀는 축사에서 소년을 만났다는 사실을 아무에게도 이야기하지 않았다.

하루가 지나자 소녀를 저주했던 남자아이는 곧 소녀에게 다시 매혹되었고 아이들은 소녀를 모욕하며 느꼈던 치기 어린 기뺨을 잃어버렸다. 아이들은 더 이상 소녀의 오빠에 대해 노래하지 않았다. 그러나 소녀는 일그러진 거울 속에 비추어진 소녀의 얼굴을, 묽은 체액으로 젖은 소년의 입술, 소녀의 것과 같은 입술을 잊을 수 없었다. 소년은 아직도 돼지들과 함께 있을 것이었다. 어째서 소년은 소녀처럼 학교에 다니지 않는 것일까? 어째서 소녀처럼 두 발로 걷지 않고 소녀처럼 깨끗한 옷을 입지도 않고 그토록 벌거벗은 채로 그토록 더럽게 사는 것일까?

소녀는 온종일 소년에 대해 골몰하면서도 부모에게, 아마 모든 내력을 알고 있을 그들에게 소년에 대해 물어보지 못했다. 그들이 소년의 존재를, 소년과 소녀 사이의 치명적인 유사성을 확증해줄 것이 미치도록 두려웠기 때문이었다. 그러나 종종 돼지들 사이에 파묻혀서 뒹굴고 젖을 빨고 사료를 먹고 잠을 자는 소년을 찾아가는 것까지 참을 수는 없었다.

소녀는 한 번도 그렇게 벌거벗은 채로 잠드는 아이를 본 적이 없었다. 한 번도 그토록 더럽고 그토록 냄새나고 그토록 그녀와 닮은 사람을 본 적이 없었다. 소년은 소녀의 엄마나 아빠보다도 더 소녀와 닮아 있었다. 특히 작고 도톰한 입술은.

소녀는 마치 다른 미래를, 그녀일지도 몰랐던 상실된 미래를 관찰하듯 소년을 바라보았다. 소년 역시 소녀를 바라보았다. 어쩌면 소년 역시 소녀에게서 같은 것을, 소년과 같은, 그러나 소년일 수 없는, 불가능한 현재를 바라보고 있는지도 몰랐다. 소년이 돼지에게 입 맞추고 있는 것을 보았을 때, 소년의 혀가 돼지의 끔찍하게 붉고 육중한 입속에 파묻힌 것을 보았을 때, 소녀는 역겨움을 견디지 못하고 그 앞에서 구토를 했다. 견딜 수 없는 불결함을 자처하고 그곳에 머리를 처박는 소년이 미칠 듯이 증오스러웠다. 소녀의 입술로, 한 번도 더럽혀진 적이 없는 소녀의 작고 아름다운 입술로 소년은 돼지의 끔찍하고 역겨운 침을 삼키고 있었다.

소녀는 소년의 얼굴을, 그가 가장 역겨운 방식으로 모욕하고 있는 그녀의 얼굴을 빼앗아 숨겨 놓고 싶었다. 얼굴 가득 묻은 끔찍한 얼룩들을 닦아내고 깨끗이 씻어 말려내고 싶었다. 그러나 그것은 소녀의 것이 아니었다. 돼지의 침과 분뇨로 얼룩진 입술은 소년에게 속해 있었다. 소녀는 황홀한 거북함으로 소년이 돼지와 함께 뒹구는 것을 바라보았다. 마치 그녀 자신의 타락을 목격하듯 가만히 굳은 채, 소녀는 벌거벗은 소녀를 바라보았다.

소년은 돼지처럼 벌거벗었고 돼지처럼 아름다웠다. 소녀는 꿈처럼, 두 개의 몸을 동시에 살았다. 그녀는 돼지우리 안에, 그리고 바깥에 있었다. 어떠한 몸이 선행했는지 소녀는 알 수 없었다.

그녀가 알 수 없는, 느낄 수 없는, 이해할 수 없는 몸의 냄새가 바깥에 서 있는 소녀의 내부로 파고들었다. 피처럼 검은 오물의 짙은 냄새.

소녀의 부모는 소년에 대한 언질조차 주지 않았다. 그러나 집 밖에서 소녀는 돼지 목장의 소년에 대한 소문을 쉽게 들을 수 있었다. 누구나 소년을, 이름 모를 소년, 아직도 살아 있는 소년, 그러나 은밀하게 감추어진 소년을 알고 있었다.

베이커리의 폴 아저씨는 소년이 똥통에 빠져 죽었다고 말했다.

안나는 새처럼 작은 입술을 오물거리면서 소년이 돼지들에게 잡아먹혀 죽었다고 했다. 엄마가 그랬어. 너희 오빠는 돼지들이랑 어울리다가 돼지에게 물어뜯겨 죽었다고. 그러니까 짐승들과 너무 가까이 어울리면 위험하다고.

소년이 아직 살아있다는 사실은 아무도 기억하지 못했다. 소년의 더럽혀진 몸이 생생히 분출하는 음험한 악취를 아무도 맡지 못했다. 소년은 살아 있었다. 소녀의 입술로 돼지의 젖을 빨면서, 소녀가 잠드는 침실 바로 뒤편에서, 돼지우리에서.

소녀는 절망적인 비밀을 사랑하게 되었다. 왜냐하면 살아 있는 소년을 본 것은 그녀뿐이었으니까. 소년은 소녀의 입술을 가지고 있었으니까. 소녀는 소년과 끔찍한 유사성으로 이어져 있었으니까.

소녀는 점점 오랜 시간 돼지우리에 숨어들게 되었다. 수업에도 친구들과의 놀이에도 집중할 수 없었다. 그녀는 비밀을 가지고 있었으나 그들에게는 없었으므로. 악몽처럼 아름답고 개인적인 비밀. 누군가 그녀에게 소년에 대해 묻는다면 소녀는 두려워서, 그리고 행복해서 죽어 버릴 것 같았다. 그녀는 누군가에게 비밀을 털어놓고 싶어서 미칠 지경이었으므로.

그러나 대체 누구에게 이야기한단 말인가? 모두가 소년을 알고 있는데, 소년을 모르는 채로, 소년의 악취도 소년의 입술도 소년의 불결함도 모르는 채로 소년에 대해 안다고 믿고 있는데.

소녀는 소파에 멍하니 앉아 바깥을 바라보고 있는 엄마에게 다가가 속삭였다.

돼지우리에 가 봐도 돼요?

피곤에 지친 여자는 무심하게 고개를 끄덕이더니 흠칫 놀라 소녀를 바라보았다.

뭐라고 했니?

돼지우리요. 돼지들을 보고 싶어요.

여자는 소녀의 가녀린 어깨를 붙들고, 차오르는 비명을 억누르며 속삭였다.

안돼. 오늘 저녁에는 극장에 가기로 했잖아. 악취가 배면 안

되잖니.

소녀는 여자의 불투명한 얼굴 속에 묻혀 있는 비밀을 캐내듯 되물었다.

돼지우리에 무언가 있는 것 같아요.

여자가 비명을 지르며 안방으로 들어가 버리자 소녀는 깜짝 놀라 굳어버렸다. 비밀을 숨긴 여자의 음험하고 고통스러운 몸짓, 누설에 대한 욕망을 억누르는 서글픈 표정과 날카로운 비명은 소녀에게 익숙한 것이었다. 저열한 승리감과 죄악감에 상기된 얼굴로 소녀는 소파에 앉아 창밖을 멍하니 바라보았다.

어쩌다 이렇게 되어버렸을까? 무엇이 그녀를 이렇게 내몬 것일까? 나는 아무것도 몰랐어. 나한텐 아무 잘못도 없었어. 여자는 헐떡거리면서 생각했다. 그녀에겐 아무런 잘못도 없었다. 돼지우리에서 잠든 아이를 보았을 때, 여자는 기묘한 안도감과 서글픔에 휩싸였다. 아이는 천사처럼 고요하게 잠들어 있었다. 유독 붉고 도톰한 입술을 오물거리면서, 돼지처럼 붉은 살을 벌거벗은 채, 그 애와 꼭 닮은 새끼돼지들과 함께. 돼지들에게 둘러싸인 아이는 정말 돼지처럼 보였으나 사랑스러웠다. 여자는 동물들과, 특히 돼지들과 잘 어울리는 아이가 순결한 천사 같다고 생각했다. 그러나 평온한 순결함이 갑작스럽게 끔찍한 불결함으로 바뀌었을 때, 그녀는 아무것도 할 수 없었다. 아들이 벌거벗은 몸으로 돼지들 사이에서 돼지들과 함께 돼지들을, 그리고 돼지들.

여자가 그 애에게 다시 젖을 물릴 수 있었을까? 진흙이 묻은 그 애의 이마를 어루만지면서 자장가를 불러 줄 수 있었을까? 여자는 아들이 무엇을 원하는지 알 수 없었다. 아니, 그녀는 알고 있었다. 그 애가 원하는 것은 돼지우리였다. 그 애가 원하는 것은 돼지들이었다. 그녀가 원하지 않는 것, 그녀가 가장 불결하게 여기는 음침한 쾌락을 그 애는 원하고 있었다. 그 애는 돼지들의 아이였다.

돼지목장의 남자와 결혼하면서, 그녀는 결코 돼지목장을 치우지 않겠다고, 오물을 뒤집어써도 행복하게 웃는 잡역부와 같은 여자들처럼 살지는 않겠다고 다짐했다.

다행히 그의 남편은 그녀에게 그런 일을 요구하지 않았다. 그녀는 처음 그와 만났던 순간처럼, 백합처럼 깨끗하고 고요했고 그는 그런 그녀를 사랑하고 있었다. 소녀처럼 순결하고 깨끗할 것, 돼지들과는 다를 것, 붉지도 않고 더럽지도 않을 것, 바닥에 오줌을 흘리지도 않고 오물 냄새를 풍기지도 않을 것, 게걸스럽게 음식을 먹어 치우지도 않고 잔반 찌꺼기를 핥아대지도 않을 것, 돼지처럼 욕망하지 않을 것. 그가 그녀에게 그러한 것들을 원한다는 걸, 그리고 그녀 자신 역시 백합처럼 깨끗한 그녀를 원한다는 것을 여자는 알고 있었다. 그렇지 않았다면 그는 그녀를 원하지 않았을 테니까. 그에게는 수십 마리의 돼지들이 있었고 돼지우리에 있는 숱한 암퇘지들과 그녀가 다르지 않았다면 그는 그녀와 결혼하지도 않았을 테니까.

침대 시트에서는 언제나 말라붙은 햇볕의 고요한 향기가 났고 테이블에 장식해 놓은 꽃들은 싱싱한 연녹빛 줄기를 가지고 있었다. 날카롭게 잘려나간 줄기의 끝단, 투명한 물을 게걸스럽게 빨아들이는 흡수기관을 여자는 부드러운 천으로 감싸 가렸다.

아들이 돼지들과 무슨 일을 하고 있는지, 아들이 무엇이 되어버렸는지 여자는 더 이상 생각하고 싶지 않았다. 그러한 불결함이 여자가 유전한 무언가라는 생각을, 아들의 붉은 살이 그녀에게도 있을 것이라는 생각을, 그 악취가 어쩌면 그녀에게도 있으리라는 거북한 생각. 그것은 그녀의 잘못이 아니었다. 아들이 미쳐버린 것은, 아들이 돼지처럼 역겨운 것은. 왜냐하면 그녀는 아들에게 해줄 수 있는 모든 일을 해주었으니까. 그녀는 깨끗이 소독한 젖을 물려 주었고 가장 부드러운 천으로 아이의 땀을 닦아 주었고 기저귀가 오물로 젖을 때마다 더러워진 엉덩이를 깨끗이 씻어내 주었으니까.

돼지들 때문이야, 하고 여자는 생각했다. 남편 때문도 아니고 나 때문도 아니야. 그 애 때문도 아니야. 그건 돼지들 때문이야. 고약한 돼지들, 음침한 돼지들, 오물 속에 틀어박혀서 터무니없는 생각만 하고 있는 미쳐버린 짐승들. 그 고약한 짐승들이 그 애를 순진하고 사랑스럽고 가여운, 아직 아무것도 모르던 그 애를 꼬여낸 거야. 불쌍한 것, 가여운 것. 하지만 우리가 뭘 할 수 있었겠어? 하루종일 그 애만 감시하고 있을 수도 없는 노릇이잖아. 그 애는 내 게 아니고 나는 그 애 게 아니니까. 그 애를 망쳐버리기 위해 이를 가는 짐승들에게 내가 어떻게 맞설 수 있었겠어?

아들은 불가해할 정도로 긴 시간을 돼지우리에서 보냈다. 아들에게서는 돼지들의 살 비린내가 진동했다. 친구라고는 돼지밖에 없는 아이. 사람들은 그 애를 비웃었다. 몰락한 가문을 조롱하듯이, 아직 성성한 그녀의 흰 꽃 앞에 앉아서 아들이 돼지들을 닮았다고, 누가 보아도 그 애는 돼지목상의 아들이라고 낄낄거렸지. 여자는 슬몃 웃었지만 깔깔거리는 순박한, 그 얼린 얼굴을 찢어버리고 싶었다. 대체 내가 뭘 어떻게 할 수 있었겠어요? 하고 따져 묻고 싶었다. 악의 없는 해사한 흰 치아들, 토끼처럼 거대한 앞니. 창문 너머에서 그 애가 벌거벗은 채로 뒹굴고 있다는 생각만 하면 미쳐버릴 것 같다고 여자는 고백하고 싶었다. 도대체 왜 그녀가, 그녀처럼 아름답고 정결한 여자가 그런 돼지들과 함께 살아야 하는지 이해할 수가 없다고. 그녀는 노력했다고. 그녀는 끔찍할 정도로 애썼다고.

손님이 돌아간 뒤 여자는 창밖을 보며 흐느꼈다. 절망적인 악취는 창문에 투과되며 달콤한 내음으로 바뀌었다. 속을 뒤집어놓는 달달한 분뇨의 악취. 대체 그 애는 어떻게 그런 곳에서 알몸으로 지낼 수 있는 걸까? 그 누구보다도 오랜 시간 돼지목장에서 살았던 남편조차 그렇게는 할 수 없을 것이었다. 잠깐 산책을 갈 때도 상복과도 같은 검은 양복을 차려입는 남편은 돼지 목장의 주인처럼 보이지 않았다. 그와 결혼할 수 있었던 것도 그에게서 돼지 냄새가 나지 않았기 때문이었다. 그는 지나칠 정도로 깨끗하게 씻었고 돼지들을 관리하는 일도 대체로 잡역부에게 맡겼다. 어쩔 수 없는 일이 아니면 돼지 축사에 들어가지도 않았다.

그 애는 돌연변이가 분명해, 하고 여자는 망연하게 생각했다. 돼지들이 유혹했다고 어떻게 그 더러운 곳에 들어갈 수 있었겠어? 마을에는 깨끗하고 귀여운 아이들이, 같이 놀 만한 또래 애들이 얼마나 많은데. 그 애가 외롭다고 말해주었다면 난 당장 성대한 파티를 열어주었을 거야. 동네 아이들을 모두 데려와서 내 아이가 얼마나 애틋하고 사랑스러운지, 그 애에게 사랑을 베풀어줄 만한 구석이 얼마나 많은지 보여주었을 거야.

아이는 어른이 되어버리기도 전에, 여자가 그 애를 놓아줄 준비를 하기도 전에 돼지 똥통에 빠져 버렸다. 그 애는 여자의 아이가 아닌 돼지목장의 아이, 돼지들의 아이가 되어버렸다. 그녀가 도저히 구제할 수 없을 정도로 깊이, 그 애는 돼지들 사이에 파묻혔다. 여자가 알지 못하는 황홀, 여자에게는 역겹기만 한 깊은 쾌락에 빠져 버린 그 애를 여자가 어떻게 구할 수 있었겠는가? 그녀는 돼지들에 대해서 알지 못하는데, 돼지들에 대해 더 잘 아는 것은 그 애였는데.

아들이 돼지처럼 꿀꿀거리면서 진흙으로 얼룩진 무릎으로 기어 다가올 때 여자는 도망칠 수밖에 없었다. 그녀는 아무것도 할 수 없었다. 그 애는 이미 돼지와 다름없었다. 한때 그 두툼하고 발가벗은 더러운 살이 그녀의 내부에 있었다는 사실을 도저히 믿을 수 없었다. 임신 기간에 그녀는 술이나 커피 한 방울 마시지 않았다. 그녀는 오직 환희하기 위해, 행복하고 아늑하기 위해 애썼다. 습관적으로 치밀어오르는 절망을 이겨내기 위해 여자는 긴 시간 잠을 청했다. 악몽 속의 그림자 괴물들에게는 다윗의 별을 달아주었고 태양을 닮은 신비로운 가면을 씌워 주었다. 그녀는 입가가 부들부들 떨릴 정도로 웃었으며 모차르트와 비발디를 들었다. 안락한 소파에 등을 기댄 채로 여자는 아이의 부드럽고 황홀한 미소를 떠올렸다. 결코 돼지들에 대해서는 생각하지 않았다. 그녀는 돼지를 잊기 위해 최선을 다했으며 부단한 노력 끝에 마침내 돼지들에 대해 잊어버렸다. 갓 태어난 아이의 피투성이 얼굴을 사랑하기 위해 여자는 끔찍하게 노력했다. 그 애가 여자의 속을 들여다볼 수 있었다면, 그녀의 심장을 감싸고 있는 뼈와 살이 유리처럼 투명했다면 그 애는 여자의 심장이 얼마나 고통스럽게 움츠러들고 있는지, 마치 독에 썩어가는 나비처럼, 말라붙은 낙엽처럼 변해가는지 알 수 있었을 것이다.

육중한 햇빛이 여자를 내리눌렀다. 여자는 숨이 막혀 헐떡거리면서 그녀가 잊어야 할 것들에 대해 생각했다. 소년과 붉음, 게걸스럽게 벌어진 축축한 입술과 외설적으로 부풀어 오른 짐승의 검은 젖가슴들, 돼지, 돼지, 돼지, 그리고 돼지들. 무덤과도 같은 자궁 아래에서 여자는 잠을 청하려 애썼다.

두 번째 아이가 없었다면 그녀는 살아남지 못했을 것이다. 그러나 두 번째로 임신했을 때 그녀가 은밀한 절망에 사로잡혔던 것 역시 사실이었다. 그녀에게는 확신이 없었다. 두 번째 아이가 돼지가 아니라는 확신, 두 번째 아이 또한 돼지들에게 빼앗기지 않으리라는 확신, 돼지를 낳은 그녀가 돼지가 아니라는 확신이. 순결한 흰 꽃잎으로 감싸인 꽃들이 여름의 절정에서 얼마나 흉측하게 벌어지는지, 분뇨와 시체를 먹고 부화한 파리들의 역겨운 발에 짓밟힌 꽃들이 얼마나 황홀하게 웃는지, 찢어지면서 얼마나 달콤한 향기를 흘리는지 여자는 알고 있었다.

악몽을 꾸고 깨어나면 여자는 죽을 것처럼 괴로웠다. 그녀의 입속을 파고든 흰 구더기들의 악취가 그녀의 뱃속에 고스란히 배어드는 것 같았다. 사람의 아이가 아니라 구더기들을 낳는다고 해도 그녀는 놀라지 않았을 것이다. 절개된 그녀의 자궁 속에 희게 꿈틀거리는 벌레들만 가득 차 있었다고 해도. 그녀가 이미 오래전부터 죽어 있었다고 해도. 그러나 여자는 세상에서 가장 아름답고 사랑스러운 소녀를 낳았다. 소녀는 기적처럼 해맑고 햇빛처럼 해사하였다. 소녀가 아이답게 울어 젖히는 모습마저 여자를 안심시켰다. 유달리 조숙하고 음침했던 아들과는 달리 딸은 그 나이대의 애처럼 순진했던 것이다. 다행히 딸은 바깥에 나가 햇빛을 쐬고 친구들과 뛰노느라 돼지들에게는 관심조차 가지지 않았다. 묘지에서 살면서도 무덤 아래에 무엇이 묻혀 있는지 모르는 아이들처럼 소녀는 비밀에 대한 자각조차 없이 행복하게 자라났다.

 소녀가 그녀처럼 작고 사랑스러운 아이들을 네녀와 사그마한 손가락을 꼬물거리며 노는 모습을 볼 때마다 여자는 구원받은 듯 안심하였다. 그간의 악몽들은 온데간데없이 사라진 것 같았다. 간혹 여자를 은밀하게 짓누르는 죄악감의 서글픈 무게만이 남아 있을 뿐이었다. 그 정도의 고통은 수월하게 감내할 수 있었다. 하나뿐인 딸이 평범하게 자라준다면, 그리고 가장 적합한 시기에 순결한 눈물을 흘리며 그녀를 떠나간다면, 딸의 유년을, 숭고하고 절절한 추억을 간직할 수 있다면,

그 추억만으로 담담하게 살아갈 수 있다면 여자는 얼마든지 돼지목장의 비밀을 묻어두고 죄악감을 망각하고 삶을 이어나갈 수 있을 것 같았다.

소녀는 눈처럼 희고 아름다웠다. 갓 태어났을 때의 불길한 붉음이 거짓말이었던 것처럼 소녀는 희었다. 강렬한 햇빛조차도 소녀를 검게 그을리지 못했다. 햇볕 속에서 소녀는 더욱 눈부시게 빛날 뿐이었다. 소녀는 터질 듯이 애틋한 소리로 웃었으며 아이답게 고집스럽고 신경질적이었다. 간혹 의젓한 체할 때조차 아이 특유의 허술한 이기성이 고스란히 드러나 더욱 사랑스러웠다. 소녀가 부모 앞에서 와락 울음을 터뜨리며 떼를 쓸 때면 여자는 가련하고 투명한 딸이 사랑스러워 파열할 듯한 행복감을 느꼈다. 아들에게서는 한 번도 느껴보지 못한 감정이었다. 아들이 소녀처럼 깨질 듯한 높은 소리로 우는 모습을 본 적이 없었다. 그 애는 언제나 숨어서, 우울증자처럼 끅끅거리면서 울었다. 축사 한 귀퉁이에 숨어서 움츠린 채 흐느끼는 작은 등이 노인처럼 보여서 여자는 끔찍하게 놀랐다. 아들은 늙은이처럼 연약하고 조숙하였다. 지성과 사교성 대신 감성만이 지나치게 발달한 것처럼 그 애는 차마 말 못 할 서글픔으로 여자를 올려다보고는 했다. 그 눈이 무엇을 말하고 있는지 여자는 듣고 싶지 않았다. 그것은 여자에게 부당한 눈빛이었다. 여자가 겪어서는 안 되는 절망이었다. 여자가 받아서는 안 되는 끔찍한 죄악감.

하지만 여자는 아들을 돼지 목장으로 쫓아낸 적이 없었다. 여자는 아들에게 가장 깨끗하고 순결한, 부드럽고 고결한 것만을 물려 주었다. 제 발로 돼지들에게 찾아간 것은, 돼지들에게 감염되고 돼지들과 함께 어울리고 그래서 돌이킬 수 없이 돼지가 되어버린 것은 아들이었다. 그녀는 한 번도 그 애를 그곳으로 내몬 적이 없었다. 그러니 아들의 늙어빠진 검은 눈은 부당한 것이었다. 그녀는 그녀가 겪은 깊은 고통을 아들에게 강요한 적조차 없었다. 절망과도 같은 순결함, 짓무른 깨끗함과 고통스러운 미소를 결코. 그런데도 아들은 생의 마지막 순간에도 삶을 달관하지 못한 늙은 여자처럼 흐느꼈다. 대체 그 애가 무엇을 겪었다고, 그 애가 어떠한 고통 어떠한 찢어짐, 어떠한 답답함, 어떠한 터질 것 같음, 어떠한 미쳐버림을 겪었다고 그렇게 흐느낄 수 있단 말인가? 그 애는 임신한 적도 없고 미친 아이를 낳은 적도 없는데, 어떻게 그토록 쉽게 그렇게 한순간에 미쳐버릴 수 있단 말인가?

아이가 원한다면 여자는 무엇이든 들어 주었을 것이다. 돼지가 되는 일만을 제외하면, 구제할 수 없는 욕망에 파묻혀 역겹고 깊은 구멍이 되어버리는 것만을 제외하면 무엇이든. 그녀는 아이를 바닷가에 데려갔을 것이고 부드러운 모래에 손을 담그는 유쾌한 장난을 알려주었을 것이다. 축축한 흙이 손을 더럽힐 때 얼마나 즐거운 간질거림이 피부를 파고드는지, 밤의 정원이 얼마나 눈부시고 향기로운지, 만발한 꽃잎을 조심스럽게 찢어낼 때 얼마나 악독한 희열이 차오르는지 하나씩 하나씩 가르쳐주었을 것이다. 그녀가 경험해온, 그녀를 유지시켜온 작고 치명적인 범죄들을 조금씩. 그러나 아들은 여자를 까마득히 추월해버렸다. 돼지의 몸속에서 허우적거리면서 흐느끼는 아들의 붉은 등 앞에서 여자는 아이에게 아무것도 가르쳐줄 수 없다는 것을, 아들의 범죄는 여자가 짐작할 수조차 없이 깊고 파괴적이라는 사실을 깨달았다. 그녀는 발가벗은 소년보다도 더 발가벗은 채로 뒷걸음질 쳤다. 돼지가 묻은 소년, 소년이 담고 있는 여자의 일부가, 더럽혀진 여자가 여자를 향할 것이라는 생각이, 욕망하는 게걸스러운 검은 눈이 여자를 바라볼 것이라는 생각이 여자를 미치게 만들었다. 뱃속이, 가슴이, 목 안쪽이, 입이, 눈꺼풀이, 내장이 끔찍하게 조여들었다. 고통과도 같은 내밀한 결핍이 벌어진 꽃잎들 사이사이에서 흉측하게 드러나는 것을 여자는 느낄 수 있었다.

여자는 도망쳤다. 그러한 일이 몇 번이고 반복되었다는 사실을 알면서도. 한 번뿐인 범죄, 한 번뿐인 욕망은 존재하지 않으니까, 여자의 갈망은 그보다 깊었으니까. 남편이 도살용 총을 들이댈 때도 여자는 말릴 수 없었다. 그녀는 남편이 더럽혀진 아들을, 불결해진 붉은 몸을 심판해주기를 바라고 있었다. 그녀의 절망적인 욕망을, 회복할 수 없는, 갈망하는 구멍을 산산이 찢어발기기를. 그러나 총은 불발하였고 아들은 살아남았다.

그들은 아들을 잊기로 결심했다. 발사되지 않은 총알은 벌거벗지 않은 몸들을 관통하였고 그들은 아들을 벌할 기회를 영원히 잃어버렸다. 그건 더 이상 그들의 아들이 아니었다. 한때 여자의 몸에 있었으나 이제는 무한히 변질되어버린 붉고 음탕한 살.

여자는 새로운 아이를 잉태했다. 그녀의 몸에 올라타 헐떡거리는 사내의 두툼한 몸이 아들과 닮았다는 사실을, 꼭 돼지처럼 보인다는 사실을 여자는 말하지 않았다. 어쩌면 남편도 그녀의 알몸에서, 부풀어 오른 배와 가슴에서 같은 것을 느꼈을지도 몰랐다. 그들은 짐승 같은 헐떡임을, 돼지처럼 나직하고 천박한 신음을 듣지 않기 위해 큰소리로 대화를 하려 했으나 제대로 이루어지지 못했다. 숨소리는 목소리를 잠식하였고 신음은 문장들을 뒤덮어 질식시켰다. 임신한 뒤로, 여자는 결코 남편에게 벗은 배를 보이지 않았다. 고기처럼 붉게 부풀어 오른 살, 간혹 여자는 그곳에서 자라는 것이 정말 고기일지도 모른다는 생각에 사로잡혔다. 뱃속에는 때로는 구더기들이, 때로는 돼지가, 때로는 고깃덩이가 들어있었다.

여자는 출산 시기가 다가오는 것이 두려웠다. 그녀가 낳는 것이 그녀의 비밀을 누설할 것이라는 끔찍한 불안감이 사그라들지를 않았다. 만약 그녀가 정말 돼지를 낳는다면, 아들이 돼지가 되어버린 것이 우연이 아니었다면 그녀는 어떻게 살아갈 수 있을까? 벌어진 꽃잎의 틈새에서 부글거리며 자라나는 작은 진드기들, 여자의 삶이 붉고 향긋한 고깃덩이에 불과하다는 사실을 여자는 감당해낼 수 없을 것이었다. 모차르트도 비발디도 없었다. 한밤의 부드러운 노랫소리도, 감미로운 이야기도 없었다. 여자는 미칠 듯한 불안감에 사로잡혀 헐떡거렸다. 여자가 어떠한 악몽을 꾸는지, 뱃속에서 살아가는 피와 살은 알고 있을 것 같았다. 여자가 보는 것, 여자가 불안해하는 것, 여자가 절망하는 것, 여자가 원하는 것을 배 속의 아이는 알고 있을 것이었다. 배 속의 아이는 여자 때문에 괴물이 되는 것이었다. 향기롭고 사랑스러운 노래 대신 악몽을 마시고 자라나는 아이는.

산파가 피투성이 소시지를 꺼내었을 때 여자는 올 것이 왔다고 생각했지만 다행히 피를 닦아낸 아이는 희었다. 믿을 수 없을 정도로 희게, 소녀는 자라났다. 여자가 믿었던 삶처럼, 불결한 살과 피, 진물을 모두 덜어내고 무덤에서 기어 나온 유골처럼 소녀는 희었다. 여자는 소녀를 사랑하지 않을 수 없었다. 그토록 흰 아이를 사랑하지 않는 것은 불가능하게 여겨질 정도였다. 남편도, 마을 사람들도 소녀를 사랑했다. 소녀는 돼지 목장의 아이라고는 믿기지 않을 만큼 깨끗했다. 오직 유달리 도톰한 입술만이 붉었을 뿐, 소녀는 죽은 이처럼 창백했다. 꽃의 비밀에 탐닉하지 않는 아이, 잘려 나간 꽃의 절단면에 삶이 있음을, 꽃에 베어 피 흘릴 수 있음을, 꽃잎 한가운데에 손가락을 집어넣으면 노란 가루로 손이 축축하게 젖어 든다는 사실을 모르는 아이. 소녀는 아이다운 순수한 음험함으로 투명하였다. 여자가 아무런 의심 없이 그녀의 비밀을 내맡길 수 있을 정도로. 눈먼 여자의 순진한 방만함으로, 그들의 등 뒤에 도사리고 있는 끔찍한 위험을 내버려 둘 정도로. 그들은 비밀을 잊는데 너무도 골몰한 나머지 비밀을 숨겨야 한다는 사실조차도 잊고 말았다. 어쩌면 그토록 방심할 수 있었을까? 어쩌면 그토록 무심했을까? 소녀가 소년을 만난 것은 그녀의 탓이었다.

여자는 그녀가 마치 아들처럼 울고 있었음을, 고통을 내리누르며 가녀리게 흐느끼는 소리가 아들과 소름 끼치게 닮았다는 사실을 깨닫고 치를 떨었다. 하지만 이제 와서 다른 방식으로 울 수는 없었다. 그녀는 이미 비밀을 알고 있었으므로, 아이처럼 깨질 듯 강렬하게 울부짖을 수는 없는 것이었다.

돼지들을 보고 싶어요, 하고 속삭이는 소녀의 입술은 소년과 꼭 닮아 있었다.

피처럼, 헐벗은 음부처럼 붉은 것이 꽃잎처럼 움츠러드는 것을 여자는 멍하게 바라보았다. 투명하던 피를 붉게 만드는 것은 무엇일까? 티 없이 말간 피부를 불투명하게 물들이는 슬픔의 기미는, 아이를 갑작스럽게, 너무도 갑작스럽게 성숙하게 만드는 비밀은 대체 어디에서 찾아오는 것일까? 여자는 갑작스럽게 변해버린 불확실성을, 음침한 곳에서 자라는 곰팡이와도 같은 축축함을 하염없이 바라보았다. 벽지에 피어있는 모든 꽃잎들은 소녀의 입술이었다. 아이다움을 상실해버린, 비밀을 가진 여자의 붉고 음험한 입술. 대체 언제 그렇게 커버린 것일까? 갑작스럽게, 너무도 갑작스럽게.

여자는 돼지처럼 흐느끼는 것을 멈출 수 없었다. 곧 남편도 알아차릴 것이었다. 곧 모두가 알아차릴 것이었다. 소녀가 더 이상 아이가 아니라는 사실을, 소녀가 비밀을 품고 있다는 사실을, 불길한 성취감에 젖어 번들거리는 붉은 입술. 돼지들을 모두 죽여버려야 했다. 소녀가 그곳에 가기 전에, 단 한 마리의 돼지도 남지 않도록. 고통스럽더라도 소년을, 더 이상 그녀의 아들이 아닌 그 돼지를 먼 곳으로 쫓아버려야 했다. 돼지들 사이에 갇힌 채 행복하게 흐느끼는 그녀를 소녀가 마주치기 전에.

여자는 치밀어오르는 오싹함에 경련하며 자리에서 일어나 넘어질 듯 위태롭게 문을 열고 소파에 멍하니 앉아 노인처럼 눈물을 흘리고 있는 소녀에게 다가갔다.

소녀의 가느다란 어깨를 감싸 쥐고 흔들며 물었다. 봤니?

소녀는 대답하지 않았다. 그러나 여자는 알고 있었다.

이 애는 벌써 본 거야. 여자는 주저앉아 흐느꼈다. 짐승처럼, 돼지처럼 헐벗은 채로 온몸을 떨면서. 왜냐하면 그녀는 들켜버렸으니까. 그곳에 무엇이 벌거벗고 있는지, 벌거벗은 그것이 얼마나 행복하고 아름다운지, 그 불결함에서 얼마나 달콤한 악취가 나는지 전부, 전부 들켜버렸으니까. 소녀의 얼굴을 둘러싸고 있는 응축된 음험함은 모든 것을 누설하고 있었다. 그녀는 느낄 수 있었다. 소녀에게서 나는 미미한 악취를, 소녀의 밀봉된 피부 아래를 떠도는 축축하고 붉은 피를. 소녀를 둘러싸고 있던 투명하고 위태로운 거짓이 산산조각 났고, 여자는 금 간 여자 앞에서 변명조차 하지 못한 채 가만히.

네 피는 처음부터 붉었다고, 돼지의 음탕한 몸속을 떠도는 체액처럼, 너는 처음부터 돼지와 같은 살을 가지고 있었다고 여자는 침묵으로 고백하고 있었다.

소녀는 여자를 비난하지 않았으나 용서하지도 않았다. 비밀은 이미 유전되었고 그것은 이제 소녀가 감당해야 할 여자가 되었으므로. 소녀는 더 이상 아이가 아니었다. 소녀는 어른처럼, 늙은 여자처럼 흐느꼈다. 열린 창틈으로 돼지들의 희미한 악취가 흘러들었고 소녀는 그녀에게 이어진 비밀의 황홀한 갈망으로, 역겨움으로 입술을 벌렸다.

거울과 소녀

소녀는 눈처럼 희었다. 여자는 눈 위에 다리를 벌리고 하혈하며 몸을 바들바들 떨었다. 여느 아이처럼 핏빛의 붉은 아이가 아닌, 눈처럼 흰 아이, 마치 한 줄기의 더러운 피도 흐르지 않는 것처럼 희고 깨끗한 아이를 여자는 원했다. 어떠한 불순물도 섞이지 않는 얼음과도 같은.

여자는 눈이 뒤덮인 앞마당에 드러누워 홀로 출산했다. 신음도 비명도 없이. 아무도 그녀를 발견하지 못했다. 전조 없이 암매장된 생처럼, 불법으로 도축된 고기처럼. 그녀가 임신했다는 것을 아는 이는 아무도 없었으므로.

처음 생리가 멎었을 때 그녀는 안개 마을에 사는 엄마에게 전화를 걸어 그녀가 임신한 것인지도 모른다고 속삭였으나 엄마는 장난스레 웃으며 그저 흔한 생리불순일 뿐이라고 말했다. 아니면 혹시, 관계를 가진 적이 있냐는 물음에 여자는 고개를 젓다가 흠칫 놀라 아니, 하고 소리쳤다.

그래, 그러면 괜찮아.

다음 달 여자는 여느 때와 같이 피를 흘렸다, 손가락을 찍어 맛본 피는 평소와 다름없이 짰다. 그러나 여자는 제 안에 무언가 불순하고 이질적이며 불연속적인 무언가가 있다는 것을 알았다.

그녀는 남몰래 산부인과에 찾아가 보았으나 의사는 그녀의 배를 보자마자 고개를 저었다. 그녀의 강경한 부탁에 초음파 검사까지 해보았으나 아무것도 없다는 말만을 의사는 조심스럽게 반복하였다.

그녀의 내부에는 아무것도 없었다.

의학적으로 밝혀낼 수 있는 이면은 아무것도 없었다. 물론 그녀가 섹스도 없이 아이를 낳을 수 있다고 믿을 정도로 순진한 것은 아니었다. 그러나 그녀는 세계에 현존하는 부조리들을 이해 없이 감내하는 방법을 익히며 살아왔고 정육점에 걸려 있지 않은 그녀, 물속에 빠지지 않은 그녀, 느티나무에 매달려 있지 않은 그녀, 불타지 않는 그녀, 사형을 선고받지 않는 그녀, 감금되어 있지 않은 그녀, 낯선 손길에 도륙당하지 않는 그녀, 조각조각 해체되지 않는 그녀, 찢겨나가지 않는 그녀, 그녀를 믿는다고 중얼거리는 그 모든 부조리들. 세계는 언제나 그녀와 달랐고 그녀는 언제나 세계와 달랐는데, 어째서 세계는 모두 현상되는 것이라고 현상되는 것뿐이라고 이야기하는 것인지 그녀는 도저히 이해할 수가 없었고, 현상 바깥의 세계가 정말 실재한다는 말도 실재하지 않는다는 말도 모두 이해할 수 없었으니, 세계를 이해하려는 모든 시도들은 부조리했고 지나치게 얕았으며 충분히 멀리 가지 못하였고, 무수한 사유와 고민, 혼란 끝에 그녀가 도출해낸 것은 아직 아무것도 이해할 수 없다는 흔한 결론뿐이었으니, 그녀는 설명하려는 자들의 설명을 이해할 수 없었고, 대체 사물에 내재한 진리란 무엇인지, 표층으로 뚫고 나오는 진리에서 나온다는 현존의 아우라는 어떻게 발현되는 것인지, 그녀는 아무것도 보지 못하였는데, 신비롭고 아름답다는 그 진실성은 대체 어디에 있는 것인지. 세계는 거짓일 뿐인데 무엇이 거짓이고 거짓이 아닌지. 진실의 판가름 게임에 그녀는 초대받은 적조차 없는데 아무것도 확신하지 못하는 그녀는 무엇을 홀로 고민하고 있는 것인지.

    그녀는 누구나 쬐는 빛 속에서 성자를 잉태하였다는 성모의 전설을 믿을 수 없었고 자폐적인 세계 내에서의 정반합을 통해 한없이 고양되며 상승하는 세계의 종말조차도 믿을 수 없었으니, 있음과 있음 아님이 어떻게 공존할 수 있다는 것인지.

그녀는 아무것도 사유할 수 없는데, 어째서 누군가에게는 사유가 실존한다는 것인지. 그녀는 사유하지 않는데도, 사유는 그녀를 기억하지 않는데도, 그녀는 사유로부터 배제된 이들을 끝도 없이 나열할 수 있는데도. 달빛을 멍하니 바라보며 몽상하는 배춧잎과 개의 이빨에 갈기갈기 찢겨나가는 안개, 버리기 위하여 만들어지는 포장지, 찢어지기 위하여, 망가지기 위하여 생산된 모든 종이들. 나무들을 베어내는 목수의 도끼 소리는 흥겹고 그의 옆에서 나무의 피 냄새에 취한 아이들은 해맑게 웃으며 노래를 부르고 자애로운 어머니들은 숲의 비린내에 도취되어 행복에 겨운 미소를 짓고 곧 무참하게 죽어버릴 것들. 원목 가구 옆에서 하염없이 자라나는 산세비에리아.

모든 이미지를 발생시키는 가상의 이미지 속에서 끊임없이 유포되고 소멸되는 사실들. 정신과 세계 사이의 긴밀한 관계를 밝혀내기 위해 저마다의 매혹적이고 촘촘한 이론체계를 만들어내는 철학자들. 그러나 정신은 세계의 효과들일 뿐, 정신은 실로 세계에 속해 있지도 않고 실재하지도 않고 세계를 조직하지도 않고 재현하지도 않는 그 무언가일 뿐, 여자는 아무런 생각도 없이 세계의 감각들이 현현해내는 가상에 불과한 그림자에 잠겨 신음하였고 그녀의 배를 찢어내고 음문을 찢어내고 숨통을 찢어내고 엉금엉금 기어 나오는 핏덩어리.

그녀는 역겨움을 견디지 못하고 헛구역질을 해대었으나 겨울밤 그녀의 미약한 신음은 어디로도 전해지질 않았고 오직 받아들이는 자극들로만 용해되는 몸, 그녀의 몸은 어디에도 없었으니, 아무도, 심지어 그녀마저도 그녀의 몸을 그녀의 잉태를 그녀의 현상을 믿을 수가 없었으니, 투명한 유리 안구와도 같이 굴절된 하늘 너머로 비추어지는 별들을 그녀는 하나도 셀 수가 없었고 돌덩어리와도 같은 잔혹한 물질이 그녀의 내부를 찢어내며 나오기 시작하였으니, 오늘이 오기 전까지는 잠자코 숨어있었던 기생생물, 그녀는 그것을 위하여 먹고 마시고 숨을 쉬었으니, 마치 암을 부양하기 위하여 살아가는 은둔자처럼, 제 몸이 오염된 유전의 코드로 잠식될 때까지 하염없는 고통을 감내하는 이교도처럼, 그녀는 애처로운 울음소리를 들은 것 같았으나 아이는 울지 않았고 해부대 위에서 아이들의 기만적인 손가락 아래 너덜거리는 쥐의 창자처럼, 그녀는 깔끔하게 뜯겨나가지 않는, 엉망진창으로 흡착되어 맞붙어 있는 쥐의 창자를 세밀하게 분해해낼 참을성이 없어 어처구니없는 분노를 참지 못하고 뭉툭한 메스 날로 창자를 갈기갈기 찢었으며 백지에 칸칸이 나누어진 명찰, 쥐의 허파의 자리와 쥐의 대장의 자리와 쥐의 심장의 자리, 그녀는 끔찍하게 뭉개져 버린 창자를 보았고 그 창자들이 서로 분리되어 있다는 사실을 믿을 수 없을 정도로 서로에게 엉망진창으로 맞붙어버린 창자, 선생은 기관을 효용에 맞게 어여쁘게 분리해낸 아이들의 머리를 쓰다듬어주었고 플라스틱 구슬로 목걸이를 꿰어내듯 섬세하게 쥐의 장기를 분절해낸 어린 도살자들에게 만점을 주었으나 여자는 차마 절망적으로 난잡한 그녀의 종이를 내밀 수가 없었고 그녀가 본 것은 해부도가 아닌 살해의 현장이었으니, 그녀는 살해의 의학적 과학적 가치를 발견해낼 수 없었고 복잡한 행복에 부풀어 오른 아이들의 불그스름한 얼굴 채점을 마친 종이를, 쥐의 육체가 덕지덕지 붙어 있는 해부도를 선생은 미련 없이 거대한 박스에 밀어 넣었으니, 잘 잘린 창자와 못 잘린 창자는 서로 엉겨 붙었고 이제는 분리할 수 없을 정도로 엉망으로 구겨진 종이들은 곧 버려질 것임을 여자는 알고 있었으니, 그녀는 살아 있는 쥐 한 마리를 몰래 훔쳐내던 사내아이들을 보았고 찍찍거리는 소리도 없이 죽음을 피하여 얌전히 숨어있던 하얀 쥐를, 주머니 속에 누둠하게 삐져나와 숨을 몰아쉬던 쥐의 빨간 눈, 피처럼 붉고 흔들림 없이 명료하던 눈 그녀는 부끄러움을 참지 못하고 헛기침을 하였고 그녀의 가랑이 사이에는 그 눈처럼 새빨간 피가 흘러내리고 있었다.

여자는 한없이 맑은 붉은색이 끔찍하게 두려워 출산을 전조하던 찢김을 모두 취소해버리고 싶다고 느꼈다. 그러나 그녀는 돌이킬 수 없을 정도로 지쳐 있었고 눈 위에 멍하게 드러누워 있는 그녀의 벌어진 다리 사이에서 엉금엉금 기어나가는 아이, 신음도 없이 비명도 없이 잠자코 새어 나가는 아이, 아이의 머리는 쥐의 내장처럼 쥐의 눈처럼 새빨갰고 사실의 발생을 유예하고 아무것도 비추지 않는 무감한 눈으로 그녀를 내려다보고 있는 겨울밤, 더 섬세하고 치밀하며 비정한 절단이어야 했다.

새하얗고 고결한 꽃잎 속에 파묻힌 죽음들이 누구를 위한 것인지 여자는 알 수 없었으나 적어도 그녀는 메스를 내팽개치고 다른 누군가에게 죽음의 집도를, 생의 폐기를 미루어둘 수 있었으리라.

그러나 너무 늦어버렸다. 거북한 사람, 너무 거북해서 도저히 견딜 수 없는 사람은 손을 들어요. 다른 평가로 대체해 줄 테니. 작년에도 여학생 하나가 구토를 하고 기절해버리는 바람에 얼마나.

여자는 손을 들지 않았고 아무도 손을 들지 않았고 그들은 그들에게 주어진 연약한 생명을 얼마든지 해부하리라 다짐하였고 꼬마 의사들의 실험, 죽음을 벗겨내기 위한 개복이 아닌 죽음을 양산하기 위한 개복.

쥐들은 미친 듯이 유리판을 긁어대었고 절망적인 찍찍거림, 아이들은 숨죽여 낄낄거렸고 쥐들은 발톱이 다 뜯겨나갈 때까지 유리판을 긁어대었고 선생은 서른세 마리의 쥐들이 우글거리는 유리 케이지에 두툼한 담요를 덮었으니 순식간에 내려앉는 정적.

쥐들은 불이 꺼지면 이불 속에 들어가 눈을 감는 아이들처럼 얌전하게 잠에 들었고 침묵에 굴종하였으니, 더 이상 아무도 울지 않았고 아무도 끽끽거리지 않았고 아무도 비명하지 않았고 발작적으로 흐느끼던 소리도 잦아들었고 여자는 제 배 위에 꾸물거리며 올라오는 핏덩이를 경악스러운 눈으로 쳐다보았으니, 그녀의 배는 흥건한 붉은 물로 젖어 들었고 아이는 점점 깨끗해졌으니, 여자는 아이가 그녀의 텅 빈 젖을 하릴없이 깨물고 빨아내는 것을 감내하였고 땀에 절은 가슴에서 미끄러진 아이가 눈밭을 기어 다니는 모습을, 쥐처럼 새하얘지는 모습을 바라보았다.

소녀는 눈처럼 희었다.

소녀가 하얘지는 만큼 눈밭은 새빨갛게 젖어 들었다. 밤을 찢어발기던 개들이 피 냄새를 맡고 몰려들었을 때 여자는 공포를 견디지 못하고 고개를 저었으나 소년의 주머니에서 꿈틀거리며 그녀를 뚫어지게 응시하던 붉은 눈, 여자의 손에서는 쥐의 창자 비린내가 가시질 않았고 오물과 피가 뒤섞여 진동하던 독특한 냄새, 여자는 쥐의 감은 눈을 떠올렸고 붉은 눈알을 손안에서 뭉그러뜨리며 낄낄거리던 소리를 떠올렸고 더 많은 쥐들을 살리기 위해 아이들의 메스 아래에서 죽어 나간 쥐들, 울타리 너머에서 서성거리던 개 한 마리가 낑낑거리며 머리를 들이밀었고 울타리를 넘어 달려오는 검은 개, 케이지 안으로 밀려드는 하얗고 작은 손들, 한없이 검기만 한 하늘은 두툼한 담요에 뒤덮인 케이지처럼 아득하기만 하였으니,

여자가 마지막 순간 생각한 것은 방금 낳은 아이도 아이의 미래도 부풀지 않던 뱃속에 은닉하던 아이의 애처로운 과거도 아닌, 실험용 쥐새끼의 새빨간 두 눈이었다.

사냥꾼은 셰퍼드의 울음소리를 듣고 깨어났다. 아이가 그를 두고 떠날 리 없다는 것을 알고 있었다. 사냥꾼은 황급히 일어나 더러운 담요를 밀어내며 침대 밖으로 기어 나왔.

함께 사냥을 나설 때마다 그의 셰퍼드를 질시 섞인 눈으로 들여다보던 사냥꾼들이 의심스러웠으나 그가 불시에 들이닥쳤을 때 그들은 하나같이 빌어먹을 무고한 눈으로 고개를 젓곤 했다. 그러나 그들 중 누군가가 그의 아이를 납치했다는 사실은 변명할 수 없는 사실이었다.

그는 알고 있었다. 길이 잘 든 셰퍼드, 주인을 물지 않는 셰퍼드, 사냥의 귀재인 셰퍼드를 바라는 이들은 널리고 널렸다는 것을. 그의 아이는 유달리 털이 새까맣고 윤기가 흐르던 고귀한 종이었다. 유달리 긴 주둥이에 빼곡히 들어찬 날카로운

흰 이빨은 그가 유서 깊은 가문에서 철저하게 관리되어 온 선별적인 번식으로 태어난 왕족이라는 사실을 알려주었다.

사냥꾼은 사냥 때마다 뽐내듯 그의 셰퍼드를 데리고 나갔으며 그의 셰퍼드가 유일무이한 셰퍼드, 진짜 셰퍼드라는 의미에서 다른 하잘것없고 유치한 별명도 지어주지 않았다. 함께 사냥을 나가는 이들의 눈부시고 과중한 수확물에 비하여 그가 잡은 한두 마리의 참새가 과히 대단하다고 할 수는 없었지만 줄도 없이 그를 순종적으로 따라오는 셰퍼드만큼 찬란한 성과는 어디에도 없다는 데에 그뿐만 아니라 동료들 모두가 동의하였다.

셰퍼드는 그의 몸집보다 두세 배는 더 큰 산돼지도 용맹하게 물리쳐 잡아 오고는 하였으며 그의 성과는 고스란히 사냥꾼의 수확이 되었기에, 또 셰퍼드와 사냥꾼 둘 다 그 사실을 의심치 않았기에 그의 행운은 더욱 크게 보였을 것이다.

사냥꾼은 옷도 챙겨입지 않고 슬리퍼에 발을 욱여넣으며 현관문을 열었다. 착각이 아니었다. 그는 셰퍼드의 울음소리를 알고 있었다. 길고 애처로운 웅웅소리, 겨울바람과 유사하지만 질적으로 전혀 다른 소리, 다른 옥타브의 두 E flat처럼, 전혀 다른 소리 길을 따라 울려 퍼지는 소리. 사냥꾼은 눈밭에 고개를 수그린 채 킁킁거리고 있는 검은 그림자를 보았다.

셰퍼드는 사냥꾼을 발견하고 놀란 듯 낑낑거리며 그의 품으로 달려들었다. 그의 입가는 새빨간 핏물로 젖어 있었으며 목에는 그가 한 번도 건 적이 없는 목줄 자국이 선명하게 드러나 있었다. 아이는 끔찍하게 말랐고 윤기가 돌던 털은 말라죽은 짚처럼 퍼석퍼석했다. 사냥꾼은 셰퍼드의 턱을 쓰다듬고 등을 부드럽게 어루만지며 아이를 진정시키려 애썼다. 흥분에 발기한 성기를 조심스레 쓰다듬어주자 셰퍼드는 미친 듯이 떨던 몸을 조금씩 이완시키며 얌전히 눈밭 위에 엎드렸다.

그는 잠옷 차림으로 셰퍼드 옆에 주저앉아 잔뜩 엉킨 더러운 털을 조심스레 매만져주었다. 아이는 눈을 감고 쭈글쭈글하게 말라버린 더러운 코, 붉게 물든 코로 숨을 몰아쉬었다. 눈꺼풀 아래쪽에는 눈물이 홍건하게 맺혀 있었다. 사내는 꽁꽁 언 손으로 셰퍼드의 눈물을 훔쳐내었다.

사내가 바지에 묻은 눈을 털어내는 사이 셰퍼드는 사내를 이끌듯 조심스럽게 앞으로 걸어 나갔다. 사내는 셰퍼드가 여느 때와 같이 자신의 사냥감을 확인시키고 그에게 바치려는 줄 알고 그의 뒤를 천천히 따라나섰다. 그리고 처참하게 배가 뜯겨나간 여자, 눈과 피에 뒤덮인 눈부신 나신, 디오니소스의 향연에 바쳐진 암소처럼 아름다운 몸. 허공을 빤히 응시하고 있는 그녀의 두 눈은 믿을 수 없을 정도로 투명했으며 그녀의 찢겨나간 배, 그 아래로 이어진 꽃잎들은 늦여름의 장미처럼 활짝 피어있었다.

    사냥꾼은 유리관에 갇혀 있는 동화 속 여인처럼 차가운 그녀의 입술에 저도 모르게 입을 맞추었다. 그녀의 순결한 죽음에는 파리 한 마리 꾀여 들지 않았다. 어둠 속에서 그녀의 얼굴은 제대로 보이지 않았지만 사냥꾼은 그녀가 신의 아이를 잉태한 암소만큼이나 아름다우리라는 것을 분명하게 알 수 있었다. 사냥꾼은 죽을 때까지 그의 머리 위를 떠돌 매혹적인 악몽의 생김새를 심부에 밀어 넣어 인 박으려는 듯 여자를 하염없이 쳐다보았다. 그는 별자리에 골몰하는 목자들처럼, 수열에 몰두하는 수학자나 항성 간의 거리에 매혹당한 하프 연주가처럼 그렇게 여자에게 몰두하였다.

    당장이라도 그를 끌어안고 제 속에서 흘러넘친 붉은 꽃잎을 그의 목 안으로 넘겨줄 것만 같은 차가운 입술. 그는 여자의 입속에 두툼한 혀를 밀어 넣고 그녀의 내부를 맛보았다. 마치 처음부터 그와 한 몸이었던 것처럼 여자에게서는 아무런 맛도 나지 않았다. 여자의 찢어진 몸에서 흘러나오는 붉은 물과 내장이 사내의 잠옷에, 드러난 팔뚝과 발목에 엉겨 붙었다.

    그녀의 내부는 아직 따뜻했다.

    셰퍼드는 그들의 밀회 옆에 차분히 주저앉아 있었다. 두 눈을 계속해서 파고드는 겨울바람의 날카로운 칼날에 아직 마르지 않은 눈물을 흘리며. 눈덩이처럼 새하얀 살이 사냥꾼의 품 속으로 파고들 때까지 그는 그렇게 여자의 입에 입술을 대고 있었다.

여자의 눈처럼, 한없이 검고 투명한 두 눈과 마주치는 순간 사내는 마법과도 같은 모든 상황을 일시에 깨달았다. 그는 여자의 죽음 속에서 태어난 삶을 부드럽게 끌어안고 미소 지었다. 셰퍼드는 사내의 의중을 파악한 듯 죽은 여자의 곁에 얌전히 머물러 있었다. 그는 더 이상 여자의 시신을 파헤치지도 찢어발기지도 않았다. 그녀는 이제 사내에게 양도된 사내의 포획물이었기에, 셰퍼드는 언제나 그렇듯 목줄 없이도 사내의 뜻에 굴종했다. 사냥꾼이 눈처럼 새하얀 여자, 칼날처럼 아린 눈 속에서도 살아남은 여자를 끌어안고 집으로 달려가 그가 가진 가장 부드러운 수건으로 젖은 몸을 닦아내고 담요를 덮어준 뒤 매혹적인 붉은 불, 무수한 나무들을 홀려들었던 그 불가에 내려놓고서 죽은 여자, 최초의 여자의 자리로 재빨리 뛰어나갈 때까지 셰퍼드는 얌전하게 앉아 있었다.

사내는 셰퍼드의 입가에 말라붙은 피, 이제는 바스러진 가루로 변해버린 붉은 균열을 살펴본 뒤, 그가 사내의 사냥감을 탐하지 않았음을 확인하고는 그의 충성을 치하하듯 턱과 이마를 부드럽게 쓸어넘겼다. 사내는 여자의 몸을 둘러업고 인가 바깥쪽에 둘러싸인 산 깊은 곳, 얼음강가지 걸어갔다. 그녀의 새하얀 갈비뼈가 사내의 등을 압박하였고 풀어 헤쳐진 가죽 주머니에서는 새빨간 꽃들이 당장이라도 떨어질 듯 넘실거렸지만 냉동고 같은 겨울밤에 꽁꽁 얼어붙은 시신에서는 더이상 피가 흐르지 않았다. 사냥꾼은 푸른 심장처럼 깊이 얼어붙은 강을 깨어내고 그 속에 여자를 조심스럽게 밀어 넣었다. 그녀가 영원과도 같은 한 철의 얼음 관 속에 갇히도록. 사내의 비밀로 침잠하도록. 누구도 그녀의 비극을 함부로 꺼내 보지 못하도록. 새까맣게 얼어붙은 물길 속으로 떠내려간 그녀의 익사체를 아무도 겁탈하고 입 맞추고 구원할 수 없을 것이다.

사냥꾼이 작고 아늑한 주택으로 돌아왔을 때, 전기적인 신호를 양식 삼아 불타오르는 가상의 모닥불 이미지는 어두운 방 안을 금방이라도 집어삼킬 듯 새빨갛게 번져가고 있었으며 실체 없는 붉은 이미지 앞에서 피처럼 붉고 따스하게 물든 투명한 눈은 당장이라도 평평한 벽난로의 가상 속에 뛰어들 것처럼 일렁이고 있었다. 사냥꾼은 어느덧 따끈하게 달아오른, 아니 불덩이처럼 뜨거운 아이의 흰 몸을 애틋하게 어루만졌다.

그녀를 기르는 일은 그리 어렵지 않았다. 사냥꾼은 3개월 무렵에 셰퍼드를 데려다 키웠던 것과 유사한 방식으로 그녀를 길렀다. 사냥용 총과 트랩, 쥐약과 가재도구들을 마구잡이로

거울과 소녀 · 175

적재하여 보관하던 창고를 말끔하게 정리하였고 그 속에 어린 아이가 가지고 놀법한 작고 부드러운 공과 우유 맛이 나는 개껌, 급수대와 사료통을 놓아두었다. 사료통에는 영아용 분유를 뜨거운 물에 풀어 넣어 언제든지 아이가 배고플 때 먹을 수 있도록 배치했다. 사내는 셰퍼드와 사람 아이가 본질적으로 다를 바 없다는 것, 늑대들과 함께 살아남은 갓난아기들의 이야기가 사실이라는 것을 알고 있었기에 그가 하루 종일 끌어안고 어르고 달래지 않아도, 모체에서 곧바로 흘러나오는 신선한 젖을 빨지 않아도 여자아이가 살아남을 수 있다고 생각했다. 눈 속에서도, 어미의 죽음 곁에서도 멀쩡히 살아남은 아이였다. 불덩이 같던 아이의 열은 하루 사이에 금세 가라앉았다. 여자를 제 투명한 추억의 관속에 가라앉힌 밤이 지나자마자 사냥꾼은 남몰래 아이를 양육하기 시작했다.

어딘가에서 갓난아기를 데려왔다고 해서 그를 특별히 의심하는 이는 없을 테지만―그의 아이를 낳아줄 창부들은 산 곳곳, 도시 곳곳에 있었기에, 실제로 이름도 모르는 어미로부터 아이를 데려와 양육하는 동료 사냥꾼들도 몇 명 있었다― 그는 오롯이 제 것인 여자의 죽음과 그로부터 기적적으로 태어난 그녀의 삶에 대하여 누구에게도 누설하고 싶지 않았기에, 그 악몽만은 온전히 그의 비밀로 삼고 싶었기에 누구에게도 어린 여자에 대하여 발설하지 않았다.

아이는 놀랄 정도로 조용했다. 마치 여자의 죽음과 삶에 엉킨 비밀에 대하여 밤의 정령으로부터 신성한 침묵을 언도받은 것처럼.

아이는 하루도 채 지나기 전에 무릎과 양손으로 기어가는 법을 터득했다. 사냥꾼이 붉은 전기 모닥불 앞에 앉아 여자의 죽음에 몰두하는 동안 아이는 게걸스레 먹고 마시고 기저귀 속에 변을 싸놓았다. 사냥꾼이 저녁 식사 전에 그녀의 기저귀를 갈고 급수대와 사료통을 다시 채워주기 위해 창고로 들어갈 때마다 그녀는 투명한 눈을 한 번도 깜빡이지 않고 사내를 뚫어져라 바라보며 그의 얼굴을 길게 구부려 왜곡시키고는 했다. 그녀의 무릎은 하루 종일 지칠 줄 모르고 기어 다닌 탓에 새빨갛게 물들어 있었다. 사내가 손을 뻗자 그녀는 주춤거리다가 사내의 품속으로 기어들었다. 사내의 가슴팍이 뜨끈하게 젖어들었다. 사냥꾼은 처음으로 그녀의 흐느낌을 들을 수 있었다.

겨울에는 사냥을 할 수 없기에 그에겐 특별히 할 일이 없었음에도 사내는 아침과 저녁 시간이 아니면 어린 그녀를 살피러 가지 않았다. 그녀가 사냥꾼을 애타게 기다리고 있다는 사실을 알면서도, 그녀의 투명한 검은 눈이 그가 사랑하는 여인, 그의 투명한 유리관 속에 파묻은 죽은 여인의 눈과 같은 재질로 이루어졌다는 것을 알면서도 그는 어쩐 일인지 물처럼 일렁이는 붉은 불로부터 헤어날 수 없었다. 그는 상실되어 버린 그녀, 다시는 어루만질 수도 입 맞출 수도 없는 그녀, 처음부터 죽음에서 태어나고 죽음으로 멀어져간 것만 같은 그녀, 한 번도 말한 적이 없고 숨 쉰 적이 없고 경련한 적이 없는 것만 같은, 죽음과 분리할 수 없는 그녀, 선명한 죽음의 이미지에 하루에 열댓 시간 가까이 깊숙이 가라앉아 있었다.

살아 있는 그녀는 멱을 끊고 속을 찢어낼, 억지로 펼쳐낼 사냥감이 아니라는 사실을 인식한 셰퍼드는 사내가 불 속에 침잠하여 있는 동안 그녀와 어울려 놀곤 했다. 어린 그녀는 셰퍼드의 행위와 울음소리를 모방하기 시작했다. 무언가 요구할 것이 있으면 개처럼 낑낑거렸고 마음에 들지 않는 일이 있으면, 악몽과 변이 몸을 흠뻑 적시고 기저귀 바깥까지 흘러나가기 시작하면 그녀는 개처럼 캉캉 짖어대곤 했다. 그러나 서재 한구석에서 발견한, 누렇게 변해버린 옛날 동화책을 그녀의 옆에 펼쳐놓고 사내가 여인처럼 가늘고 부드러운 소리로 읽어내리기 시작하자 그녀는 기적처럼 그의 입술 모양을, 그의 목소리를, 그의 발성을 더듬더듬 따라 하기 시작했다.

거울아 가여운 거울아 세상에서 가장 아름다운 걸 말해다오, 거울은 생긋이 웃으며 말하였습니다. 눈처럼 아름다운 여자지요. 눈처럼 새하얗고 눈처럼 시꺼멓고 눈처럼 차가운 여자, 죽은 여자만큼 아름다운 건 세상에 없어요.

소녀는 눈처럼 새하얀 공주의 비극적인 이야기를 유독 좋아했다. 사냥꾼은 아마 그녀가 새하얀 눈의 이미지, 눈처럼 매혹적인 죽음의 이미지에서 태어났기 때문에, 그녀가 이해할 수 있는 유일한 세계의 대상이 눈과 여자와 죽음이기 때문에 유독 그 이야기에 천착하는 것이리라고 짐작했다. 사냥꾼은 그녀에게 거울이라는 울림이 지시하는바, 거울의 이미지를 알려주기 위하여 여자의 몸집만 한 화장용 거울을 사 창고 한구석에 놓아두었다.

셰퍼드는 거울상에 흥미를 갖지 못하고 마치 그곳에 아무것도 비추어지지 않는다는 것처럼, 그의 눈에는 거울에 비추어지는 것이 보이지 않는다는 것처럼 무심하게 지나쳤지만 어린 여자는 눈에 띌 정도로 거울에 매혹되었다. 한동안 그녀는 사료를 먹고 물을 마시는 일도, 셰퍼드를 상난스럽게 깨물고 그의 꼬리를 어루만지는 일도 잊고 거울만 바라보곤 했다. 마치 그 속에 깃들어 있는 무수한 세계의 이야기를, 세상 곳곳에 산재한 거울 속에 비추어지는 비밀들을 들여다보는 것처럼. 사냥꾼은 그녀가 거울 속에서 바라보는 영상이 그가 보는 것과는 다르다는 사실을 알면서도 거울 속에서 그녀를 마주하고 있는 새하얀 얼굴이 눈의 여왕, 죽음의 이미지, 그 누구보다도 아름다운 그녀의 얼굴이라는 사실을 알려주었다. 사냥꾼은 창고에 들르는 시간마다 소녀의 곁에 앉아 단단한 수면 아래에서 그들을 하염없이 바라보고 있는 죽은 그녀와 눈을 마주치곤 했다. 차고 매끄러운 거울 아래에 비추어진 얼굴은 영락없이 그녀였다. 얼음 속에 가라앉은 투명한 얼굴, 수초처럼 그를 옭아맨 죽음의 매혹적인 이미지.

　소녀는 거울 속에 있는 심연과도 같은 신비로운 얼굴, 눈부시게 하얀 얼굴이 그녀의 엄마이며 그녀라는 사실을 배웠다. 사내는 저녁마다 소녀의 곁에 앉아 동화책, 철학책, 사상서와 역사책, 가전제품 설명서와 연극론, 미술비평서와 소설, 시를 가리지 않고 읽어 주었고 소녀는 경험한 적 없는 세계의 언어를 기적처럼 순식간에 익혀나갔다. 그녀는 자연과학과 실용서, 법체계와 경제 서적을 읽을 때는 간신히 사내의 입 모양과 글자의 모양 사이의 연관관계만 파악하여 더듬더듬 사내를 따라 읽어가는 수준에 그쳤지만, 철학 서적을 읽을 때는, 특히 극단적으로 현학적이며 형이상학적인 문구에 대해서는 믿을 수 없을 정도로 명료한 이해력을 드러냈다. 소녀는 헤겔의 관념론과 베르그송의 시간 개념을 단숨에 파악하였으며 그녀의 이해는 순전한 직관에 따른 것임을 시인하였다. 세계에 대한, 외부 현상에 대한 기만적인 믿음에 현혹되지 않은 그녀, 철저히 자폐적인 세계 속에서만 생활한 그녀는 오히려 관념적이며 형이상학적인 사고에 능숙한 것처럼 보였다. 순수한 정신, 절대 정신을 사유하는 데에 있어 물질적인 타자는 필요치 않음을 증명하듯 그녀는 스스로 거울 속에서 현상해낸 관념적인 타자와의 긴장과 화합을 통해, 사내가 들려준 순전히 추상적이며 불가해하기까지 한 관념들의 울림들을 그녀 나름의 규칙에 따라 융합하고 견주어보는 철학적인 작업을 통하여 정신적인 지양과 성장을 이어가고 있었다.

사냥꾼은 유리처럼 연약하고 부드러운 소녀의 얼굴을 조심스럽게 쓰다듬었다. 믿을 수 없게도 그녀는 제 나름의 방식으로 언어를 익혀나가고 있었다. 사냥꾼이 한 일은 저녁 시간, 그녀의 사료와 급수대를 보충하고 배변 패드—아기용 기저귀를 벗기고 중형 배변 패드로 바꾼 지 한 달쯤 되었다—를 갈기 위해 방문하는 김에 그녀의 곁에서 책을 한 시간 정도 읽어 준 것이 다인데도, 그녀는 그가 한 번도 가르쳐준 적이 없는 문자들을 읽어내렸다. 시험 삼아 그녀에게 프랑스어로 된 책을 건네주었을 때도 소녀는 막힘없이 술술 읽어내렸다.

사냥꾼은 학교에 다닐 때 일주일에 한두 시간 프랑스어 교과서를 읽은 것이 다이므로 그녀가 유창하게 내뱉는 언어를 경이에 차 목도할 수밖에 없었다. 사냥꾼은 소녀가 그의 이해 범위로부터 떨어져 나가는 것, 그녀의 새하얀 피부 속에서 그가 짐작도 할 수 없는 불쾌한 상념의 덩어리들이 들끓으며 흘러나오는 것, 그래서 그녀가 나날이 아름답게, 매혹적으로, 불쾌하게 변모해가는 것을 알아차렸다. 그가 할 수 있는 일은 없었다.

  사내는 소녀의 창고에 서재를 옮겨 주었다. 그녀가 원한다면 언제라도 책을 읽을 수 있도록. 천장의 어둑한 전구도 새로 갈았고 노트와 펜도 구해다 주었다. 소녀는 나름의 독특한 방식으로 책의 내용을 필사하기 시작했다. 그녀는 마치 그림을 그리듯 글자들을 모사했다. 그러나 필사의 방식은 놀랍도록 효율적이며 간단하였으므로 소녀에게 일반적인 필기체를 가르쳐주어야 할 필요성을 느낄 수 없을 정도였다.

  사내는 죽음의 이면을 보듯 여자의 삶에 매혹적으로 빨려들었다. 그럼에도 죽음에 대해 골몰하는 것, 죽음과 몰락을 숭배하는 것은 도저히 버릴 수 없는 그의 우주였다. 검은 물과도 같은 전깃불의 울렁거림 속에서 사내는 여자의 죽음을, 그의 첫 이미지를 바라보았다. 그는 흐르는 균열 속에서 춤을 추듯 일렁거리는, 그러나 고요한 여자를 묵묵히 응시했다. 여자는 사내에게 응시를 되돌려 주지 않았으나 그는 그것으로 좋다고 생각했다. 그녀의 죽음을, 그녀의 소재를, 그녀의 이미지를 가진 이는 자신뿐이었으니까. 그녀는 그만의 비밀이었으니까.

  소녀가 이야기를 지어내기 시작했다는 사실을 안 것은 그녀의 노트가 기묘한 문양들로 빼곡히 차 있는 것을 발견하던 때였다. 사냥꾼이 별생각 없이 그녀의 노트를 펼쳤을 때 소녀는 수줍게 그의 소맷자락을 잡고 끌어당겼다.

　왕비는 소녀의 이름을 백설 공주라고 지었습니다. 백설 공주는 무척이나 작고 연약한 아이였습니다. 새벽조차 견디지 못하고 바스러질 눈처럼.
　왕비는 소녀를 낳자마자 죽고 말았습니다. 왕비가 어째서 죽었는지 아무도 알지 못하였으며 아무도 궁금해하지 않았습니다. 죽은 왕비의 생명, 한때 왕비로 살았던 여자의 몸이 백설 공주의 탄생 이후에도 계속 숨을 쉬고 음식을 우물거리며 흐느끼며 살아갔다는 사실을 아는 이는 많지 않았습니다. 말년의 왕비, 아이를 낳고 미쳐버린 여자는 더 이상 왕비가 아니었으며 왕비가 아닌 여자는 귀신과도 같은 존재라 왕궁 안팎의 사람들은 그녀가 죽었다고 여기고 그렇게 믿어왔기 때문입니다.
　그녀는 왕궁의 다락방, 하녀들이 묵던 방에 홀로 유폐되었습니다. 백설 공주를 낳던 날, 산파와 하녀들은 그녀에게 눈처럼 새하얗고 빛처럼 눈 부신 아이를 건네었습니다. 그녀가 눈물을 흘리며 고개를 돌렸을 때, 하녀들은 왕비가 감격과 고통을 이기지 못하여 그런 것이라고 생각했지만, 몸을 추스른 뒤에도, 탯줄과 피가 낭자한 밑을 정리하고 따뜻한 물에 피가 흐르는 몸을 녹이고 보양을 위해 잡은 오리와 칠면조를 게걸스럽게 먹어 치우고 사흘 동안 죽은 사람처럼 잠든 뒤 깨어난 뒤에도 왕비는 여전히 백설 공주를 못 본 체했습니다.

왕비는 밑이 깨진 물그릇처럼 흐느끼며 어서 아이를 치우라고, 그걸 보고 싶지 않다고 말했습니다.

왕비를 이해할 수 있는 이는 없었습니다. 그토록 어여쁜 아이를 낳고서 슬퍼할 이유가 없다고 생각했던 것입니다. 그녀가 아들을 낳아 실권을 장악하려 했던 게 아니라면. 그러나 문제 될 것은 없는 것이, 그녀는 아직 젊었고—사실 젊다기보다는 어리다는 말에 더 가까운 나이였으며—아이는 얼마든지 다시 낳을 수 있으니까. 왕은 아직 그녀와 함께 잠자리하고 있었고 후궁도 들이지 않았으며 그녀에게는 얼마든지 기회가 더 있었으므로, 그녀는 원하기만 한다면 아이를 다섯이고 여덟이고 열이고 낳을 수 있을 테니까. 겨우 아이 한 명, 그것도 믿을 수 없을 정도로 사랑스럽고 새하얀 공주를 낳고서 그렇게 침울해 있는 것을 이해할 수 있는 이는 없었습니다.

그녀가 두 번째 아이를 유산하고 난 뒤에 그녀에 대한 의심은 더 부풀어갔습니다. 왕궁 의사가 그녀에게 새 아기씨를 임신했다며 축하한다고 말을 건네자마자 그녀가 짐승처럼 소리치며 울부짖는 모습을 본 이는 한둘이 아니었던 것입니다.

그날 왕비와 왕, 왕궁 의사 옆에서 시중을 들던 시종과 하녀들은 왕비가 돌연히 자리에서 일어나 화병으로 제 배를 쑤셔대었다고, 끔찍할 정도로 붉은 피가 그녀의 배와 다리 사이에서 흘러내렸다고, 피를 흘리며 쓰러진 그녀의 곁에서 아무도 아무런 말을 할 수 없었다고 소곤거렸습니다.

 왕은 그 이후로 다시는 왕비와 잠자리를 함께 하지 않았고 그녀를 불길하게 여기기 시작했습니다.
 하다못해 이미 낳은 아이라도 잘 돌보았다면 그런 일은 없었을 텐데, 하고 주방 하녀가 속삭였습니다.
 하루만 지나면 또다시 온갖 구정물과 오물에 찌들 은식기들을 헝겊으로 반질반질하게 닦아내던 하녀들은 고개를 끄덕이며 말을 이어받았습니다. 왕비는 아이를 돌볼 생각도, 젖을 내밀 생각도 하지 않고 그저 울기만 했습니다. 어미를 찾아 울어 젖히는 아이의 끔찍한 비명을 참다못한 왕은 방문을 걸어 잠그고 흐느끼기만 하는 왕비에게 고래고래 소리를 질렀지만 그녀는 불성하게도 아무런 대답도 하지 않고 그저 울기만 했습니다.
 백설 공주에게 젖도 주지 않고, 눈부시게 하얀 젖을 까 내밀 생각조차 하지 않고, 그저 울기만 하는 그녀를 왕과 대신뿐 아니라 시종들까지도 무시하기 시작했습니다. 어미의 책무조차 다하지 못하는 이가 만백성의 어미 역할을 해낼 수 있을 리 없으며 가장 기본적인 의무조차 저버리는 그녀는 더 이상 왕비일 수 없다는 것이었지요.

하녀들은 그녀의 젖을 움켜쥐고, 왕비님 어미는 젖을 주어야 하는 거예요. 하다못해 말 못 하는 짐승들도 새끼에게 젖을 주는데 왕비님은 이렇게 튼실한 젖을 가지고 대체 무얼 아끼시는 건가요, 하고 다그칠 정도였습니다.

왕비에 대한 괴롭힘은 은밀하게 이루어졌지만 누구나 그녀를 함부로 해도 괜찮다는 사실을, 미쳐버린 그녀의 말에는 아무런 무게도 없다는 사실을 알고 있었습니다. 그녀는 어차피 울고, 울기만 하는 그녀, 울 수밖에 없는 그녀에게 달리 할 말이 있을 수 없으니까요.

왕비의 여남은 젖을 소의 젖처럼 주물러 짜내던 하녀가 그녀의 귓속에 고운 모래가루를 부을 때도, 그녀에게 침을 뱉고 머리칼을 잡아당길 때도 그녀는 아무런 말 없이 울기만 했습니다.

왕비는 아무것도 느낄 수 없다고 했습니다.

검은 물 위를 하염없이 떠다니는 것 같다고, 이 비참한 표류가 영영 끝날 것 같지 않다고.

하녀는 그녀의 말을 이해하지 못했습니다. 하루는 끔찍할 정도로 길고 할 일은 많은데, 하물며 당신의 게으른 젖을 짜내고 엉킨 머리칼을 풀어주는 일도 모두 내 몫인데 당신이 무얼 떠다닌다는 거예요?

하녀는 새하얀 모래가 번져든 왕비의 둥근 귓바퀴를 조심스럽게 쓰다듬었습니다.

그녀는 아무것도 들리지 않는다고 했습니다.

하녀는 왕비를 이해할 수 없었습니다.

난 당신을 이해할 수 없어요. 보석과 장신구, 기름진 음식과 천사같이 어여쁜 아이, 누구나 당신을 부러워하는데 어째서 당신은 그 모든 것을 누리려 하지 않는지. 당신은 불어 터진 손으로 모르는 여자의 머리를 빗길 필요도, 진드기들이 달라붙은 이불을 빨아낼 필요도, 하루라도 닦지 않으면 지긋지긋한 거미들이 진을 치고 차지하려는 구석 자리와 투쟁을 벌일 필요도 없잖아요, 내가 당신처럼 방 안에 틀어박혀서 애새끼처럼 울어대기만 했다면 당장 궁에서 쫓겨났을 거예요.

겨울이 얼마나 긴지 당신은 모르겠죠. 하룻밤이나 이틀 새에 끝나버린다면 겨울이 아니죠. 궁 안의 겨울은 여름과 다를 바가 없지만, 그저 창밖으로 희멀건 눈송이와 아름다운 흰빛에 젖어 든 나무들이 보인다는 것 이외에는 여름과 하등 차이가 없지만 궁 밖에서는 그렇지 않아요. 겨울은 정말 끔찍하게 길답니다. 궁 밖의 여자들, 집도 없이, 수도원에도 가지 못하고 떠도는 여자들은 미쳐버리고 말아요. 그녀들이 하루 종일 중얼거리는 은밀하고 불길한 말들에 심기가 거스른 이들은 언제든지 그녀들을 마녀로 몰아 태워 죽일 수 있죠. 그렇지만 긴 겨울 길고 긴 바깥을 살아남기 위해서는 그녀들처럼 말도 안

되는 주문을 중얼거릴 수밖에 없어요. 추위에 썩어 문드러진 이빨, 노인처럼 텅 비어버린 입속에서 줄줄 새어 나오는 말이 무엇인지 아무도 알아들을 수 없지만 그럼에도 그녀들은 말하지 않고서는, 미친년처럼 중얼거리지 않고서는, 불길해지지 않고서는 겨울을 지새울 수 없어요.

한 번의 겨울을 보내기 위해서 몇 개의 구름을 세어야 하는지 몇 개의 이야기를 만들어야 하는지 당신은 모를 거예요. 물론 당신 남편도 모를 테고 당신 아이도 평생 알 일이 없겠죠. 아마 어릴 적부터 이 궁에서 나고 자란 하녀들도 모르겠죠.

하지만 난 알아요. 난 궁 바깥에서, 어디의 안쪽도 아닌 곳에서 태어났으니까. 난 모든 바깥에서 태어나고 자랐어요. 내게 백설이라는 이름을 붙여주는 사람도, 축복의 기도를 올려주는 사람도 없었죠.

엄마는 우리가 평생 집을 가질 수 없다고, 외고조할머니가 마녀였으므로 그녀의 피를 나눈 이들 모두 어느 정도는 마녀이고 그러므로 그들은 영원한 방랑을 선고받은 것이라고 했어요.

그래도 엄마는 내게 젖을 줬어요. 왕비님, 아시겠나요? 젖을 줬다고요. 그 희멀겋고 묽은 젖에 고개를 박고 난 살아남았어요. 그녀는 왕비님처럼 새하얗지도 않고, 그녀의 가슴은 왕비님 것처럼 부드럽고 건강하지도 않았지만, 불결한 벼룩과 이가 들끓었지만, 그래도 그녀는 내게 젖을 줬어요. 그녀는 한 번도 내게 사랑한다고 말한 적이 없었지만, 그래도 젖을 줬죠. 그래서 난 아이에게는 젖을 주어야 한다는 사실을 배웠어요. 쥐의 오줌처럼 매캐하고 눅눅한 젖이라도 하나의 생을, 삶을 이어갈 수 있다는 사실을 배웠고요.

엄마는 내게 글과 예절을 가르쳐준 적은 없지만 우리 죄와 내력에 대한 이야기는 자주 들려줬죠. 특히 우리 외고조할머니에 대한 이야기, 그녀가 마녀였다는 이야기를 자주 했어요. 엄마는 외고조할머니가 마녀재판을 받았다는 것, 재판으로 공인된 마녀였다는 것, 법정 기록으로 그녀의 죄가 분명하게 기록되어 있다는 것을 자랑스러워하는 듯했어요.

틈만 나면, 그러니까 아득히 먼 곳을 보지도 않으면서 노려보는 이상한 눈을 하고는 Which witch wished which wicked wish? Which witch wished which wicked wish? 하고 중얼거리지 않을 때면, 양팔을 날개처럼 벌리고 시궁쥐와 비둘기들을 쫓아 달려나가면서 우우하는 기묘한 소리를 내지 않을 때면, 내게 젖을 먹이면서—그래요 나는 일 년이 지나고 이 년이 지나고 오 년이 지나도록 말을 알아듣고 말을 배우고 걸을 수 있을 때가 되도록 젖을 먹었어요. 엄마는 매년 동생들을 낳았고 우리들은 두 개밖에 없는 젖을 차지하기 위해 서로의 입술을 꼬집고 머리를 밀쳐내곤 했죠. 나이가 많은 아이는 어린아이보다 더 유리했어요. 더 어린아이 더 힘없는 아이 그런 주제에 더 많은 젖을 필요로 하는 아이가 굶어 죽을 때까지 우리는 그녀의 젖에 진드기처럼 달라붙었어요. 그래도 그녀의 젖은 마르지 않았죠. 나중에는 눈 녹은 물처럼 끔찍하게 묽어지긴 했지만— 우리는 마녀의 죄를 혈통으로 이어받고 태어났기에 운이 좋다면 구원을 받을 수도 있다고 말해줬죠. 구원은 죄인들에게만 주어지는 기적이니까요.

   구원을 받으면 우리 자신도 이해하지 못하는 기묘한 주문을 더 이상 중얼거리지 않아도, 천공의 아득한 높이를 헤아리지 않아도 겨울을, 마치 낮처럼, 마치 봄처럼 순식간에 지나 보낼 수도 있을 거라고요.

   오래지 않아 그녀 자신은 구원받게 될 거라는 비밀을 어린 소녀처럼 달뜬 목소리로 말해주기도 했지요. 함께 밤을 보낸 사제의 호주머니에서 천국행 티켓을 훔쳐냈다고요.

   봐요. 이거예요. 하고 하녀는 속옷에서 잔뜩 구겨진 황금빛 종잇조각을 꺼내어 왕비에게 보여주었습니다. 이건 당신에게만 보여주는 거예요. 엄마가 잠든 틈에 몰래 뺏어왔죠. 아마 엄마는 천국에 가지 못했을 거예요. 티켓이 사라졌다는 사실을 알고 엄마는 우리가 베고 잠들던 쓰레기봉투를 전부 뜯어서 미친 듯이 파헤쳐보고 주변을 어슬렁거리던 시궁쥐들의 배를 갈라 일일이 확인해 보았지만 자식들의 몸을 뒤져볼 생각은 못 했어요. 엄마는 우리가 자신의 몸과 같다고, 정확히 말하면 그녀 몸의 연장이라고 생각했던 것 같아요. 우리가 아직 그녀의 자궁 속에 고요히 담겼을 때 그녀의 피와 살로 형성된 생을 도저히 그녀와 분리해서 생각할 수 없었던 거겠죠. 엄마는 우리가 그녀의 손과 발, 내장만큼이나 그녀에게 협조적일 것이라고 여겼겠지만 손과 발, 내장이 언제든지 그녀를 배신할 수 있으리라고는 짐작조차 하지 못했던 거예요. 가난하고 비천한 육체는 언제든지 병드는 법이죠. 내부의 세포들은 박테리아와 공모하여 병균이 제 몸을 잠식하고 세포들을 공격하는 것을 도와주고 공모자들과 의탁한 박테리아는 몸속에서 끔찍하게 불어가며 신체를 감염시키고는 하니까. 난 내 모태를 배신해서라도 천국에 가고 싶었어요. Which witch wished which wicked wish? 하고 중얼거리지 않아도 겨울을 날 수 있는 곳, 미치지 않고서 겨울을 보낼 수 있는 곳.

그래요, 난 엄마처럼 살아야 한다는 걸 알았지만 그래서 내 아이에게 젖을 먹여야 한다는 것을 알고 있지만 그렇게 살고 싶지 않았어요. 이와 벼룩이 있는 길거리의 미친 여자를 공식적인 일원으로 받아주는 곳은 없었어요. 사창가조차도 우리를 거부했죠. 이가 빠지고 불쾌한 냄새가 진동하는 불결한 여자, 그런 여자는 돈을 받고 몸을 팔 수도 없었어요. 엄마가 화분처럼 밀쳐지고 버려진 사탕처럼 껍질이 벗겨지는 동안에도 경찰들은 킬킬거리며 자리를 뜰 뿐이었어요. 경찰들은 사물을 돌보지 않으니까요. 엄마는 천국에 가지 못했을 거예요. 천국에 사물을 위한 자리는 없으니까. 기적적으로 구조된 생쥐, 임금의 품에서 생을 마친 강아지가 아니면, 왕비를 수태시킨 황소가 아니면 사물은 사물의 규칙에 따라 먼지로 흩어져 영원히 사물들의 거리를 떠돌 수밖에 없으니까.

 엄마는 사물로 죽었어요. 그녀가 천국행 티켓을 훔쳐내기 위해 사제의 호주머니를 뒤질 때 그녀의 도둑질에 분개한 사내는 엄마의 목을 졸랐고, 죽은 그녀를 쓰레기통 옆에 밀쳐내었죠. 구정물과 때에 절어 검게 변한 그녀의 목에는 손자국도 남지 않았어요.

 나와 동생들은 그녀가 살해당하는 모습, 버려지는 모습, 쓰레기봉투 한 겹도 입지 못한 헐벗은 여자가 신음 한 번 내지르지 않고 죽어가는 모습을 전부 지켜봤어요. 죽은 여자의 젖을 빨던 동생들이 내 가슴으로 쥐새끼들처럼 올라타던 날 난 일생일대의 결정을 내렸어요. 왕비님, 버려지고도 죽을 수 없는 사물, 영원한 폐허를 떠도는 사물로 살아갈 바에는 차라리 죽고 싶다는 마음뿐이었죠. 두려울 건 없었어요. 내게는 천국행 티켓이 있었고 우리 외고조할머니에게는 죄가 있었으니까 죽음의 순간 난 사물로부터, 끔찍하고 긴 겨울로부터 탈피하여 구원의 세계로 비상할 수 있을 거라고 믿었어요. 지금도 믿고 있어요. 천국행 티켓에 아무런 가치가 없다면 그 고매하고 현명하신 귀족 나리들이 어째서 앞다투어 이걸 사려고 안달했겠어요?

천국에서 마주치는 순간, 신은 내게 흐르는 마녀의 피를, 내게 흐르는 죄의 내력을 한순간에 알아볼 거예요. 그야 그는 신이니까. 그리고 내게 영원한 해방을, 영원한 죽음을, 영원한 구원을, 겨울도 밤도 바깥도 없는 안식을 내려주시겠죠, 그는 자비로우니까. 누구나 그가 자비롭다는 사실을 알고 있으니까. 사물이 아닌 자, 사물들의 천국이 아닌 사람들의 천국에 입성한 죄인들에게 그는 한없이 자비로운 법이니까. 아내를 겁간하고 형제를 살해한 죄인도 그는 용서하시니까. 그에게 침을 뱉고 그를 십자가에 못 박고 살해한 무뢰배도 그는 용서하셨으니까. 난 그분의 성스러운 발, 조각처럼 깨끗하고 아름다운 발에 입을 맞추고 무한과도 같은 죽음으로 돌아갈 거예요. 그 이전까지는 무엇을 해도 좋은 거죠. 천국에만 갈 수 있다면 그분은 반드시 날 알아보실 것이고 반드시 날 용서하실 테니까.

난 왕궁 경비병들이 날 찾아내 죽이리라는 것을 알면서도 새벽에 왕궁의 담을 넘어 정원으로 숨어들었죠. 나이가 지긋한 하녀, 지금은 어디로 갔는지 모를 노인이 나를 묵묵히 내려다보는 동안 난 끔찍하게 벌렁거리는 가슴을 부여잡고 숨을 몰아쉬었어요. 그 사람은 눈도 깜빡이지 않고 나를 응시했는데, 난 그녀가 당장이라도 경비병을 불러 내 목을 내리칠 수 있다는 사실을 알고 있었죠. 하지만 그녀는 날 죽이는 대신 내게 자비를 베푸는 길을 선택했어요. 난 그녀를 따라서 하녀들이 묵는 다락방으로 갔고 왕궁에는 하녀가 절망적으로 많으니까, 심지어 쥐새끼들이나 거미들보다도 더 많으니까, 아무도 하녀가 한 명 더 늘어났다는 사실을 알지 못했죠.

그날 이후로 아무도 나를 발견하지 못했어요. 내가 무엇이었는지, 내가 무엇인지 알아챈 사람은 아무도 없었어요. 왕비님, 하지만 누구라도 날 내쫓을 수 있죠. 난 날마다 악몽 속에서 그녀를, 비루먹은 쥐새끼처럼 왕궁에 숨어든 나를 불러든 그 노인을 봐요. 어쩌면 그 사람은 벌써 죽었을지도 모르지만 만약 그녀가 나를 발견한다면, 어느 날 갑자기 나를 쫓아내기로 마음먹는다면, 아무런 이유도 없이 나를 불러들였던 그 날처럼 날 바깥으로 내버릴 수도 있는 거죠. 식기 밑에 숨죽이고 숨어있는 거미들을 비로 털어내어 창밖으로 밀쳐내듯이, 하루 반나절도 지나기 전에 지독하게 쌓여 드는 먼지들을 계단 밑으로 털어내듯이.

난 아직도 나와 먼지를, 나와 바퀴벌레를, 나와 거지들을 구분할 수 없어요. 왕궁 밖에서 웅성거리며 미친 듯이 이교의 성경을 외치는 부랑자들이 내 친족들이라는 사실을 왕비님, 당신 말고 누구에게도 발설하지 않았어요. 난 쫓겨나고 싶지 않아요.

난 쥐약을 먹고 죽어버린 쥐들을 내 시신을 치우듯 밀어내요. 왕궁으로 숨어든 길고양이에게 독을 푼 우유를 먹일 때마다 난 내 몸 어딘가가 썩어가는 것을 느껴요. 주방에서 해체되는 돼지를 볼 때마다, 마른행주에 닦여나가는 먼지를 볼 때마다 난 아직도 벗어내지 못한 천성과도 같은 내 물성을 느껴요. 하루라도 그릇을 닦지 않으면, 당신의 머리를 빗기지 않고 당신의 기만적인 젖을 짜버리지 않고 쥐의 시신을 치우지 않고 행상들을 내쫓지 않고 유리창을 닦아내지 않고 당신 남편의 수발을 들지 않으면 난 일말의 여지도 없이 자비도 없이 쫓겨나고 말 거예요. 이곳은 천국이 아니고 당신 남편은 신이 아니니까.

효용이 없는 나는 사물처럼, 아니, 사물이 되어 버려지고 말겠죠. 그뿐인가요, 버려져야 하는 것과 버려야 할 것의 경계를 명료하고 날카롭게 갈라내지 않으면 난 언젠가 죽은 쥐와 빌레 먼지 대신 나를 쓸어내고 말 거예요. 칠면조 다리 대신 제 손을 삶아내고 만 요리사처럼. 난 그가 언젠가 제 살을 잘라내고 마리라는 걸 짐작하고 있었어요. 그는 항상 죽은 고기와 제 살을 구분하지 못해서 애를 먹곤 했거든요. 고기는 출신과 유전의 문제가 아니라 상태의 문제라고, 움직이지 않고 경련조차 하지 못하고 정지한 것, 저항하지 못하고 쓰러진 것, 더는 사람의 표정을 짓지 못하고 말조차 꺼내지 못하는 것, 고기는 동물의 식물과도 같은 상태라고, 그러니 끔찍하게 지쳐버렸을 때는 고기가 된 자신과 다른 고기를 도저히 구분할 수가 없는 거라고, 막 제 손을 썰어내려는 그를 내가 화들짝 놀라 말리던 날 그는 내 품에 안겨 울면서 말해주었죠.

솔직히 말해서 그를 이해할 수는 없었지만 그의 고통을 내 상태에 대입해서 생각해 볼 수는 있었죠. 다른 모든 현상들을 이해하듯, 그의 이야기를 내 서사에 편입시켜서, 그가 무엇도 구분할 수 없는 상태라고, 그는 아이를 제 일부로 착각하는 어미와 같은 혼란을 겪고 있다고. 하지만 왕비님, 난 당신을 그런 식으로 이해하고 싶지 않아요. 왜냐하면 당신은 하루 종일 고기와 고기 아닌 것을 구분하려는 치열한 긴장 속에서 고기 아닌 것으로 살아남기 위해 분투할 필요가 없으니까. 쓰레기들을 쓸고 정리하며 나를 쓸어내지 않기 위해 먼지를 창문 밖으로 털어낼 때 나까지 털어내지 않기 위해 부조리한 노력을 바칠 필요가 없으니까.

그저 젖을 주면 된다는 거예요. 하물며 미친 부랑자에 불과했던 우리 엄마도 할 수 있었던 일을 하면 된다는 거예요. 당신은 겨울을 두려워할 필요도 없고 겨울을 올려다볼 필요도 없고 그저 젖만, 그 쉽고 단단한 젖만 내놓으면 될 텐데. 원한다면 당신은 반역을 꾀할 수도 있고 왕에게 순종할 수도 있어요. 나라에서 제일가는 화가에게 당신의 아름다운 모습을 그려 남기라고 할 수도 있고 성모들만 입는다는 푸른 드레스로 온몸을 칭칭 감을 수도 있죠. 아무도 당신을 쫓아내지 않을 거예요. 당신은 겨울과 여름을 구분할 필요도 없어요. 겨울과 여름의 언어를 알지 못해도 당신은 겨울도 여름도 아닌 실내를 살아갈 수 있어요.

왕비는 계속해서 울기만 했습니다.

당신은 무엇이든 할 수 있어요. 내가 할 수 없는 일은 무엇이든. 당신이 할 수 없는 일은 제외하고, 당신의 본성에 어울리지 않는 일은 제외하고. 당신이 공주에게 젖만 준다면, 그 애를 어르고 달래고 사랑한다고 몇 마디 속삭이기만 한다면 당신은 당신에게 주어진 모든 혜택을 누릴 수 있어요. 아무도 당신에게 더러운 가래침과 토사물이 얼룩진 접시를 닦으라고도 하지 않고 왕이 기르는 개들의 변을 닦으라고도 하지 않아요. 그 빌어먹게 고상한 젖만 주면 된다는데. 다른 여자들은 누구나 젖을 준단 말이에요. 우리 젖은 비천해서 가엾은 애새끼에게 물려주고 당신 젖은 그래 얼마나 고상해서 그렇게 꽁꽁 감싸둔단 말이에요? 당신은 위선자고 기만자예요.

하녀는 갑작스레 발작하듯 울부짖으면서 왕비에게 매달렸습니다.

혼자서는 아무것도 만들어내지 못하면서. 제 아이에게 젖을 물릴 용기도 없으면서, 당신을 볼 때마다 내가 여자라는 사실이 치가 떨릴 만큼 부끄럽게 느껴져. 당신은 아이에게 젖을 주는 여자들을 전부 짐승으로 만들고 있어요. 난 끔찍하게 지쳤는데 당신이, 방 안에서 울기만 하는 당신이 나보다 더 지쳤다고 말하면 나는 이제 뭘 어떻게 살 수 있단 말인가요.

왕비는 아무런 대답 없이 고개만 저었습니다. 그녀는 하염없이 울기만 할 뿐이었습니다. 하녀는 왕비의 컵의 가장자리를 훑어내리듯 왕비의 귓바퀴를 조심스럽게 어루만지며 말했습니다. 훌쩍이는 소리가 방 밖으로 빠져나가지 않도록. 누구도 그녀의 비밀을 알아차릴 수 없도록. 오직 왕비의 망가진 귀만이 그녀의 비밀에 젖어 들 수 있도록.

그래도 당신 아이는 축복받고 태어났잖아요. 왕비님. 나라에서 제일가는 요정 세 명이 당신 아이의 탄생을 축하하기 위해 연회에 참석했던 날에도 당신은 여기서 나오지 않고 울기만 했죠. 그들이 얼마나 당황했는지, 당신 남편은 또 얼마나 화를 냈는지 알긴 해요? 그래도 당신 아이는 당신이 없어도 왕의 딸이고, 또 공주니까 그들은 저마다 축복의 주문을 걸어주었죠.

그날도 난 당신 곁에서 당신을 설득하고 있었는데. 당신은 젖을 물릴 아이도 있잖아요. 모두가 당신이 임신했다는 걸, 당신이 눈꽃보다도 아름다운 여자아이를 낳았다는 걸 알고 있죠.

그렇지만 난, 하녀는 모래를 부어 넣은 왕비의 왼쪽 귀에 입술을 가져다 대고 소곤거렸다. 내가 임신했다는 사실을 아는 사람은 아무도 없어요. 같은 방을 쓰는 하녀조차도 알지 못하죠. 배가 조금도 부르지 않았거든요. 우리 외고조할머니가 마녀재판을 받은 적이 있었는데 어쩌면 그 영향 때문인지도 모르죠.

외고조할머니는 세쌍둥이를 낳은 죄로 재판을 받았는데 문제는 그녀가 세쌍둥이를 낳았다는 사실 때문만은 아니었어요. 사실 혼치 않은 일이지만 간혹 쌍둥이, 세쌍둥이를 한 번에 낳는 여자들도 있으니까. 쥐들만 해도 열댓 마리 되는 새끼들을 한 번에 낳곤 하잖아요. 문제는 그녀가 셋이나 되는 아이들을 뱃속에 품고서도 비쩍 마른 허리를 자랑했다는 데에 있었어요. 외고조할머니는 유행에 맞추어 허리를 조이는 코르셋 속옷을 입고 봄날의 구름처럼 부드러운 원피스 차림으로 시내를 나돌곤 했는데, 그녀의 허리는 손목처럼 가늘었다고 재판에 증인으로 불려간 사람들은 입을 모아서 증언했죠.

아마 평소처럼 다락 어딘가, 언제나 그녀 혼자 머무는 어딘가에서 애를 낳았다면, 검은 쓰레기 봉지에 꽁꽁 싸매어 곧장 버렸다면 아무도 그 세 개의 핏덩이가 그녀의 몸에서 나왔다고 생각하지 못했을 거예요. 왕비님은 모르시겠지만 거리에는 동사한 쥐들과 아이들, 필요량을 초과한 고양이 새끼들이 버려지곤 하니까요. 겨울철이 되면 사람들이 저마다의 헝겊 주머니 안에 고양이 새끼 서너 마리를 집어넣고 호수 위에 두껍게 덮인 얼음층을 깨어내고 바스락거리는 그 주머니를 악몽만큼이나 깊은 얼음의 지층 아래에 매장하곤 했어요. 얼음을 파헤칠만한 여력도, 다른 누군가 뚫어 놓은 구멍을 답습할 시간도 없는 이들은 쓰레기통 옆에 마구잡이로 시신들을 쌓아두고는 했는데, 그 속에서 아는 얼굴을 발견한다면 얼마나 끔찍하겠어요. 짐작이 가시나요. 그래서 사람들은 시신의 얼굴에, 그것이 사람이었든 짐승이었든 짐승조차 아닌 무언가였든 검은 쓰레기 봉지를 감싸 묶어주곤 했답니다. 그런 곳에서 애를 낳고 버렸다면 아무도 외고조할머니를 고소하지 않았을 거예요. 그런 곳에서. 누구나 죽고 누구나 버려지는 곳에서. 하지만 왕비님, 그녀는 그렇게 홀연히 사라질 수 없었어요.

엄마는 끝까지 외고조할머니가 어디에서 애를 낳았는지 말해주지 않았죠. 하지만 내가 짐작하기로는 그녀는 스스로의 의지로 광장 한복판에서, 누구도 애를 낳지 않는 곳에서, 모두에게 노출된 곳, 다리 사이에서 피를 흘리는 여자가, 알몸의 여자가, 몸을 쪼개고 갈라내는 여자가 세계에 무방비한 상태로 현전해서는 안되는 곳, 시장바닥이나 철도역, 아니 광장이었을 거예요, 분명. 주일마다 사형수들의 목을 매다는 곳. 은밀하지 않은 죽음들이 공공연하게 상연되고 두려움보다는 긴장에 질려버린 배우와 같은 사형수들이 저를 보기 위해 찾아온 관객들을 빙 둘러보며 흐느끼듯 미소 짓는 곳. 사형수는 고

해신부의 품속에서 닦아낸 매끄러운 얼굴을 이리저리 선보이며 꿈결 같은 성황을 만끽하고, 간수의 인도를 받아 우아한 걸음걸이로 사형대까지 올라서고, 십자의 제단과도 같은 무게를 지닌 사형대 앞에서 그는 오로지 그의 죽음을 떠받치기 위하여 희생된 나무 의자 위에 올라서고, 간수는 올림픽 경기의 우승자에게 메달을 달아주듯 그의 목에 견고한 올가미를 걸어주고, 사형수는 긴장에 몸을 움츠린 거대한 유기물과도 같은 군중을 마지막으로 바라보고 극적인 마지막을 장식할만한 대단한 대사를 생각해내지만, 어설프게 대사할 바에는 차라리 침묵하는 편이 낫다는 사실을 자각하고는 묵묵히 웃는 곳. 관중들에게 간수는 그가 열여섯 명의 소년들을 현혹하여 오도하였다는 사실을 알려주고, 사람들은 현혹과 오도가 내포하는 구체적인 행위와 결과에 대하여 고심하다가 결국 뚜렷한 내용을 찾아내지 못한 채 서서히 잊어버리고 마는 그런 사형대가 있는 곳.

주일이 지나면 순식간에 와해되는 거대한 군중은 단단한 개인을 철석같이 믿는 시민들로 돌아가고, 그들은 곧 왕정을 파기하기로, 서로에게 주어진 영원한 단차들을 자각하며 공모하고 그들 스스로에게 하늘로부터 주어진 주권을 부여하기로 언명하지만, 사형대 앞에서 한데 모여 웅성거리며 부글부글 끓어오르는 거대한 구름과도 같은 군중들, 그 속에서 순식간에 용해되는 주체들, 거미줄과 같은 상호연관적 생명의 개념이 태동하는 오디세이아의 바다에서 그러나 여전히 견고한 고독, 해갈되지 않는 심연과 서로를 이해할 수 없는 세포들, 공의존관계의 생물들이 서로의 학명조차 알지 못하고 함께 살아가듯 공명하지 못하는 고통과 불연속의 나락, 그 모든 부조리에도 사형수는 부글부글 끓어 넘치는 검은 물을 보았고 물들은 그를 보며 웃었고, 그래요. 홀연히 사라질 수 없는 인간이 그곳에 있다는 사실을 깨닫고서도 그는 검은 물을, 끓어 넘치는 검은 물을 보았는데, 그의 머리 위에는 현존하는 우주가 있었으나 그는 우주를 볼 수 없었고, 그의 등 뒤에는 아득히 펼쳐진 대양과 사막이 있었으나 그는 볼 수 없었고, 선천적인 눈병을 앓는 맹인처럼 그는 처음부터 아무것도 볼 수 없었으니, 그래도 무언가가, 인간 이후에도 인간의 세계가, 몸이 없는 세계, 기관도 눈도 없는 세계가 그곳에, 바로 그곳에 현전하고 있다는 섬뜩한 감각을 지울 수 없었으니, 그의 의식은 육 초도 되지 않아 서서히 흐려져 가기 시작하였고, 완전히 기절한 그, 그러나 아직은 죽지 않은 그가 여전히 미약한 숨을 쉬고 있다는 사실을 아무도 몰랐고, 발버둥을, 허공에서의 서글픈 춤을 마친 배우가 완전히 죽었다고 믿는 군중들은 그의 여운을, 몸을, 떠나간 춤을, 신체를 떠나간 숨의 오인을 묵묵히 바라다보며 침묵하였고, 그동안에도 배우의 콧속으로는 숨이 흘러들고 흘러나오고 있었으니, 그가 죽어가고 있었던 이유는 숨이 막혀서도 심장이 멎어서도 아니었고, 판사의 선언에 따르면, 정신과 의의 진단에 따르면, 망령된 미혹만을, 악마적인 사유만을, 파국에 대한 관념만을 생산해내던 절망적인 소굴에 피를 공급할 수 없었기 때문이었고, 피를 마시고 자라나는 생각들은 멎어 들었고, 기절한 그는 꿈조차 꾸지 않았고, 그의 호흡은 그를 가장 애타게 부르는 곳으로 돌아갈 수 없이, 신도 악마도 없는 세계를 하염없이 떠돌기만 하였고, 막혀버린 목동맥, 천사의 허벅다리처럼 새하얀 얼굴, 그는 의식도 무의식도 꿈도 악몽도 없는 사유에 빠져 있었으니, 새로운 피가 들고 나지 않는 머리에서는, 더 이상 아무것도 보고 듣고 만지고 맛보지 않는 세계에서는 그가 일생동안 축적했던 사념들이 검은 물처럼 부글부글 끓어오르며 합류하였고, 어쩌면 외고조할머니는 군중 속에서 그의 새하얀 얼굴 속에서 증폭되는 무참한 이미지들을 짐작하였을 것이니, 그래서 눈물을 흘렸을지도 모르고, 그래서 그의 자리를 자신의 자리라고 믿었을지도 모르니, 뱃속이 검은 물처럼 출렁거리고 흘러넘치던 밤 외고조할머니는 양수가 질질 흐르는 허벅다리를 지면에 붙이고 짐승처럼 기어가면서, 아니, 뱀처럼 기어가면서 흐느꼈을 것이고, 기적적으로 도달한 사형대 앞 이제는 오로지 삶만으로 활기찬 광장에 드러누운 채 흠뻑 젖은 다리 사이에서 그녀를 찢어내는 쪼개

짐에 몸을 내맡겼을 것이고, 손목처럼 가느다란 허리, 믿을 수 없게도 그녀의 뱃속에서는 셋이나 되는 아이가, 특별히 작지도 않은 아이들이 잔혹할 정도로 커다란 머리를 들이밀고 나왔고, 군중들은 비명을 질렀고, 그녀의 주변에서 땀을 닦아주던 여자는 기절까지 했는데, 그 기묘한 광경을 설명하지 않으면 그들은 그 밤을 다음 밤을 다음 다음번 밤을 결코 지새울 수 없을 것이니, 뱀처럼 쓰러진 여자의 잘록한 허리에서 내장처럼 쏟겨 나오는 아이들, 그들은 식사를 하면서도, 몸을 씻어내면서도, 흐느끼면서도, 눈물의 흐릿한 막 너머에 투과되어 맺힌 여자의 벌어진 다리를 볼 것이니, 그곳에서 괴물처럼 찢겨 나오는 머리, 그 머리들은 분명 사람의 머리였으니, 그들이 사랑하는 아이들의 머리, 그들의 머리, 인간의 머리가 분명하였으니, 누군가 참지 못하고 그녀를 마녀로 고발하였을 때, 가장 절망적인 설명이라도 갈구하던 이들은 혹여 누군가 그 가설을 완전히 기각해버릴까 두려워 잘록한 허리 속에서 기생충처럼 새어 나오는 사람의 머리에 대한 끔찍한 추산을 평생토록 그들을 따라올 환영으로 남겨두고, 그들을 버려두고, 그들의 악몽을 버려두고 사라져버릴까 두려워 황급히 고개를 끄덕였고, 폭력적인 왕복운동으로 깨질 듯이 뭉개지는 사유, 외고조할머니가 낳은 세 명의 아이는 국가기관에 맡겨졌고, 떠돌이 아이들이 모여드는 고아원에서 열다섯이 될 때까지 빌붙어 먹고 자고 먹고 자기만 하던 게으름뱅이들은 평생 마법을 쓸 수 없을 테지만 그래도 또 아이를 낳고 아이를 낳았고, 모두가 그들의 어미에 대해, 그들의 어미의 어미에 대해, 그들의 어미의 어미의 어미에 대해 이야기하였으니, 난 악몽 속에서도, 꿈 없는 잠 속에서도 외고조할머니의 하얗고 가녀린 다리를 보았어요.

왕비님, 그녀의 사형대는 여느 사형수의 사형대와는 달랐을 거예요. 그녀는 사형대에서 즉결심판을 받았겠죠. 산모의 둥근 배에 귀를 붙이고 태동만 들어도 배 속에 있는 아이의 성별을 노련하게 알아차리는 산파처럼 마녀와 마녀 아닌 자를 정확하게 구분해내는 판관, 벌써 268명이나 되는 마녀들을 색출한 전력이 있는 이교도 심판관은 외고조할머니가 정확하게 25kg 나갈 것을 예측했다죠. 저울에 달아볼 필요도 없었어요. 베르길리우스 서사시를 듣고도 외고조할머니는 눈물 한 방울 흘리지 않았다고 하니까, 그녀는 곧 그녀를 뒤덮을 불 위를 묵묵히 걸어가면서 그녀의 악마성을 스스로 증명해 보였죠.

무엇이 보이냐는 질문에 그녀는 눈 한번 깜빡이지 않고 투명한 유리구슬과도 같은 눈, 아무것도 반사하지 않고 오로지 굴절하고 왜곡시키기만 하는 빛의 그릇을 가만히 내어 보였겠죠. 판관은 그녀가 제 미래를 자백하였다고 선언하였지만 사실 얼토당토않은 말이에요. 누구나 그녀의 미래를 알고 있었을 거예요. 마녀들은 산 채로 불태워지기 마련이니까. 우리가 상상할 수도 없는 깊은 곳에 파묻혀 있던, 드러나지 않은 채 살고 있던 세포들이 모조리 불타며 저마다의 고통과 저마다의 폭발과 저마다의 손상, 완전하고 복구 불가능한 상해를 앓는 그러한 상태에 대해서 한 번이라도 생각해 본 적이 있나요?

 아직 불붙지 않은 사형대, 장작으로 쓰일 나무토막들이 그녀와 함께 최후를 맞을 자리로 던져지기 전에도 그녀는 제 괴물 같은 아이들, 그러나 영락없이 인간의 모양을 한, 인간의 장기와 인간의 피부와 인간의 눈과 인간의 귀, 인간의 사지와 인간의 손가락, 인간의 발톱과 인간의 입술을 가진 인간과도 같은 아이들에게 젖을 물려 주었다고 해요. 어쩌면 그 순간 그녀는 우리에게 그녀를 흘려 넣었을지도 모르죠. 엄마의 엄마는 엄마에게, 엄마는 내게 그녀를 흘려 넣었다고, 그렇게 믿는다면 한결 수월해요. 그게 무엇이든, 우린 천국에 갈 테니까.

 우리가 단단하고 고고하며 완벽한 단자가 아니라면, 동시에 영원한 하나의, 완벽히 화합하는 거대한 세계 자체가 될 수 없다면, 엄마의 엄마의 엄마는 엄마의 엄마에게 젖을 물리고 엄마의 엄마는 엄마에게 젖을 물리고 엄마는 내게 젖을 물리고 그렇게 살아가는 거죠, 왕비님. 어려울 건 없어요. 할 수만 있다면 나도 그렇게 했을 거예요. 숯불에서 달구어지는 새끼돼지처럼, 불타오르는 조상의 고기를 먹고 먹이고 또 먹고. 다른 짐승들이 그렇게 하듯이. 물론 짐승들이 그렇게 한다고 해서,

누군가가 그렇게 한다고 해서, 그게 당위이고 진리라는 말은 아니에요. 사실 왕비님, 전 그렇게 어려운 말은 잘 모르지만 남편의 죽음도 국가의 죽음도 자식의 죽음도 아닌 제 죽음을 위로하기 위해 오직 자신을 애도하기 위해 불 속으로 뛰어든 여자들이 있다는 걸 어쩌면 나도 당신도 이해하고 있을지도 모르죠.

공주님을 사랑하라는 말은 아니에요. 아무도 당신에게 사랑을 강요하지 않아요. 사실 누가 사랑을 알겠어요? 그런 추상적이고 현학적인 어휘를, 실은 존재하지도 않는 기만과도 같은 개념을 감히 누가 알려줄 수 있겠어요? 당신은 그냥 젖만 물려주면 돼요. 그럼 모든 게 해결될 거예요. 아무도 당신을 불태우지 않을 거고, 아무도 당신을 길거리에 내버리지 않을 거고, 얼음 호수 깊숙한 지층, 아무도 발굴할 수 없는 축축하고 음험한 지하에 매장할 일도 없을 거예요.

왕비님, 사실 난 아직도 세계가 존재한다는 사실을, 나 없이도, 내 몸 없이도, 누구의 몸 없이도 세계가 그 자리에 있다는 사실을 믿을 수가 없어요. 정말 세상이 있다면 어째서 내 앞에는 나타나지 않는 것인지, 어째서 나만을 기만하고, 나만을 속이고, 나만을 소외하는 것인지. 왕비님, 이 왕궁은 당신들의 세계이지만 내 세계는 어디에 있는 것인지.

당신이 공주님께 얌전히 젖을 물리고 그렇게 당신을 흘려보내고 나면, 그러면 난 더 이상 당신을 찾아오지 않을 거예요. 원래 침실 하녀는 더 고귀하고 더 유능한 이들이 발탁되는 자리니까. 아마 당신은 하녀들의 나이대가 점점 어려지는 걸, 당신을 어루만지는 손이 점점 서툴러지는 걸, 그들의 말투가 무례할 정도로 경박해지는 걸 알아차리지 못했겠지만, 장작더미 위에 올라서던 여자의 하얀 발을 당신은 상상해 본 적이 없겠지만, 가끔 난 당신과 함께 잿더미 위에 맨발로 다가서는 생각을 해요. 흘러넘친 당신을 누구의 입에도 물리지 않고, 흙도 아닌 검은 재 위에 떨어진 젖에서는 새싹 하나 돋아나지 않겠죠.

  엄마의 엄마의 엄마의 엄마가 엄마의 엄마의 엄마에게 젖을 물리지 않았다면, 끔찍하게 저려오는 세계의 법칙을 고스란히 낭비하고 쏟아냈다면, 우리가 재에 도달하고 나면, 그제야 불은 출혈하기 시작할 거예요. 불은 불 이후의 세계를 맹시하고 있어요. 폐허마저도 해체시키고 다시 물화하는 창백하고 끔찍한 욕망의 눈. 난 감긴 눈이 얼마나 탐욕적인지 알아요. 왕비님, 당신은 지금 눈을 뜨고 있지만 당신이 언제든지 눈을 감고 불을 바라보리라는 걸 알고 있어요. 순수하고 매혹적인 소녀와 소년들은 일렁이는 것, 창백하게 전율하는 물결이나 아득한 불을 바라보면 그들이 알지 못하는 곳, 지명도 방위도 모르는 곳으로 돌아가고 싶은 충동을 이기지 못하고 거북스러울 정도로 황홀한 현기증 속으로 뛰어들기 마련이니까. 당신은 아이처럼 작고, 아이처럼 가녀리고, 아이처럼 불온하니까.

왕비는 검은빛으로, 푸른 빛으로, 노란빛으로 출렁이며 번져가는 하녀의 안개와도 같은 얼굴을 멍하니 들여다보았습니다.

목소리는 늘 왕비의 곁에 있었으나 그녀가 고개를 들고 목소리를 찾아 손을 뻗을 때, 목소리는 늘 그녀의 곁에 없었습니다.

목소리는 왕비에게 사랑한다고 말했고 왕비는 아무것도 이해하지 못하면서도 그저 목소리를 붙들어두고 싶다는 생각에 메아리처럼 그 말을 반복하였습니다.

목소리는 왕비에게 사랑하지 않는다고 말했고 왕비는 메아리처럼 사랑하지 않는다고 따라 말했습니다.

목소리는 흐느끼고 있었습니다. 왕비님, 공주님이 당신을 찾고 있어요.

하지만 왕비는 고개를 저었습니다. 그녀가 이름 지은 아이, 눈밭처럼 새하얀 아이를 보고 싶지 않다고요.

하녀는 침으로 축축하게 젖어 든 왕비의 붉은 입술에 입을 맞췄습니다. 왕비의 고귀한 가슴에 입술을 묻고 흐느끼는 하녀와 하녀의 머리칼을 어루만지며 흐느끼는 왕비의 모습이 발각되고 난 뒤, 하녀는 왕궁에서 쫓겨났고 왕비는 자연을 거스른 간통을 저지른 죄로 고발되었습니다.

거울과 소녀 · 209

왕궁 뒤뜰의 느티나무에 더러운 하녀복으로 목을 매고 자살한 여자의 이름을 아무도 알지 못하였습니다. 나뭇가지는 당장이라도 부러질 듯 휘청였지만 여자의 무게를 고스란히 받치고 있었습니다. 헐벗은 여자의 다리 아래로 피가 흘러내렸고 생리 중인 여자는 결코 자살하지 않는다는 믿음에 따라 경비병들은 누군가 그녀를 겁간하고 목매달아 죽인 것이 틀림없다고 판단하여 왕에게 보고를 올렸습니다.

왕은 한때 그의 죽은 아이를 배고 낳았던, 아무에게도 알려지지 않은 젖을 흘렸던 여자를 알아보지 못하였습니다. 왕비는 불 속에서 춤을 추는 여자의 유령을 보았고 그녀가 자신의 이름을 부르는 것을 들었습니다. 하지만 왕비는 해처럼 타오르며 새까맣게 익어가는 여자, 미라처럼 비쩍 말라가는 여자의 이름을 알지 못했습니다. 눈의 형체마저도 파괴하는 선뜩한 빛이 그들을 감싸 안았고 왕비는 그녀의 이름을 모르는 채로 그녀를 끌어안았습니다.

그들의 경계를 이루던 윤곽이 녹아내렸고, 수도의 느티나무마다 목을 매단 여자들, 그들의 다리 사이에서는 한결같이 피가 흘러내리고 있었고, 외상은 없었으니, 생리 중인 여자들, 구제할 길 없는 백치라고 해도 여자는 더러운 날, 피 흘리는 날에는 목을 매지 않는 법이므로 자살이 아니라고 철석같이 믿었다는 구두장이는 "정말이에요. 제가 나리들 앞에서 거짓말을 할 이유가 뭐가 있겠습니까. 귀신이었어요. 정말 귀신이었다니까요. 아니요. 술은 한 방울도 안 마셨습니다. 조사해보시면 아실 거예요. 마을 술집 어디서든 다 물어보세요. 제가 다녀간 적이 있었느냐고." 새벽녘에 제 앞을 헤엄치듯 걸어가는 새하얀 나신을 보고 식겁하여 몸이 굳었고, 순식간에 하늘 위로 범람하듯 뛰어오르는 유령, 그때는 영락없이 숲의 귀신에게 홀렸거니 가만히 쳐다보고 있으면 그녀는 나를 죽이고 말 것이니, 언젠가 아주 어릴 적에 할머니가 머리를 쓰다듬으며 들려주었던 말처럼 목을 매달고 있는 것은, 허공으로 뛰어오르고 멈춘 것은 그녀도 아니고 귀신도 아니고 세상도 아니고 자기 자신일 것이 뻔하니, 그러나 그는 아직 죽고 싶지 않은데, 입버릇처럼 말하던 죽어야지 하던 말은 결코 사실이 아니었으니, 그에겐 아직 더 마셔야 할 술이 있었고 "아니에요. 그날은 술을 마시지 않았어요. 정말이에요. 확인해보시라니까요." 쓰다만 일기도 있었고, 아직 결혼도 하지 못했고, 남들 다 낳는다는 애새끼도 없었고, 언젠가 기회만 된다면 과일가게에서 알짱거리는 백치 여자를, 귀머거리 여자를, 벙어리 여자를, 길거리에 버려진 그렇고 그런 여자를 하나 데려다가 먹이고 입히고 훈육하고 길들이리라. 거리에서 몸이나 팔면서 이빨을 뽑아 팔고 머리칼을 잘라 팔고 팔리지 못한 잔여분은 고양이에게 물어뜯기기만 하면 다행인 그렇고 그런 여자들을 데려다 키우리라. 그녀들을 살리고 기르고 애까지 낳도록 돌봐주면, 성도 없는 그녀들에게 그의 이름을 절반쯤 떼어다 붙여주고 어머니가 그에게 그랬듯 기르면 그는 천국에 갈 것이니까.

 그가 어릴 적 부모 몰래 길렀던 쥐새끼 한 마리가, 그만 보면 시뻘건 꼬리를 개처럼 휘휘 저으며 쫓아오던 쥐새끼, 단 한 번도 그의 손을 깨문 적이 없던 쥐새끼, 더러운 잿빛 몸뚱이를 이리저리 비비 꼬며 그에게 조금이라도 더 닿기 위해서, 조금이라도 더 음식을 얻어먹으려, 아니 어쩌면 오로지 그의 사랑을 더 받기 위해서 애교를 부리던 시궁쥐처럼 그 작고 가녀린 쥐새끼, 일 년도 채 살지 못하고 뒈져버린 쥐새끼, 쥐덫에 걸리고 쥐약을 먹고 주둥이에 거품을 보글보글 문 채로 그를 하염없이 바라보던 쥐새끼들, 그는 그의 쥐새끼를, 무수한 쥐새끼들 중에서 똑같이 기다란 주둥이에 날카로운 앞니 두 개, 바싹 마른 코와 낚싯줄 같은 수염을 미친 듯이 바들바들 떨어대는 쥐새끼, 그는 똑같이 생긴 쥐새끼들 중에서 그의 쥐를, 그가 길들이고 그를 길들인 한 마리의 쥐를 도저히 찾아낼 수가 없었으니, 그는 그의 쥐를 하나뿐인 쥐를 묻어주지도 못하였고 그를 위해 울어줄 수도 없었으니, 그날 그가 다짐한 것은 언젠가 다시 쥐를 기르게 된다면 반드시 그의 목에 리본을 달리라. 절대 끊어지지 않을 단단한 가죽으로 만든 리본.

그는 훌쩍이며 말하기를, 리본을 달지 않은 쥐새끼가 그를 사랑하였듯 꼭 그러한 방식으로 이번에는 쥐새끼가 되어, 처음에는 아니어도 끝날 때는 주인과 노예가 뒤바뀌는 SM 게임처럼.

"아뇨. 전 그런 곳엔 드나든 적도 없고 그런 취미도 없어요, 나리. 누구나 이런 비유를 하잖아요. 하늘을 본 적이 없는 사람도 우주와 별들의 마법적인 화성에 대해서 말하잖아요. 꼭 우주인이 아니라도요. 맹인들이 빛과 색에 대한 묘사로 그의 이야기를 풍성하게 가꾸는 것처럼, 철저한 유물론자가 메시아와 구원에 대한 시를 쓰는 것처럼. 아, 그래요. 수사학적인 표현이에요, 나리. 물론 아시겠지만."

조사관은 증인-용의자에게 쓸데없는 말은 말고 요점, 사실, 적확한 현상에 대해서만 간결하게 진술할 것을 요구하였고 증인-용의자는 침을 삼키고 다시 증언하기를,

SM 게임처럼 끝날 때는 그가 쥐새끼가 되어 쥐새끼처럼 하염없이 사랑할 그런 여자를 데리고 올 작정이었다고.

"전 정말이지 더 이상 바라는 게 없어요. 아직은 이름 없는 그녀가 내 목에 손수 매듭지은 단단하고 부드러운 올가미를 걸어준다면, 그녀의 스카프나 카디건, 원피스를 찢어 묶은 매듭을 상냥하게 내려뜨린다면 난 거절도 거부도 하지 않고 그녀에게 기대어 끝을 바라볼 텐데. 나리, 난 왕의 아내 궁중 서

기관의 아내 의사의 아내 판사의 아내 경비병의 아내 백수의 아내 거지의 아내 이주민의 아내 군병의 아내 사과 장수의 아내 생선 장수의 아내 화가의 아내가 약제사처럼 섬세한 손길로, 치밀한 계산과 온정으로 독살한 사내들에 대한 기사를 볼 때마다 질투에 온몸이 부들부들 떨리고 눈물이 나와요. 내겐 그런 손길, 삶을 끝내고 손수 매듭지어줄 그런 하얀 손—그리 희지 않아도 좋아요—이 필요할 뿐인데, 죽음을 피해 몸부림치는 작자들에게는 그렇게도 쉽게 도래하는 죽음이 어째서 내게는 오지 않는지.

내가 공주님을 탐하려는 것도 아니잖아요, 나리. 난 그저 눈먼 여자 아니면 귀먹은 여자 다리가 없는 여자 목이 없는 여자 하반이 마비된 여자 침대에 갇혀서 짐승 같은 비명만 꽥꽥대는 신경증자. 아무나 다 좋아요. 매듭을 묶을 손만 있다면. 해도 달도 아닌 불가해한 빛, 그런 부글거리는 흰빛 아래에서 하염없이 바라볼 수 있는 손. 도끼로 머리를 내리쳐달라고 하는 것도 아니고 손을 다 찢어가며 바스러진 유리 조각으로 날 난도질해달라는 것도 아니에요. 내 이마에 십자가를 그려달라고 하지도 않겠어요. 그저 눈먼 화가들이 그려내는 숙명과도 같은 형상 없는 무늬로 날 매달아줄"

그런 여자를 데려오면 그러면 언젠가 머지않은 종말의 날 그가 죽음을 맞이할 때, 하느님은 그의 목에 달린 리본만큼이나, 그가 은밀하게 기르던 쥐의 꼬리만큼이나, 그리고 그가 입양할 유기된 여자의 연장된 삶만큼이나 두꺼운 동아줄을 내려줄 터이니, 그는 절대로 끊어지지 않을 줄에 목을 매달고 천국으로 올라갈 것이니, 그는 아직 얼굴 한 번 본 적 없는 미래의 아내가 그의 자비와 그의 은혜와 그의 선행이 기특하고 자랑스러워서 어찌할 수 없을 정도였음에도 두려움에 질려 꼼짝도 못할 정도로 선뜩한 광경, 눈처럼 새하얀 여자가 하늘로 승천하다가 갑작스러운 몽상과 권태에 질려버린 듯 체념에 사로잡힌 듯 나무 위에서 뻣뻣하게 굳어서 멈추어있었다고, 중인-용의자는 고양이 앞의 쥐새끼처럼 바들바들 떨면서 증언하였고,

"하늘 위에 투명한 지층들이 겹겹이 쌓여 있는 것처럼 말이에요. 성모의 투명하고 견고한 베일이 미동도 없이 침잠해 있다는 양 그렇게 서 있었어요, 나리. 시신은 관이나 물속에 있어야 하잖아요. 난 그렇게 허공에 떠 있는 시신은 처음 봐서 당연히 유령이겠거니, 그리고 정작 목을 매달고 죽어가는 건 나이겠거니 생각했다니까요."

하지만 영원할 것 같던 밤이 희게 바래가고 영락없는 아침이 밝아오고 새와 개들이 우짖는 소란이 들려오기 시작하더니, 그는 증언하기를,

비스듬히 기울어 미끄러지던 땅 위에 주저앉아서 그는 숨을 몰아쉬었고 손은 젖은 흙에 새빨갛게 젖어 들었고 여자의

다리 아래에서 흘러넘치던 피와 검은 반점들, 천사들의 행렬과도 같은 꿈틀거림은 검게 부글거리던 물은 끔찍하게도 개미 떼였으니, 그는 그의 손가락 사이로 기어올라 그를 간질이고 그를 물어뜯고 그를 훼손하는 개미들을 황급히 털어내었고, 미친 듯한 울렁거림. 기울어진 땅에 쏟긴 토사물은 뒤집어진 하늘 저편으로 쏟기였고, 그래도 아마 하느님은 이해해주실 것이, 그분은 용서할 수 있는 모든 일을 용서해 주시기 마련이니까. 그분은 세계의 사물들이 매일같이 배출해내는 불결한 오물 따위는 모욕으로 여기지 않으실 테니까.

 그는 안심하고 구토를 했다고 증언하였고, 꺽꺽거리면서 흐느끼는 사내, 엎드려서 오열하는 사내.

 그러나 그를 고발한 증인들이 진술한 바에 따르면, 그는 여자의 시신 옆에 멀거니 서서 수음을 하고 있다고 했으니, 용의자 -증인은 어리둥절해 하며 고개를 저었고, 돌이켜 생각하니 그가 본 것은 신의 현현도 귀신의 미혹도 아니며 그저 흔해빠진 죽음, 자살하는 여자, 물론 대부분의 여자들은 오줌을 누고 똥을 누고 구토까지 마친 뒤에 공복으로, 깨끗하고 정결한 상태로 집안 구석 자리에서 은밀하게 목을 매달긴 하지만 목을 매달고 죽는 일 자체가 그리 특별한 일은 아니니, 그도 그의 엄마도 그의 아빠도 할머니도 할아버지도 목매달고 죽은 시신을 본 적이 있으니,

"아마 나리도 분명히 본 적이 있으실 테죠. 그녀는 자살한 거예요. 그뿐이에요. 누구나 죽듯, 자신을 살해하는 누구나 그렇듯 목을 매고 죽은 거예요. 그뿐이에요."

그는 관청에서도 심문 대에서도 지하 감옥에서도, 그녀는 나무 위에 목을 매달더라고, 이름 모를 그녀를 죽인 것은 다른 누구도 아닌, 수도를 떠도는 괴상한 살인마도 강간범도 아닌 그녀의 유령이 틀림없다고 증언하였고,

그때만 해도 경비병들은 아침 일찍 시체 옆에서 서성거리며 수음을 하던 무뢰배의 증언을 믿지 않고 그를 유력한 용의자로 체포하였지만,

그가 지하 감옥에서 철창에 두툼한 코를 짓뭉개며 그녀는 자살하였다고, 그저 자살한 것뿐이라고 누군가가 누군가를 죽이듯 그렇게 자신을 죽인 것뿐이라고 외쳐대어도 무시했지만,

비슷한 증언을 하는 목격자들이 셋으로, 다섯으로, 옐로 스물로 쉰여섯으로 늘어나자 더 이상 여자들의 무고를 믿을 수 없었으니,

구두장이는 환기구에 구두끈으로 매듭을 엮고 목을 맨 채로 발각되어 가늘고 단단한 올가미가 생과 다리를 이어주던 피의 흐름을 영원히 분리하기 전에 최후를 위하여 마련된 그의 악몽, 끝없는 악몽의 상연이 끝나기 전에 그가 영원히 안착하려던 공중의 환몽으로부터 거칠게 뜯겨 나왔고, 부드러운 검은

물에서 갑작스럽게 쫓겨나 허우적거리는 그의 모습은 마치 죽은 어미의 배 속에서 허겁지겁 피난하여 나온 어린아이 같았으니, 비늘이 벗겨진 고등어처럼 흠뻑 젖은 그는 세계 이전의 단꿈에 젖어 있던 태아가 잔혹하게 폭발하는 붉은 현상들, 끔찍한 소음과 풍경들을 견디지 못하고 차라리 멀어버릴 듯 아득한 눈 뒤에서 흐느끼듯 간수의 바짓자락을 붙잡고 익사한 사람처럼 헐떡거리며 고통스러운 기침을, 내부의 무언가 아직 해부학자들도 철학자들도 이름 붙이지 못한 정교하고 서글픈 평형의 판막을 찢어발기듯 날카로운 숨을 비명 하였고, 감옥으로부터 죽음으로부터 천국의 올가미로부터 쫓겨난 구두장이가 수도 외곽의, 그가 그토록 갈망하던 백치 여자들이 이처럼 드글거리는 정신병동에 갇혀 손과 발을 포박당한 채로 죽음의 천사를, 천국으로 향하는 동아줄에 매달려 그를 등지고 하염없이 멀어지는 혹은 가까워지는 메시아의 꺾인 머리를, 공포도 없이 찢어진 비명을, 속이 텅 빈 의미들을 향해 손을 뻗으려 몸부림치는 동안,

 왕은 점성술사를 불러들여 토성과 목성, 아직 이름 지어지지 않은 행성들과 별들 사이의 묵시적인 관계에 대하여 그들이 상승하고 하강하며 수축하고 팽창하는 기묘한 긴장 관계에 대하여 물었으니,

 점성술사는 그 모든 불길한 징조들, 수도에 파다한 몰락의

전조들을 암시하듯 이렇게 이야기하였고,

　자연을 거스르는 여자가 토성을 거꾸로 돌려놓고 있습니다,

　왕은 끔찍할 정도로 비참하고 우울한 여자 하나를 떠올렸으니, 왕은 불경한 소문이 퍼지기 전에 왕비를 유폐하라고 지시하였습니다.

　왕비는 왕궁의 내부에, 그러나 누구도 함부로 드나들 수 없는 다락에 유배되었습니다. 왕비가 갇히고 난 뒤, 하혈하며 목매다는 여자들은 거짓말처럼 사라졌습니다. 하지만 몰락의 징후가, 거짓말처럼 온데간데없이 사라져버린 이유가 왕이 수도의 느티나무들을 모조리 베어버리라고 지시했기 때문인지, 수치도 없이 더러운 몸을 목매단 여자들을 모조리 불태우라고 했기 때문인지, 아니면 정말로 왕비의 유폐 때문인지, 아니면 그 모든 일들의 상호연관 때문인지 정확히 이야기할 수 있는 사람은 없었습니다.

　자연을 거스르는 여자의 흉조에 대한 예언을 들은 이후 왕은 다시는 왕비를 방문하지 않았습니다. 하염없이 울기만 하는 왕비, 미친 여자가 다락방에 유폐되고 난 뒤부터 더 이상 그녀의 얼굴을 씻기고 향유를 바르고 머리칼을 빗겨주는 손길은 없었습니다. 간혹 담당 하녀들이 욕지거리하며 그녀의 냄새 나는 요강을 비우고 고기 경단과 먹다 남은 쿠키 따위를 가져

다줄 뿐이었죠. 왕도 시종들도 공주도 하녀들도 다락방의 미친 여자에 대해 잊어갔습니다. 어미의 역할을 하지 못한 왕비, 게으르고 방탕한 왕비를 옹호하고 나서는 이는 아무도 없었습니다. 아무도 왕비를 이해하지 못했으므로, 왕비 스스로가 말하기 전에는 아무도 그녀의 진실을 들을 수 없을 것이었습니다. 어째서 그녀가 아이에게 젖을 주지 않은 것인지, 제가 낳고 이름 붙인 아이에게 어째서 정을 붙이지 않았던 것인지, 어째서 왕비로서의 모든 책무를 잊고 방안에 틀어박혀 울기만 했던 것인지에 대해 흉흉한 소문만이 나돌 뿐이었습니다.

미쳐버린 여자의 말을 믿고 싶어 하는 사람은 없었습니다. 그녀는 말을 잊고 울기만 했으므로, 흐느낌은 순전히 개별적인 언어기에 누구도 그녀의 흐느낌을 모어로 삼을 수는 없었으므로, 그녀의 울음소리는 사절로 방문한 코끼리가 울부짖는 소리에, 시종들이 은쟁반을 떨어뜨리는 소리에, 공주가 우렁차게 울부짖고 발길질하는 소리에, 늙어빠진 대신들이 모의를 수군거리는 소리에 묻혀 들리지 않았습니다.

사냥꾼은 불처럼 어른어른 흔들리는 소녀의 형상을 물끄러미 바라보았다. 그는 소녀가, 한 번도 바깥을 경험해 본 적이 없는 소녀가, 절망조차 자랄 자리 없이 작기만 한 머리에 그러한 사유를 배양하고 있었다는 사실을 도저히 믿을 수 없었다.

사냥꾼은 소녀에게 왕비는, 하녀는, 구두장이는, 목을 맨 여자들은 대체 누구냐고, 마녀재판에 대한 이야기는 어디에서 읽었냐고─물론 들었을 리는 만무하므로─물었다.

소녀는 가만히 고개를 저으며 대답했다. 이야기 바깥에 꼭 내부와 대칭되는 세계가 있어야 하는 건 아니에요. 언어와 사물이, 현상과 세계가 무관하다면, 그림의 내부에서 운동하는 힘과 그 무형적인 힘을 포착하는 관능이 그림의 바깥과는, 감상자와는 전혀 다른 층위에서 독립적인 관능을 상연하고 있다면, 왕비는 왕비가 아닌 왕비이고 하녀는 하녀가 아닌 하녀이고 구두장이는 구두장이가 아닌 구두장이고 목을 맨 여자들은 목을 맨 여자들이 아닌 목을 맨 여자들이겠죠.

사냥꾼은 이해가 되지 않는다고 대답했다. 아무것도 모르겠구나, 애야, 아무것도.

소녀는 괜찮다고 대답했다. 누언가를 이해했나고 믿는 것만큼 어리석은 일도 없죠. 당신을 비난하려는 건 아니지만 이 지하실은 습해요. 끔찍하게 습하죠. 흙 밑은 모두 이렇게 습한 것인지 흙을 억지로 파놓은 이 지하실만이 빠져나간 흙의 앙갚음을 하듯 습기로 빈 공간을 메운 것인지는 알 수 없어요. 그래도 이 공간에 만족하지 않는 것은 아니에요. 지하실 바깥에서

소녀는 갑자기 입을 다물고 개처럼 침묵했다.

죽음의 교실

 소년은 밀도 높은 비밀로 보호받고 있었다. 교실에 있을 때, 아이들에게 둘러싸여 있을 때 소년이 가장 편안하다는 사실을 교사는 이해하지 못했다. 범죄의 한복판에서 소년은 더 이상 미칠 듯한 불확실성에 시달리지 않아도 되었다. 아이들은 소년에게 속해 있었고 소년은 어둠의 깊은 창자에서 가만히 눈을 감고 그를 덮쳐오는 그 수많은 손들을 견디기만 하면 되었다.
 그러나 텅 빈 방 안에서, 아무런 형체도 소리도 없는 공백이, 소년을 원하지 않고 소년을 어루만지지도 않는 결핍이 소년을 사로잡을 때 소년은 어떻게 해야 할지 몰라 죽을 것 같았다.
 집 안에서는 울음도 비명도 소용없었다. 아무도 소년의 눈물을 닦아주지 않았으며 아무도 소년을 비웃지 않았으며 아무도 소년을 짓밟고 쓰다듬지 않았다. 텅 빈 곳에서, 소년은 아무 것도 상상할 수 없었다. 폭력조차도 없는 공백은 끔찍이도 확고한 장소였다. 다른 몸을, 다른 손을, 다른 행위를, 다른 목소리를 살아간다는 착각조차 불가능한. 집은 절망적으로 넓었다. 아무리 울부짖어도 소년의 피부를 찢을 듯 팽창한 소리는 벽에 닿지 않았다.

아주 어릴 적, 처음으로 이가 흔들렸을 때 소년은 홀로 이를 뽑아내었다. 손 위에 올려진 작고 하얀 뼈를 소년은 미칠 듯한 공포로 바라보았다. 두려운 것은 소년 혼자였다. 두려워해도 괜찮을지, 울어도 좋은지, 그것이 견딜 수 없는 아픔이 맞는지조차 소년은 확신할 수 없었다. 거친 발길질에 이가 부러졌을 때, 아이들은 피투성이가 된 소년의 입과 어긋난 치열을 보고 끔찍한 비명을 질렀다. 그 속에서, 소년은 황홀하게, 그리고 서글프게 비명을 질렀다. 소년은 울어도 되었고 아파해도 되었고 두려워도 되었다. 비명들은 날카롭고 애처로웠고 그것은 소년의 소리와 닮아 있었다. 치명적이며 안락한 유사성 속에서 소년은 부글거리는 고통을 마음껏 내뱉었다.

맹아원

 아이들에게는 환상이 있다. 환상은 현상이다. 소녀는 몽상가가 아니었지만 그 누구와도 공유할 수 없는 환상을 보고 있었다.

 옷장 속 남자와 처음 마주친 것은 혼자 하는 술래잡기라는 기묘한 놀이에 대해 들었을 때였다. 소녀는 학습방 한구석에 앉아 소녀들이 이상한 의식에 대해 이야기하는 것을 들었다. 그녀들은 모두 그 놀이를 해보았다고 말했다. 곰 인형의 배나 눈을 식칼로 찌르고 이제 네가 술래라고 말한 뒤 옷장 속에 숨으면 곰 인형이 다가오는 소리를, 입이 찢어진 귀신처럼 웃는 곰 인형의 얼굴을 느낄 수 있다는 것이었다ー물론 그녀들 중

절반은 형상을 상상할 수조차 없었지만—. 그 놀이에 별다른 규칙은 없지만 반드시 혼자 해야 한다고 소녀들은 말했다.

  소녀는 기계적으로 점자를 훑어나가며 소녀들의 속닥거림을 들었다. 처벌 방에 다녀온 뒤부터 소년은 소녀에 대한 열의를 잃고 조용했다. 셀 수 없었던, 그러니 일주일인지 열흘인지도 알 수 없었던 처벌 방에서의 침묵이 소년을 다른 사람으로 바꾸어놓은 것 같았다. 소녀는 가끔씩 그가 정말 자신의 소년이 맞는지 확인해야 했다. 유달리 커다란 검은 눈과 개처럼 둥글고 작은 코, 길고 엷은 입술, 끝이 뭉그러진 귀와 살짝 굽은 흰 목은 소녀의 기억과 소년 사이의 부인할 수 없는 유사성이었으나 지금의 소년은 어딘가 풀이 죽었고 시무룩했으며 싸늘했다.

  어린아이 특유의 장난스러운 기색이 사라져버린 소년은 갑작스럽게 그의 직분에 맞는 사람으로, 직분에 전형적인 인물로 변모해버린 것처럼 피로해 보였다. 소년은 더 이상 소녀에게 잘못의 정기적인 고백을 강요하지도 않았다. 그는 차라리 처벌 방으로 돌아가고 싶은 것 같았다. 처벌 방 바깥을 처벌 방 안보다 더 견디기 어려워하는 것 같았다. 이제야, 처벌 방이 그에게 더 잘 어울린다는 사실을 깨닫기라도 한 것 같았다. 소녀가 그의 옆에서 대담하게 진짜 책을 읽어내려도, 눈을 동그랗게 뜨고 타자기로 글을 써도 소년은 아무런 제지도 하지 않았다. 정말 소년은 소녀에게 둥글고 신맛 나는 사탕을 쥐여주던 짓궂은 손을 가진 그 소년이 맞을까? 무기력한, 권태보다도 깊은 피로와 무력에 젖은 노인과도 같은 두 눈. 처벌 방의 무엇이 소년을 이토록 병들게 만든 것일까?

소녀들이 말한 술래잡기에 대해 들어본 적이 있냐고 소년에게 넌지시 물을 때도 소년은 조숙한 어린아이처럼 입을 다물고 고개를 돌렸다.

소녀는 홀로 소녀들의 이야기에 대해 상상할 수밖에 없었다. 한쪽 실밥이 뜯어진 다리로 절룩거리며 쫓아오는 곰 인형. 이미 헤어진 몸을 찢어낸 죄를 묻기 위해 쫓아오는 집요한 얼굴. 사물의 얼굴. 그러나 모든 곰 인형들은 같은 최후를 맞지 않던가? 낡고 헤지고 질려버려서 쓰레기장에서 소각되어 공기 중에 유독한 체취로 흩어지는 것이 인형들의 숙명이 아니었던가? 이제 소녀는 사물에게도 죄책감을 느껴야 하는 걸까?

맹아원에는 인형들이 많았다. 성탄절, 생일, 어린이날, 온갖 기념일마다 소녀들과 소년들은 인형을 하나씩 선물 받았다. 간혹 영악한 소년 소녀들은 마음에 들지 않는 인형, 질려버린 인형을 일부러 찢어내 훼손시키고 새 인형을 요구하기도 했다. 맹아원에서 마음껏 구할 수 있는 것은 무해한 솜으로 가득 채워진 말캉한 봉제 인형이 전부였으므로. 아이들의 연약하고 무방비한 피부를 다치게 할 수 있는 단단한 로봇 장난감 같은 것은 반입이 금지되어 있었다. 소녀 역시 크리스마스에 선물 받은 곰 인형의 귀를 자르고 배를 갈라 그 속에 구겨진 종이를 감춘 적이 있었다. 인형의 가죽을 얼기설기 얽어놓은 성긴 실밥을 뜯어내어 속살을 까뒤집은 적도 있었다. 장기 하나 없이, 희고 부드러운 솜만으로 가득 찬 내부를 가느다란 손가락으로 헤집고 비틀고 긁어내리면서 소녀는 새로운 인형을 바랐다.

저녁 식사 후 취침 방으로 이동하며 소녀는 그녀의 뒤를 은밀하게 쫓아오는 뒤뚱거리는 발걸음을 느꼈다. 곰 인형의 헐겁고 헤픈 미소를. 그러나 아무것도 듣지 못했고 아무것도 보지 못했다. 씹다 뱉은 껌처럼 미적지근하고 끈끈한 것이 소녀의 가슴에 눌어붙었다.

소녀는 곰 인형에 변명하고 싶었다. 네가 살아있다고는 생각하지 못했어. 내가 널 찢고 가르고 훼손시킨 건 단지 네가 상처 입을 수 없기 때문이었어. 네게 고통도 증오도 원망도 없다고 믿었으니까.

하지만 정말 그럴까? 만약 고통과 증오와 원망과 상처가 생의 부속물이 아니라면, 생 없이도 고통과 증오와 원망과 상처가 깊은 얼룩처럼 떠다닐 수 있다면, 소녀의 것이 아닌 고통과 증오와 원망과 상처를 곰 인형이 가지고 있다면.

소녀는 잠든 소녀들의 흰 눈꺼풀을 내려다보며 생각했다.

소녀들은 대체 어디에서 홀로 그 놀이를 해보았다는 것일까? 소녀들은 그녀들을 따라온 것이 곰 인형이라는 사실을 어떻게 알았을까?

왜냐하면, 하고 검은 머리가 속삭였다. 그녀들이 찢고 훼손하고 더럽힌 게 곰 인형이라는 걸 그 애들도 알고 있었기 때문이야. 곰 인형도 아픔을 느낀다는 걸, 곰 인형도 고통스럽다는 걸 그 애들은 알고 있었기 때문이야. 하지만 생은 악한 거야. 살아있는 걸 비난할 수 없다면 악한 것을 책망할 수도 없어. 어둠을 짓물러놓은 희멀건 빛은 그렇지 않다고 속삭였다. 아픈 건 아픈 거야. 그게 더 나쁘기 때문도 더 부당하기 때문도 아니야. 살아 있는 건 더 살아 있는 건 아픈 거야.

소녀는 살아남기 위해서 무력한 것, 그녀보다 약하고 가련하고 사랑스럽고 비참한 것을 비틀어 훼손시켜야 했다. 생에 그녀가 닿는 모습을, 그녀의 여운이 고통으로 으스러지는 모습을 보아야 했다. 아무도 그녀가 살아 있는 것을 비난할 수 없었다.

소녀는 눈멀지 않은 소년들과 소녀들이 눈먼 소년들과 소녀들에게 무슨 짓을 저질렀는지 모두 보았다. 눈먼 소년들과 소녀들이 곰 인형의 눈을 파내고 다리 사이를 가위로 헤집어 찢어내는 것을 보았다. 처벌 방은 어두웠다. 그러나 눈멀지 않은 소년과 소녀는 희미한 빛으로 방 구석구석을 살펴볼 수 있었다. 그러나 소녀는 소년이 보는 것을 볼 수 없었다. 소년 역시 소녀가 보는 것을 볼 수 없었을 것이다. 그들은 서로가 무엇을 보는지 이야기하지 않았다. 소녀는 소녀들이 소녀들의 팔꿈치와 가슴을 꼬집어 비트는 모습을 보았다. 소녀들이 소녀들의 식판에 아직 산 채로 꿈틀거리는 작은 나방을 내려놓는 모습을 보았다. 국그릇 속에서 잘려 나간 반신을 허덕거리며 도망치기 위해, 이미 불가능한 삶이라도 보전하기 위해 비참하게 펄떡대던 날개들. 눈먼 소녀가 구토하는 동안 등을 두드려주고 입가를 닦아준 것 역시 그 소녀였다. 깨끗한 물로 입술을 축여주고 흘러내린 물기를 수건으로 닦아준 것도.

그녀들을 경악하여 바라보는 소녀에게 교사 소녀는 소녀가 밤마다 무슨 일을 하는지 보았다고 했다. 젖은 수건을 문 밑에 끼우고 남몰래 불을 켜고 얼마나 비열한 짓을 하는지.

교사 소녀는 착각하고 있었다. 소녀는 소녀들의 적도, 밀고자도 아니었다. 소녀는 사랑과 고통을 이기지 못하고 고양이의 목을 비틀어 죽이는 소녀들의 이야기를 알고 있었다. 소녀는 제발 다른 곳으로 도망가라고 미친 듯이 울부짖으며 쥐를 잡아먹는 고양이의 이야기를 알고 있었다.

아, 난 너희들을 봤어. 음울하고 비속하고 벌거벗은 애정을, 내가 어떻게 너희들을 비난할 수 있겠어? 난 이미 불을 켜고 소녀들의 어둠을 빼앗고 그들의 결핍을 강탈하며 글을 쓰고 있는데.

 소녀는 그들의 범죄가 용서를 요구할 수 없는 것임을 알고 있었다. 그것은 살아 있는 한 계속될 것이었으므로. 상처 입기 위해, 자비롭고 신랄한 헌신을 내맡기는 눈먼 소녀들. 소녀는 눈먼 소녀들이 교사 소녀들에게 예속되어 있듯 교사 소녀들 역시 눈먼 소녀들에게 의존하고 있음을 알고 있었다. 아니, 사실 눈먼 소녀들은 교사 소녀들만큼 눈멂에 의존하고 있지 않았다. 교사 소녀들은 눈먼 소녀들의 눈멂을 바라보고 있기에, 오로지 그것만을 바라보고 있기에 소녀들의 눈멂 없이는 살아갈 수 없을 것이었다. 감긴 눈, 은밀하게 감추어진 흰빛에 다리를 밀어 넣은 소녀들은 맹아원을 빠져나갈 수조차 없었다. 그녀들은 눈멀지 않았음에도, 교사 소녀들은 맹아원에 살고 있었다. 눈먼 소녀들과 함께. 그녀들은 눈먼 소녀들이 읽는 것을 읽었고 눈먼 소녀들이 듣는 것을 들었고 눈먼 소녀들이 만지는 것을 만졌으며 눈먼 소녀들이 보지 못하는 것만을 보았다.

 눈먼 소년들과 소녀들은 교사 소년들과 소녀들을 사랑했기 때문에 그들의 은근한 괴롭힘을 받아들였다. 일주일에 한 번씩 부모가 맹아원으로 찾아오는 날, 교사 소녀들은 눈먼 소녀들의 곁에서 말갛게 웃으며 그녀들을 쓰다듬었고 눈먼 소녀들은 줄에 묶인 흔적과 멍 자국을 스스로 가렸다. 소녀의 부모는 찾아오지 않았다. 어쩌면 그들은 소녀의 두 눈과 마주치는 것이 두려운 것이리라. 눈멀지 않은 소녀와 대면하는 것이, 눈멂의 확고한 빈자리를 바라보는 것이 미친 듯이 두려운 것이리라. 소녀가 눈멀지 않았기 때문에 소년은 소녀를 사랑할 수 없는 것인지도 몰랐다.

소년이 주저하면서 소녀의 허벅지 위에 손을 올렸을 때, 소녀는 그의 검은 눈을 쳐다보았고 소년은 붉은 고기처럼 상기된 얼굴로 흐느끼며 울었다.

그것이 전부였다. 이후로 소년은 다시는 소녀를 만지지 못했다. 소년은 소녀의 눈멀지 않음을, 눈멂의 고요하고 날카로운 결핍을 사랑하지 못했다. 소녀가 소년을 원하는 만큼 소년은 소녀를 원하지 않았다. 아니, 소녀가 소년을 필요로 하지 않았기에 소년 역시 소녀를 요구하지 않는 것인지도 몰랐다. 소년은 국 속에서 헤엄치는 나방을 으스러뜨리는 소녀의 입술을 똑바로 응시해야 했으므로. 소녀를 사랑하기 위해 소녀가 응시하는 것을 마주해야 했으므로. 그는 소녀가 밤마다 무엇을 하는지 알고 있을까? 눈먼 소녀들, 무력한 소녀들을 얼마나 비열하고 역겹게 이용하고 있는지. 그녀들의 순결한 잠을 어떻게 희롱하고 있는지. 교사 소녀가 길게 기른 손톱으로 눈먼 소녀의 겨드랑이를 누르는 동안, 소녀의 흰 살에 유치한 분홍빛 무늬들을 새기는 동안 소녀는 어째서 그들과 함께 남아 있었던 것일까.

  교사가 되겠다는 꿈은 이미 물거품처럼 바스러졌다. 소녀는 교사 채용 시험에 합격할 수 없을 것이었다. 왜냐하면 소녀의 언어는 글쓰기의 언어이지 교육의 언어가 아니었으므로. 그녀가 직관적으로 이해한 뭉텅이 단위의 기묘한 언어를 간결한 숫자와 답으로 치환하는 방법을 그녀는 몰랐으므로. 다른 무엇보다도 소녀에게는 모의시험 문제집의 답이 없었으므로. 소년은 소녀가 틀린 답을 했다는 사실을 끝내 몰랐지만 답을 가지고 있는 채점자들은 소녀의 독해 능력이 턱없이 부족하다는 사실을 순식간에 알아차릴 것이었다.

  소녀가 이곳에 있을 수 있는 것은 오직 그녀가 과거에 눈멀었다는 기록 때문이었다. 그러나 그것은 명백한 착오였다. 눈멀었던 소녀는 더 이상 지금의 소녀가 아니었다. 눈멂을 잃어버린 이후, 소녀는 더 이상 이전과 같지 않았다. 소녀는 전혀 다른 현상을 느꼈으며 그녀의 세계는 시각을 주축으로 재편성되었다. 소녀는 이전에 사랑하지 않았던 것들을 사랑했고 이전에 사랑했던 것들을 사랑하지 않게 되었다. 소녀가 눈멀었다면 밤의 곤충처럼 불안하게 떨리는 소년의 목소리를 어떻게 사랑할 수 있었겠는가. 소년의 아이처럼 부드러운 얼굴을 보지 않았다면, 앞으로 살짝 굽은 매혹적인 목선을 보지 않았다면 어떻게 소년을?

그리고 소녀는 부모를 잊었다. 눈먼 그녀의 온 세계와도 같던, 어둠과도 같던 부모를 소녀는 믿을 수 없을 정도로 쉽게 포기했다. 그들이 소녀를 보러 오지 않아도 소녀는 속상하지 않았다. 그들은 이미 소녀의 과거, 소녀와 연결되어 있지 않은 파편과도 같은 추억에 속해 있었기 때문이다. 맹아원은 소녀의 새로운 세계였다. 눈멂과 시각 사이의 깊은 심연과도 같은 불연속성이 한 번 더 소녀를 관통하지 않는 이상 소녀는 맹아원을 떠날 수 없을 것이었다. 대부분의 사람들이 평생 모어를 벗어나지 못하듯, 소녀는 눈멂의, 유년의 흔적이 남아서 숨 쉬고 살고 있는 곳을 떠날 수 없을 것이었다.

눈먼 소녀들을 볼 때만큼 소녀가 강렬하게 시각을 경험하는 순간은 없었다. 잠든 소녀들의 흰 눈꺼풀을 내려다보며 환상적인 이미지들을 상상할 때만큼. 그 어떤 찬란한 풍경도 이보다 더 황홀한 광채를 가지고 있지는 않을 것이었다. 눈먼 소녀들의 몸 구석구석 새겨진 끔찍한 분홍빛의 흔적들. 소녀는 소녀들의 헐렁한 원피스 잠옷 아래를 더듬어 내었다. 그녀들이 보지 못하는 상처를, 오직 소녀만이 갈취할 수 있는 최초의 이미지를 소녀는 게걸스럽게 훑어내었다.

소녀는 눈먼 소녀들의 몸 어디에 어떠한 형태의 분홍빛이 있는지 속속들이 알고 있었다. 허벅지 안쪽, 배꼽 위, 가슴 아랫부분과 어깨 밑, 갈비뼈 인근과 둔부, 소녀는 상처를 남긴 손톱들과 공범이었다. 그 비열하고 역겨운 박해와 치욕의 이미지를 소녀는 전부 훔쳐내었으므로.

가위는 원래 반입이 금지된 물품이었다. 교사 소녀들이 가위를 어디에서 구해왔는지 소녀는 알 수 없었다. 학습실의 책상에 무방비하게 올려진 흰색 문구용 가위를 훔쳐낼 때만 하더라도 소녀가 그것으로 무엇을 할지, 소녀 자신조차도 알 수 없었다.

그 치명적인 무기로 소녀는 곰 인형의 사지를 뜯어내었다. 배를 가르고 그 속에 서커스단에서 공중곡예를 하던 아이의 이야기를 구겨 넣었다. 소녀들이 복수하는 곰 인형에 대한 이야기를 할 때, 소녀는 곰 인형의 내부에서 망가진 몸을 운반하는 곡예사 아이를 떠올렸다.

그러나 곰 인형은 소녀를 따라오지 않을 것이었다.

소녀는 알고 있었다. 눈먼 소녀들이 교사 소녀들을 밀고할 수 없듯, 교사 소녀들이 눈먼 소녀들을 졸업시킬 수 없듯, 찢겨나간 곰 인형은 아무런 말도 하지 않을 것이다. 혼수상태와 같이 음울하고 병적인 죄악감은 소녀의 내부에 있을 것이다. 아무도 곰 인형의 속을 들여다보지 않을 것이다. 소녀가 억지로 밀어 넣은 이미지들은 그녀의 내부에서 한 방울도 새어 나가지 않을 것이다. 곰 인형은 소녀에게 복수하지 않을 것이다. 곰 인형은 병균과도 같은 이미지들을 퍼뜨리지 않을 것이다. 눈먼 소녀들은 눈멀지 않은 소녀들의 무릎 옆에 무방비한 흰 이마를 드러내고 누워 잠들 것이다. 악독한 애정, 가장 비열하고 끔찍한 삶을 벗어나서 그들은 무얼 붙잡을 수 있을까. 찢어내고 상처 내지 않고 무엇을 만질 수 있을까. 곰 인형의 부드러운 배를 쓰다듬을 때 그들은 행복했다. 곰 인형의 배에 입맞출 때 그들은 꺄르륵 웃었다. 곰 인형의 배를 찢어낼 때 그들은 살아 있었다.

교사 소녀들이 떠나가면, 맹아원의 밀폐된 공기를, 건물 내부를 점령한 눈멂의 만연함을 견뎌내지 못하고 눈멀지 않은 자들의 도시로 돌아간다면 눈먼 소녀들은 또다시 눈멀지 않은 소녀들을 불러들일 것이다. 교사 소녀들은 그렇게 말했다. 이곳을 견디기 위해서는 눈멂을 만끽할 수밖에 없다고, 눈멀지 않은 소녀들은 눈멂에 가장 가까이 근접할 수밖에 없다고. 끊임없이 눈멂을 확인하지 않고서는 살아갈 수 없다고.

네가 무슨 짓을 하는지 봤어, 하고 눈멀지 않은 소녀의 작은 입술이 속삭였다.

눈멀지 않은 소녀들은 눈멂의 공간에서 부수적인 존재였다. 눈먼 소녀들의 광활하고 풍요로운 눈멂을 약탈하지 않는다면 이질감을 견디지 못하고 도망칠 수밖에 없을 만큼. 교사 소녀들이 얼마나 비열하게 눈먼 소녀들에게 진실을 감추고 있는지, 소녀는 알고 있었다. 이곳이 오로지 눈먼 소녀들과 소년들의 공간이라는 사실, 눈먼 소녀들과 소년들 없이는 맹아원이 성립될 수 없다는 사실, 그러나 눈멀지 않은 교사들은 언제든지 내쫓길 수 있다는 사실, 눈멀지 않음이 눈멂에 치명적으로 종속되어 있다는 사실. 눈먼 소녀들에게 알려지지 않은 사실들을 소녀는 알고 있었다. 그녀는 눈멀지 않음의 공범이었으므로. 소녀들의 부드럽고 발긋한 상처마다 입을 맞추었으므로. 발각되지 않은 상처, 가장 신선하고 깨끗한 상처를 빼앗기 위해 교사 소녀들의 범죄를 묵인하였으므로. 소녀들의 범죄적인 갈망과 사랑은 악몽처럼 매혹적인 검푸른 어둠으로 가득 찬 풍요로운 눈멂에 뿌리내리고 있었다. 흰 석회 벽면마다 빼곡히 들어찬 소녀들의 그림자, 삶을 갈망하며 불어나는 헐벗은 그 많은 그림자들 앞에서 소녀는 꽃잎들을 세었다.

  소녀가 발견한 것은 그녀가 이미 알고 있는 것뿐이었다. 잠든 소녀들 곁에서 원한에 사로잡힌 곰 인형의 일화를 떠올렸을 때 소녀는 곰 인형이 쫓아오지 않으리라는 것을 알고 있었다. 그녀의 가슴 안쪽에 진득하게 달라붙은 축축하고 끈적한 무언가는 곰 인형이 아니라 눈멂의 잔재라는 것을 소녀는 알고 있었다. 소녀들의 발치에 옷장이 있다는 것도, 옷장 속에는 옷밖에는 없다는 것도.

그러니까 옷장 문을 열었을 때 흰 원피스들 사이에 파묻혀 잔뜩 수그린 고개를 천천히 들어 올리던 창백한 사내가 존재하지 않는다는 것 역시 소녀는 이미 알고 있었다. 그는 소녀가 아는 어느 누구도 닮지 않았지만 소녀에게 그의 흰 얼굴과 푸르스름한 입술, 잔뜩 웅크린 앙상한 몸과 둥근 어깨는 낯설지 않았다.

그럼에도 소녀는 끔찍하게 놀랐다. 심장이 조각조각 바스러져 속살을 찔러내는 것처럼 고통스러웠다. 사내 역시 갑작스럽게 열린 옷장으로 스며들어온 난폭한 흰빛에 놀라 눈물을 흘렸다. 그가 그 순간 눈멀어버렸다고 해도 믿을 수밖에 없었을 것이다. 그토록 사내는 오래도록 눈물 흘렸다. 투명한 눈을 끔찍하리만치 천천히 끔뻑거리면서 유령처럼 창백한 얼굴을 축축하게 적시는 흰빛. 그는 유령도 사람도 아니었다. 그는 존재하지 않았다. 그러나 그의 경악하는 두 눈, 고통스럽게 젖어드는 얼굴을 어떻게 쉽게 설명할 수 있을까? 그는 그곳에 있었는데. 존재 없이, 죽음도 없이, 그러나 분명히 살아 있는 채로. 사막보다 광활한 아이들의 옷장에, 오로지 찌그러진 흰 알처럼 축축하고 미지근한 삶만으로 그곳에. 소녀는 그를 보는 것이 죽을 듯이 고통스러웠지만 그를 외면할 수 없었다. 왜냐하면 소녀는 눈멀지 않았으니까. 사내 역시 그녀가 눈멀지 않았다는 사실을 알고 있었으니까. 소녀가 아는 것은 사내 또한 알고 있었으니까.

사내는 그녀가 그토록 빨리 갑작스럽게 문을 열어버릴 줄은 몰랐다고 말했다.

그는 소녀를 원망하는 것 같았다.

난 이곳에서 끝까지 너희들을 보고만 있을 작정이었어, 하고 그는 소녀들을 깨우지 않기 위해 나지막한 소리로 속삭였다. 네가 문을 열지 않았으면 이곳에서 먼지처럼 조용히 견뎠을 거야. 사내는 왜소한 몸을 더 둥글게 웅크리며 말했다.

아직 준비되지 않은 상태로, 미래에 대한 사소한 예감조차 없이 그는 옷장 안에 앉아 있었다. 소녀에 대한 원망과 고통스러운 발각의 여운만으로, 그는 무언가를 요구하듯 소녀를 물끄러미 바라보았다. 그러나 소녀는 그의 생명을, 끔찍하고 역겨우며 달콤한 액체를 책임질 수 없었다. 옷장 안에서 숨 쉬고 박동하는 존재 없는 생명을, 소녀가 감당하기에는 너무도 헐벗고 원형적인 생을, 그는 감히 소녀에게 맡겨버릴 수는 없을 것이었다. 극단적인 추함을, 갈급한 구석 자리를 소녀는 결코 삼키지 않을 것이었다. 그의 상처 입은 맨눈을 위로하지도 그를 옷장 바깥으로 끌고 나오지도 않을 것이었다.

그는 아주 오래전부터 그 자리에 있었다고 했다. 죄를 고백하기 위해 어둠을 찾아 기어들어 간 뒤에 그는 곧장 그가 간직하고 있었던 내밀한 악행을 잊어버렸고 죄의 기억 없이 그는 더 이상 아무것도 기억해낼 수 없었다. 침묵은 구원과도 같았다고 사내는 속삭였다. 그는 구원받았기에 다시 죄의 기억이 도사리고 있는 바깥으로 나갈 수 없었다고. 그래서 그는 유년도 기억도 삶도 없이 그저 바퀴벌레처럼 꿈틀거리는 생명만으로 살아 있을 수밖에 없었다고.

 소녀는 여전히 고통스러운 가슴을 움켜쥐고 달걀처럼 매끈하고 흰 얼굴을 내려다보았다. 곤충의 내장 깊은 곳까지 파고든 식물의 뿌리를 뽑아내면 불가분의 관계로 얽혀 있는 삶마저 찢겨져나가듯 사내는 죄에 깊이 연루되어 있었던 것이 틀림없었다. 삶과 기억이 죄 이외에는 아무것도 아니듯. 소녀는 옷장 문을 열어놓은 채로 지냈다. 눈먼 소녀들은 옷장 문 속에 웅크린 채 그녀들을 고통스럽게 바라보는 사내의 불길한 얼굴을 보지 못했다. 문이 열린 뒤에도 사내는 계속해서 은닉되어 있었다. 그의 생명은 불가피한 비밀로 남았다. 소녀는 그에게 아무것도 묻지 않았다. 그의 눈물을 닦아 주지도 않았고 그의 옆에 가만히 웅크리고 앉아 그와 같은 곳을 바라보지도 않았다. 그에게 어떻게 말을 걸어야 할지 몰랐기 때문이었다. 그처럼 노골적인 것을 소녀는 한 번도 본 적이 없었다. 그는 생이 악하고 흉측하며 앙상하다는 증거와도 같았다.

소녀는 그를 볼 때마다 소스라치게 놀랐다. 몇 번을 보아도 도저히 익숙해지지 않았다. 그를 연민하지도 경멸하지도 않고 자연스럽게 말을 붙일 자신이 소녀에게는 없었다. 소녀는 이미 그의 노골적인 추함에 대해 알고 있었으므로, 헐벗은 흰 몸을 보고 있었으므로 더 이상 그에게 물을 것이 없다고 생각했다. 그러나 물을 수 있는 것은 많았다. 옷장 안에서 그가 무엇을 들었는지, 지금 그가 무엇을 보고 있는지, 소녀가 옷장 문을 열어서 그가 행복한지, 혹은 더 불행해졌는지, 바란다면 소녀는 그 모든 것들을 물어볼 수 있었다. 사내는 기꺼이 답했을 것이다. 때로는 침묵으로, 때로는 눈물로, 때로는 웃음으로. 그러나 소녀는 옷장 문을 열어두는 것만으로, 그의 응시를 느끼면서 그의 목격을 의식하면서 소녀들의 부드러운 상처를 탐닉하는 것만으로, 그러한 모멸을 겪는 것만으로 그를 충분히 알게 되었다고 착각했다. 소녀는 만나지 못한 사내를 만날 용기가 없었다. 그가 그토록 헐벗고 연약했음에도, 아니, 오히려 그가 지나치게 헐벗었고 지나치게 연약했기 때문에 소녀는 그를 캐물을 수 없었던 것이다. 생이 죄악일 뿐만이 아니라는 사실을 받아들이기에 소녀는 너무 예민했다.

그가 살아 있지 않다고 고백하는 것이, 그의 고통이 소녀의 고통이 아니며 그의 죄악이 소녀의 것이 아니라고 말하는 것이 소녀는 죽을 듯이 두려웠다. 왜냐하면 소녀는 고통을, 죄악을, 사악한 생명을 사랑하고 있었으니까. 교사 소녀들을 말릴 수 있었다는 말을, 그녀들이 더 이상 서로에게 연루되지 않고도 살아갈 수 있다는 말을, 어느 날 훌쩍 떠나가 버릴 수도 있다는 말을, 소녀에게서 눈멂이 순식간에 사라져버렸듯이 사랑도, 생도, 악함도 그럴 수 있다는 말을 듣고 싶지 않았으니까. 사내가 범죄는 없었다고 말하는 것이 소녀는 두려웠다. 생은 악하지 않다고 말하는 것이, 범죄는 한 번도 저질러진 적이 없었다고 말하는 것이, 그가 그녀를 밀고하는 것이, 그가 그녀를 원망하는 것이, 아니, 그가 그녀를 용서하는 것이 그녀는 미친 듯이 두려웠다. 소녀는 사내가 모든 비밀을 누설해버릴 것이 두려웠다. 사내가 알고 있는 소녀의 비밀, 소녀 역시 알고 있지만 알고 싶지 않았던 가능성들을 소녀가 손쓸 새도 없이 말해버릴까 봐. 사내는 얼마든지 그럴 수 있었다. 그는 오랫동안 옷장 안에 있었으니까. 소녀들의 옷자락이 밀려 올라가는 소리, 소녀의 입술이 그녀들을 더듬고 곰 인형의 배가 찢겨지고 그 속에 광폭하고 이기적인 이미지들이 쑤셔 넣어지는 소리를 모두 들었을 테니까. 소녀가 들었지만 기억하지 못하는 소리들 역시, 어쩌면 그는 기억하고 있을지도 모르니까. 부러진 손톱처럼 아픈 깨어남. 사내는 주저함도 없이 소녀의 존재를 알릴 것이다. 사내와 같이 헐벗고 끔찍한 생명이 소녀에게도 있다는 사실을, 그렇기에 소녀가 사내를 발견했다는 사실을, 그리고 그것, 지독한 갈증과 고통이 실은 존재하지 않는다는 사실을. 잘려 나가고 파헤쳐진 사물의 속에 피와 내장 대신 흰 솜만 있었던 것처럼.

  소녀는 눈먼 소녀들이 소녀를 원망하지 않는다는 말을 들을까 봐 두려웠다. 소녀의 범행을 기억하는 것이 소녀 안에서 미친 듯이 울고 있는 사내뿐이라는 말을, 곰 인형처럼 고요히 잠든 눈먼 소녀들은 아무것도 느끼지 않았다는 말을, 수치도 고통도 없었다는 말을, 그 모든 비참하고 비굴한 감정은 오로지 소녀의 내부에서 희미하게 투사된 것일 뿐이라는 말을, 그러므로 모든 곳에는 소녀뿐이었고 존재하지 않는 흐느낌뿐이었고, 실은 눈멂조차도 그녀의 상실을 무표하는 흔적에 불과하다는 말을. 소녀는 사내가 두려웠다. 말없이 말해진 말들이, 당장 소녀를 파멸시킬 수 있는 덫과 같은 말들, 독이 발린 치명적인 날을 품은 말들이. 옷장 문은 열려 있었고 사내는 소녀가 외면하는 모든 형상들을 보고 있었다. 사내의 찡그린 두 눈, 투명하게 일그러진 눈에 담긴 그 모든.

  교사 소녀들은 자해라고 말했다. 그녀들은 눈먼 소녀들과 깊이, 끔찍할 정도로 깊이 연결되어 있었으므로 그녀들의 살에 남긴 상처는 교사 소녀들 자신의 상처와 같다고.
  그러나 소녀들은 같지 않았다!

소녀는 알고 있었다. 소녀들의 몸은 같지 않았고 소녀들의 상처는 같지 않았다. 설령 그들이 충돌하며 상처를 나누어 가졌다고 하더라도 상처의 형태와 깊이, 통증은 끔찍할 정도로 달랐다. 화해는 불가능했다.

교사 소녀들은 눈먼 소녀들의 검고 짙은 미혹이, 소녀들의 몸에 남은 희고 무결한 상처가 그러한 고통을 열망하고 있다고 말했다. 눈먼 소녀들은, 그 탐욕스러운 허공은 슬픔을, 슬픔의 축적을 바라고 있다고.

소녀는 눈먼 소녀들을 변호할 수 없었다. 그녀는 눈멀지 않았기 때문이었다. 그러나 교사 소녀들에게 완전히 가담할 수도 없었다. 그녀는 교사가 아니었기 때문이었다.

옷장 속 사내는 멀지 않은 눈으로, 마치 당장이라도 소녀의 죄를, 소녀가 저지르지도 않은 죄까지도 모두 용서해버릴 것처럼 두려운 눈으로 소녀를 응시하고 있었다.

아니, 그는 아무것도 보고 있지 않았다. 그는 존재하지 않았으니까.

옷장 속에는 낡았지만 부드러운 원피스들과 소녀들의 향기롭고 서글픈 체취밖에 없었으니까. 소녀는 소녀들의 피부를 벗겨내고 입을 맞추었다. 소녀들은 눈 감은 채 소녀의 입맞춤을 느끼고 있었다. 용서를 바라듯, 아니 용서하지 않기를 갈망하는 부드럽고 신중한 접촉. 소녀들은 희미하게 웃으며 잠들었다. 소녀를 향해 상처를 열어놓은 채로, 소녀는 그 희고 여린 상처들이 그녀의 것이 아님을 알면서도 달빛에 이끌리는 나방처럼 붉은 살에 입을 맞추었다.

목격자

 버스 창가에 기대어 그는 사드를 읽었다. 조금만 그에게 주의를 기울인다면 그가 읽는 것이 사드라는 사실을 누구라도 알아차릴 수 있었을 것이다. 버스 기사의 면허증을 유심히 살펴보는 정도의 관심, 달의 흐릿한 얼룩을 더늠어 살피는 정도의 관심만. 책등은 끔찍할 정도로 굵었고 한 광인이 저주와 관능과 신념으로 지어 올린 시간은 차 안에서 읽기에는 지나치게 길었다. 잔혹한 고문을 당하는 소년과 소녀들, 육체를 속박당하고 항문이 찢기고 배설물을 머금으며 죽어가는 여자들, 펄펄 끓는 물 속에 처넣어져 죽어가는 여자와 손가락이 잘린 채 겁간당하는 소녀들, 구역질도 거북함도 없이 그는 사드를 읽었다.

사드를 읽으시는군요, 하고 어떤 젊고 아름다운 여자가 그에게 물었을 때 그는 묵묵하게 고개를 끄덕였다. 그녀일까? 그녀는 알린처럼 묘한 매력을 지니고 있는 여자였으나 정말 그녀일까? 그는 확신할 수 없었다.

그는 승객들이 올라타는 것을 잠자코 기다렸다. 그에게 말을 걸었던 갈빛 눈의 여자는 곧 버스 가장 뒷자리로 가 앉았다. 열두 명의 승객들이 올라탔고 그는 출발하였다. 승객들도 도로도 적나라한 침묵으로 젖어 있었다. 오직 끝없이 음탕하게 자라난 나무들만이 게걸스럽게 호흡하고 있었다. 버스에 탄 사람들은 모두 숨을 참았다. 식물성의, 식물들의 세계에서 그들은 완전한 이방인이었다. 너무 오랜 시간을 표류해온.

사내는 그의 나무를 선택해야 할 때라는 것을 짐작하고 있었다. 종점까지 가는 동안 버틸 수 있을까? 두 시간 가량의 항해 동안 그가 뛰어내리지 않고 깨진 차창 유리로 목을 꿰뚫지 않고 낯 모를 누군가에게 죽여 달라고 애원하지 않고 끝까지 그가 참을 수 있을까? 그럴 수 있으리라는 것을 사내는 처음부터 알고 있었다. 왜냐하면 그는 오래도록 그렇게 버텨왔으니까. 참을 수 없을 때도 그는 참을 수밖에 없었으니까. 그는 이 도시에 남은 유일한 버스 기사였고 그의 승객들은 아마도 유일한 승객들이리라. 아마 다시는 돌아오지 않을 길을 떠나면서도 승객들에게는 이사를, 혹은 피난을 가는 사람들이 짊어지고 갈 법한 거대한 짐이 없었다.

　사내는 백미러의 각도를 바꿔가며 승객들을 한 명 한 명 살폈다. 그들은 소돔의 방탕 주의 학교에서 튀어나온 것처럼 사내가 상상하는 인물들을 닮아 있었다. 사내는 그들에게 쥘리와 알린, 마담 뒤클로와 노파 마리, 방도시엘과 브리즈퀴, 에르퀼, 젤라미르, 제피르, 아도니스, 오귀스틴, 젤미르라는 이름을 붙여 부를 수도 있었다. 그러나 그는 그렇게 하지 않았다. 그들을 기억하고 싶지 않았으므로. 얼어붙은 도로에서 미끄러지면서도 버스는 계속 나아갔다.

　승객들은 천천히 눈을 깜빡이면서 체념한 표정으로 바깥을 바라보고 있었다. 그들은 절망적인 겨울이 더 이상 서글프지도 않은 것처럼, 그렇게 무덤덤해 보였다. 가장 어린 소년과 소녀조차도 말없이 식물들의 제국을 넘겨다 보았다. 사내는 피로에 닳아버린, 더 이상 말할 필요성조차 느끼지 못하는, 무의미의 지난한 계절에 깊이 매몰되어 생매장된 승객들이 하지 않은 말을 들었다. 겨울은 지긋지긋할 정도로 춥고 그들은 더 이상 살아있고 싶지 않다고. 오귀스틴을 닮은, 그러나 오귀스틴이 아닌 소녀가 갑작스럽게 입을 열 때까지도 기사는 그들이 결코 입을 열지 않을 것이라고 생각했다.

　우린 슈바르츠발트로 갈 거예요, 하고 소녀는 또렷한 목소리로 속삭였다. 그녀의 자그마한 목소리는 놀라울 정도로 버스 안에 선명하게 울려 퍼졌다.

애야, 우린 아직 멀리 가야 한단다, 숨을 아껴야 해, 하고 소녀의 대각선 오른쪽 자리에 앉은 노파가 끔찍하게 자그마한, 그러나 소녀의 것과 마찬가지로 버스 안에 기이할 정도로 선연하게 울리는 소리로 속삭였다.

소녀는 아랑곳 않고 계속 속삭였다. 슈바르츠발트로 갈 거예요. 아빠는 먼저 그곳으로 갔어요.

기사는 퉁명스럽게 대꾸했다. 종점은 슈바르츠발트가 아니란다.

그는 다소 무례하게, 그리고 위압적으로까지 느껴지는 제 목소리에 지레 놀라 헛기침을 했다.

소녀는 괜찮다고 말했다. 종점까지 가면 아빠가 데리러 올 거예요. 우리 아빠는 사냥꾼이에요 그곳에는 산양들과 사슴들이 많으니까 우리는 다시 예전처럼 살 수 있을 거예요.

소녀가 책의 문장들을 읽듯 너무도 무감한 목소리로 이야기해서 농담을 말하는 것인지 혼동될 정도였다. 그러나 그토록 무관심한, 걱정 없는 어조가 얼마나 끔찍하게 진실할 수 있는지 사내는 알고 있었다.

슈바르츠발트에는 동물들이 살지 않아, 하고 소녀의 뒤에 앉아 있던 중년의 남자가 서글프게 웅얼거렸다. 그곳에는 이제 그라쿠스도 없지. 짐승들은 전부 얼어 죽어버렸고 호수 가장 깊은 곳에는 민물고기조차 살지 못한단다. 전부 얼어버렸으니까.

그렇지만, 하고 소녀는 흐느끼듯 가쁜 소리로 속삭였다. 아빠는 먼저 슈바르츠발트로 갔어요. 종점까지 가면 아빠가 데리러 올 거예요.

애야 제발, 하고 소녀 앞의 노파가 속삭였다. 숨을 아끼렴.

소녀 옆에 앉은, 소녀와 쌍둥이처럼 닮은 얼굴을 가지고 있는 소년이 소녀보다는 낮은 목소리로 속삭였다. 이 애는 미쳤어요. 하지만 우리는 슈바르츠발트로 갈 거예요.

승객들은, 그리고 사내는 입을 다물었다. 괜한 실랑이를 이어가기에 그들은 너무 지쳐 있었고 그들의 무호흡은 그토록 견고한 것일 수 없었다.

소녀는 계속해서 중얼거리고 있었다. 슈바르츠발트는 천국이 아니에요. 그 정도는 나도 알고 있어요. 그곳에서 우리는 밤새도록 일을 해야겠죠. 슈바르츠발트는 다른 모든 도시들과 마찬가지로 폐허가 되어 있을 테니까. 하지만 슈바르츠발트는 상징적인 도시예요. 그곳에 도시를, 재건을, 삶을 원하는 사람들이 모여들고 있으니까 우리는 처음부터 다시 시작할 수 있을 거예요.

누군가는 사냥감 역할을 할 수 있을 테고 그럼 누군가는 사냥을 할 수 있겠죠. 내가 사냥감 역할을 해야 한다고 해도 난 주저 없이 할 거예요. 우스꽝스러운 꼬리를 달고 머리띠를 쓰고 맨몸으로 숲속을 기어 다녀야 한다고 해도 난 할 거예요. 사냥꾼 역할을 맡은 부랑자들이 앙상한 손을 내게 겨누면서 보이지 않는 총알을 발사하면 난 쓰러지겠죠. 그리고 우리는 함께 쓰러진 내 가죽을 벗기고 고기를 먹을 거예요. 우리는 맛있다고 말할 거예요. 그리고 다음 날 그들이 다시 내게 사냥감 역할을 맡긴다고 해도 난 사냥감 행세를 할 거예요. 왜냐하면 사냥을 위해서는 반드시 사냥감이 있어야 하니까. 슈바르츠발트에서 우리는 행복할 거예요. 지쳐 쓰러져 잠들면서도 우리는 내일을 상상할 수 있을 거예요. 하지만 힘들기 때문에, 고통스럽기 때문에 우리는 슈바르츠발트를 현실로 느낄 수 있을 거예요.

슈바르츠발트는 현실이에요. 내가 사냥감을 맡았으니까, 그리고 내가 쓰러져 울었으니까 사냥도 현실이고 피류도 고기도 전부 현실일 거예요. 우리는 폐허가 된 성채에서 잠들겠지만 그곳에서 사라진 제국의 향기를 맡을 수 있을 거예요. 그곳이 마치 우리의 고향인 것처럼 우리가 그곳의 주민이었던 것처럼 그렇게 서글퍼할 수도 있을 거예요.

이 애는 미쳤어요, 하고 소년은 소곤거렸지만 아무도 대꾸하지 않았다. 버스는 밤처럼 넓고 단조로운 추위를 표류하며 지나고 있었다.

우린 사냥을 하지 않을 거야, 하고 소년이 느릿하게 속삭였다. 아무도 네게 사냥감 역할을 시키지 않을 거고.

왜냐하면, 소년은 습관적으로 숨을 들이켜지 않기 위해 잠시 말을 멈췄다가 다시 내뱉었다. 왜냐하면 우리는 더 이상 사냥이 불가능하다는 것을 알고 있으니까. 우리는 그냥 슈바르츠발트에서 살 거야 그리고 기다릴 거야.

소녀는 멍하니 앞을 바라보면서 속삭였다. 뭘?

소년은 고개를 저었다.

사내는 슈바르츠발트에 어떠한 미래도 없음을, 그곳에 살던 유일한 사냥꾼은 리바로 건너가 버린 지 오래임을 알려주지 않았다. 슈바르츠발트에는 나무가 아주 많단다, 하고 체념한 듯 속삭일 뿐이었다.

소녀는 흐느끼고 싶은 듯 작은 손에 얼굴을 파묻었지만 다행히 소년이 소녀의 어깨를 지며 만뮤했다.

우린 자살하지 않을 거예요, 하고 소년은 선언처럼 내뱉었다.

승객들은 깜짝 놀란 듯 아이들을 바라보았다. 그토록 직설적으로 그토록 오만하게 그런 말을 내뱉을 것이라고는 상상도 못 했다는 듯.

우리는 슈바르츠발트에 갈 거고 그곳에서 살 거예요. 사냥감이 없다면 나무를 베면서, 목수가 되어서 나무껍질을 뜯어 먹으면서 나무토막 위에서 잠들면서 살 거예요.

겨울이 끝날 때까지? 하고 버스 앞자리에 앉아 있던 갈빛 눈의 여자가 속삭였다.

소년은 고개를 끄덕였으나 창가 너머를 바라보고 있던 여자에게는 보이지 않았을 것이다.

겨울은, 노파가 속삭였다. 끝나지 않을 거야. 가장 더운 날조차 겨울에 속해 있을 거란다. 종점까지 갈 수 있다는 낙관조차 포기한 듯 노파는 고집스러웠던 침묵을 버리고 속닥거리기 시작했다. 겨울은 끔찍하지만 가장 끔찍하다고 볼 수는 없어. 적어도 우린 겨울에 속해 있으니까. 가장 절망적인 것은 겨울에도 겨울에 속하지 못하는 일이지. 겨울이 시작되고 난 뒤에도 더위를 참지 못해서 알몸으로 생활하던 남자를 본 적이 있단다. 그는 내 오랜 친구였는데 날이 추워질수록 그는 더 깊고 진득한 열기에 시달렸지. 그의 피부는 정말 지독하게 뜨거웠어. 그는 너무 덥다고, 이해할 수 없을 정도로 덥다고 중얼거렸지. 난 그가 더위하는 까닭을 이해할 수 없었어. 왜냐하면 겨울이었으니까, 얘들아. 동물들은 추위에 죽어가고 있었지. 더는 익사할 수 없을 정도로. 호수가 꽁꽁 얼어붙었지만 그 사람은 덥다고 했어. 너무 덥다고. 결국 그는 온몸이 동상으로 썩어 죽어버렸단다.

노파의 옅은 입술 틈에서 흰빛의 수증기가 피어올랐다.

소녀는 느닷없이 속삭였다. 우린 집에 불을 지르고 왔어요.

다시는 돌아가지 않을 테니까. 처음에는 식탁과 의자를 발로 차서 쓰러뜨리고 꽃병을 유리창에 던져 깨뜨렸는데 그래도 집은 처음과 같았어요. 이해할 수 있나요? 가구가 망가지고 어질러졌어도 집은 그대로였어요. 그래서 우리는 성냥에 불을 붙였어요. 처음에는 불이 잘 안 붙더라고요. 그래서 도끼로 테이블 끝을 잘라내고 나무를 쌓아서 불을 붙이려 했는데 그러다가 오빠는 도끼에 발을 찧을 뻔했어요. 하지만 다행히도 불은 붙었고 넘실거리면서 게걸스럽게 이죽거리면서 발목까지 스멀스멀 타올랐고 우리는 집 밖으로 나가서 흰 석회벽이, 더러워진 시트가, 정신병자를 묶어 두었던 침대 다리가 심장처럼 시뻘겋게 타들어 가는 것을 보았어요. 난 조금 울었고 오빠는 울지 않았어요. 오빠는 숲으로 들어가자고 했는데 내가 반대했죠. 슈바르츠발트에 가자고 말한 건 나예요. 오빠도 그러자고 했어요.

새벽부터 버스를 기다리면서 우리는 어째서 아빠가 슈바르츠발트로 가 버린 것인지 생각했어요. 우리는 슈바르츠발트라는 도시를 들어본 적도 없었고 슈바르츠발트에 아무런 연고도 없었으니까. 그래서 우리는 할 수 있는 한 가장 구체적으로 슈바르츠발트에 대해 상상해야 했어요. 아빠는 그렇게 되고 난 뒤부터 말이 많지 않았으니까.

솔직히 말해서 아빠가 그렇게 오래 살 거라고 생각하지는 못했어요. 우리는 엄마가 아빠보다 오래 살 거라고 생각했어요. 엄마는 아빠보다 훨씬 굳건했고 건강했으니까. 그렇지만 집으로 돌아갔을 때 엄마는 없었어요. 침대맡에도 테이블 밑에도 하나뿐인 옷장 속에도 없었죠. 뒤뜰을 샅샅이 뒤져도 엄마는 보이지 않았어요. 하지만 우리는 엄마가 숲으로 갔으리라는 것을 알았죠. 하나 남았던, 삭아가던 자살자의 유일한 유품인 넥타이가 없었으니까. 엄마가 자신의 나무를 찾아간 것이라는 사실을 우리는 알고 있었어요. 하지만 믿을 수는 없었죠. 엄마가 아빠를 두고 홀로 숲속으로 갔다는 사실이 도저히 믿어지지 않았어요. 아빠는 아직도 살아서 벌레처럼 바스락거리고 있었어요. 아빠가 무엇을 어떻게 먹고 살아 있는 건지 이해할 수 없었죠. 우리는 아빠가 무엇을 먹고 살아남았는지 상상하지 않기 위해 노력했어요.

아빠가 나무처럼 기이하게 기다래진 다리로 갑작스럽게 일어서서 우리에게 다가왔을 때 난 비명을 질렀어요. 내 목을 조르고 머리를 내리칠 거라고 생각했으니까. 하지만 아빠는 슈바르츠발트로 갈 거야, 하고 말했죠. 먼저 가 있겠다고. 버스의 종점으로 우리를 데리러 가겠다고. 아빠는 쓰러지기 전처럼 명료한 목소리로 그러나 서글프고 지친 소리로 말했어요.

숲속에서 무슨 일이 있었는지, 하고 소년은 속삭였다. 아빠는 묻지 않았죠. 어쩌면 그때 아빠는 이미 숨을 참고 있었는지도 몰라요.

 난 아빠가 새들을 잡아먹었을 거라고 말했지만, 소년은 소녀의 귓불을 어루만지며 속삭였다. 넌 믿지 않았지. 아빠가 우리를 죽이고 싶을 만큼 미워한다는 걸, 그리고 그만큼 사랑한다는 걸. 나는 알고 있었어요. 침대에 묶여 있지 않을 때면 아빠는 언제나 동생에게 달려들어서 목을 졸랐죠. 그래도 이 애는 도망치지 않았어요. 아빠를 침대 다리에 동여매면서, 나무처럼 거칠고 앙상한 손목과 발목들을 결박하면서 우리는 울었어요. 눈물은 순식간에 얼어붙어서 볼이, 눈가가 견딜 수 없게 간질거렸는데도 우리는 울음을 멈출 수 없었어요. 그래도 그 무렵엔 아빠가 가장 행복했으리라는 생각을 지울 수가 없어요. 아빠는 마음껏 미워하고 사랑할 수 있었으니까. 그는 모든 것을 증오하고 모든 것을 사랑할 수 있었으니까. 그건 고통스럽지만 숨을 참아야 할 만큼 고통스러운 일은 아닐 수도 있으니까.

 우리는 아빠를 미워할 수 없었어요. 아무도 미워할 수 없었죠. 우리는 숲속에서 혼자였어요. 그곳에서 우리는 서로에게 정확히 같은 사람이었고 정확히 같은 대상이었고 정확히 같은 목소리였고 정확히 같은 추억과 정확히 같은 미래를 가진, 도저히 홀로가 아닐 수 없는 존재였으니까.

 우리는 돌아갈 수 있을 거라고 믿지 않았어요. 아마 목을 매달 수는 없겠지만 그래도 죽고 말 거라고, 어쨌든 돌아갈 수는 없을 거라고 우리는 생각하고 있었어요. 이 애가 나와 정확히 같은 생각을 하고 있다는 걸 알 수 있었죠. 우리는 자궁 속에서 뒤얽혀 합쳐지는 쌍둥이처럼, 한 몸에 엉클어진 두 개의 머리처럼 같은 운명에 속해 있었으니까.

아빠가 목을 조를 때보다, 소녀가 속삭였다. 두 발로 일어서서 슈바르츠발트에 간다고 말할 때가 더 무서웠어요. 그만큼 아빠가 무서웠던 적은 없어요. 완전히 낯선 남자 같았죠. 난 너무 놀라서 더 울 수도 없었어요. 어쩌면 그 사람은 아빠가 아니었을지도 몰라요. 아빠와 같은 병에 걸린 남자, 터무니없이 낯선 남자였을지도 몰라요. 그럴 거예요. 아빠는 더 이상 그렇게 똑바로 일어서서 명확하게 발음할 수도 없었으니까. 아빠는 영원히 그럴 수 없을 거였으니까. 그건 완전히 낯선 남자, 우리가 처음 보는 남자였던 거예요. 맞아요. 그 사람은 너무 커서 우리는 얼굴을 제대로 확인할 수도 없었어요. 어쨌든 우리는 남자를 따라가기로 했어요.

슈바르츠발트로, 하고 소년이 말을 이었다.

승객들과 기사는 가엾은 남매가 완전히 미쳐버렸다는 것을 깨달았다. 하지만 어떠한 광기는 현실일 수도 있다는 사실을 그들은 부정하지 않았다.

노파는 그런 일, 사람이 뒤바뀌는 일, 사람을 착각하는 일이 그리 드문 일만은 아니라고 속삭였다. 그녀는 사람의 얼굴을 식별하지 못하는 장애를 가지고 있었는데 그녀와 같은 장애를 가지고 있는 낯선 사람들이 간혹 그녀에게 엉뚱한 이름을 부르며 친근하게 말을 걸고는 했다는 것이다. 그러면 그녀는 샹빌, 뒤클로, 혹은 콩스탕스 같은 이름으로 상대에게 대답했고 그러면 상대는 어리둥절한 눈치로 여자를 집요하게 관찰하고는 화를 내며 떠나가거나 여자에게 장단을 맞추며 기묘한 역할 놀이에 동참하고는 했다고 노파는 낮은 소리로 낄낄거리며 말했다. 우리는 서로의 생애와 내력, 친구 관계와 미래까지 즉석에서 부여해 주었지. 그러고 나서 우리는 헤어졌고 즉각적이고 기적적이었던 상상을 망치지 않기 위해 다시는 만나지 않았어.

그런데, 하고 노파는 무척이나 서글프게 속삭였다. 의도적으로 혼동하는 건 그리 좋은 일이 아니란다. 아마 그 남자는 너희 아빠였을 거야. 내가 너희만큼 어렸을 때 난 아이를 생매장한 적이 있어. 그 애는 아직 숨을 쉬고 있었지. 심장이 뛰고 있는 걸 난 알고 있었어. 그 자그마한 가슴이, 아직 탯줄이 달린 배가 바들바들 경련하는 걸 분명히 보았지. 하지만 그 애는 너무도 피투성이였고, 죽음처럼 피투성이였고, 더 이상 살아날 수 없을 것처럼, 삶이 아닌 것처럼 앙상하고 작아서, 그래서 난 그 애를 묻었어. 난 의도적으로 삶과 죽음을 혼동했지. 그 애가 살아나는 걸 원치 않았으니까. 그 애가 죽었기를 바랐으니까. 난 그 애를, 바들거리는 끔찍하게 뜨거운 심장을 얼어붙은 땅에 묻었어. 손톱이 까뒤집어지고 역한 피가 흘러내렸지만 그래도 땅을 헤집고 그 얕은 구덩이에 애를 밀어 넣었어 애는 발버둥 치지도 않았지. 그 애는 죽은 것이라고, 죽지 않았으면 저렇게 피투성이일 수는 없다고 생각했어. 하지만 죽지 않았어. 그 애는 분명히 살아 있었어. 살아 있어서 그렇게 피투성이였던 거야.

소녀는 속삭였다. 어쩌면, 아직 죽지 않았을지도 몰라요. 뱀들이 땅 밑에서 동면하며 살아남듯이 그 애도 아직 살아 있을지도 몰라요. 살아서 버스를 타고 어딘가로 향하고 있는지도 몰라요.

노파는 소녀를 사랑스럽게, 그러나 원망스럽게 쳐다보았다. 겨울에는 애들이 많이 죽는단다. 그러나 전부 죽는 건 아니야. 숲에 들어간 아이들이 모두 행방불명되어버리는 것은 아니듯이. 그러니까 너희도 슈바르츠발트에 갈 수 있을 거란다.

고마워요, 하고 소녀는 수줍게 속삭였다.

기사는 울음을 터뜨릴 것 같아 이를 꽉 다물었다. 그들은 언제까지 숨을 참을 수 있을까? 언제까지 견딜 수 있을까? 그들이 원하는 것은 오직 더 견딜 수 없게 되는 순간, 그래서 불가능을 주파하지 못하고 깨어지는 순간뿐인지도 몰랐다. 십자가에 매달린 소년이 까마귀의 둥글고 검은 눈을 보며 비상이 아닌 추락을 애걸하였듯. 그러나 그들은 상상할 수 없을 정도로 오래, 어쩌면 종점을 지난 뒤까지도 계속 버틸지 몰랐다.

사내는 비명을 지르며 오열하고 싶은 충동을 억눌렀다. 하다못해 구역질이라도 하고 싶었다. 그러나 그는 아직 숨을 참고 있었고 종점까지 견딜 계획이었으므로 그렇게 할 수 없었다.

사내의 연인은 창문에서 뛰어내려 죽었다. 달리 생각할 여지조차 없는 명백한 자살이었으나 사내는 그녀가 착각을 했다는 생각을 지울 수 없었다. 오 년 전에 그들은 같은 건물의 일 층에서 살았고, 삼 년 전까지만 해도 그들은 이 층에서 살았으며, 그녀가 뛰어내리기 삼 개월 전부터 그들은 팔 층에서 살기 시작했던 것이다.

어쩌면 그녀는 일 층에서 혹은 이 층에서 뛰어내린다고 생각하고 아무런 기대도 질밍도 없이 창문 밖으로 뛰어내렸을지도 몰랐다. 그러나 그들은 팔 층에 살고 있었고 그녀가 기대했던 지평은 일 층 높이에도 이 층 높이에도 없었으며, 육신을 산산조각 낼 높이에 이르러서야 잔혹하게 얼어붙은 단단한 땅이 나타났고, 그래서 그녀는 죽어버린 것이라는 생각이 떠나질 않았다. 사내는 그녀가 자살하지 않으리라는 것을, 적어도 추락 자살을 시도하지는 않으리라는 것을 알고 있었다. 그녀는 사내를 사랑하고 있었고 언젠가 그가 그녀를 죽여주기를 바랐다.

그녀가 하지 않은 말을 사내는 들을 수 있었다. 끔찍하게 지속되는 절정에 그녀가 사내의 손을 잡고 맞잡은 손을 그녀의 목 위에 올릴 때 그녀는 죽음조차 없이 삶을 넘어서고 싶다고 속삭이고 있었다. 뒤라스의 연인들처럼, 절대적인 관능, 말없이 그녀가 선택한 초극 속에서 죽고 싶다고. 그러나 자살은 아니었다. 사내는 종종 악몽 속에서 변색된 금속처럼 검게 변해버린 그녀의 앙상한 유령을 보았으나 유령은 아무런 말도 하지 않았다. 뻐끔거리는 입술에서 사내는 어떠한 말도 읽어낼 수 없었다. 그녀는 소리 없이 조금 울다 곧 사라져버렸다. 마치 죽음은 아무런 이야기를 할 수 없음을 입증하듯.

일주일이 지나자 유령은 온데간데없이 사라져버렸다. 사내는 불을 붙여 여자의 시신을 직접 화장하였고 다시는 연인의 얼굴을 기억할 수 없었다. 끔찍하게 뭉그러진 뒷머리만이 그가 기억하는 전부였다. 그녀가 아름다웠다는 것은 알고 있었으나 정확히 어떠한 방식으로 아름다웠는지 그녀가 어떻게 부드럽고 사랑스러우며 애틋했는지 그는 더 이상.

소녀는 속삭였다. 슈바르츠발트는 어쩌면 조금 덜 추울지도 몰라요. 거기에는 아직 새들이 살지도 모르죠. 그러면 아무도 사냥감을 연기할 필요가 없을 거예요. 우리는 진짜 새를 사냥할 거고 새들의 목을 꺾어놓을 거고 새들의 깃털을 벗길 거고 새들을 박제할 거고 새들의 고기를 먹을 거예요. 몇 쌍의 새들은 남겨둘 거예요. 그들이 다른 새들을 낳을 수 있도록. 그래서 우리가 계속 새들을 사냥하고 사랑할 수 있도록. 새들은 평생 사냥할 가치가 있을 정도로 사랑스러우니까.

소년은 소녀의 둥근 어깨에 머리를 기대며 속삭였다. 새들이 아름답지 않아도 우리는 그들을 사랑할 거야.

제발 그녀를 빨리 매장해 달라고 그는 의사를 붙들고 울부짖었다. 하지만 흰 가운을 입고 있는 중년의 사내는 그녀가 죽어가는 모습을, 산산조각 난 그녀가 바들거리면서 죽음을 향해 고꾸라지는 모습을 자세히 관찰하고 싶어 했다. 그들은 쭈그리고 앉은 채로 높은 곳에서 떨어져 깨진 과일처럼 바스러진 그녀를 바라보았고 사내는 여자의 뒤틀린 손가락을 조심스럽게 어루만졌다. 그녀가 완전히 죽을 때까지, 그녀가 더 이상 출혈하지 않을 때까지, 그녀가 숨을 쉬지 않을 때까지 그들은 기다렸다.

의사는 여자의 연인인 사내보다도 더 슬피 울었다. 그는 그녀의 이름을 알고 있다고 말했다. 그러나 의사가 하는 중얼거리는 긴 음절들을 사내는 도저히 알아들을 수 없었다. 죽은 여자가 그의 연인이 아닐지도 모른다는 생각이 들었으나 팔 층 높이의 창문에서, 그의 침실 창문에서 떨어지지 않고서는 도달할 수 없는 지점에서 돌이킬 수 없이 파손되어 버린 신체가 그의 침대 위에서 유래한 것이 아니라면 대체 어디에서 온 것이란 말인가?

그는 유달리 아름답고 흰 남자의 얼굴을 고통스럽게, 그리고 두렵게 바라보았다.

식량을, 혹은 책을 조금만 나누어주면 시신을 처리해 주겠다고 의사가 제안했지만 사내는 거절했다.

그는 얼어붙은 대지에 진득하게 눌어붙은 잔해를 모두 긁어모아 태웠다. 매캐하고 역겨운 향기가 그의 피부에 스몄다. 유령은 오래 머물지 않았다. 그가 묻는 말에 유령은 대답하지 않았다. 결국 그에게는 물을 것이 남지 않았고 그녀는 곧 사라졌다.

사드의 책은 그들의 침실에 남은 유일한 읽을거리였다. 그녀가 추락하기 전까지 그는 한 번도 사드를 읽어본 적이 없었다. 책은 언제나 여자의 가느다란 허벅지를 짓누르고 있었고 그는 책의 무게에 붉게 달아오른 연인의 허벅다리 이외에는 관심이 없었다. 그러나 여자가 죽고, 그는 사드를 읽기 시작했으며 여자의 죽음이 사드가 묘사한 어떤 살해와 놀랍도록 유사하다는 것을 깨달았다. 여자도 그것을 알고 있었으리라.

어쩌면 그녀는 지루함을 이기지 못하고 연극을 한 것일지도 몰랐다. 호텔 방에서 거울을 보고 홀로 리어왕의 대사를 읊는 미친 연극배우처럼 그녀는 끔찍하게 긴 역겨운 겨울을 참지 못하고 소돔의 방탕 주의 학교에서의 한 대목을 연기해 본 것인지도 몰랐다. 창문에서 뛰어내릴 때만 해도 그녀는 그곳이 일 층 혹은 이 층 높이라고 생각했을 것이었다. 그러나 석 달 전부터 창문은 팔 층 높이에 있었고 그녀는 익숙하지 않은 높이, 아직 그리고 영원히 적응할 수 없었던 높이에 살해당한 것일지도 몰랐다.

버스를 운전하기 전에 그는 일 층에서 푸줏간을 운영하고 있었고, 갑작스러운 혹한이 찾아왔고, 동물들은 손써볼 도리 없이 모두 얼어붙었으며, 지독하게 단단해진 살점들. 도축용 칼을 아무리 내려쳐도 깨지지 않는 빌어먹을 동상들. 고기를 찾는 손님은 더 이상 없었고, 고기가 되어줄 짐승들도 더는 없었으며, 그는 구제할 수 없을 정도로 망해버렸고, 냉동된 고기들을 헐값에 팔아버린 뒤에 그는 이 층으로 올라가야 했고, 결국에는 팔 층으로 옮겨가야 했으니, 왜냐하면 승강기가 없는 팔 층 건물에서 살고 싶어 하는 사람은 그리 많지 않았으니까. 승객이 몇 되지 않는 버스를 운전해서 번 식량 조금과 사드의 페이지 조금만으로 일 층 혹은 이 층 방을 구할 수는 없었으나 팔 층의 낡아빠진 창고 방을 구할 수는 있었으므로 그곳에 그들은 침대 하나를 놓았고, 그리고 터무니없이 거대한 사드의 책 한 권. 팔 층은 놀랍게도 일 층 혹은 이 층보다 쾌적했고 공기는 눈물이 날 정도로 맑았으니, 그들은 조금 행복하기까지 했고, 서로의 푸르스름한 입술에 입을 맞추면서 수줍게 노래를 불렀고, 사내는 차라리 잘 되었다고 생각했고, 왜냐하면 그는 예전부터 푸줏간 일을 증오스럽게 여겼으니까. 검은 눈들이 그를 노려보는 것이 죽도록 싫었고, 갈고리에 매달려 있는 고깃덩이가 그의 몸 같았고, 그는 매일같이 고기 써는 톱날이 내는 끔찍한 비명에 썰리면서, 조각조각 해체되면서, 언젠가 그는 제 손가락을 손목을 종아리와 목을 잘라버리고 말 것이라고 생각하면서 오로지 피투성이의 붉은 빛에만 의존하여 그의 살과 고기의 살을 구분하였는데, 사실 그러한 구분법이 불완전하다는 것을, 불이 꺼지고 나면 그는 붉음을 구분할 수 없을 것이고, 손가락이 잘리고 나면 그는 고기와 마찬가지로 붉을 것이고 피투성이일 것이며, 그러면 그는 고통조차 잊고 제 몸을 썰어내고 말 것이라고, 손가락을, 그다음에는 손목을, 가슴팍과 무릎을, 허벅다리와 골반을 연결하는 접합 부위를 능숙하게 해체하여 결국에는 목을 자르고 죽어버릴 것이라는 생각을 버릴 수가 없었고, 적어도 팔 층에서는 더 이상 죽음과 삶을, 이미 고기인 것과 아직 고기가 아닌 것을 혼란스럽게 구분할 필요가 없었으니, 그는 차라리 행복하였고, 그는 더 이상 살아있는 척할 필요도 없을 것이었으며, 과장스럽게, 유일하게 살아 있다고 믿을 필요도 없었으니, 사실 살아 있는 것은 그가 아니라.

 그는 스스로도 놀랄 정도로 담담하게 사드를 읽었다. 소녀가 소곤거리는 소리가 들렸다. 끊임없는 취약한 생명력으로 소녀는 무호흡의 상태에서 한없이 이야기하고 있었다.

슈바르츠발트에서 우리는 행복할 거예요. 우리는 갈기갈기 찢기지 않은 척할 거예요. 한 번도 망가진 적이 없는 척할 거예요. 엄마가 죽어버렸다고 믿지 않는 척할 거예요. 죽음을 바라지 않는 척할 거예요. 한 번도 죽지 않은 척할 거예요. 실존하지 않는 척할 거예요. 다만 존재하는 척, 그리고 숲에 들어가 본 적이 없는 척할 거예요. 새들을 본 적도 없는 척할 거예요. 나무들을 볼 때마다 목매단 자살자들이 떠오르지 않는 척할 거예요. 검게 변한 발들이 매캐한 냄새가 떠오르지 않는 척할 거예요. 우리는 행복할 거예요. 왜냐하면 그곳에서 우리는 원하는 모든 것을 상상할 수 있을 테니까. 슈바르츠발트는 거대한 연극무대가 될 것이고 고대의 모든 도시 주민들이 그랬듯 우리는 연극이 현실이라는 것을, 연극만이 현실이라는 것을 깨달을 거예요.

아직 살아 있는 그 어느 승객들도 자신이 소녀의 주문과도 같은 웅얼거림에 등장한 목매단 자살자라고 이야기할 수 없었다. 그들은 아직 살아 있었으니까. 상상할 수 있는 죽음에 속하지 않았으니까. 삶에 속하지 않았듯, 죽음에도.

올리브 빛의 그을린 얼굴을 가진, 버스 중간 열에 앉은 중년의 남자가 갑작스럽게 속삭였다. 멍하니 창문을 보면서, 얼어

붉은 잿빛의 도로와 끝없이 펼쳐진 검은 침엽수들. 그는 사냥꾼 그라쿠스를 본 적이 있다고 말했다. 믿을 수 없을 만큼 가까운 옛날 그는 소년이었고 리바 시청의 비서로 근무했다. 숲을 제외한 모든 것이 몰락하기 전에 그는 그라쿠스의 상여를 직접 메고 왔다. 그는 그라쿠스가 순식간에 사라졌다고, 아무런 전조도 없이 까마귀의 예언도 없이 떠나가는 기척조차 없이 행방불명되었다고 말했다. 그러니 슈바르츠발트에서 그라쿠스를 다시 본다고 해도 이상할 일은 아니지. 어느 한 곳에 없는 존재는 다른 곳에 있을 수 있으니까.

기사는 중년의 사내가 망령들었다는 것을 깨달았다. 그는 창밖을 향해 알아듣지 못 할 말을 서글피 웅얼거리고 있었다.

소녀는 그라쿠스를 찾는 것이 아니라고 소리쳤지만―승객들은 소녀가 끝까지 숨을 참지 못하리라고 확신했다― 중년 사내는 완고하게, 그가 네 아버지라고 속삭였다. 네 아빠는 그라쿠스야, 이 계집애야. 그라쿠스도 네 아비도 똑같이 실종되었으니까, 아무도 그들을 찾지 않으니까 똑같은 사람일 수밖에 없는 거야.

소녀는 입술을 씰룩거리면서 당장이라도 눈물을 흘릴 듯 모멸감에 바들바들 떨었다. 소년이 달래었지만 결국 소녀는 참지 못하고 흐느끼고 말았다. 그러나 소녀는 사라지지 않았다. 소녀는 아직, 무호흡의 상태로 버스에 앉아 있었다.

종점까지는 아직 삼십 분 정도가 남았다.

소녀는 더는 상상하고 싶지 않다고 말했다. 그러나 상상하지 않고 그들은 더 이상 아무것도 살 수 없었다. 상상할 수 없는 것들을 그들은 견딜 수 없었으니까.

소녀는 비참하게 떨리는 목소리로 계속 중얼거렸다. 슈바르츠발트에는 불행처럼 돌연한 기적이 마련되어 있을 거예요. 아빠는 다른 사람이 되어 있을 거고 우리는 다른 장소에서 다른 삶을 살 수 있을 거예요. 겨울이 끝나지 않아도 좋아요. 오빠는 날 팔아넘기지 않을 거고 지하실에서 목을 졸라 죽이지도 않을 거예요. 난 더 이상 쥐를 먹지 않을 거고 새의 목을 부러뜨리고 고양이의 멱을 졸라 죽이지도 않을 거예요. 오빠는 밤마다 내 머리칼을 빗겨줄 거고. 봐요. 얼마나 오래 빗지 않았는지 벌써 다 헝클어진 이 머리칼을. 오빠는 매일 빗겨줄 거예요. 그리고 가장 따뜻하고 깨끗한 물을 떠다 줄 거고, 이해할 수는 없지만 아름다운 이야기들을 들려줄 거예요. 이야기 속에서도 우리는 죽지 않을 거고 설령 죽을 만큼 고통스럽다고 해도 다시 살아날 거고 마녀의 새들을 전부 죽인 뒤 숲을 나와 집으로 갈 거예요.

집에는 엄마와 아빠가 있을 거예요. 우리를 버려서 미안했다고, 데리러 오지 않아서 미안했다고, 우리가 죽기를 바란 것이 아니라고 엄마는 울면서 이야기할 거고, 우리는 엄마를, 그리고 아빠를 용서해 줄 거예요. 아빠는 더 이상 내 목을 조르지 않을 거고, 날 증오하지 않을 거고, 우리 누구도 증오하지 않을 거고, 다시 나무들을 베기 시작할 거예요. 부활한 목수들도 아빠 옆에서 나무를 벨 거고 우리는 나무가 흘리는 피의 시원하고 상쾌한 향기를 맡으면서 웃을 거예요. 토막 난 나무들을 사기 위해 목재상들이 우리 집 앞에 줄을 설 거예요. 목을 매달지도 않았고, 칠칠맞지 못하게 오줌과 피를 흘리지도 않았고, 구더기의 온상이 되지도 않았고, 파리들을 자유롭고 건강한 두 손으로 쉽게 쫓아버릴 수 있는 그런 목재상들이 올 거예요. 우리는 그들을 기쁘게 맞아들일 거예요.

난 죽지 않을 거고, 오빠는 울지 않을 거고, 내게 미안하다고 용서를 빌지도 않을 거고, 난 오빠를 용서하지 않을 거고, 그래요. 우리는 아무도 용서하지 않을 거예요. 엄마와 아빠는 우리를 버리지 않을 거고, 밧줄을 두고 왔다며 집으로 돌아가서 우리를 잊으려 애쓰지도 않을 거고, 기억해도 괜찮은 것들을 모두 기억할 거고. 왜냐하면 슈바르츠발트에서 우리는 아무것도 잊을 필요가 없을 테니까. 잊어야 할 것들은 한순간도 존재하지 않을 정도로 그 정도로 우리는 행복한 척 할 수 있을 테니까. 망가지지 않은 척, 갈기갈기 찢기지 않은 척, 죽고 싶지 않은 척. 어쩌면 우리는 아이를 낳을 수도 있겠죠. 엄마가 그랬듯, 아빠가 그랬듯, 아이는 사냥꾼으로 자라날 거예요. 슈바르츠발트에는 사냥감을 연기할 새들이 많을 테니까 우리는 새를 연기하며 아이의 앞에 사로잡혀 눈물 흘릴 거예요. 상냥한 아이는 우리를 풀어줄 거고. 왜냐하면 그래야 우리가 다시 사냥감을 연기할 수 있을 테니까.

그리고 우리는, 소녀는 불현듯 말을 멈추고 버스의 통로 앞쪽을 멍하니 바라보았다.

종점이 가까워져 가고 있었다. 기사는 종점에 소녀와 소년의 아버지가 와 있지 않으리라는 것을 알았다. 그곳은 침엽수림밖에는 없는 폐허였고 살기 위해 그곳으로 들어가는 이들은 없었다.

슈바르츠발트에, 하고 기사는 조심스럽게 속삭였다. 너희 아버지는 없을지도 몰라.

소녀와 소년은 대답하지 않았다. 승객들은 끔찍한 무표정으로 보이지 않는 내밀한 대기를 응시하고 있었다.

어쩌면 그들은 모두 죽었을지도 놀랐다. 이토록 오래 숨을 참고 버틸 수는 없으니까. 아니, 그들이 전부 살아있다는 사실을 가장 잘 아는 것은 그들 자신이었다.

그녀는 어째서 창문 아래로 뛰어내린 것일까? 창문 밖에 아무것도 없다는 사실을 그녀는 알고 있었을 텐데. 그곳에는 텅 빈 거리뿐이었다. 한동안 하수도 깊은 곳까지 스며든 역겨운 추위를 피해 튀어나온 쥐들과 까마귀, 비둘기와 양계장을 탈출한 닭들의 사체를 먹고 번성했던 그 거대한 고양이 떼조차도 모두 얼어 죽어 음침한 붉은 빛의 얼음덩어리로 변해버린 곳에, 삶은 식물성의 검녹빛밖에 없었다.

그녀는 다른 모든 이들이 죽고 싶어 하는 정도만 죽고 싶어 했다. 그녀는 영하에서 멈추어버린 항구적인 겨울을 그리 괴로워하지 않았고 팔 층으로 이사하는 일도 즐겁게 받아들였다. 그에게서 피 냄새가 나지 않는다고 반긴 것도 그녀였다. 하지만 피 냄새가 아니라면 그에게서 어떤 냄새가 났던 것일까? 단단하게 얼어버린 시체의 냄새? 푸른 마네킹의 냄새? 녹아버린 고무의 악취? 그는 그녀에게서 나던 향기로운 얼음의 냄새를, 추위에 바래버린 살결의 희미한 향기를 맡을 수 있었다. 겨드랑이나 사타구니 안쪽에 코를 박아도 그녀의 냄새는 이전처럼 강렬하게 느껴지지 않았다.

부모를 잃은 어린아이들이 간혹 그들의 집 초인종을 눌렀다. 그 애들이 이미 죽은 지 오래된 아이들이 아니라는 확신이 없었기 때문에 그들은 결코 그 애들을 집 안에 들이지 않았다. 팔 층으로 이사한 뒤에는 더더욱. 하지만 계속해서 초인종을 누르는 아이들이 있었다. 그들을 엄마, 혹은 아빠라고 부르면서 그들을 하염없이 기다리는 아이들이 있었다. 살아 있는 아이든 죽은 아이든 그 애들이 모두 실종자라는 사실을 그들은 알고 있었다. 실종자들은 모두 유령이라는 것도, 유령을 집 안에 들어서 좋을 것 없다는 것도. 아이들은 원한도 공포도 없이 떠돌았다. 그 애들은 그저 깊고 안정적인 내부만을 갈망할 뿐이었다.

단 한 번 그는 그녀 몰래 아이를 푸줏간 안으로 들인 적이 있었다. 그 애는 터무니없이 치렁치렁하고 화려한 드레스를 입고 있었다. 투명한 레이스들은 재와 먼지에 눅눅하게 가라앉아 있었다. 여자아이는 길을 잃었다고 했다. 유리문을 열자마자 여자아이는 자연스럽게 짐승의 악취가 진동하는 푸줏간 안으로 들어섰다. 무척이나 조숙하고 피로한 얼굴이었다. 헝클어진 머리칼과 유달리 기다란 목. 마른기침을 하는 아이에게 물을 떠다 주자 아이는 황급히 물을 들이켜고는 접수대 의자에 앉아 사내를 바라보았다.

그 애는 고맙다고 말하고는 사내에게 가까이 오라고 손짓을 했다. 사내가 마지못해 그 애의 앞에 서자 여자아이는 계속해서 손짓을 하며 더 가까이 다가오라고 했다. 사내가 여자아이의 앞에 무릎을 꿇고 나서야 여자아이는 사내의 유달리 둥글고 커다란 귓바퀴에 입술을 가져다 대고 비밀스럽게 속삭였다.

난 천사예요.

그것이 죽음의 다른 표현이라는 것을, 아이들에게는 특히 그렇다는 사실을 사내는 이미 알고 있었다.

여자아이는 수줍고 오만하게 속삭였다. 정말이에요. 난 착하고 죽었으니까. 무엇보다도 천사가 되기 위해서 죽었으니까 천사예요.

하지만, 하고 여자아이는 슬픈 목소리로 말을 이었다. 어디로 가야 할지 모르겠어요. 배도 고프고 다리도 아픈데 천국이 어디에 있는지 모르겠어요. 날 데리러 올 천사가 늦는 걸까요? 천국의 시간은 지상의 시간과 다른 걸까요? 내가 너무 늦게 죽어서, 아니면 너무 빨리 죽어서 천사가 날 찾지 못하고 있는 걸까요?

사내는 소녀가 죽지 않았다는 것을 알고 있었다. 그러나 그 자신도 이해할 수 없는 극단적인 충동, 배반에 대한 욕구, 열병과도 같은 슬픔 때문에 그는 소녀의 내밀한 착각에 묵묵히 가담했다.

사내는 나지막한 목소리로 말했다. 어쩌면 날개가 없기 때문일 수도 있어.

여자아이는 놀란 듯 눈을 동그랗게 뜨며 물었다. 날개요?

그래. 개나 고양이, 설치류들이 천사가 되지 못하는 것도 그 때문이지.

고양이는, 하고 소녀는 속삭였다. 천사가 되지 못하나요?

그래.

소녀는 주춤거리면서 속삭였다. 그럼 나도 천사가 아닌가요?

아직은 아니지. 사내는 터무니없는 거짓말에 이끌려 계속해서 지껄이고 있었다.

어떻게 하면 천사가 될 수 있나요?

날개가 있어야지. 새보다도 거대한 날개, 사람의 아이들은 새보다 몸집이 크니까 더 커다란 날개가 있어야 해.

그럼 날개를 만들어줘요. 소녀는 아무런 의심 없이 사내를 똑바로 올려다보며 말했다. 내가 천사가 되면요, 아저씨 소원을 들어줄 수도 있을 거예요. 물론 나는 아주 바쁘지만, 그래서 약속할 수는 없지만, 다른 천사에게 부탁이라도 해서 소원을 들어줄게요.

사내는 그럴 필요 없다고 중얼거렸다. 네가 정말 천사가 되면 좋겠구나, 하고 말하면서 사내는 정말 그 밖에는 아무것도 바라는 것이 없다고 생각했다.

그날 사내는 푸줏간 문을 닫고 온종일 소녀의 옆에서 뼈들을 닦았다. 대용량 쓰레기봉투에서 썩어가는 뼈를 꺼내 수돗물에 깨끗이 닦고 남아 있는 살점들을 예리한 칼날로 떼어내었다. 소녀는 접수대 의자에 앉아 작은 발을 달랑거리면서 지루함을 달래기 위해 허밍을 했다. 소녀가 부르는 노래는 그에게도 익숙한 것이었지만 정확히 어떠한 곡인지는 기억나지 않았다.

우리 가족 중에, 하고 소녀는 자랑스럽게 속삭였다. 내가 가장 먼저 천사가 되는 거예요. 엄마나 아빠보다도 오빠보다도 더 먼저 내가 천사가 될 거예요. 날 보면 다들 울겠지만 그래도 자랑스러워할 거예요. 루루가 천사가 되지 못했다는 건 안타깝지만 내가 천사가 되면 루루의 유령도 보살펴줄 수 있을 거예요.

난 오래도록 루루를 원망했는데 이젠 그럴 필요가 없다는 게 기뻐요. 루루는 나랑 약속을 했거든요. 꼭 천사가 되기로. 천사가 되면 우리를 도와주겠다고 꿈속에서 루루는 엄마처럼 부드럽고 천사처럼 달콤한 목소리로 속삭였는데 죽고 난 뒤에 루루는 다시는 돌아오지 않았죠. 꿈에서도 루루를 다시 볼 수 없었어요. 하지만 루루가 천사가 되지 못했다면, 날개가 없어서 아직도 도시 어딘가를 떠돌고 있는 거라면 난 루루를 용서할 수 있어요.

루루의 목은 따뜻하고 말캉했어요. 루루는 내 어깨를 다 긁어 놓았는데, 그래서 어깨에서 피가 흘러내렸는데, 내가 루루에게 좋은 일을 해 주는 거라고, 죽으면 천사가 될 수 있다고 아무리 설득해도 루루는 날 노려보기만 했죠. 하지만 꿈속에서 루루는 분명 내게 약속했어요. 천사가 되어주겠다고. 그래서 우리를 돌봐주겠다고. 약속을 하고 지키지 않는 건 잘못이에요. 그러니까 미안하지만 아저씨한테는 약속을 해 줄 수 없어요. 엄마랑 아빠 그리고 오빠까지 세 사람을 돌보는 것만 해도 끔찍하게 바쁠 테니까. 엄마는 세 사람을 돌보는 게 얼마나 힘들고 괴로운 일인지 모른다고 말하면서 울고는 했어요. 특히 아빠가 베트남 인민들을 쏴 죽이겠다고 손가락을 치켜들고 애처럼 웅웅거리면서 총 놀이를 해댈 때면. 엄마가 시를 쓰느라 죽은 사람처럼 창백하게 앉아서 중얼댈 때면 그때는 아빠가 흐느끼기 시작했죠. 아저씨도 시를 쓰나요?

사내는 고개를 저었다. 누런 접착제가 순식간에 응고되는 탓에 그는 세밀하게 주의를 기울여야 했다.

다행이에요. 시를 쓰는 건 좋은 일이 아니에요. 오빠는 엄마가 시를 써서 미쳐버린 거라고 말했죠. 시를 쓰기 전에 엄마는 다정하고 상냥했어요 밤마다 내 머리를 빗겨주는 건 오빠가 아니라 엄마였죠. 엄마는 내 몸을 부드럽게 씻어줬고 끼니때마다 감자를 굽거나 익히거나 삶거나 저미거나 다지거나 잘라서 깨끗한 접시에 담아 내오곤 했어요. 우린 엄마를 사랑했어요. 저녁에는 사랑스럽고 애처로운 공주들이 등장하는 동화를 읽어주기도 했죠. 하지만 시를 쓰고 나서부터는 변했어요. 엄마는 너무 자주 울었고—이전에도 울긴 했지만 그토록 자주 그토록 신경질적으로 그토록 듣기 싫은 소리로 그토록 광폭하게 울지는 않았어요—식탁에 꼼짝없이 앉아서 노트만 노려봤어요.

난 엄마가 쓴 걸 한 글자도 읽을 수 없었지만 오빠는 엄마가 아주 이상한 걸 쓴다고 했어요. 엄마가 죽음에 대한 시만을 쓴다고요. 목을 매달거나 물에 펄펄 끓거나 손가락과 발가락이 잘리거나 사지가 찢기거나 팽형당하거나 맞아 죽거나 음독 되어 거품을 물고 죽어가거나 장기가 짓물러 죽어버리거나 불에 타 죽거나 거대한 유압 프레스에 온몸이 눌려서 으스러져 죽거나. 오빠가 유압 프레스에 눌려 죽은 가족에 대해서 말해 주었을 때 난 너무 역겹고 메스꺼워서 헛구역질까지 했죠.

오빠는 엄마가 미쳐버렸다고 했어요. 아빠도 보이지 않는 베트남 인민군들을 총살하지 않을 때면 엄마가 미쳐버렸다고 중얼거렸죠. 글을 쓰는 여자들은 많지만, 편지나 일기, 다정한 가족들과 아름다운 정원이 등장하는 소설을 쓰는 여자들은 모두 정상적이며 건강한 여자들이지만 그런 글을 쓰는 여자는 모두 미쳐버린 여자라고요.

엄마는 노인처럼 웃고 아이처럼 울었어요. 이전에는 달랐죠. 시를 쓰기 전에는 오히려 아이처럼 웃고 노인처럼 울었어요. 엄마가 웃을 때는 맑은 종이 깨지는 것처럼 쾌활한 음률이 울려 퍼졌고, 울 때는 은밀하게 숨죽여서 흐느껴서 우는 소리가 제대로 들리지도 않을 정도였는데, 시를 쓰고 나서부터는 대낮에도 노트를 노려보다가 내 눈을 똑바로 바라보면서 아무렇지 않게 입을 커다랗게 벌리고 미친 듯이 울부짖기 시작했고, 엄마가 한 번 울기 시작하면 아주 어린 아이처럼 시끄럽게 그리고 집요하게 울어대서 우리는 다른 이야기, 공주들이나 기사들이 등장하는 이야기를 떠올릴 수도 없었고, 새들의 지저귐을 상상할 수도 없었고, 잠들 수도 없었고 꿈을 꿀 수도 없었고, 양손으로 귀를 막고 귓바퀴가 짓눌려서 으스러질 것 같을 때까지 귀를 누르고 숫자를 세는 일밖에는 할 수 없었는데, 그렇게 귀를 막아도 찢어질 듯 신경질적인 울음소리를 분명하게 들을 수 있었고, 아빠가 엄마에게 손가락을 겨누고 총살해도 베트남 인민 수백 명을 잡아 죽여도 그 소리는 멎질 않았는데, 굽거나 삶거나 익힌 감자를 가져다주어도, 미지근한 물로 입술을 축여도 엄마는 아이처럼 계속 울기만 했는데, 우리는 무력하게 울음소리를, 그 미칠 듯한 비명을 들으면서 오직 울음소리가 끝나기만을 기다릴 수밖에 없었어요.

엄마가 울 때면 난 언제나 엄마가 죽어버렸으면 좋겠다고 생각했어요. 웃을 때 엄마는 끔찍하게 늙어버린 것처럼 음흉하게 헐떡거렸죠. 그게 전부였어요.

날카롭게 잘라낸 소의 갈비뼈를 이어붙이면서 사내는 도축한 소가 소녀만큼이나 작았다는 것을 깨달았다.

그녀는 늦은 시간까지 돌아오지 않았다. 사내가 그녀에게 내밀 변명을 끝내 궁리해내지 못했다는 사실을 알아차리기라도 한 듯.

사내는 문득 소녀에게 고양이를 죽일 때 슬펐냐고 물었다.

소녀는 대답하지 않았다.

사내가 건네준 두 뭉텅이의 거대한 뼈 뭉치를, 날개 모양으로 어설프게 이어낸 뼈들의 유기물을 들고 소녀는 사라졌다.

접착제로 이어붙인 아슬아슬한 구조물을 소녀의 어깻죽지에 달아줄 수도 없었다. 구조물은 소녀에 비해 너무 무거웠고 사내는 살아 있는 살에 죽은 뼈를 접합하는 방법을 몰랐으므로. 그러니 소녀는 양손에 당장이라도 무너질 듯한 기묘한 구조물을 들고 사라졌다.

그리고 사내는 다시는 소녀를 볼 수 없었다.

소녀는 다시 돌아오지 않았다. 꿈 속으로 찾아오는 천사의 이미지조차 없었다. 어쩌면 그 모든 것이 꿈일지도 모른다는 생각이 들었다. 그는 이제 꿈속의 삶과 바깥의 삶을 구분할 수 없었으므로, 불면하며 꿈을 꾸기 시작한 뒤부터, 악몽이 꿈 바깥까지 끈질기게 따라붙기 시작한 뒤부터 그에게 꿈은 현실의 다른 이름이었으므로, 소녀와의 만남은 꿈이고 동시에 현실이었을 것이다. 무호흡으로 종착역에 다다르는 승객들처럼. 그녀가 목을 졸랐다면 그는 기꺼이 죽었을 것이다. 반항도 원망도 없이. 그러나 그녀가 꾸는 꿈에, 그녀의 연극에 사내는 참가할 수 없었다.

그녀는 밤늦게 홀로 연기하였으며 홀로 창밖으로 뛰어내렸다. 추락 없이는 비상이 불가능했으리라고 믿었을지도 몰랐다. 단 한 순간이라도 떠오르기 위해서는 죽음의 높이에 몸을 던져야 한다고. 이제 얼어붙지 않은 깊은 물은 없으니까.

그녀가 죽고 난 뒤에도 간혹 초인종을 누르는 아이들이 있었다. 이제 그를 찾아올 사람은 없다는 것을 알고 있음에도 그는 열쇠 구멍에 눈을 붙이고 매번 그녀의 부재를 확인하였다. 초인종을 누른 아이들은 이미 체념한 듯, 그가 문을 열어주지 않을 것을 알고 있는 듯 시체처럼 무감하고 피로한 얼굴로 서 있었다. 혹은 초인종을 누른 뒤 그가 열쇠 구멍에 눈을 가져다 대기도 전에 벌써 사라진 이들도 있었다.

그가 뼈로 만든, 소와 돼지의 갈비뼈와 무릎뼈 종아리뼈를 이어붙인 날개 모양의 어설픈 구조물을 양손에 들고 사라진 소녀는 돌아오지 않았다.

소녀는 아직도 흐느끼고 있었다. 소녀가 과시하는 거침없고 오만한 생명력에 승객들은 놀란 듯 보였으나 어리석게 입 밖으로 경악을 내뱉지는 않았다. 희미한 멀미에 시달리는 승객들. 그들은 흐느낌과 고통과 경악과 분노와 원망과 피로를 참아내며 숨을 멈추고, 이것이 불가능한 여행이라는 사실을 깨닫지 않기 위해 안간힘을 쓰고 있었다. 창백하게 질린 얼굴들이 어느덧 밤을 내달리는 불투명한 창문에 유령처럼 희멀겋게 되비쳤다. 그러나 그들은 유령이 아니었다. 그들은 바들거리면서 간신히 숨을 참아내는, 고통스럽고 역겨운, 그러나 단단하고 향기로운 몸을 가지고 있었다. 살아 있는 몸을. 좌석 등받이에, 창문에, 혹은 낯 모르는 타인의 어깨에, 좌석 위에 올려놓은 구부러진 무릎에 받쳐진 십수 개의 얼굴들. 그들은 방탕 주의 학교에서의 악몽과도 같은 고문을 견뎌내고 살아남은 희생자들 같았다. 역겨운 악몽을 잊기 위해 미친 방탕아들이 건네준 금은보화를 순식간에 탕진해버리고 추억도 미래도 없는 먼 곳으로 떠나는 망명자들.

  사드를 읽는 운전기사의 버스에 올라탄 사람들이 어떠한 불구를 은폐하고 있는지 그는 알지 못했다. 그녀가 죽기 전까지만 해도 그는 사드를 펼칠 생각조차 하지 못하고 있었으니까. 그것은 그의 욕망이 아니었고 지금도 마찬가지다. 다만 다시 날아오르기 위해 날갯죽지를 움칠거리는 새들. 그는 그 엉성하고 조잡한 구조물이 날개가 아니라는 사실을 알고 있었고 비상을 연습하는 암캐들이 절벽에서 떨어져 죽어버리듯이 소녀도 그토록 무겁고 조잡한 뼛조각들, 그것도 그녀 자신의 뼈가 아닌 뼈로 날 수는 없으리라는 것을 갑작스럽게 떠올렸고, 그러니 소녀는 아마 정말로 죽었을 거라고, 말도 안 되는 그 두 개의 거짓을 들고 높은 곳에서 비상을 시험하다가 죽어버렸을 거라고, 죽고 난 뒤에는 원망도 고통도 없었으리라고, 마치 그녀 자신이 목 졸라 죽였다고 자랑스럽게 털어놓은 그 고양이처럼, 천사가 되지는 못했겠지만 그렇다고 특별히 절망적이지도 않았을 것이라고, 아마, 소녀는 지상에 도달하여 파멸하는 그 순간까지 비상의 가능성을 믿고 있었을지도 모른다고 사내는 생각했다. 창문에서 높은 곳에서 떨어지는 새를 닮은 여자들의 얼굴을 그는 더 이상 기억해낼 수 없었다. 그녀들의 부드럽고 연약한 얼굴은 냉혹하게 얼어붙은 지상에 맞대어 감추어졌고 그에게는 그녀들의 고개를 돌려 입 맞출 용기가 없었다.

정신착란과도 같은 혼미한 멀미 속에서 사내는 무책임하게 액셀을 밟고 있었다. 그가 공중을 향해, 절벽을 향해 버스를 내몬다고 해도 그를 저주할 승객이 없으리라는 것을 사내는 알고 있었다. 그들은 이미 시체처럼 늘어져 있었고 희망보다는 절망에 순종한 채로, 기울어진 고개를 똑바로 세워 젖힐 여력조차 없이 그가 나아가는 방향으로 무력하게 실려 가고 있었으니까. 슈바르츠발트 혹은 무無로 도달하고 있다고 믿으면서. 희고 풍만한 달을 보고 난 뒤에야 그는 이미 종점을 지나쳤다는 사실을, 더 이상 종점이 어디인지 알지 못한다는 사실을, 그가 악몽을 꾸고 있다는 사실을 깨달았다. 승객들은 여전히 열두 명이었다. 그는 달을 향해 차를 몰다가 알 수 없는 무언가에 충돌하여 죽어버린 미치광이의 이야기를 떠올렸다.

슈바르츠발트에 갈 거예요, 하고 소녀가 속삭였다. 그녀는 눈을 감고 있었기 때문에 잠꼬대를 하는 것인지 깨어서 말하는 것인지 혼동되었다.

그러나 소녀는 슈바르츠발트에 갈 거예요, 하고 계속해서 중얼거렸다.

아빠가 데리러 오지 않아도 우리는 슈바르츠발트에 갈 거예요. 소녀가 너무도 반복적으로 같은 어조로 중얼거리는 탓에 오히려 소녀는 체념한 것처럼 여겨졌다.

사내는 브레이크를 밟았다. 주행의 관성을 쉽사리 포기하지 못한 바퀴들이 광폭하게 밤을 찢어발기는 끔찍한 소리가 들렸다. 승객들은 경악하여 눈을 떴고 그는 갑작스럽게 이제 숨을 쉬라고, 종점에 도착했으니 당신들은 전부, 전부 내려야 한다고 소리쳤다. 밤 주행에 성에로 뒤덮인 흰빛의 얼굴들이 점점 사라져갔다.

이곳이 종점이 아니라고, 당신이 우리를 기만했다고 항의하는 승객은 없었다. 그곳이 어디든 그들에게는 상관이 없었던 것이다. 나무는 어디에나 있었고 이제는 같은 곳에 목을 매달지 않기 위해 서로 다른 나무를 찾아 다툴 필요도 없었다. 나무들은 끔찍하게 많았고 인류의 수를, 죽은 인류의 수까지도 훨씬 웃돌 정도로 많았고 그들은 밤 어디에나 널려 있는 나무 하나를 골라잡으면 그만이었다.

끝까지 고집스럽게 남아 있는 소년과 소녀만을 싣고 사내는 다시 액셀을 밟았다.

슈바르츠발트로 가는 거예요? 하고 소녀가 의아하게 물었다.

사내는 고개를 저었다.

소년도 소녀도 더 이상 사내에게 묻지 않았다. 그는 오른손으로 운전대를 잡고 왼손으로 넥타이를 거칠게 풀었다. 소년과 소녀는 두려움 없이 올곧은 검은 눈으로, 쌍둥이처럼 닮은 네 개의 고요로 사내의 뒷모습을 응시하고 있었다.

그들은 아직 숨을 참고 있었다.

정적한 곳은 숲이었다. 끈적이는 덫과 같은 안개가 잿빛 대기를 뒤덮고 있었으며 검은 나무들이 오만하게 결집하여 이미 절멸해가는 짐승들, 그들이 어떠한 공격이나 위협을 할 필요도 없이, 그저 가만히 서서 오랜 본능에 따라 자라나는 것만으로 목을 매 죽음을 바칠 동물들을 바라보고 있었다.

범죄를 준비하는 자에게는 어울리지 않는 피로하고 건조한 목소리로 사내는 기다려달라고 말했다.

소년과 소녀는 사내를 순순히 따라 내렸다.

그들이 보는 앞에서 사내는 매듭을 묶었다. 울음은 나오지 않았다. 이제 와 슬퍼하기에 그는 지나치게 오래 죽음에 대해 생각해 왔다. 그는 홀로 남겨질, 결국 슈바르츠발트에 도달하지 못할 아이들에게 용서를 빌지도 않았다. 사내는 그들의 아버지가 아니었으므로. 그는 아이들에게 지키지 못할 어떤 약속도 한 적이 없었고 사드의 방탕아들의 범죄는 그의 범죄가 아니었으므로.

　그는 아무런 죄의식도 후회도 없이 이름 모를 거대한 나무에 다가갔다. 탐욕스럽고 음탕한 뿌리가 불쑥 튀어나와 있는 고목처럼 보였다. 그러나 최근의 나무들은 불가해할 정도로 빨리 발육하였으므로 실제로는 십 년도 채 되지 않은 나무일지도 몰랐다.

　버스 뒷문 앞에서 그를 멀거니 바라보고 있던 소년이 불쑥 말했다. 비슷한 꿈을 꾼 적 있는 것 같아요.

용서

    달은 여자를 응시하고 있었다. 달은 여자가 죽기를 기다리고 있었다.
    나를 용서해 줘. 절망적으로 거대한 달 앞에서 여자는 수화기에 입술을 붙인 채 다급하게 속삭였다. 나를 용서해 줘. 수화기 너머에서는 불가해한 빛과도 같은 침묵이 번져 들고 있었다.
    누구시죠?
    난 네 친구야.
    내겐 친구가 없어요. 난 당신을 몰라요.
    나를 용서해 줘.
    뭘요?

나를 용서해 줘. 여자는 흐느끼고 있었다. 너를 생각하면 가슴이 아파. 그런 통증조차 없었다면 난 살아있지 못했을 거야. 난 살아있지 않았을 거야. 난 나를 죽였을 거야. 혈관이 터질 때까지 질주하는 어린 말처럼 천국까지 내달렸을 거야.

누구시죠?

용서해줘! 여자는 미친 듯이 소리 질렀다. 그렇지 않으면 난 죽어버릴 거야. 용서받기 위해 난 할 수 있는 모든 것을 다 했어. 이건 내 유언이야.

대답은 들려오지 않았다. 그러나 미약하고 가느다란, 당황한 듯한 숨소리가 여자의 귓속으로 흘러들고 있었다. 여자는 그 애가 듣고 있음을 알았다.

네게 편지를 보내려고도 했어. 난 정말 많은 편지들을 썼어. 하루에 다섯 장씩 난 네게 보낼 편지를 썼는데, 어느 날 아침 일어나보니 그 많은 편지들은 보이지 않았어. 단 한 장도. 그래 난 사실 단 한 장도 쓰지 않았던 거야. 믿어지니? 그러니까 편지는 안 돼. 편지를 쓴 순간들은 모두 꿈이 되어버리니까. 편지들을 잃어버린 이후로 난 오랫동안 편지를 쓰지 않았고 그래서 한순간도 잠들지 못했으며 꿈도 꾸지 못했지.

누구세요?

난 너를 보던 시선이야. 난 너와 함께한, 여자는 말을 잇지 못했다.

그녀는 불안하게 떨리는 목소리로 속삭였다. 난 너와 함께한 시간이야. 깨진 거울처럼, 거울의 파편 틈에서 피어난 푸른 꽃처럼 나는 너를 보고 있었어. 그리고 너도 나를 보고 있었지.

너는 내게 말을 걸었어. 너는 운동장에서 모래성을 쌓고 있었지. 네 손은 언제나 지저분했어. 흙과 먼지가 묻은 네 작고 두툼한 손은 그리 아름답지 않았지만 난 네 손에서 눈을 뗄 수 없었어. 어째서일까?

너는 네가 천사라고 했어. 벌을 받기 위해 지상으로 내려온 천사라고. 하지만 난 너를 믿지 않았어. 네게는 날개도 없었고 넌 그다지 희지 않았으며 네게 남은 유일한 흰빛은 네 입속에 감추어져 있었으니까. 희게 이를 드러내며 웃지 않으면 너는 조금도 희지 않았어. 게다가 너는 금발도 아니었고 하늘처럼 새파란 눈을 가지고 있지도 않았지. 네 눈도 머리칼도 가장 깊고 외로운 밤처럼 검었어.

넌 보여주겠다고 했어. 넌 울고 있었어. 네가 떨어지는 것을 나는 잡지 않았어. 왜냐하면 난 사실 네가 천사라는 것을 아주 조금은 믿고 있었으니까. 그리고 너는 사라졌어. 영원히 사라졌어. 그 누구도 너를 기억하지 못해. 우리의 담임 교사도 너를 기억하지 못했어.

우리는 네 책상에 흰 국화 한 송이를 올려놓았고 국화는 순식간에 시들어버렸으며 천사처럼 투명한 날개들을 가진 파리들이 그 위에 들끓었지. 우리는 하는 수 없이 국화를 내다 버렸어. 그리고 그 책상에는 다른 아이가 앉았고.

그 누구도 너를 다시 기억하지 못했어. 그해에는 너무 많은 아이들이 옥상에서 투신하거나 화장실에서 신발 끈으로 목을 매고 죽었고 그 아이들의 이름은 전부 잊혔지. 하지만 너는 그런 방식으로 사라진 게 아니었어. 너는 정말 잊혔어. 국화를 버리고 난 뒤부터 아무도 너를 기억하지 못했어. 너의 존재를 흐릿하게 아는 사람들조차도 네 이름을 알지 못했어. 나도 네 이름을 기억하지 못해. 그제야 나는 네게 이름이 없다는 사실을 알았어. 넌 아무에게도 네 이름을 알려주지 않았고 너를 부를 필요가 없었던 사람들은 네 이름을 모른다는 사실조차도 알아차리지 못했던 거야. 나를 용서해 줘. 너는 떠내려오는 사물들의 그림자 같았어. 너는 사물들의 시체처럼 검었어.

지상에 짐승들을 도축하고 처형하는 칼날들이 있듯 천국에는 천사들을 도축하고 처형하는 공간이 있다고 네가 말했어. 네가 그렇게 하얗게 웃을 때면 나는 너를 죽여버리고 싶었어. 하지만 얼굴이, 눈 안쪽이, 귓속이, 심장이, 내가 한 번도 상상해보지 못했던 곳들이 너무 욱신거려서 너를 어떻게 죽여야 할지 알 수 없었어. 너를 죽여야만 한다는 생각은 밤을 일그러뜨리는 새벽의 희멀건한 빛처럼 서서히 흐릿하게 사라져갔어.

그리고 난 널 잃어버렸어. 용서해줘.

여자는 바닥에 주저앉았다. 버려진 공중전화 부스에 찾아오는 사람은 아무도 없었다. 깊은 밤이었고, 조명에 반사된 흐릿한 유리의 내부에서 시체처럼 창백한 여자의 얼굴은 아무에게도 알려지지 않았다. 여자는 떠오르지 않는 별들을, 별들의 빈자리를 바라보며 멍하게 앉아 있었다. 마치 한 번도 별을 본 적이 없는 것 같은 기분이었다. 여자는 별들이 얼마나 반짝이는지, 별들이 어떠한 형상으로 비추어지는지 더 이상 기억할 수 없었다. 종이를 표백하는 화학 약품 속에 잠긴 것처럼 그녀의 육신에 마지막으로 덮여 있던 지층들과 언어들은 휘발되어 사라지고 가장 깊이 침잠되어 있는, 이미 그녀의 고유한 살이 되어버린 흉터만이, 어린 시절만이 그녀의 내부에 선명하게 떠올랐다.

용서해줘, 하고 여자는 속삭였다.

시체처럼 흰 허벅지 위로 작은 거미가 기어갔다.

너는 너를 죽여달라고 말했어. 너는 내가 하고 싶은 대로 해도 괜찮다고 했어. 나는 너를 죽이고 싶다고 말했고 너는 그렇게 해도 괜찮다고 했어. 그리고 곧, 죽여달라고 말했어. 하지만 네가 너를 죽여달라고 말하는 순간 난 더 이상 너를 죽이고 싶지 않았어. 그래서 너를 죽이고 싶지 않다고 했어. 너는 괜찮다고 말했어. 너는 울었어. 부모를 잃어버린 유원지의 아이처럼 서럽게 울었어. 하지만 나는 정말, 더 이상 너를 죽이고 싶지 않았어. 사라짐을 원하는 너를 죽이고 싶지 않았어. 나는 너와 함께 죽고 싶었어. 나는 네가 먼저 나를 죽여주기를 원했어. 내가 너의 죽음을, 내 죽음 뒤에 이어질 너의 죽음을 상상할 수 있도록. 나는 네가 나를 죽이고 떠나가길 바랐어. 내가 알지 못하는 곳으로.

우리는 우주에 나가고 싶다고 했지. 천국보다도 더 먼 곳에 우주가 있다고 우리는 믿었어. 그곳에는 우리가 알지 못하는 세계가 우리가 알지 못하는 방식으로, 시간도 공간도 아닌 신비로운 방식으로 운행하고 있겠지. 우리는 그곳을 상상하며 놀았어. 하지만 우리는 끝내 그곳을 발견하지 못했어. 우리에게 알려진 곳들, 우리가 상상할 수 있는 장소들은 그곳이 아니었어. 네가 천사라면, 여자는 뼛속으로 틈입하는 추위에 바들바들 떨면서 속삭였다. 우주로 날아가면 되지 않느냐고 나는 물었어.

너는 그럴 수 없다고 했지. 신이 네 두 날개들을 잘라버려서. 닭을 도축하는 커다란 칼로 네 날개를 뜯어내 버려서 더는 날 수 없다고.

검푸른 빛으로 반짝이는 거미는 여자의 흰 허벅지를 타고 내려가 연한 베이지색 원피스 자락 아래로 들어갔다. 여자는 속옷을 입고 있지 않았다. 그녀의 사타구니는 늙은 여자처럼 검었다.

　너는 신을 욕하는 버릇을 고칠 수 없었어. 난 신을 원망하지도 사랑하지도 않았지만 너는 신을 원망하고 동시에 사랑했지. 그는 네가 가진 모든 것들을 빼앗아갔고 네가 가진 모든 것들을 네게 주었어. 하지만 난 신에게 아무것도 받지 못했어. 넌 신에게 기도하지 않으면 내가 천국에 가지 못할 거라고 말했고 그제야 나는 기도하기 시작했어. 너와 같은 곳으로 가고 싶었으니까.

　너는 수업 중간에 갑자기 일어나서 큰소리로 기도를 했고 아이들은 깔깔거리며 웃었고 그 애들은 너를 조롱하듯이 거대한 낮의 목소리로 웃어댔고 난 네가 신에게 너를 용서해달라고 비는 소리를 들었어. 넌 돌아가고 싶었던 거야. 넌 나를 두고 내가 모르는 곳으로 가고 싶었던 거야. 신이 너를 듣고 벼락을 쏘아서, 창문을 깨뜨려 네 목을 잘라서 너를 무너뜨리고 가장 지독한 독으로 너를 부패시켜서 죽여버릴까 봐 겁이 났어. 너를 말릴 수 있었다면 얼마나 좋았을까. 하지만 난 이해할 수 없는 슬픔에 얼어붙었고 네가 모든 모멸과 조롱 끝에 자리에 앉는 모습을 가만히 지켜볼 수밖에 없었어.

　빗물이 공중전화부스 바깥으로 삐져나온 여자의 흰 발을 적시고 있었다.

　급식실 뒤편 화단에서 우리는 희고 작은 토끼들을 길렀지.

반 아이들이 우리의 토끼들을 빼앗아 길들일 때마다 우리는 비밀스럽게 화단으로 돌아가서 다시 토끼들을 훔쳐냈어. 우리는 몇 번이고 은밀하게 토끼들을 훔쳤고 그곳에서 토끼들에게 우리의 얼굴을 각인시켰어. 토끼들은 우리의 손 아래에서 유동성의 액체처럼 부드럽게 풀어졌지. 넌 토끼들을 좋아했어. 29번 채널에 토끼가 나오면 어떨지 이야기하면서 우리는 토끼들의 놀랍도록 부드러운 귀를 어루만졌어. 넌 29번 채널에서 토끼를 낳는 여자를 본 적이 있다고 했어. 내가 보지 않는 심야 시간에 더러운 농민의 옷을 입은 여자는 변을 보듯 마당 한쪽에 쭈그리고 앉아 가랑이 사이에서 검붉은 피가 엉겨 붙어 있는 작은 토끼를 끄집어낸다고 했어.

  그 토끼는 죽어있다고도 했어.

  토끼를 처음으로 낳던 날 마을 사람들은 모두 놀랐지. 모두가 그녀와 그녀의 죽은 기형아를 확인하고 싶어 했어. 도시의 저명한 의학박사까지도 그녀를 확인하고 그녀에 관한 논문을 발표할 정도였다고 너는 말했어. 하지만 그녀에 대한 관심은 곧 시들해졌지. 세상에는 토끼를 낳는 여자보다 진귀한 것들이 많았고 사람들은 토끼보다는 알을 낳는 여자에게, 알 속에서 태어난 소년에게 더 많은 관심을 가졌어.

  아무도 여자를 지켜보지 않는 동안에도 여자는 계속해서 토끼를 낳았어. 단 한 마리의 토끼도 살아 있지 않았어. 여자는 마침내 마당 한쪽 구석에 쪼그리고 앉아 용변을 보듯이 토끼를 낳기에 이르렀어. 굶주린 사냥개들이 여자의 신비로운, 저주받은 자식을 잡아채 여자가 보는 앞에서 물어뜯었지. 여자는 울지 않았으며 슬퍼 보이지도 않았다고 너는 말했어.

우리가 돌보는 희고 부드러운 토끼들이 그녀의 저주받은 자식들이라고 상상하면서 우리는 놀았어. 우리는 교실에서 배운 내용들을 토끼들에게 가르쳤지. 한가롭게 풀을 뜯으면서 우리를 올려다보는 음험한 물기로 젖은, 노출된 심장과도 같은 붉은 눈들을 우리는 함께 내려다보았어. 토끼들과 함께 놀고 난 뒤 우리는 함께 교실로 돌아갔어. 우리는 교실 천장에 야광 별들을 오려 붙였어. 별들에 이름을 붙이고 싶었지. 우리가 정말 이름을 붙였는지, 끝내 이름을 붙이지 못했는지, 아니면 그때 붙인 이름을 잊어버린 것인지는 기억나지 않아. 난 다른 모든 이름과 마찬가지로 별늘의 이름도 기억나지 않으니까. 난 별들을 보면서 불가해한 향수에 시달렸지. 나는 어쩌면, 이곳에서 태어나지 않았을지도 모른다고 말했어. 지상에서 태어나기 전에, 내가 기억할 수 있는 최초 이전에 다른 어린 시절을 가지고 있었을지도 모른다고. 측정할 수 없는 먼 우주에서 지구로 떨어진 이름 없는 작은 돌덩어리의 먼지 조각이 나일지도 모른다고. 엄마는 나를 낳기 전에 별의 꿈을 꾸었다고 했어. 그 별은 타들어 가는 얼음처럼 뜨거웠다고.

여자는 절망적으로 발작적인 기침을 해댔다. 여자의 검은 입속에서 축축하게 젖은 작은 날벌레가 튀어나왔다.

당신이 무슨 말을 하는지 잘 모르겠어요. 하고 수화기 너머에서 나지막하고 정중한 음성이 흘러나왔다. 이해할 수 없는 슬픔으로 젖어 있는 목소리.

여자는 속삭였다. 이건 우리의 추억이야.

그건 당신의 추억이 아니에요, 하고 목소리는 속삭였다. 그리고 내 추억도 아니고요. 어린 시절도 야광 별도 천사도 사냥개도 29번 채널도 모두 존재하지 않아요. 당신은 망상에서 벗어나야 해요. 당신은 도망치고 있어요. 그게 불가능하다는 것을 알면서도.

여자는 흐느끼면서 속삭였다. 나를 용서해 줘. 네가 토끼들의 목을 졸라 죽이는 모습을 나는 보지 못했어. 죽은 토끼들을 보고 난 비명을 질렀지. 토끼들은 더 이상 희지 않았어. 탐욕스러운 검은 빛으로 번쩍거리는 거대한 파리들이 토끼들의 위를 새까맣게 뒤덮고 있었어. 루비처럼 반짝이던, 튀어나온 심장의 붉은빛은 더 이상 보이지 않았어. 토끼들은 검었어.

여자는 덜덜 떨면서 말을 이었다. 아이들은, 우리가 토끼들을 훔쳤다는 것을 모르는 순진한 아이들, 아직 토끼들이 자신들의 것이라고 믿었던 반 애들도 나처럼 울었어. 한여름의 검은 사체는 우리가 겪기에 너무 과도한 죽음이었어. 그것은 끔찍하게 과열되어 살아 있었지. 우리는 얼굴과 눈이 가려지지 않은, 그토록 많은 생명들에 뒤덮인 시체를 처음 보았어. 복지원의 부랑자들이 토끼 위를 뒤덮은 파리들처럼 검게 바랜 얼굴을 하고 토끼와 반죽처럼 진득하게 엉겨 붙은 여름의 파리들을 동시에 삽으로 파냈어. 선생님은 우리와 함께 흐느꼈어.

누군가, 여자는 은밀하게 속삭였다. 너를 보았다고 소리쳤어. 네가 토끼 목을 졸라 죽이는 모습을 보았다고. 나는 끔찍하게 놀라 그럴 리 없다고 비명을 질렀지. 너는 착한 아이라고. 너는 다른 아이들처럼 문장들을 쉽게 이해하고 외우지는 못하지만, 재빠르게 움직이거나 줄에 맞추어 서지는 못하지만 착한 아이라고.

아이들은 내 말에 동의했어. 난 순간 토끼의 끔찍한 죽음조차도 잊어버릴 정도로 열에 들떠 아이들이 내게 동조하는 모습을 바라보았어. 그래, 그래 그럴 리가 없어 하는 소리는 숨이 멎을 것처럼 황홀하게 증폭되었어. 그것은 내가 차지한 최초의 승리였어. 이후로 단 한 번도 타인을 설득하지 못하리라는 것을, 그 순간이 내게 허락된 유일한 행운이라는 것을 알지 못하면서도 나는 환희에 들떠 가슴이 아팠지. 아이들은 너를, 그리고 나를 믿고 있었어! 그때 너는 어떤 얼굴을 하고 있었어? 여자는 흐느끼며 속삭였다.

여자의 무릎은 풀잎에 물들어 짙은 녹빛이었다. 헐벗은 채 쓰러진 젖은 풀잎들, 신이 자신을 풀잎이라고 믿던 날 여자는 풀잎들 위에 무릎을 꿇고 앉아 신에게 기도했고 신은 여자의 무릎 아래에서 뭉그러졌고 여자는 신을 살해한 채, 신의 녹빛 피를 무릎에 묻힌 채로, 살해자의 음험한 걸음으로 그녀가 죽인 신에게 삶을 애원했다.

네가 토끼를 죽였다고 말했을 때 난 너를 믿지 않았어. 왜냐하면 너는 저능아였고 그래서 착한 아이였으니까. 착한 아이는 곤충보다 거대한 짐승들을 죽이지 않으니까. 우리는 토끼들을 사랑했잖아? 토끼들을 쓰다듬어주고 토끼들에게 이름을 지어주고 싶다고 생각했잖아. 토끼들은 귀엽고 희었잖아.

하지만 너는 토끼들을 사랑했기 때문에 토끼들을 죽였다고 말했어.

너는 몸 앞으로 검게 그을린 가느다란 팔을 뻗은 채 마비된 것처럼 팔을 경직시키면서 몸을 떨었지. 네 눈은 죽지 않은 토끼처럼 희었어. 너는 토끼들의 목을 졸라서 죽였다고 말했어. 네가 한 마리의 토끼를 죽이는 동안 다른 토끼들은 도망가지도 않고 반항하지도 않고 죽어가는 토끼 옆에 둘러앉아서 너를 천사의 심장처럼 붉은 눈으로 바라보고 있었다고 했어. 나는 참지 못하고 구역질을 했지만 아무것도 나오지 않았어.

나는 너를 고발한 아이에게 끝까지 사과하지 않았어. 너를 믿지 못한 사람은 다른 누구도 아닌 나라는 사실을 인정하고 싶지 않았어. 용서해줘. 난 네가 토끼를 죽일 수 없다고 믿고 있었어. 하지만 네가 토끼처럼 살아 있다는 사실을, 토끼보다도 붉은 눈을 가지고 있다는 사실을 믿을 수 없었어.

여자의 음부에서 떠돌던 작은 거미가 여자의 허벅지 사이에 투명한 선들을 잇대기 시작했다.

교실 쓰레기통에서 모서리가 남은 야광지들을 발견해 별을 그리고 천장에 야광 별들을 오려 붙이고 난 뒤 나는 집으로 돌아갔고 너는 교실에 남았어. 네게 돌아갈 집이 없다는 걸 알고 있었지만 너를 우리 집에 초대하고 싶지는 않았어. 너는 검었고 검은 것들은 병을 가지고 있으니까, 네가 우리 집에 병을 옮겨 놓을까 봐 두려웠던 거야. 엄마와 아빠가, 흰 말티즈가 검은 독에 감염되어 죽어갈까 봐, 밤처럼 새까맣게 썩어서 너처럼 이상한 냄새를 풍길까 봐 무서웠어. 그리고 내가 너 외에 가진 것이 없다는 사실을 들키고 싶지 않았어. 네가 말을 더듬는 모습을, 웃어서는 안 되는 순간에 천사처럼 흰 이를 드러내면서 환하게 웃고 침묵을 견디지 못하고 돌발적으로 비명을 지르거나 노래를 부르는 모습을 들키고 싶지 않았어.

수업 시간에 가장 엄숙한 침묵 속에서 너는 갑자기 일어나 음정도 맞지 않는 노래를 부르고는 했지. 다른 애들은 너를 보면서 웃었지만 난 웃을 수 없었어. 웃을 수 없는 내가, 웃지 않는 네가 부끄러웠어. 난 너를 죽여버리고 싶었어. 네가 더 이상 이상한 노래를 부르지 않도록, 너를 보면서 슬픔을 느끼지 않아도 되도록 나를 부끄럽게 만드는 너를 죽여버리고 싶었어. 그리고 너를 부끄러워하는 나를 죽여버리고 싶었어.

여자의 눈꺼풀은 달처럼 희었다. 은은한 빛을 내뿜는 여자의 흰 눈꺼풀 위로 나방이 달려들었다. 여자의 감은 눈은 리본을 매단 것처럼 거대한 검은 날개로 너풀거렸다.

교실을 가로지르는 직각의 날카로운 기하학 속에서 너는 유일한 곡선이었어. 너는 열대 과일로 만들어진 건축물처럼 축축하고 끈적했어. 과일의 내피에 들어 있는 것이 붉은 속살이라는 사실을, 심장처럼 새빨간 고기라는 사실을 나는 이해하지 못했던 거야.

너는 그 이후로도 동물들을 자주 죽였지. 길고양이의 유연하고 가느다란 목을 졸라 죽인 것도, 새들의 목을 두 개의 손가락으로 꺾어서 죽인 것도 모두 너야. 하지만 나는 네가 죽이는 모습을 한 번도 보지 못했어. 동물들의 죽음은 마치 목소리를 잃어버린 소문처럼 희미했어. 어쩌면 우리는 꿈을 꿨을지도 몰라. 죽음은 모두 꿈속에 있으며 삶은 꿈 바깥에 있는 것일지도 몰라. 혹은 그 반대일지도. 하지만 꿈은 죽음만큼이나 유독한 거야.

네게 부치지 못했던 편지들은 내게 있어 너보다도 더 소중한 것이었어. 난 그토록 많은 것을 가져본 적이 없었어. 다시 꿈을 꾸기 시작하면 그 편지들을 되찾을 수 있을까? 그러지 못할까 봐 겁이 나. 애써 들어간 꿈속에 편지가 하나도 남아 있지 않을까 봐. 그래서 나는 꿈을 꿀 수도 없어.

여자가 눈을 뜨자 소스라치게 놀란 검은 나방이 여자의 이마 위로 날아올라 공중 전화박스의 유리 벽에 거세게 부딪혔다. 죽었거나 기절했거나 꿈을 꾸고 있는 검은 나방은 유리 벽 아래로 희고 묽은 흔적을 남기며 떨어졌다. 나방의 추락은 눈물의 하혈처럼 보였다.

저기요, 난 정말 당신이 누군지 모르겠어요. 위장된 정중함을 상실한 목소리는 위태롭게 흔들리고 있었다.

용서해 줘, 하고 여자는 목소리와 함께 울부짖었다. 젖어 있는 목소리들이 혼선된 라디오처럼 뒤얽혔다. 나를 들어줘. 그리고 제발 나를 용서해 줘. 내가 너를 잃어버리기 전에. 내가 나를 잊어버리기 전에. 목소리는 흐느꼈다.

하지만 우리는 서로를 가진 적조차 없어요. 우리는 모르는 사람들이에요. 당신이 나를 모르는 만큼 나는 당신을 몰라. 당신은 존재하지 않는 사실만을 이야기하고 있어요. 제발, 하고 목소리는 여자를 따라 하듯 속삭였다. 제발 나를 당신의 망상에 끌어들이지 말아요.

여자의 찢어진 입술 밑으로 묽은 침이 흘러내렸다. 여자는 발작적으로 죽여달라고 소리쳤다.

목소리는 애원하면서도 아직 끊어지지 않았다. 여자는 목소리가 그녀로부터 도망갈 수 없음을 알고 있었다. 전화기와 육체, 그리고 밤의 영원한 전원이 끊어지기 전에는. 병든 새들은 독처럼 무성한 검은 숲을 빠져나갈 수 없을 것이다.

유년과 교실, 삶과 꿈은 벗어날 수 없는 감옥이 아니에요, 그것은 오히려, 목소리가 슬프게 속삭였다. 다시는 돌아갈 수 없는 잃어버린 환상과 같아요. 거울의 수면 밖으로 빠져나온 유령은 두 번 다시 거울 밑의 깊고 아득한 입체를 상상할 수 없어요. 거울 바깥에서 들여다본 거울은 단단하고 차가운 평면일 뿐이에요.

그것은 목소리가 건넨 말이 아니었다. 여자는 알고 있었다. 수화기 너머는 끔찍한 침묵뿐이었으며 드문드문 당황과 고통으로 떨리는 숨소리만 이어질 뿐이었다. 반투명한 유리 벽면에서 비밀처럼 새어 나온 음성의 이름을 여자는 알지 못했다.

나는 내가 어디에서 와서 어디로 가는지 알지 못했어. 하지만, 하고 여자는 속삭였다. 네가 어디에서 와서 어디로 가는지는 알고 있었어. 너는 네가 천국에서 왔다고 했지. 천국의 다른 이름은 복지원이었어. 네가 우리를 찾아오기 전에 너는 학교 옆 동산에 있는 복지원의 어린 천사였어. 그리고 돼지였어. 일주일에 한 번씩 우리는 복지원 근처의 초록 평원으로 소풍을 나갔고 나는 뛰어노는 아이들 틈에 돌 사이의 이끼처럼 가만히 앉아서 너를 바라보았지. 너는 거미처럼 검은 얼굴을 가지고 있었고 그보다도 더 검은 눈으로 나를 마주 보았어. 비쩍 마른 선한 인상의 노인이 네 가슴을 고깃덩이처럼 주무르고 있었어.

너는 돼지처럼 벌거벗었고 돼지처럼 더러웠기 때문에 아무도 너를 구하지 않았어. 하지만 너를 본 순간 나는 네가 거울 너머에 있는 나라는 것을 알았어. 네 검은 눈은 탐욕스러운 거울의 반영처럼 나를 빨아들였고 나는 빼앗긴 응시로 너를 느꼈어. 넌 눈이 멀지도 않았는데 맹아들의 교육을 받았지. 너는 어둠 속에서 점자 읽는 법을 배웠어. 요철이 없는 편평한 문자를 원하는 네 날개깃을 교사들은 잔혹하고 정성스럽게 도려내었어. 너는 눈이 멀지 않았다고 소리쳤지만 사실 눈이 멀지 않은 건 너만이 아니었어. 교사들은 웃으면서 모두가 너와 같이 인위적인 어둠 속에서 살아간다고 말했어.

너는 목이 잘린 닭처럼 비참하게 출혈하면서, 부러진 발목으로 절룩거리며 학교로 왔지. 벌을 받기 싫어 억지로 눈을 감고 있던 눈멀지 않은 아이들, 이미 날개가 잘렸거나 아직 잘리지 않은 아이들, 진짜 눈이 먼 아이들과 눈이 먼 척하는 아이들, 눈이 멀어야 하는 아이들이 영원한 밤처럼 어두운 천국에 남아 있었어. 천국을 견디지 못한 불온한 천사들은 너와 함께 절벽에서 뛰어내렸고 천국을 사랑하는 선량한 천사들은 그곳에 남았지. 남은 천사들은 너희들이 배은망덕한 배신자라고 울면서 속삭였어. 하지만 큰 소리로 너희들을 고발하지는 않았어.

　벌거벗은 네 음부는 늙은 여자처럼 검었어. 털도 없이, 검게 주름진 네 검은 음부를 나는 홀린 듯 바라보았어. 네 안에 남겨진 나 역시 나를 무력하고 서글프게 응시하고 있었어. 다리가 부러진 네가 괴한처럼 교실로 뛰어들었을 때 나는 놀라지 않았어. 네 벌거벗은 검은 몸을 보고 아이들이 깔깔거릴 때도 나는 웃지 않았어. 거울을 보는 것처럼 우리는 고요하게 서로를 응시하고 있었어. 네가 내게 말을 걸었을 때 나는 굴욕적이었지만 별을 보고 익사할 미래를 점치는 선원처럼 순순히 너와의 접촉을 받아들였어. 너의 더러운 손과 검은 얼굴, 그보다 더 검은 눈을.

　하지만 용서해줘. 난 너를 집으로 데리고 갈 수 없었어. 너와 함께 집으로 갈 수 없었어. 왜냐하면 너는 너무 검었으니까. 네가 역병과도 같은 검은 악몽으로 우리를 적실까 봐, 내가 돌이킬 수 없이 네가 되어버릴까 봐 무서웠어. 네 검은 음부를 들키는 것이 죽기보다 싫었어. 나는 너를 죽이고 묻어버리고 싶었어. 보육원 앞에 얕게 흙을 파고 봉분조차 없이 너를 묻은 뒤 돌아서고 싶었어. 비가 내리면 흙에서 쓸려나간 네 창백한 검은 몸을 누구든 발견할 수 있도록. 하지만 너는 최초의 낭떠

러지보다도 더 높은 곳에서 뛰어내렸고, 잃어버린 천국에, 동산보다도 너의 기억보다도 더 먼 곳에 있는, 심지어는 최초보다도 더 이전의 천국으로 돌아가겠다고 했고, 나는 너를 붙잡지 못했어. 네가 천사가 되어간다는 사실을, 언젠가 네가 천사가 될 것이라는 예감을 믿고 싶지 않았어. 복지원에 붙잡혀 가지 않기 위해 나는 언제나 가장 깨끗하고 비싼 옷을 입고 학교에 갔어. 엄마는 내 블라우스의 분홍빛이 어둠과 먼지에 닳아 지워지지 않도록 자주 옷을 빨아줬어.

달 아래서 나는 그늘에 숨어 쥐새끼처럼 집까지 달려갔어. 아무도 나를 붙잡아 돼지처럼 벌거벗길 수 없도록 미친 듯이, 심장이 찢어질 때까지 달음박질쳤지. 나는 늦은 시간에 홀로 길거리를 어슬렁거리는 어린 여자아이들이 끌려가는 천국을, 눈멀고 황폐해진 잔혹한 칼날들의 공간을 알고 있었어. 너와 함께 도망쳐온 천사들이 어떻게 되었는지 너는 알려주지 않았어. 우리 교실에 침입한, 유리창을 박살 내고 들어온 작은 새와도 같은 여자아이는 너뿐이었어. 너는 처음부터 너를 위해 준비되어 있던 것처럼 비어 있던 의자에 앉았고 책상 위에 적혀 있던 더러운 낙서들을 침으로 문질러 닦았어. 너는 교실에 먼지처럼, 죽어가는 작은 쥐처럼 숨어 살았지.

옆 반의 남교사는 유독 네게 친절했어. 그는 네 어깨를 끌어안았고 고깃덩이처럼 주물렀어. 집으로 돌아가면서 나는 불투명한 창문 너머에 번져가는 네 검붉은 어깨를 올려다봤어. 그는 너를 산 채로 잡아먹고 있었어.

너는 눈먼 짐승처럼 허우적거리면서 쓰러졌고 너의 음부는 늙은 여자처럼 검었어. 난 마치 바로 앞에서 너를 들여다보듯이 상세하게 너의 울음을, 네가 발을 젓고 허공을 향해 손을 뻗는 모습을, 뻣뻣하게 경직된 팔을 토끼의 가느다란 목을 조르듯이 기괴하게 비틀어대는 모습을 볼 수 있었어. 난 무수히 많은 천사들을 원하는 탐욕스러운 신의 추적을 피해 어둠 속을 질주했고 초조하게 현관의 열쇠를 꽂아 넣었어. 집 안은 텅 비어 있었어. 어둠으로 채색된 거실은 믿을 수 없을 만큼 희었어. 네 책상 위에 올려놓았던 썩어가는 꽃처럼, 죽기 직전의 창백한 토끼처럼 그렇게 희었어.

여자의 입술이 야릇하게 벌어졌다. 그녀는 유리 너머의 불투명한 하늘을 바라보고 있었다. 지평선은 보이지 않았다. 아주 오래전부터 지평선은 그곳에 없었다. 최초의 정복자들이 도착하기 전에 그곳에 땅이 없었던 것처럼. 여자의 몸 위에 천사들의 분진처럼 투명하고 무한한 날개들이 내려앉았다.

교실 문 앞에서 마주친 너는 사탕을 줬어. 레몬 맛 노란 사탕을 너는 입속에서 꺼내 내게 건네줬어. 난 조금 줄어든, 끈적한 둥근 달과도 같은 구체를 입속에 넣었고 사탕은 오래도록 사라지지 않고 내 안에 있었어. 사실 난 사탕을 그리 좋아하지 않았어. 하지만 네 입에서 꺼내주는 사탕은 조금 미지근하고 끈적해서 난 네가 건네주는 사탕을 거절한 적이 없어. 책상 위에 걸터앉아 허공을 휘젓는 네 장난스러운 길고 검은 종아리. 네 맨발들.

이곳이 어느 세계의 밤인지 여자는 알 수 없었다. 비가 어디에서부터 내리고 있는지 알 수 없는 것처럼. 낡은 유선 전화기의 전홧줄은 돼지의 내장처럼 흘러내린 채였다. 여자가 투입한 시간은 이미 지나가 있었다. 지금 전화기를 들고 있는 이는, 너는 대체 누구일까?

용서해줘, 여자는 흐느꼈다. 네가 앉던 책상을 난 지키지 못했어. 그곳엔 다른 아이가 앉았어. 너보다 희고 부드러운 얼굴을 가지고 있던 작은 남자아이였어. 그 애는 네 이름을 기억하지 못했어. 너는 마치 악몽인 것 같았어. 너는 꿈에서만 발생하는 비밀 같았어. 오직 나만이 너를 기억하고 있었어.

국화꽃은 더 이상 희지 않았고 축축하게 젖어서 썩어 버렸고 그 위에는 작고 더러운 날파리들이 들끓었어. 그래도 너는 있었어. 그렇지? 그러니 나를 용서해줘. 너를 죽여주지 못한 나를, 너를 데리고 다른 세상으로 가지 못한 나를, 너를 믿지 못한 나를, 네 이름을 기억하지 못하는 나를, 너를 죽이고 싶었던 나를, 그리고 나를 죽이지 못했던 나를 용서해줘.

여자는 검은 파리들이 달라붙은 얇은 손가락을 들어 피아노를 연주하듯 조심스럽게 움직였다. 의식을 붙잡기 위해서는 촉지적이며 물리적인 접촉이 필요하다는 듯. 그렇게 손가락을 움직여 움켜쥐지 않으면 미칠 듯한 정동이 온데간데없이 사라져버린다는 듯. 그렇게 물질화시킨 기억 없이 그녀는 홀로이며 그녀의 존재마저 사라져 없어져 버린다는 듯. 그녀는 삶보다 많은 것을 죽고 싶었다. 그러나 그 누구도 삶보다 많은 것을 죽을 수는 없다. 죽음은 삶을 초과할 수 없다.

용서해줘, 여자는 그녀의 입속에서 떨어져 나간 거짓말을 음미하며 입술을 벌렸다. 네가 무엇을 하는지 몰랐어. 너는 돼지처럼 벌거벗었고 네 음부는 늙은 여자처럼 검었고 네 작고 검은 발이 공중에서 흔들리는 모습을 보지 못했다는 듯 나는 네가 건네주는 노란 레몬 사탕을 받아먹었고 네 침에 녹은 사탕은 축축하고 끈적였고 너는 웃었고 마치 한 번도 깨진 적이 없다는 듯이 죽지 않았다는 듯이 갈기갈기 찢겨지지 않았다는 듯이 그렇게 웃었고 우리는 야광별을 허공에 매다는 것만으로도 별을 가진 것처럼 기뻤어. 어째서 사물들은 태어나기 전부터 죽어 있는 것일까? 어째서 아무도 사물들이 가진 생명에 대해 설명해주지 않는 것일까? 너는 박수를 치며 설탕물이 묻어 끈적이는 너와 내 손가락에 달라붙는 날파리들을 쫓아냈고 난 웃으면서 네 손이 악기처럼 경쾌한 소리를 내는 모습을 지켜봤어.

용서해줘. 네게 편지를 부치지 못한 나를. 난 다시 편지를 써야 했어. 하지만 난 다시는 편지를 쓰지 못하겠지. 난 너무 많은 편지를 썼고 이제는 단 한 글자도. 네 이름을 모른다는 사실을, 이름도 주소도 없이 편지를 부칠 수는 없다는 사실을 난 너무 늦게 깨달았어.

대답은 들려오지 않았다. 어쩌면 전화는 이미 끊겼을지도 몰랐다. 그녀가 전화를 걸기 전부터, 젖은 숨소리가 들려오기 전부터, 밤이 검게 썩어 버리기 전부터, 꽃이 저물기 전부터, 빈자리가 메워지기 전부터, 그녀가 수화기를 들기 전부터, 그녀가 전화 부스에 들어오기 전부터, 빗물에 젖어 별처럼 번득이는 고요한 도로가 생겨나기 전부터, 여자가 존재하기 전부터.

지상 가까이 내려온 달은 물을 먹어 젖은 거대한 눈동자로 여자를 노려보고 있었다. 아니, 여자보다 먼 곳을. 여자는 두려움도 슬픔도 없이 달을 마주 보았다. 그녀의 흰 눈꺼풀이 말려 올라가고 검고 선명한 눈동자가 드러났다.

우리는 달에서 만나기로 약속했어, 하고 여자는 속삭였다. 걸리지 않은 전화, 이어지기 전에 발생하기 전에 사라져버린 사건은 어디에도 기록되지 않을 것이다.

그러나 여자는 계속해서 속삭였다. 마치 그녀의 목소리를 누군가 듣고 있는 것처럼. 마치 그녀의 악몽을 누군가 기록하고 있는 것처럼. 시선도 청취도 없었다.

그러나 여자는 계속해서 속삭였다. 마치 지금이 아니면 안 될 것처럼.

달은 별이 아니니까 그리 뜨겁지도 고통스럽지도 않을 거라고, 그러니까 달에 가는 건 불가능하지 않을 거라고 내가 얘기했고 너는 들었어. 너는 아무래도 상관없다고 했어. 너는 달에 갈 거라고 그리고 나 역시 너와 함께 갈 거라고 했어. 왜냐하면 우리는 하나니까. 우리는 떨어질 수 없는 거울의 두 면과도 같았으니까.

레몬 사탕의 단맛이 입속에 끈적하게 감돌았어. 네가 토끼들의 목을 졸라 죽였다는 사실을 난 끝까지 밝히지 않았어. 난 더 이상 누구에게도 네 이야기를 하지 않았어. 엄마가 너를 아느냐고 물어보았을 때도, 옥상에서 떨어져 죽은 작고 검은 아이를 아느냐고 물었을 때도 나는 고개를 저었어. 거짓말을 하려 했던 건 아니야. 난 정말 그 아이를 몰랐어. 나는 그 아이가 너라고 생각할 수 없었어. 너는 너무도 순식간에 떨어졌고 그대로 달로 갔으니까. 지상에 남은 부서진 너는 네가 아니었으니까. 하지만 그것도 너였던 거야. 그렇지? 달에 간 너도, 달에 가지 못하고 남겨진 너도. 너는 다른 곳으로 가기 위해 너를 버렸고 내게 남겨진 것은 산산조각 난 채 유달리 긴 목이 부러진 너뿐이었어. 성성한 생선의 피비린내가 바람을 타고 올라왔어. 난 달에 가지 못한 너를 두고 달에 갈 수는 없었어.

나를 용서해 줘. 나는 달에 간 너를 따라갈 수 없었어. 달에서 너는 혼자일 거야. 너는 아직도 나를 기다리고 있을 거야. 달로 부치는 편지들의 수취인 자리를 메우지 못해서 달로 갈 사람을 구하지 못해서 달로 가지 못해서 나는 네게 편지를 부칠 수 없었어. 나를 기다리고 있는 너를 따라서 난 그곳으로 갈 수 없었어. 왜냐하면 이제 사라져버린 썩은 흰 꽃의 흔적들이 아직도 이곳에 남아 있으니까. 나는 나를 두고 너를 두고 사라진 너를 따라서 달에 갈 수 없었어. 약속했는데. 달에서 만나기로 약속했는데. 하지만 네가 달에 너를 남겨두고 또다시 홀로일 너를 버려두고 다시 이곳으로 돌아오기를 바라지는 않아. 혼자 남겨지는 건 너무 두렵고 외로운 일이니까. 몇 번씩 너를 버리기를 바라지는 않아. 나는 네가 죽기를.

여자는 눈물을 흘리며 숨을 골랐다. 비순차적인 밤의 공기가 여자의 내부로 틈입하고 있었다.

천사들은 달에서 처형되었다. 달은 죽은 천사들의 야광성 날개로 은은하게 번득인다. 여자는 끔찍하게 거대한 달을 멍하니 마주 보았다. 달을 살해하기 위해 몸을 내던진 테러범들은 어떻게 되었을까? 달이 무서워 도망친 미치광이들은? 테러는 단 한 번도 성공한 적이 없었다. 달을 향해 던진 사제 폭탄들은 달이 아닌 인근의 높은 유리 건물들에 처박혔다. 정부는 테러범들이 볼셰비키, 마르크스주의 노인들이라고 발표했으나 그것은 사실이 아니었다. 테러범들은, 볼셰비키 노인들은 이미 오래전에 정부에서 그들의 온상지에 뿌린 검은 폭탄들을 맞고 죽었고 달을 향해 테러를 감행한 자들은 유령들이 아니었다. 테러범들은 버려진 아이들이었다. 집을 갖지 못한 아이들. 인공적으로 만들어진 어둠 속에서 멀쩡한 눈을 뜨고 흐릿한 글자들을 노려보던 비―맹아 아이들이었다.

최후의 열매처럼 벌어진 입들은 웃고 있었다. 더 이상 어리지 않은 아이들, 늙은 여자의 검은 음부를 가진 아이들은 울지 않았다. 왜냐하면 그들의 몸에는 한 방울의 눈물도 남지 않았으니까. 꽃은 썩은 채 말라붙었고 미친 여자로 자라난 아이들은 깔깔거리며 한밤의 가장 악독한 마녀들처럼 웃었다. 늙어버린 아이들은 빨갱이들이 아니었다. 그 애들의 피는 붉었지만 혀는 검었고 유적 인간이 무엇인지도 몰랐고 재산의 분배에는 아무런 관심이 없었고 정의와 사회에도 정의로운 사회에도 아무런 관심이 없었다 그 애들은 그저 살아있고 싶을 뿐이었다. 살아 있기 위해서, 그들의 수치스러운 부분을 집요하게 비추어 그들을 목매달게 만드는 달을 죽여버리고 싶을 뿐이었다. 늙은 아이들, 점자 말고는 아무것도 읽지 못하는, 눈멀지 않은 아이들은 달이 그들의 벌어진 다리와 흘러내리는 붉은 생명을 음험한 노란 시선으로 바라보는 것을 감당해야 했다. 그러나 그것은 감당할 수 없는 고통이었으므로, 아이들은 달을 터뜨리지 않고는 살아 있을 수 없었다.

검은 그을음과 흉터 자국을 매단 집요한 노란 눈동자는 끔찍하게 오만한 시선으로 여자를 바라보고 있었다. 날이 지날수록 달은 감당할 수 없이 커져갔다.

달이 날 죽일 거야! 하고 비명을 지르는 여자에게 목소리는 부드러운 목소리로 속삭였다. 달은 아무도 죽이지 않아요. 당신은 아직 이해하지 못하고 있어요. 달은 아무것도 하지 않아요. 달의 인력이 은밀하게 끌어당기는 물들의 검음에 당신은 속해 있지 않아요. 당신이 달을 믿지 않으면 달은 아무것도 하지 않아요.

하지만 어떻게 달을 믿지 않을 수 있어? 하고 여자는 소리쳤다. 달을 믿지 않는 아이들은 없어. 우리는 모두 달에서 왔으니까. 우리는 달에서 만나기로 약속했으니까. 너도 달로 간다고 했잖아. 달에서 기다리겠다고 했잖아.

마지막 남은 폭탄을 던진 것은 여자였다. 화약과 유리 조각들 쇳조각과 모래를 채워 넣은 폭탄에 불을 붙이고 음험하고 역겨운 달의 희고 노란 눈을 향해 던져버린 늙은 아이는. 하지만 이렇게, 달은 살아 있었다. 살아서 여자를 마주 보고 있었다. 집요하게 여자를 바라보는 거대한 살을 여자는 이상스러운 희열로 바라보았다.

그날도 이른 달이 떴다. 창문 밖에서 당장 추락할 듯 지상 가까이 내려온 달을 보고 아이들은 비명을 질렀다.

　우리는 세계의 멸망을 가슴 깊이 소망했어. 여자는 속삭였다. 끝을 목도하는 것 이외에 우리가 원하는 다른 것은 그 무엇도 없었어. 우리는 달로 갈 거였어. 우리를 마중하러 나온 달의 온순하고 부드러운 등의 곡률 위에 올라타 하늘로 다시는 돌아올 수 없는 곳으로 올라갈 거였어. 우리가 원하는 건 전부 달에 있었으니까. 약간의 후회와 외로움, 슬픔만을 남겨둔 채 우리는 달로 갈 거였어. 달은 너무 가까이 내려왔어. 우리는, 너를 잊은 다른 아이들과 너를 잊지 못한 나는 달을 잊을 수 없었어. 우리는 달을 원망하기 시작했어. 달은 우리가 원하지 않는 모든 것을 은은하고 노란 불빛으로 비추고 있었어.

　남교사는 너를 찾지 않았어. 너와 내가 함께 나누어 먹던 노란 레몬 캔디를 주었던 그는 감옥에 갔어. 기억나지 않는 누군가가 그랬어. 네가 옥상에서 떨어진 건 그 때문이라고. 하지만 그건 사실이 아니야. 너는 나와 약속했기 때문에 달에 간 거야. 너는 나와 달에서 만나기 위해서 떨어진 거야. 지상에서 우리는 더 이상 원하는 게 없었어. 우리는 다른 곳으로 가고 싶었어.

　네 음부에서는 생선 비린내가 났어. 갓 잡아서 내장을 빼낸, 붉은 피에 물든 생선의 싱싱한 악취가 네 치마 위로 확 풍겨왔어. 책상에 앉아서 네가 발을 저을 때마다 속옷을 입지 않은 네 검은 음부가 언뜻언뜻 드러났고 너는 야광 별이 매달린 하늘보다 더 높은 곳으로 가고 싶다고 속삭였지.

우리는 달에 대해 이야기했어. 달이 그날의 너를 보고 있었다고 너는 말했어. 하지만 네가 말하기 전부터 나는 알고 있었어. 돼지처럼 헐벗은 너를, 천사들에게 날개를 맡긴 채 드러누운 네 검은 몸을, 노인처럼 검게 짓무른 네 음부를 달이 집요한 젖음으로 비추고 있었다는 걸. 사람들은 믿지 않았어. 복지원의 원장과 교사들은 모두 선한 사람들이므로, 그들 역시 어릴 적에 가난을 앓았던 슬픈 아이들이었으므로, 그렇게 악독한 범죄를 저질렀을 리 없다고. 그건 모두 내 망상에 불과하다고 그랬어. 거대한 쥐처럼 불그죽죽한 잿빛 얼굴을 가지고 있는 경찰들은 화를 내며 나를 쫓아냈고 엄마나 아빠도 마찬가지였어. 그건 가장 악독하고 비열한 종류의 망상이라고 했어. 하지만 나와 같은 꿈을 꾼 아이들이 몇 명 있었어. 아이들은 자라서 테러범이 되었고 불가능한 테러를 모의하는 미치광이들이 되었고 미친년들은 속옷도 입지 않고 벌거벗은 미친 음부로 검게 닳아버린 창녀의 음부로 전화부스들을 쏘다니면서 비밀스러운, 존재하지도 않는 통화를 하면서 서로에게 무한한 실패를 전하고 있어.

정부는 우리가 존재하지 않는다고 했어. 정부는 네가 사실이 아니라고 결정했어. 복지원의 선한 노인들은 아직도 돼지처럼 벌거벗은 여자아이들의 맨어깨를 고깃덩이처럼 주무르고 추락한 천사들은 부러진 날개에서 피를 흘리면서 추락하고 달은 아직도 거대하고 음험한 눈으로 그 모든 것을 지켜보고 있어. 하지만 그것들은 사실이 아니야. 왜냐하면 사실을 결정하는 사람들이 그렇게 결정했으니까. 사실을 확증하는 입들, 증인의 자격을 갖춘 이들의 눈들과 펜들이 그렇게 확언했으니까. 달은 절망적으로 지상 가까이 내려와 우리를 짓누를 듯이 육중한 몸으로 침잠하고 있는데 달을 믿지 않는 사람들은 달의 사실이 사실이 아닌 망상이라고 말해. 너는 달로 갔는데 그들은 네가 달로 가지 않았다고 그 어디로도 가지 않았다고, 이곳에 떨어져 남은 너의 작고 미세한 뼛가루만이 전부라고 말해.

  우리가 날려 보낸 폭탄에 무너져버린 유리 빌딩에는 우리가 알지 못하는 사실들이 살고 있었어. 그 사실들의 이름을 우리는 알지 못해. 난 네가 나를 기다리고 있는 달을 터뜨리고 싶었어. 너의 기다림을 사실 이전의 것으로 취소해버리고 싶었어. 네가 나를 기다리고 있음을 기억하고 싶지 않았어. 달은 너무 가까이 다가왔고 날이 갈수록 점점 아래로 점점 거대하게 침잠해왔고 조금만 더 시간이 지나면 달에서 네 얼굴을 볼 수 있을 것 같아서 네 검고 냄새나는 음부가 눈앞에 보일 것 같아서 무서웠어. 하지만 이제는 무섭지 않아. 난 슬픔도 두려움도 없이 달을 바라봐.

여자는 대사를 읊듯 긴말들을 중얼거렸다. 늙어버린 아이들이 천사들이 모두 같은 곳에서 오지 않았음을, 그리고 같은 곳으로 가지 않을 것임을 여자는 알고 있었다.

여자아이들이 앉은 모래사장 위에는 날카로운 이빨 자국이 남아 있었다. 그곳에서는 축축하고 음험하고, 서글픈 냄새가 났다. 그러나 모든 천사들이 슬프고 축축하고 음험한 것은 아니었다. 모두가 달에 가고 싶은 것은 아니었다.

다만 우리는 달을 사실로 만들고 싶었다. 달을 테러해서 달을 폭발시키고 팽창하여 터져버린 달의 살갗으로 세계를 물들여서 지상에 달의 붉게 젖은 혈흔을 퍼뜨리고 싶었다. 그 핏방울만큼의 사실들을 심어내고 싶었다. 달의 육신으로 젖어 든 땅에는 달을 닮은 야광별이 피어날 것이다. 달의 탯줄을 매단 여자아이들은 모두 달을 제 부모처럼 증오했다. 달이 가지고 있는 그 많은 배꼽들은 달의 아이들의 잃어버린 흔적들이었다.

달을 믿지 않으면 달은 존재하지 않아요. 목소리는 속삭였다. 달은 당신들을 사랑하지도 원망하지도 않아요. 달은 해변에 세워진 하얀 십자가와 교수대처럼 고요하게 머물 뿐이에요. 달의 시선은 누구도 해치지 않고 달의 구멍은 그 누구에 대한 저주의 말도 내뱉지 않아요. 달을 사랑하고 달을 미워하고 달을 그리워하고 달을 기다리고 달을 죽이고 싶어 하는 건 당신들뿐이에요. 달은 존재하지 않아요.

사람들은 달에 생명이 없다고 했다. 달은 황무지이며 오래전에 버려진 실패한 땅이고 달에 가겠다는 약속 역시 이루어질 수 없는 망상에 불과하다고 했다. 여자아이는 자살했고 그것으로 끝이라고. 옥상에서 떨어진 아이는 다시는 살아날 수 없고 남교사는 감옥에 갔고 남겨진 아이들은 존재하지 않고 사실이 아닌 잘못들은 용서받을 수도 없는 것이라고. 그러니 여자에게 필요한 것은 충분한 숙면과 운동, 일정량의 햇빛뿐이라고 했다.

목소리는 여자에게 취미를 가지라고 했다.

여자는 이미 취미를 가지고 있다고 대답했다.

무슨 취미요?

여자는 테러라고 대답했고 목소리는 웃지도 않고 침묵했다.

난 곧 감옥에 가게 될까? 유리 건물에 살고 있던 이름 모를 사실들을 무너뜨린 나는 감옥에 가서 남교사와 만나게 될까? 그 사람은 네 이름을 기억하고 있을까? 여자는 흐느꼈다. 그녀는 이미 알고 있었다. 그녀는 감옥에 가지 않았다. 불가능한 테러는 존재하지 않는 것이었고 테러는 늙은 아이들이 아닌 마르크스주의자 빨갱이들이 저지른 것이었고 그러니 여자는 영원히 감옥에 잡혀들어가지 않을 것이다. 여자의 죄는 사실이 아니었으니까. 여자의 악행과 테러와 삶은 모두 악몽 속에 있었으며 여자의 악몽을 바라보는 유일한 눈동자인 달을 감옥과 죄와 벌과 유효한 증언을 가지고 있는 사람들은 믿지 않으니까.

용서해줘, 여자는 속삭였다. 네가 나를 용서하면 더는 네게 전화를 걸지 않을게.

그러나 수화기 너머에서 들려오는 것은 작은 숨소리뿐이었다. 어쩌면 여자 자신의 숨소리일지도 모를.

어쩌면 너는 달에 가지 못했을지도 몰라, 하고 여자는 속삭였다. 네 책상에 올려진 썩어가는 흰 꽃을 보면서 너는 우두커니 서 있었을지도 몰라. 너는 나를 부르려고 사라진 투명한 입술을 벌렸고 끝내 내 이름을 기억하지 못한 채 입을 다물었을지도, 며칠이 지나기도 전에 네 자리에 앉은 이름 모를 아이를 멍하니 내려다보며 이곳에 남지 않은 네 자리를 찾아 먼 곳으로 떠났을지도, 달조차 비추지 못하는 네 투명하고 불가능한 사실을 질질 끌며 계단을 올라갔을지도, 계단 한가운데에서 마주친 남교사는 네게 인사조차 하지 않았을지도, 네 더러운 원피스 자락을 끄집어올리지도 네 검게 짓물러 썩어가는 음부에 손바닥을 대고 울음을 터뜨리지도 않은 채 너를 지나쳐 그의 교실로 들어갔을지도, 그가 문을 열고 들어가는 모습을 너는 알 수 없는 슬픔에 젖은 채 바라보았을지도, 너는 고기 반죽을 주무르듯 너를 거칠게 쥐어뜯으며 흐느끼던 미치고 선량한 남자들을 떠올렸을지도, 언제나 네게 유일한 자리였던 그 아픈 몸들을 기억했을지도, 네게 글을 가르쳐주고 글을 뺏어갔던 네게 최초의 공간을 열어주고 그 공간을 어둠으로 물들였던 너를 천사로 만들고 네 날개를 잘라내었던 그 거칠고 따뜻했던 역겨운 손들을 떠올렸을지도, 계단 위에 내려앉은 희고 부드러운 먼지가 견딜 수 없을 정도로 간지럽게 느껴졌을지도, 계단의 끝에 다시 올라선 뒤 나와의 약속을 다시 떠올렸을지도, 그리고 어쩌면 약속은 영원히 지켜지지 않으리라는 것을 짐작했을지도, 왜냐하면 우리는 언제나 비껴간 약속을 통해서 만나고는 했으니까 홀로 집으로 돌아가겠다고 선언했던 약속을 지키지 않았을 때 나는 네 곁에서 네가 받아온 커다랗고 탐스러운 노란 사탕을 나누어 먹고는 했으니까 내 검고 둥근 눈을 들여다보면서 너는 처음으로 다른 생을 상상했으니까 내가 초대한 적이 없는 네가 뒷문을 열고 뛰어들었을 때 나는 네 안에 남겨진 끈적한 설탕물과도 같은 내 슬픔을 발견했으니까 너는 달이 아닌 이곳에 남기 위해 뛰어내렸던 건지도 몰라. 하지만 용서해줘. 난 너를 찾지 못했어. 투명하게 사라진, 사실이 아닌 너를 나는 그 어디에도 옮겨적지 못했어. 너는 너무도 희박하고 너무도 불가능한 존재여서 아무도 너를 번져 흐르지 않았어. 너를 기억하는 나를 기억하는 사람이 아무도 없었기 때문에 너는 소문조차 되지 못했어. 한순간 안개처럼 부풀어 올랐던 너의 희미하고 추상적인 소문은 순식간에 사그라들어 없는 사실이 되어버렸어.

남교사는 감옥에서 자살했다고 했어. 신발 끈으로 목을 매고 죽었다고 했어. 그러니까 그 사람도 이제는 사실이 아니야. 감옥에서 그를 만난다고 해도 그는 유령일 뿐이야 유령은 사실이 아니므로 우리는 더 이상 그 어떤 사실도 발생시키지 못한 채 서로의 투명한 부재를 응시하며 슬픔에 몸을 떨 수밖에 없겠지. 어쩌면, 슬픔조차 없을지도 몰라. 투명함도 분노도 없을지 몰라. 왜냐하면 너는 그와 약속한 적이 없으니까. 달에서 만나겠다는 약속은 너와 나만의 비밀이었으니까.

살인자는 그가 죽인 생물의 생명과 존재를 분유하게 된대. 하지만 너는 너무 많은 곳으로 흘러넘쳤지. 너는 마치 지상을 다 뒤덮을 것처럼 얇고 투명한 빛의 분말로 퍼졌어. 그 빛은 너무 희미해서 아무도 우리가 너라는 사실을 알아차리지 못했어. 너는 실패했어. 너는 사실이 되기에는 너무 투명하고 가벼웠어.

여자의 얇고 흰 손가락뼈가 공중에서 춤을 추듯 흔들리고 있었다. 여자의 손톱 끝에 희고 은은한 달빛이 묻어났다. 여자는 미치지 않은 것처럼 조용하고 부드럽게 웃었다.

너와 같은 배꼽을 가진 아이들도 너를 기억하지 못했어, 하고 여자는 속삭였다. 네가 없는 곳에서, 네가 너무 많은 곳에서 우리는 죽지 않고 늙어갔어. 하지만 난 달을 잊지 않았어. 달은 너무도 가까운 곳에서, 나를 감시하듯 나를 비난하듯 그러나 아무것도 원망하지 않는 투명한 곡률로 나를 바라보고 있었고 나는 달이 미워서 죽어버리고 싶었어. 달을 오래 바라봤기 때문에 미쳐버린 거라고 목소리는 말했어.

  나는 그 목소리를 찢어버리고 싶었어. 하지만 목소리는 찢긴 채로 더 많은 목소리가 되어서 내게 속삭였어. 달을 믿어서는 안 된다고 했어. 달을 사랑하면 불행해질 것이라고 했어. 검은 물을 오래 바라보는 아이들이 슬픔을 닮은 초조함을 견디지 못하고 물에 뛰어드는 것처럼 나는 달 때문에 파멸할 것이라고 했어. 목소리들은 네가 달에 가지 않았다고 했어. 지상에 남지도 않았다고 했어. 네가 영원히 사라져버렸다고 했어. 네가 처음부터 없었다고 했어. 복지원의 아이들은 건강하고 튼튼한 어른으로 자라나 복지원의 교사들이 되었다고 했어. 복지원에는 절망적으로 고깃덩이를 더듬고 깨무는 미친 노인도 없고 벌거벗은 여자아이들도 없다고 했어.

  우리의 학교 뒤편 동산에는 복지원이 없다고 했어. 내가 이름을 기억하지 못하는 학교는 바다에 있을 거라고 했어. 내 출생지는 바닷가로 되어 있으니까. 나는 분명히 그 고장의 유일한 초등학교와 중학교를 나왔을 것이라고 했어. 하지만 나는 바다를 기억하지 못했어. 나는 바다에서 태어난 것이 확실하므로, 그것이 나를 구성하는 가장 거대하고 명료한 사실이므로 바다를 기억하지 못하는 나는 미쳐버린 것이라고 했어.

 달을 너무 많이 오래도록 들여다보아서, 달이 아름답지 않다는 사실을 깨달아버려서 나는 미쳐버린 것이라고 했어. 일정량의 햇볕과 일주일에 세 번의 아침 산책과 규칙적인 식사와 웃음이 없으면 나는 돌이킬 수 없을 정도로 미쳐버릴 거라고 했어. 미치면 달에 갈 수 있냐고 내가 물었을 때 목소리는 대답하지 않았어. 목소리는 울고 있었어. 찢겨진 채로 너덜거리는 그 많은 목소리들이 전부 울고 있었어.

 여자의 이마 위에 내려앉는 작고 투명한 날파리들은 비밀스러운 음률을 따라 춤을 추듯 경련하고 있었다. 수화기에서 흘러나오는 희고 비린 물에 젖어 든 여자의 볼과 입술에서는 배를 가른 여름철의 생선처럼 비릿한 악취가 풍겼다. 여자의 입술은 지나치게 익은 과일처럼 천천히, 음험하게 벌어졌다. 달은 너무도 거대하고 노란, 불멸의 사실이었다. 여자는 영원히 달의 사실로부터 벗어날 수 없을 것이었다. 기울어진 미친 중력으로부터.

 여자의 흰 무릎 위를 부산스럽게 기어 다니는 검은 거미의 이름을 여자는 몰랐다. 벌레들의 탐욕스러운 이빨에 깨물린 살결의 이름 역시. 여자에게 알려지지 않은 익명의 사실들은 여자의 피와 살로, 여자가 모르는 삶을 살아갈 것이다. 여자가 이름 모를 고기와 수액을 삼키며 살아온 것처럼. 무엇으로 만들어졌는지 모를 레몬 맛 사탕의 둥글고 끈적한 성분이 여자를 살찌우고 여자의 입속에 영원한 슬픈 냄새로 남아 있는 것처럼. 그러나 그것은, 어쩌면 그렇게 슬프지 않을지도 몰랐다.

여자는 부드럽고 야릇한 목소리로 속삭였다. 그건 그렇게 슬프지 않을지도 몰라. 왜냐하면 너는 슬픔도 절망도 불행도 아니니까. 달은 슬프지도 아프지도 않으니까. 사실은 행복하지도 절망적이지도 않으니까.

용서해줘. 나는 네가 행복하지도 불행하지도 않은 긴 삶을 가지기를 바라. 죽음보다도 긴 삶을. 마치 달처럼, 집요하고 끈질긴 음험한 사실을 네가 가지기를 바라. 네가 나와 함께 미치기를 바라. 네가 여전히 달을 믿기를 바라. 너를 찾아가지 않는 나를 네가 아직도 기다리길 바라. 나를 기다리는 너를 견디지 못한 내가 달을 테러해서 산산조각 내는 데 성공한 뒤에도 네가 여전히 달의 끔찍한 잔해들 위에서 나를 기다리길 바라. 용서해줘. 나는 차라리 네가 영원히 외롭기를 바라. 네가 홀로, 나와 함께이길 바라. 사실보다 긴 삶을 네가 살고 있기를 바라. 달에서. 그리고 달이 아닌 모든 곳에서. 불가능한 모든 곳에서. 아직 내게 알려지지 않은 모든 곳에서.

서커스 사자

그는 어릴 적부터 인간의 손에서 자랐다. 어째서 그의 어미는 털이 없으며 저와는 다른 발성기관을 가지고 있는지, 어째서 두 발로 걷고 이상한 천들을 몸에 걸치고 고약한 냄새가 나는 물질을 얼굴에 바르는지 궁금해하기 시작한 것은 머리가 굵어지고 난 뒤였고 그전까지는 그저 모든 아이들이 그러듯 갑작스레 맞닥뜨린 중력과 습도, 열기에 필사적으로 적응해가며 살아남기 위해 안간힘을 썼을 뿐이었다. 그는 엷은 피부를 짓누르고 뼈를 짓이기려 하는 대기의 포악한 압력과 겨루어 싸웠다. 그러나 곧 지독한 습기와 열기를 몸에서 떼어내 버릴 수 없으며 그가 할 수 있는 일은 악몽과 같은 거대한 세계를 부수어 깨뜨리는 것이 아니라 세계의 날카로운 모서리에 베이지 않기 위해 몸을 둥글게 말고 속삭이듯 숨을 쉬는 일뿐이라는 사실을 천천히 배워나갔다.

 그를 돌보는 노란 빛깔의 살을 그는 어미라고 여기고 따랐다. 살은 모자란 어미였다. 살은 그를 제대로 안는 방법도 몰라 그의 뼈가 중력의 손아귀에 넘어가게끔 방치하였으며 끊임없이 날카롭게 자라나는 발톱을 갈무리하는 요령조차 가르쳐 주지 않았다. 살이 필요한 것은 뜨거운 열기에 머리가 윙윙거리며 아무런 생각도 고통도 없이 대기와 함께 끈적하게 녹아버리는 낮이 아니라 불가해할 정도로—사실 그가 이해할 수 있는 건 아무것도 없었지만— 춥고 건조한 밤이었는데 밤이 되면 갑작스레 찾아오는 선뜩한 냉기와 머릿속에서 스멀스멀 피어오르는 불길한 형상에 몸을 바들바들 떨며 살의 품에 머리를 들이밀 때면 살은 얼굴 근육을 늘어뜨리며 등을 한 번 쓰다듬고는 그를 비좁은 우리 속에 가두어버렸다. 우리 속에는 희끄무레한 잿빛이 얼룩덜룩하게 기워진 공—그 공이 그가 볼 수 있는 것보다 훨씬 많은 색깔들을 가지고 있다고 생각하는 자들이 언젠가 그에게 일곱 색깔 무지개 공이라고 이야기한 뒤로, 일곱 색깔이라는 말이 광인들의 망상이 아니라 그의 세계가 공유하는 하나의 현상이라는 것을 깨닫고 난 이후로 그에게는 그 공이 유년과 배신에 대한 알레고리처럼 여겨졌다.—과 입을 대고 빨면 우유가 나오는 작은 젖— 어릴 적 그는 아이를 낳은 암컷이 마음대로 젖가슴을 떼었다 붙였다 할 수 있다고 생각했다. 그의 어미는 대체로 젖을 전부 분리해서 다니는 편이라고, 그렇기에 괴상한 천 아래 가슴이 그토록 납작하고 단단한 것이라고 생각했다.—과 한밤의 대기를 자유로이 유영하다 갈증에 시달려 물속으로 달려들어 익사해버린, 혹은 제 무덤 자리를 스스로 찾아 아름답고 신비롭게 찰랑이는 생의 물질 위에, 저를 삶 건너편의 영토로 실어다 줄 죽음의 강 위에 몸을 누이고 잠든 하루살이들이 둥둥 떠다니고 있는 물그릇, 그리고 밤의 서늘한 공기가 몸속으로 깊숙이 파고드는 감각을, 세계가 제 부드러운 피부를 꿰뚫고 주름 사이로 스며드는 감각을 무참하게 느끼며 밤이 제 작은 몸을 포식하고 돌아가기만을 안타깝게 기다리고 있는 작은 사자 한 마리가 있을 뿐이었다.

밤에는 네 다리로 뛰어다니고 다리 없이 기어 다니는 불길한 그림자들이 사방에서 새어 나오곤 했다. 몽롱한 가운데 눈꺼풀을 몇 번 깜빡거리고 어미가 떼어낸 젖을 물고 뜯으며 장난을 치면 금세 지나가는 낮과는 달리 밤은 끔찍이도 길었다. 어둠 속에서 어린 사자의 시야는 더 선명해졌으며 움직이는 형상들을 기민하게 포착하기 위해 낮 동안 휴식을 취하며 늘어져 있던 신경의 다발이 눈의 근육을 조였으며 비축해놓은 혈류를 눈과 코, 사지와 피부 곳곳으로 흘려보냈다. 어린 사자는 밤에 잠을 자는 온순한 온혈동물들이 상상할 수도 없을 정도로 예민하게 깨어 밤을 스쳐 지나는 엷은 바람의 움직임과 창문 너머에서 찍찍거리는 소리, 작은 감옥 바깥에서 끊임없이 흔들리며 유혹하는 냄새와 소리, 움직임을 속속들이 느껴야 했다. 대개 방 안은 끔찍하게 조용했으며 닫혀 있는 유리창문 바깥에서 움직임과 소리, 냄새들이 흘러들곤 했다. 그곳은 어린 사자의 영역 밖이었다. 가늘고 빽빽한 쇠창살들로 가려진 우리 속에서 짐승은 그저 느끼는 일밖에 할 수 없었다. 지독하게 고적한 방 안에서 움직이는 사물은 아무것도 없었다. 작은 공을 물어뜯고 굴리며 놀아도 이리저리 흔들리며 몸부림치는 것처럼 보이는 공의 동작이 낯선 움직임이 아님을, 그저 그 자신의 운동의 반향물에 지나지 않음을 어리고 멍청한 그 역시 잘 알고 있었다.

　한밤을 견뎌내면서 그는 점점 더 멍청해졌다. 흙과 바위, 짐승의 살갗과 뼈를 갈아내지 못한 발톱은 나날이 고통스러울 정도로 길어졌고 끝내 갈고리처럼 휘어져 그의 여린 발바닥을 찔러대기 시작했다. 창문 너머에서 들려오는 젖은 풀의 냄새와 따뜻한 혈류가 흐르는 탐스러운 냄새, 찍찍거리는 소음과 땅 위를 활보하는 작고 무수한 움직임들은 나날이 가까워졌다. 하지만 아무것도 보이지 않았다. 여린 눈의 막 너머로 맺혀 드는 사물의 움직임이 없는 텅 빈 시야는 결코 평온하지 않았다.

  낮 동안 기회를 노리며 조심스럽게 잠들어 있던 잿빛 괴물들이 그의 눈앞에서 어른거리며 나날이 불결한 몸집을 점점 키워가고 있었다. 그의 어미는 한 번도 그 괴물들의 정체에 대해 알려준 적이 없었지만 사자는 본능적으로 바깥에서 들려오는 소음과 소리를 이 괴물들의 흐릿하지만 압도적인 형상과 대응시킬 수 없다는 사실을 알아차렸다. 차라리 눈을 감고 잠들면 괴로우리만치 선명하게 깨어서 느끼는 밤의 시간을 조금이라도 더 수월하게 넘길 수도 있을 것 같았지만 눈꺼풀을 내리면 그 괴물들의 몸, 소리도 냄새도 감촉도 없이 불가해한 몸집을 계속해서 부풀리며 어린 짐승의 작은 머릿속에서 비등하는 투명한 살이 더 선연하게 보였기에 사자는 감히 눈을 감을 수도 없었다. 밤마다 그를 압도하며 서성거리는 소음들의 정체, 끔찍이도 매혹적인 냄새의 낯을 확인하고 싶어서 견딜 수가 없었다.

  그는 매일 밤 뱃속과 목구멍 안쪽을 미친 듯이 뒤집어대는 메스꺼운 욕망과 결투를 벌였으나 감각의 파동이 불러일으키는 현기증에 지쳐버린 그는 언제나 패배하는 쪽이었다. 어린 사자는 아무런 소용이 없는 줄 알면서도 그의 어미가 떠나고, 작은 창살이 치열처럼 돋아난 상자 안에 갇히고 그를 혼곤한 잠 속으로 이끌던 불빛이 꺼져 들고 나면 차오르는 불안을 울부짖었다. 아무도 그를 듣지 않았고 아무도 그에게 다가오지 않았으며 아무도 그를 그토록 고통스럽게 만드는 냄새와 소음의 본질을 알려주지 않았으나 그는 작은 감옥 속에서 계속해서 흐느꼈다. 비참할 정도로 선명한 소음과 냄새의 파편들이 코와 귓속을 마구잡이로 찢어발기는 탓에 의지와는 관계없이 무용한 긴장에 사로잡혀 있는 몸이 완전히 탈진해버릴 때까지.

 어미가 곁에서 그의 무기력한 등과 이마를 어루만지며 땀에 젖어 든 겨드랑이를 닦아주고 딱딱한 유리통 속에 분리해 놓은 젖을 내밀 때 그토록 애통하게 울어댔더라면 그보다 먼저 이 지난한 밤들을 보내 보았을 어미나 다른 짐승들이 그를 도와주었을지도 모른다. 비좁은 동굴 속에서 꺼내어 찍찍거리는 울음소리들이 활개를 치며 돌아다니는 창밖의 무한한 세계에 그를 내려놓고 형상의 몸속에서 흘러나오는 소리들을, 익숙한 소리들의 생경한 낯을, 그 찬란한 낯섦이 그에게로 달려들며 머릿속에서 비등해가던 역겨운 유령들을 물리쳐 주었을지도 모른다. 암실에 드리운 한 줄기의 빛이 검은 스크린에서 일렁거리는 침묵의 얼룩을 한순간에 박멸하듯. 암실은 한순간에 빛의 감실로 변모하고 그를 괴롭혀온 잿빛의 세계는 한순간에 껍질을 벗고 눈부시게 하얀 빛깔로 춤을 추며 움직일 것이다. 하지만 어미가 그의 연약한 배를 주물거리고 무어라 이해할 수 없는 소리를 지껄이며 그를 끊임없이 다독거리는 동안 작고 불운한 짐승은 아무런 말도 할 수 없었다. 한밤의 끔찍한 유령들에 대한 증언을 어떠한 울음과 몸짓으로 표현해야 좋을지 알 수 없었다. 어미의 따뜻하고 단단한 품과 부드러운 손길, 그의 눈꺼풀을 애무하며 짓누르는 포근한 빛무리가, 그의 내장과 피부를 끈적하게 녹이는 한낮의 열기가 그를 혼곤하게 만들었다. 그는 밤처럼 애통하게 울부짖을 수 없었으며 안온한 낮에 어울리는 조심스러운 신음만을 내뱉을 수밖에 없었다. 무서우리만치 짧은 낮이 지나가면 순식간에 밤이 찾아든다는 것을, 밤은 낮과는 달리 혼몽한 정신으로 지새울 수 없다는 것을, 밤의 괴물들의 형상 없는 냄새를, 냄새 없는 투명한 살을 열병처럼 앓아내야 한다는 것을 뻔히 알면서도.

이제 그는 빛과 열기를 모두 거두고 그로부터 도망치는, 매일같이 도망치는 어미를 붙잡을 생각조차 하지 않았다. 그는 버림받는 일에, 밤으로 내팽개쳐지는 일에 길들여졌다. 밤의 괴물들과 함께 그는 서서히 자라났다. 성장의 세월은 역겨우리만치 길게 느껴졌다. 털을 한껏 세우면 작은 상자의 천장에 닿게 되었을 무렵 그는 상자 속의 세계를, 형체 없는 밤을 영원으로 여기게 되기에 이르렀다.

절망과 실패에 길들여진 그에게 그것이 나타났던 일을 그는 잊을 수 없었다. 두개골을 뚫고 파열된 껍질의 바깥으로 새어

나간 유령의 검은 눈을 들여다보게 되는 그 순간까지도.

 언제나와 같은 밤이었다. 사육사가 그를 작은 상자 우리에 집어넣고 자물쇠를 걸어 잠그는 소리, 그에게 내일을 기약하는 인사말을 건넨 뒤 불을 끄고 문밖으로 걸어 나가는 소리, 점점 사그라지는 발소리와 점점 식어가는 몸, 어둠과 함께 길어지는 시간과 찍찍거리는 소리, 찍찍, 찍, 찍찍하는 소리는 그날따라 무서우리만치 크게 들렸다. 찍찍, 찍, 찍찍, 사자는 몸을 웅크렸다 펼치며 우리 속을 빙빙 맴돌았다. 찍찍, 찍, 찍찍, 하는 소리는 그의 고막을 파내고 뇌의 빈 곳을 찾아 작은 발로 예민한 혈관들을 짓밟으며 뛰어다니는 것처럼 머리를 징징 울려대었다. 지독한 멀미는 실패와 무기력에 길들여진 뒤에도 익숙해지지 않는 고통이었다. 어린 짐승은 작은 비명조차 내지르지 못한 채 내장을 비틀어대며 쥐어짜는 울렁거림에 시달리고 있었다. 찍찍, 찍, 찍하는 소음이 그의 허파를 물어뜯었고 그의 작은 성기를 터뜨릴 듯 움켜쥐었으며 혀 안쪽의 부드러운 살을 찢어발겨 뜨거운 피와 같은 침이 턱 아래에서 울컥 솟아나게 만들었으며 콧속의 예민한 혈관을 엉망으로 꼬아대며 그의 몸 곳곳에 숨겨져 있는 여린 틈들, 부드러운 점막을 가느다랗고 뾰족한 발톱으로 긁어대었다.

 작고 반짝이는 눈이 그의 앞으로 뛰어들었을 때, 어린 맹수는 한눈에 그것의 정체를 알아차릴 수 있었다. 그것은 더 이상 울고 있지 않았지만 찍찍, 찍, 찍하는 울음소리의 반향이 그 작고 반짝거리는 눈 속에서 맴돌고 있다는 사실을 사자는 미친 듯이 피어오르는 달콤한 악취를 통해 읽어내었다. 사자는 본능에 따라 허리를 구부리고 숨을 멈추었으며 당장이라도 뛰어나갈 수 있는 상태로 뒷다리의 근육을 긴장시켰다. 순식간에 코앞까지 다가든 냄새를 향해 달려들었을 때, 찍찍, 찍 하는 울음소리는 사자의 입 안에서 부드럽고 달콤하게 풀어진 체액을 관능적으로 비벼대며 그의 내장을 따끈하게 적셔야 했고 그는 제 살 속을 애무하는 찍찍, 찍 하는 잔향을 더 이상 두려워할 필요가 없음을 깨달아야 했다. 하지만 어릴 적부터 밤과 인식의 경계를 형성해온 쇠창살들이 그의 날카로운 발톱을 가로막았고 사자는 밤의 투명하고 부드러운 살이 아닌 끔찍하게 차가운 장애물에 부딪혀 나가떨어졌다. 공포에 사로잡혀 생의 유언을 퍼뜨리기 위해 찍, 하는 소리와 함께 배설물을 몸 밖으로 게워내었던 쥐는 그 자신도 이해할 수 없는 광경에 본능적으로 몸을 움츠리며 그와 맹수 사이를 가로막는 기적과도 같은 장애물을 멍한 눈으로 응시하다가 순식간에 탁자 아래, 맹수의 시야에 더 이상 들어오지 않는 곳으로, 인식과 감각의 영역 바깥으로 도망쳐버렸다.

그것으로 끝났더라면 산산조각 난 두개골을 따라 흘러나오던 최후의 영상은 전혀 다른 장면이 되었을지도 모른다. 하지만 영악한 작은 짐승은 몸을 수축시켰던 공포로부터 벗어난 뒤 그에게 닥친 일을 차례차례 되새기며 저 비참한 맹수가 절대 제 자유로운 육체를 해할 수 없다는 사실을, 자연이 정해 놓은 사슬의 일방적인 쫓김으로부터 벗어나 그가 차지한 자유의 의미를 처음으로 확인할 수 있는 순간이 찾아왔다는 사실을, 본질이 정해 놓은 이빨과 발톱, 몸집의 크기는 자유와 실존의 의미를 발견해낸 그에게 더 이상 문제가 되지 않는다는 사실을, 세월이 천천히 부식시켜놓은 삼각형의 지반이 하나의 날카로운 순간으로 벼려졌다는 사실을, 오로지 위를 향해 서 있던 사냥의 삼각형이 칼날을 아래로 내려뜨린 채 심판의 대상을 기다리고 있다는 사실을, 우리 속에 갇힌 비참한 짐승이 역삼각형 모양으로 세워진 무시무시한 칼날의 첫 희생자가 될 것이라는 사실을, 그가 타고난 살의 비참한 한계를 지금까지와는 전혀 다른 의미로 뒤바꾸어놓을 창세기가 도래했다는 사실을 깨달은 것이 틀림없었다. 그것은 곧 이제까지 그의 조상들을 도륙하고 흡수하며 더 커다란 생의 영역으로 무참하게 흡수해온 과거의 영역을 향해 기어올랐다. 사자는 별처럼—물론 그는 한 번도 별을 본 적이 없었지만 언젠가 처음으로 별을 발견한 뒤 그에게 있어 밤하늘은 쥐의 반짝이는 눈동자들이 드글거리는 무시무시한 세계가 되었고 쥐들의 눈동자는 전부 희고 아스라한 곳에서 반짝거리는 별이 되었다— 빛나는 두 개의 광점을 바라보았다. 언젠가 그의 발은 철창살의 사이를 자유롭게 드나들 수 있을 정도로 작고 가느다랬으나 지금, 하필이면 이 순간에 둔중하게 자라난 그의 발로는 도저히 창살들의 틈새를 꿰뚫고 나갈 수 없었다.

그는 창살에 코를 박고 그의 몸집과는 무관하게 정해져 있는 창살의 비좁은 틈새를 벌려내려 안간힘을 쓰며 발톱으로 창살을 긁어내었지만 그의 세계는 조금도 변하지 않았다. 한 쌍의 별은 그의 비참한 꼴에 용기를 얻은 듯 점점 그의 가까이 다가왔다. 찍찍, 찍, 하는 소리, 더는 그 작은 몸을 숨기지 않고 마음껏 한밤의 짐승에게, 사육당한 죄수에게 뽐내는 소리, 그를 조소하고 깔보는 소리, 그의 예민한 점막들을 미친 듯이 할퀴고 찢어발기는 소리, 조금만, 조금만 더 가까이 오면 잡을 수 있을 것 같았다. 사자는 그의 눈앞에서 떠돌아다니는 희망의 연약한 몸을 으스러뜨리고 그 속에 늘어차 있던 진실을 음미하며 섞여들 준비가 되어 있었다. 두 개의 심박이 불협하며 어둠 속에서 엉켜 들었다. 두 쌍의 눈이 서로를 마주 보며 제 안을 서성거리는 빛을 연약한 막에 흐트러뜨리고 있었다.

쥐는 사자에게로 점점 가까이 다가갔으나 사자는 이미 그의 한계선에 턱과 가슴, 다리를 붙이고 있었기에 거리는 한쪽의 일방적인 움직임만으로 좁혀지고 있었다. 사자의 입속에서 흘러넘치는 침과 허공만을 꿰뚫으며 허우적거리는 턱, 원하는 살을 부여잡지 못하고 히스테릭하게 발작하는 발길질을 쥐는 오만한 경이에 가득 찬 시선으로 응시하고 있었다. 쥐는 사자에게 다가갈 수 있었으나 사자는 쥐에게 다가갈 수 없었다. 쥐는 사자를 갈망하지 않았으나 사자는 쥐를 갈망하고 있었다. 그들 사이에 놓인 무참한 경계는 사자에게만 가혹한 창살의 형태로 현현하고 있었다.

어쩌면 아주 오래전부터 이 순간이 예정되었을지도 모른다고 쥐는 가슴 속에서 박동하는 환희를 만끽하며 생각하였다. 검은 물에 무력한 몸을 던지고 미래를 위해, 죽음을 위해 맹렬하게 뛰어들던 조상들이 제물로 바친 작은 몸들이, 중력과 질긴 피부 속에서 짓눌려 움츠러들었던 세월로부터 벗어나 비가시의 영역에서 무한하게 늘어난 몸을 자유롭게 움직이는 기도들이 여태 지상에 남겨진 쥐들의 몸에 엉망진창으로 감겨진 부당한 운명의 실타래를 조심스럽게 풀어내어 마침내 이곳까지, 생의 역설에 몸부림치는 학살자의 코앞까지 이끌고 온 것인지도 모른다고.

사자는 제 코앞까지 다가서 이해할 수 없는 눈으로, 이제는 반짝거리기보다는 무시무시하게 검게만 보이는 두 눈으로 자신을 응시하고 있는 두 눈을 마주 보았다. 탈진한 다리들이 무너져내리고 벅찬 호흡이 구토의 형태로 목구멍에서 역류할 때까지도 새까만 눈동자들은 사라지지 않았다. 사막처럼 메마르고 호수처럼 축축한 두 개의 신비로운 구멍. 그는 역겨우리만치 달콤한 냄새와 쩍쩍, 쩍 거리면서 자지러질 듯 낄낄거리는 웃음소리를 선연하게 느낄 수 있었으나 도저히 닿을 수가 없었다. 그가 알지 못하는 사막과 그가 알지 못하는 호수를 두 개의 작고 영원한 광점에 담고서 출렁거리는 시선. 사자는 시선으로부터 벗어나는 방법을 알지 못했다. 흥분에 졸아들었던 검은 틈은 점점 넓게 퍼지면서 동그랗게 늘어났다.

쥐는 더 이상 사자를 경계하고 있지 않았다. 쥐는 비참한 운명을 선고받은 우스꽝스러운 죄수를 관람하는 구경꾼이었으며 동굴 바깥의 빛을 활보하는 선구자였다. 뜨거운 숨결과 냄새, 저와는 다른 피부 속에 갇혀 있는 무한한 단절, 건너갈 수 없는 깊은 심연은 이후 사자가 견뎌야 할 세계를 암시하고 있었다. 또다시 무참하게 밀려드는 멀미와 어둑한 하늘 한가운데서 그를 냉정하게 노려보는 두 개의 구멍.

다음날 발소리와 함께 샛노란 살이 돌아왔을 때, 사자는 그가 자신의 어미가 아님을, 그와 자신은 돌이킬 수 없는 먼 극간을 살고 있는 이질적인 존재임을 처음으로 깨달았다. 사자는 더 이상 가짜 어미의 단단한 가슴을 누르며 그 품에 안겨들지도 않았고 가짜 젖의 기만적인 온기에 취해 들지도 않았다. 사자는 바짝 긴장한 상태로 털을 세웠으며 저를 희롱하고 속여온 낯선 짐승을 노려보면서 이빨을 드러냈다. 살이 여느 때처럼 턱 아래 연한 살을 어루만지며 저를 달래려 하자 사자는 그를 배신한 역겨운 손을 물어뜯었다. 밤사이 그를 좌절하게 만들었던 허공의 맹맹한 맛과는 다른 고기의 짭조름한 맛이, 뿌듯하게 차오르는 열기와 매혹적인 더운 피와 함께 밀려들었다. 살은 조심스럽게만 열리던 틈을 활짝 열고는 찍, 찍거리는 비명을 내지르며 그를 밀쳐내었다. 그 짙고 달콤한 살의 향미가 가짜 어미와의 마지막이었다.

그날 이후 사자는 유년과는 다른 공간에서 지내게 되었다. 어미의 자궁으로부터 내쫓긴 아이가 자궁 속에서의 기억을 잊듯 사자 역시 유년의 네모나고 비참한 창살 속에서의 기억을 서서히 잊어갔으나 두 개의 검은 눈동자는 밤마다 머리 위에서 득시글하게 피어오르면서 그를 괴롭혀댔다. 유년의 거짓 어미를 대신한 새로운 짐승은 언젠가 그를 아기처럼 쓰다듬으며 귀여워했던 노란 살과는 전혀 다른 태도를 보였다. 사자가 덜컹거리는 트럭 속에서 눈가리개를 풀고 우리 바깥에 펼쳐진 너른 지평에 흥분하여 몸을 달싹거릴 때부터 그는 사자의 입에 차고 단단한 입마개를 씌우고 길게 흔들거리는 꼬리와 같은 것으로 수축한 등 근육을 마구잡이로 내려쳤다. 괴상한 꼬리라고 생각했던 것은 날카로운 발톱처럼 사자의 살을 찢어발겼고 벌어진 상처는 쉽게 메워지지 않았다. 사자가 규율을 잊고 뛰어다닐 때마다, 그가 가져다주는 차고 역겨운 고깃덩이를 제대로 삼키지 못해 너무 천천히 먹거나 또 너무 빨리 먹을 때마다, 뜨거운 불이 피어오르는 원형의 괴상한 구멍을 피해 달아나거나 갈기를 세워 몸을 부풀릴 때마다 예의 그 매서운 발톱이 사자의 얼굴과 등, 배와 옆구리를 난도질했다. 사자는 애교와 투정을 대신하는 복종과 굴복의 언어를 새로 익혀야 했다.

  그는 일곱 번의 밤이 지나면 한없이 펼쳐진, 그러나 목을 옥죄어 어둠의 한구석에 묶어놓은 목줄과 언제고 그를 덮쳐올 고통스러운 발톱 탓에 보이지 않는 벽으로 막혀 있는 야외를 벗어나 천막으로 둘러져 있는 둥근 형태의 영역 안쪽으로 들어가야 했다. 그곳에서 사자는 역겨울 정도로 괴상한 발톱, 검고 길쭉한 칼날을 가진 짐승에게 복종과 순종의 몸짓들을 선보여야 했다. 원형의 무대에서 그는 불구덩이를 뛰어넘고 앞발을 들어 올려 그 짐승의 우스꽝스러운 몸짓을 따라 하며 춤을 추고 그를 향해 날아오는 고무공에 머리를 들이받고 공을 튕겨내는 이상한 짓거리를 해내야만 했다. 사자는 허공에 도사리고 있는 수천 갈래의 손톱들을 피해 몸을 비비 꼬고 헐떡거리며 도망 다녔다. 완전히 지쳐 나가떨어질 무렵이 되고 나면 두발짐승은 한 줄기 검고 위협적인 손톱을 부드러운 꼬리처럼 내려뜨린 채 허리를 굽혔고 사자는 엎드린 채 예민한 고막을 터뜨릴 듯 두들겨대는 소음에 괴로워해야 했다. 검은 손톱과 검은 눈동자들이 그를 옥죄어오며 뒤흔드는 고질적인 현기증에 차차 적응하고 나자 그는 울렁거리는 속을 다잡고 기울어진 지평에 몸을 누인 채 사지를, 근육을, 내장을, 감각을 서서히 마비시키는 방법을 익히게 되었다. 후각과 청각이 조금씩 무뎌지고 나서야 사자는 일곱 번의 밤을 주기로 바뀌는 둥근 영역의 바깥에서 그를 빙 둘러싸고 그의 움직임에 소곤거리며 환호하고 손을 부딪쳐대는 거대한 소음들의 정체를 확인할 수 있었다.

그들은 한때 사자를 길렀던 가짜 어미나 지금 그를 훈육하고 복종시키는 짐승과 똑같이 생긴 동물들이었다. 사자의 눈에는 허공에 둥둥 떠 있는 잘려 나간 상반의 단편들만 보였으나 그 아래에 그들이 갈무리하여 숨겨 놓은 하반이 자리하고 있다는 사실을, 어둠 속에서 도사리고 있는 쥐들의 눈동자의 뒤편에 찍찍거리는 소음들이 도사리고 있듯이 그들의 나머지 살과 비명도 보이지 않을 뿐 그 자리에 실존하고 있다는 사실을 눈치채지 못할 정도로 사자가 순진한 것은 아니었다. 눈부시게 하얀 살갗을 드러낸 발들과 어둠 속에 은밀하게 가려진 발들이 동시에 부딪히며 내는 무참한 소음은 사자에게 닿지 않았다. 사자는 그를 쏘아보고 그의 호흡과 그의 울음과 그의 발질과 그의 와해를 끈질기게 바라보면서도 그의 힘으로는 닿을 수 없었던 심연을, 찍찍거리는 웃음소리를 떠올렸다.

수십 쌍의 발들이 떠나간 뒤에 사자는 식어 빠진 고기를 물고 녹이 슨 입마개 사이에 길고 축축한 혀를 내뺀 채로 그를 굽어다 보는 수천 쌍의 눈들이 둥둥 떠다니는 투명한 우리로 돌아가야 했다. 한낮은 언제나 순식간에 스쳐 지나갔기에 하나의 순간으로 명멸하는 것처럼 느껴졌다. 낮은 수면과 꿈의 시간이었고 기억 속의 소음과 현재의 소음이, 찍찍거리는 쥐의 발작적인 웃음소리와 벌거벗은 발들을 구르며 부딪히는 짐승들의 자폐적인 비명이 섞여드는 시간이었다. 짐승의 조악한 머리로는 인간이 그러하듯 누추한 경험의 세계를 떠나 견고하고 찬란한 이데아의 세계를 발명해내는 방법을 찾아낼 수 없었다. 놀랄 정도로 조잡한 지상에 상처받은 뒤 건설해낸 플라톤의 세상, 영원한 빛의 도시에 날카롭고 더러운 이빨을 가진 육식 짐승은 초대받지 못하였다. 그는 잠 속에서도 부조리한 현실의 소음들을, 완벽한 회성도 영겁의 침묵도 아닌 쥐들의 찍찍거림을, 시간의 벽이 허물어진 꿈의 공간 속을 마구잡이로 쏘다니며 그를 조롱하는 유령들의 박수 소리를 감내해야만 했다. 두발짐승들은 그를 개라고 불렀다. 그는 개라는 부름에 두발 짐승에게로 유순하게 달려가 헐벗은 하얀 발아래에 머리를 들이밀고 납작 엎드린 채 복종하였다. 그러면 그를 둘러싸고 있는 군중들 속에서 개, 개, 개야, 개 하는 소리가 새벽의 물안개처럼 몸을 부풀리며 퍼져나갔다.

아주 오래전부터 사자에게 닥쳐온 불운은 결코 물러나지 않았다. 그는 멈추지 않고 계속되는 현상의, 세계의 의미를 번역해낼 만한 언어조차 없이 이데아라는 도피처조차 없이 무력한 몸을 물어뜯고 희롱하는 감각들의 이빨을 감내해야 했다. 감각을 무너뜨리고 흐릿하게 만드는 방법은 금식을 하는 일뿐이었다. 두발짐승이 하루 두 차례 가져다주는 고깃덩이를 검은 파리들이 들끓고 역겨운 부패의 냄새가 흘러넘칠 때까지 방치해 놓으면 뱃속에서 요동치던 굶주림도 사그라들고 턱 밑으로 질질거리며 흘러넘치던 침도 멎어갔고 외부를 향해 열려 있는 감각은 선연함을 잊었다. 바짝 말라붙은 몸은 더 이상 애끓는 감각들을 소스라치게 앓으며 내장 깊은 곳으로 실어나르지 않았고 무용한 경련을 멈춘 채 먼지처럼 차갑게 굳어갔다.

또다시 찾아온 일곱 번째 밤에 사자가 둥근 무대 위로 올라섰을 때 그는 마약과도 같은 금식의 마비 상태에 취해 있는 상태였다. 얼굴을 베어내는 검은 손톱의 고통도 예민한 귀를 찢어발기는 박수 소리도 서서히 멀어져갔다. 그때, 그의 눈앞에 한 마리 작은 짐승이 뛰쳐 들었다. 언젠가 그를 조롱했던 찍, 찍거리는 짐승처럼 뜨겁고 달콤한 냄새가 그가 애써 닫아걸었던 외감의 문을 무참히 깨뜨리며 순식간에 열린 피부의 틈으로 밀려 들어왔다. 사자는 그의 눈앞에 또다시 출현한 두 쌍의 작은 눈이, 투명하게 반짝거리는 빛무리가 객석의 가장 앞자리에 앉아 있는 소녀의 고양이라는 사실도, 벌써 수십 차례나 이 우스꽝스러운 개의 서커스 공연을 비웃고 즐기기 위해 이곳에 드나든 소녀의 냄새를 잔뜩 묻히고 있다는 사실도, 고양이의 냄새는 그 가여운 생물을 둘러싼 안온한 집과 인간들의 냄새와 뒤섞인 이질적인 살의 혼합물이라는 사실도 모르는 채로, 한 번도 제대로 사용해 본 적 없는 무참히도 날카로운 이빨과 잔혹한 발톱을 숨기고 있는 거대한 개의 눈앞에 겁도 없이 뛰어든 자그마한 애완동물이 어떠한 최후를 맞이하게 될지 그 스스로도 알지 못하는 상태로 그를 잠식해오는 잔인한 감각의 파동에 몸을 맡기었다.

그는 한때 실패했던 동작을 반복했다. 숨을 멈추고 자세를 낮추며 미친 듯한 경련을 멈춘 채 오랜 사냥의 형질이 지시하는 태 속에 자리를 잡았다. 잔뜩 긴장해 있던 뒷다리가 뛰어올랐을 때, 찍, 찍거리는 비명은 그를 기만하는 대신 그의 입속에서 무참하게 찢겨나갔다. 그는 작고 부드러운 턱을 물어뜯었고 가지런한 털로 뒤덮인 발을 찢어내었다. 반으로 찢겨나간 고양이는 한 번도 경험해본 적이 없는, 짐작조차 하지 못한 갑작스러운 고통에 놀라 의지의 명령에 아직 복속하는 남은 다리를 미친 듯이 휘저으며 미지의, 그러나 끔찍이도 선명한 현상의 영역으로부터 벗어나 다시 소녀의 포근한 품속으로 돌아가기 위해 발버둥 쳤다.

무대에 남은 자들은 아무도 무슨 일이 일어나고 있는지 이해하지 못했다. 사냥꾼도 사냥감도. 죽지 않은 자도 죽어가는 자도. 상황을 이해할 수 있는 자는 무대 밖에서 무대를 하염없이 건너다보기만 하는 외부자들뿐이었다. 조련사 역시 더 이상 둥근 원형으로 고립된 무대에 속해 있지 않았다. 맹수의 이빨을 드러낸 사자의 위험성을 기민하게 알아차린 조련사는 개의 명찰을 부러뜨린 짐승을 두고 도망간 지 오래였다, 야생성을 되찾은 학살자 앞에서 가죽 채찍 따위는 무력하다는 사실을 그는 잘 알고 있었다. 언어와 사물 사이의 자의적인 규칙을 따르기를 거부하고 언어의 발명 이전의 세계로, 혹은 언어 이후의 세계로 뛰쳐나간 살육의 현장은 더 이상 그의 소관이 아니었다.

소녀는 비명을 지르며 울부짖었고 몇몇 관객들은 휴대폰을 들어 그 잔혹한 쇼를 촬영했다. 무대 뒤편으로 달려 나간 조련사는 경찰을 불렀고 그의 야생성을 끝장내기 위한 합법적인 폭력성이 사자를 향해 다가들고 있었지만 아직 가여운 고양이는 반만 남은 몸을 미친 듯이 움찔거리며 가련한 몸짓에 안타까운 비명을 지르면서도 자신을 구해주지는 못하는 무력한 외침의 파도를 애처롭게 올려다보았다. 사자는 달콤한 살의 감각에, 더는 그를 희롱하고 애태우지 않고 그의 입속으로 착실하게 들어와 짓물러지는, 살아서 흘러넘치는 따뜻한 피에 도취되어 고양이의 아름다운 얼굴을 부드럽게 핥아냈다. 달빛을 받아 빛나는 거대한 물방울처럼 매혹적인 눈에서는 짭조름한 생명의 맛이 났다. 고양이는 스스로의 불운을 위해 흘려낸 눈물까지도 사자의 성적인 흥분을 위한 제물로 바쳐야 했다. 사자는 한참 동안 그 사랑스러운 형상을, 손에 잡히는 비명을, 그의 갈증을 위로하고 애끓는 속을 뜨겁게 적시며 충만한 만족을 불러일으키는 연인을 애무하였다.

그 잔혹한 광경을, 위반적인 광경이 불러일으키는 미칠듯한 멀미를 견디지 못한 관객들은 객석 밖으로 뛰쳐나갔다. 누구도 관람을 제도로 강제할 수는 없으므로. 고대의 제사와는 달리 언제든 눈을 돌리고 극장-이 경우에는 서커스 무대-을 **빠져나갈 수 있는 것이 스펙터클의 특징이므로. 그 끔찍한 무대는 그들의 자리가 아니었고 그들은 배우도 아니었으므로 누구도 그들에게 관람의 의무를 강제할 수 없으므로. 예기치 못하게 닥친, 우연이 준비해 놓은 피비린내와 살해극, 역겨운 광경이 연극적 환영의 형태가 아닌 돌발적인 물질성을 갖고 그들을 침범하는 이 순간에 원치 않는 자들은 얼마든지 도망칠 수 있으므로. 실제로 그들을 주인공으로 덮쳐오는 재난의 끔찍함과는 다르게 언제든지 피해갈 수 있는 것이, 따라서 결국 그들의 일도 그들의 재난도 아닌 것이 스펙터클의 본질이므로.

반대로 그 자리에 남아 있는 관객들은 살해당하고 생살이 드러나 찢겨나가는 배우도, 무참하게 도륙하고 입술에 피를 묻히는 배우도 자신이 아니라는 것을 잘 알고 있었을 것이다. 남은 자들은 언제든지 남지 않은 자가 될 수 있음을 인식하고 있었을 것이다. 남아 있는 관객들은 죽어가는 고양이를 희롱하며 장난을 치는 사자를 혐오에 질린 시선으로 바라보았다. 사냥과 육식의 경건한 제의를 어지럽히는 광경을, 먹기 위해서, 살기 위해서가 아닌 유희를 위해서 이루어지는 살육을, 살해에 대한 속죄로서의 육식이 아닌 관능으로서의 죽음과 흡혈을, 마치 사람처럼 고양이를 가지고 노는 장난을, 악마의 여흥과 같은 끔찍한 광경을, 그들이 믿어왔던 자연의 보편적인 질서를 순식간에 특수한 믿음의 하나로 환원시키는 순간을, 자연을 어지럽히는 자연의 깨진 대칭을 미칠듯한 멀미에 시달리며 헛구역질을 하면서도 홀린 듯 지켜보았다.

그 광경은 미친 듯이 불길하였으나 위협적이지는 않았을지 모른다. 무대 위에서의 일들은, 설령 예기치 못한 재앙이라고 해도 객석 바깥, 무대의 자리에서 일어나는 사건은, 아무리 날 것의 시신이고 날 것의 죽음이라고 하더라도 무언가에 대한 메타포일 수밖에 없으므로. 무대 위의 진실은 무대 밖 진실에 대한 은유일 수밖에 없으므로. 그들은 진짜처럼 보이는 가짜가 지닌 물질성이 무엇을 상징하는지, 무엇을 전조하는지 곰곰이 생각해보며 그 학살의 의미를 고찰하고 있었다.

무참히 희롱하던 고양이를 두고 떠났다면 사자는 제 먼 조상들의 지위를 되찾았을지도 모른다. 한때 두 발 짐승들에게 동물은 신이었다. 죽이고 범하고 파괴하고 강탈하는 신. 두발 짐승들이 모시는 신은 선한 신이 아니었다. 인간을 인간으로 만드는 금기들, 인간을 인간의 영역 안에 가두고 두 발로 걷도록 강제하는 금제들로부터 자유로운 폭력, 신은 그러한 경계로부터 자유로운 존재였다. 금기를 위반하는 자가 아닌, 금기 없이 존재하는 자. 어떠한 거리낌도 거북함도 쾌감도 느끼지 않고 부모를 살해하며 자식을 겁간하고 형제의 아내를 강탈하고 도축하며 살해하는 자. 그런 자의 행위는 때로 무척이나 불가해하게 보인다. 먹기 위해서도 아닌데 사냥감들의 날개를 찢어내고 그것이 경련하며 기어가는 모습을 유심히 관찰하며 저보다 작은 이종의 질에 성기를 파묻어 강간하고 -그 가여운 희생자는 포식자의 아이를 잉태하지 못할 텐데도- 애써 낳은 아이를 물어 죽이곤 한다. 마치 홍수나 가뭄, 번개, 혹은 지진처럼 그러한 불가해성은 비非— 두발짐승들을 신성하게 보이도록 만들었다. 두발짐승들이 제사 때 동물의 고기를 신께 바쳤던 것도 그 때문이다. 고대의 제사에서는 두발짐승의 고기를 도축하지 않았다. 그들에게 두발짐승은 언제나 금기와 그에 대한 지나친 의식에 사로잡힌 감옥 안의 존재나 마찬가지였기에, 또 그 금기로 인해 그들 자신이 속한 종의 행동은 대개 예상할 수 있는 범위 내에 들어왔기에 두 발 짐승들에게 두발짐승들은 신이 아니었다.

 신성한 제사에서는 신성한 동물을, 신성을 가지고 있는 자를 바쳐야 한다. 그들은 신을 위하여 신의 고기를 제물로 올렸다. 피를 뚝뚝 흘리는 벌건 고기가 무참히도 아름다운 불과 함께 매혹적인 냄새를 흘리며 하늘로 올라가는 제단의 모습은 신성모독적이었다. 그 앞에서 두발짐승들은 때로 화려한 야회복을 갖춰 입고 축제적인 전쟁을 벌였다. 만찬과 포도주가 즐비한 가운데 그들은 신을 살해한 기쁨을, 그리하여 신을 배불린 기쁨을 만끽하며 원형으로 맴돌며 춤을 추었다. 아름다운 무기와 복장을 날카로운 햇볕 아래 과시적으로 드러내면서 살인의 금제를 위반하는 관능에 도취되었다. 금기를 범하면서 그들은 금기에 사로잡힌 인간으로서의 메스꺼움과 황홀감을 탐닉했던 것이다. 이러한 축제적인 전쟁과 신성모독적인 제의의 풍경은 아주 오래전, 두발짐승이 인간을 발명하고 인간을 숭배하게 되기 전의 일이다. 두발짐승이 사유하는 인간을 발명하고 난 뒤 그들은 사유 없이 몸만을 지상에 질질 끌며 기어 다니는 비非-두발짐승들을 혐오하기 시작했다. 사유하지 않고 반성하지 않고 따라서 위반에 대한 메스꺼움도 느끼지 않는 그들은 무수한 연장체들 중 하나일 뿐 어떠한 특별한 지위도 가질 수 없었다. 비非-두발짐승을 구분하기 위해 두발짐승들은 비非- 두발짐승들을 짐승으로 불렀고, 새로운 지위를 선사 받은 새로운 두 발 짐승들에게는 인간이라는 이름을 붙였다. 인간이 사유가 아닌 정념을, 명확함이 아닌 모호함을 자기 정의에 끌어들이기 시작한 뒤에도, 불안과 정동, 불완전성과 기형성, 고독을 사랑하게 된 뒤에도 짐승에 대한 혐오는 계속 이어졌다. 짐승은 에토스의 존재도 파토스의 존재도 아니었고 온전히 불완전하거나 기형적일 수도, 고독할 수도 없었으므로. 그들은 진실로 아플 수도 절망할 수도 없는 존재였다. 그들의 절망은 인간의 절망이 투영된 반사물에 불과했으며 그들의 고통 역시 마찬가지였다.

동물을 가축화하고 동물과 자신을 구분하는 인간들, 동물을 신이 아닌 개라고 부르기 시작한 인간들에게 피가 흘러넘치는 무대의 현장은 고대의 신성한 제의가 아니라 스펙터클에 불과했다. 그럼에도 그가 그냥 떠났더라면, 고문하며 동시에 애무하던 고양이를 남겨둔 채 무대에서 유유히 내려와 사라졌더라면 이 학살은 다른 의미를 가지게 되었을지도 모른다. 그 스스로도 제 행동의 의미를 찾지 못한다고 해도, 그의 도주가 아무런 의미를 갖지 않는다고 해도 상관없었을 것이다. 의미를 부여하는 존재는 언제나 인간이며 인간은 의미 없이 살아갈 수 없는 존재들이므로. 오로지 유희만을 위해 잔혹하게 도륙한 시신을 두고 떠나가는 그의 모습으로부터 인간은 그들이 잊고 지냈던 고대의 신성을 떠올렸을지도 모른다. 그들은 이 무대에서의 학살을 추악한 해프닝이 아닌 신성한 계시로 받아들였을지도 모른다.

 하지만 오래도록 금식했던 사자는 본능이 이끄는 대로 짭조름하고 비릿한 생의 물질을 물어뜯었다. 그는 고양이의 작고 하얀 뼈가 드러날 때까지 벗겨진 살을 쩝쩝거리며 씹어 삼켰다. 관객들은 지독한 메스꺼움이 갑작스레 가라앉고 뒤틀렸던 무대가 점차 대칭을 되찾는 것을 느꼈다. 짐승의 살해는 육식을 위한 것이다. 짐승은 육식하기 위하여 살해한다. 이 간단한 원리는 구태여 다른 설명을 요구하지 않을 정도로 자명한 것이었다. 그들은 본능에 사로잡혀 죽이고 먹는 사자의 저열한 행동을 다소 오만한 시선으로 내려다보았다. 그들에게는 짐승을 살육하여 먹는 사자의 모습이 지극히 자연스러운 충동에 따라 무대 위에서 변을 지리거나 발기한 성기를 바닥에 비비며 자위를 하는 모습과 다를 바 없게 느껴졌다. 인간이라면 갈무리할 충동, 그러나 짐승은 반항할 수 없는 충동. 이로써 완전히 다른 의미를 가질 수도 있었던 학살은, 사자의 신성성을 담지할 수도 있었을 학살은 그의 권능이 아닌 저열함을 보여주는 장면으로 변질되었다. 어떠한 존재자든 두 가지 가능성을 동시에 살 수는 없으므로, 저열한 짐승은 모호할 수 없는 법이므로 이곳에서의 사자는 아직 야생성을 버리지 못해 불쾌한 - 동시에 다소 흥미로운- 광경을 이끌어낸 짐승일 뿐이었다.

고양이의 부드러운 배와 앙증맞은 턱을 빼앗긴 소녀는 자지러질 듯 울어댔지만 소녀의 부모는 눈물과 콧물, 침에 젖어 축축한 소녀의 얼굴을 어루만지며 어쩔 수 없는 일이야, 짐승은 다 그런 법이지, 그저 운이 나빴을 뿐이란다, 아무도 비난할 수 없어. 하고 이야기했다. 짐승은 어쩔 수 없어, 하는 말에는 인간의 금기를 자유롭게 횡단하는 신적인 존재에 대한 매혹이나 경외가 아닌 본능에 얽매인, 금기의 반대항에 결박된 짐승의 자연적인 충동에 대한 경멸과 무시가 함축되어 있었다. 고양이가 하얀 백골만 남기고 이전보다 덜 역겨운 모습으로, 정갈하게 보이기까지 하는 모습으로 변형되었을 무렵 경찰들이 들이닥쳤고 허기와 욕구에 단단히 묶인 꼭두각시와 같은 짐승에게 마취총을 발사하였으며 경찰들을 따라 허겁지겁 서커스 천막으로 들어온 조련사는 무대 위로 올라가 관객들에게 허리를 굽혀 사과했다. 하지만 이 무렵 관객들은 공포보다는 흥분에 휩싸여 대단한 장면을 보았다고 중얼거리고 있었다. 이런 도심에서, 이렇게 황폐해진 빌어먹을 폐허 속에서 짐승이 짐승답게 구는 꼴을 보는 건 어려운 일이지. 그들은 심지어 운이 좋다고 생각하기까지 했다. 그들이 본 것은 진짜 자연이었으며 자연만큼 도시인들을 자극하는 볼거리는 없었기에. 고층

빌딩 옥상에 만들어진 인공정원이나 새장 속에 가두어둔 카나리아, 낮고 침울한 스모그 아래에서 형벌과도 같이 무거운 하늘을 지고 뒤뚱거리는 비둘기가 아닌 진짜 자연, 누군가 던져준 먹이가 아닌 진짜 살아 있는 생물을 물어뜯고 직접 도축하여 먹어대는 자연을 그들은 이제 불길함도 역겨움도 아닌 순수한 흥분에 휩싸여 되새기고 있었다. 몇몇 이들은 잔뜩 찡그린 얼굴로 피 칠갑이 된 무대를 내려다보는 -세상에, 이놈 똥까지 지렸군- 조련사와 황망한 시선으로 무대의 한쪽 구석만을 응시하고 있는 경찰에게 다가가 저 가엽고 열등한 짐승은 본능에 따라 사냥한 것뿐이니 선처를 베풀어 달라고 이야기하기까지 했다.

  죽은 듯이 잠들어 있는 사자를 증오와 혐오에 찬 눈빛으로 바라보는 이는 한 시간 전까지만 해도 사랑스러운 고양이의 부드럽고 매끄러운 등을 쓰다듬고 있었던 소녀뿐인 듯했다. 하지만 당장은 사자를 갈가리 찢어발겨 고양이의 복수를 할 것처럼 매섭게 내려다보고 있는 소녀의 젖은 얼굴도 마를 것이고 머지않아 소녀는 새 고양이를 -이번에는 위험한 곳으로 돌진하는 일이 없도록 단단히 교육시킬, 그리고 다시는 서커스에 끌고 오지 않을- 다시 사랑스럽게 어루만질 수 있을 것이었다. 본능에 붙들려 육체가 지시하는 대로만 행동하는 지성 없는 짐승은 자연의 죄를 사면받을 것이고 다시는 비슷한 사건이 일어나지 않도록 하기 위해 단장은 사자의 금식을 철저하게 방지할 것이며 -그 역겨운 입에 고기를 억지로 쑤셔 넣어서라도- 한동안 사자는 입마개를 한 상태로 무대에 올라야 할 테지만 그 모든 사건들에 특별한 의미는 없을 것이다. 끊임없이 그의 머릿속에서 찍, 찍찍, 찍 거리는 울음소리를 이해할 수 있는 이는 아무도 없을 것이다.

나가며

　이 글들은 용서에 관한 이야기들이다. 누군가의 쉬운 용서가 폭력이 될 수 있다는 절망감과 용서를 통해 폭력을 행사하는 기쁨을 이곳에서 살고 죽는 것들이 보여준다. 혹은 외친다. 혹은 침묵한다. 예컨대 감옥에서 태어나 감옥과 그 바깥을 오고 가며 살아가는 여자는, 그녀의 어머니의 죄 속에서 살아간다. 학교의 아이들은 여자의 어머니의 죄를, 나아가 여자의 (무)죄를 용서한다. 여자는 그 용서 속에서 절망적으로 질식해간다. 그녀뿐만 아니라 이곳에서 살아가고 죽어가는 것들은 용서를 갈구하거나 용서를 남용한다. 그들은 용서받고 그들은 용서하고 그들은 용서받지 못하고 그들은 용서하지 못한다. 무엇이 가능하고 불가능한지를 결정하는 것은 그들이 아니다. 그들은 용서를 결정 당하며(심지어 용서의 범죄적인 쾌락에 중독된 맹아원의 소녀조차도) 그 속에 머물기를 강요당한다. 이 글(들)을 읽는 이들이 용서의 범죄적인 관능, 혹은 공포와 잠깐이라도 스치기를(결코 이해하기를 바라는 것이 아니다) 기대하며, 그 끔찍한 기대와 온순한 광증 속에서 이것들이 쓰였다.